D1754685

Hans Jacob Christoffel von Grimmelshausen
Lebensbeschreibung der Erzbetrügerin und
Landstörzerin Courage

Der seltsame Springinsfeld

DIE ANDERE BIBLIOTHEK
Begründet von Hans Magnus Enzensberger
Herausgegeben von
Klaus Harpprecht und Michael Naumann

Hans Jacob Christoffel von Grimmelshausen

Lebensbeschreibung der Erzbetrügerin und Landstörzerin Courage

Der seltsame Springinsfeld

Zwei simplicianische Romane

Aus dem Deutschen des 17. Jahrhunderts
und mit einem Nachwort von Reinhard Kaiser

Eichborn Verlag
Frankfurt am Main 2010

Hans Jacob Christoffel von Grimmelshausen

INHALTSÜBERSICHT

Lebensbeschreibung der Erzbetrügerin
und Landstörzerin Courage   7

Der seltsame Springinsfeld   141

Anhang

Anmerkungen   275
Zeittafel   313
Simplicianische Folgen. Das Fortsetzen als schöne Kunst   317
Zu dieser Ausgabe   331
Literaturhinweise   333
Danksagung   339
Register   341

Lebensbeschreibung der Erzbetrügerin und Landstörzerin Courage

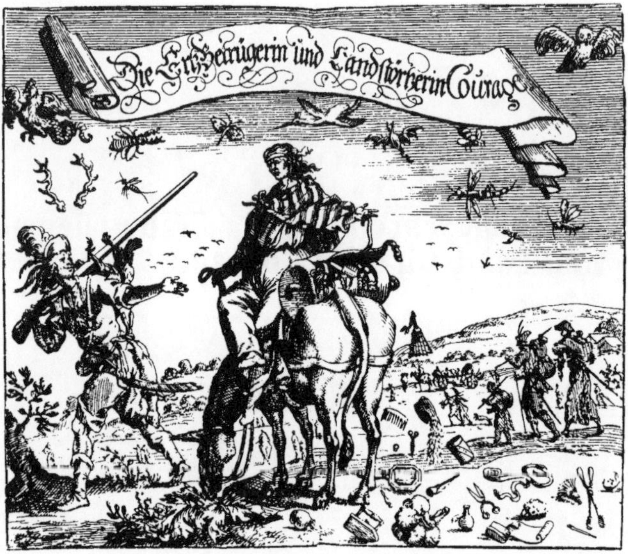
Die Ertzbetrügerin und Landstörtzerin Courage

Lebensbeschreibung der Erzbetrügerin und Landstörzerin Courage

Dem Simpel zum Trotz
Oder: Ausführliche und sehr wundersame Lebensbeschreibung der Erzbetrügerin und Landstörzerin* Courage*
Wie sie anfangs eine Rittmeisterin, danach eine Hauptmännin, ferner eine Leutnantin, sodann eine Marketenderin, eine Musketierin und zuletzt eine Zigeunerin abgegeben, meisterhaft verkörpert und mustergültig dargestellt hat. Ebenso unterhaltsam, angenehm und nützlich zu erwägen und zu lesen wie der Simplicissimus *selbst.*

Alles von der Courage persönlich,
um den allseits bekannten Simplicissimus
zu verdrießen und zu ärgern,
dem Autor in die Feder diktiert*,
der sich für diesmal nennt
Philarchus Grossus von Trommenheim* auf Griffsberg.

Gedruckt in Utopien
bei Felix Stratiot*

Erklärung des Kupferstichs
Oder: Die Courage wendet sich an den geneigten Leser

Obgleich der Torheit Kram ich hinter mir verstreue,
werf ich ihn doch nicht weg, weil's mich gereue,
dass ich ihn früher hab geliebt und auch gebraucht,
sondern weil er in meiner Lage mir zu nichts mehr taugt.
Haarpuder brauch ich nicht, noch Schmink', noch Haar zu
                                            kräuseln,
ich nehme bloß noch Salbe gegen Läuse,
trachte ansonsten nur nach Geld und mach mir das zunutz –
wie alles, was ich tu – dem Simplicius zum Trutz.

INHALT

Das 1. Kapitel. Gründlicher und notwendiger Vorbericht, wem zu Liebe und zu Gefallen und aus welchen Gründen die alte Erzbetrügerin, Landstörzerin und Zigeunerin Courage ihren verwunderlichen und wahrhaft seltsamen Lebenslauf erzählt und der ganzen Welt vor Augen stellt. 15

Das 2. Kapitel. Die Jungfrau Libuschka, später Courage genannt, kommt in den Krieg und muss darin unter dem Namen Janko eine Zeitlang einen Kammerdiener spielen, wobei berichtet wird, wie sie sich verhalten und was sich weiter Wundersames mit ihr zugetragen hat. 19

Das 3. Kapitel. Janko tauscht sein Jungfernkränzchen bei einem zupackenden Rittmeister gegen den Namen Courage. 23

Das 4. Kapitel. Courage wird nur deshalb Ehefrau und Rittmeisterin, weil sie gleich darauf wieder Witwe werden muss, nachdem sie das Eheleben schon eine Weile im ledigen Stand geführt hat. 28

Das 5. Kapitel.	Was für ein ehrbares und züchtiges, aber auch verruchtes und gottloses Leben die Rittmeisterin Courage als Witwe führt, wie sie einem Grafen zu Willen ist, einen Gesandten um sein Geld bringt und sich etlichen anderen willig unterschiebt, um reiche Beute zu machen. 31
Das 6. Kapitel.	Courage kommt durch eine wundersame Fügung in die zweite Ehe und heiratet einen Hauptmann, mit dem sie sehr glücklich und vergnügt lebt. 37
Das 7. Kapitel.	Courage schreitet zur dritten Ehe und verwandelt sich aus einer Hauptmännin in eine Leutnantin, trifft's aber nicht so gut wie zuvor, prügelt sich mit ihrem Leutnant um die Hosen und gewinnt sie durch tapfere Entschlossenheit und Courage, worauf sich ihr Mann verdrückt und sie sitzenlässt. 41
Das 8. Kapitel.	Courage mischt bei einer Schlacht tapfer mit, haut einem Soldaten den Kopf ab, nimmt einen Major gefangen und erfährt, dass ihr Leutnant als meineidiger Überläufer ergriffen und gehängt wurde. 45
Das 9. Kapitel.	Courage verlässt den Krieg, nachdem das Glück sie verlassen hat und die allermeisten nur noch verächtlich auf sie herabsehen. 48
Das 10. Kapitel.	Courage erfährt, wer ihre Eltern waren, und bekommt wieder einen Mann. 52
Das 11. Kapitel.	Nachdem Courage ein braves Leben begonnen hat, wird sie unversehens wieder Witwe. 57
Das 12. Kapitel.	Der Courage wird ihre gewaltige Courage gewaltig wieder heimgezahlt. 60

INHALT

Das 13. Kapitel. Was für gute Tage und Nächte das gräfliche Fräulein im Schloss genoss und wie sie ihr wieder abhanden kamen. 65
Das 14. Kapitel. Was Courage weiter anfing und wie sie sich nach dem Tod zweier Reiter einem Musketier überließ. 70
Das 15. Kapitel. Zu welchen Bedingungen sie einander ohne Heirat die Ehe versprachen. 75
Das 16. Kapitel. Wie Springinsfeld und Courage miteinander lebten. 81
Das 17. Kapitel. Was für ein lächerlicher Streich der Courage gespielt wurde und wie sie sich dafür rächte. 86
Das 18. Kapitel. Übertriebene Gottlosigkeit der gewissenlosen Courage. 91
Das 19. Kapitel. Bei welchem Lehrmeister Springinsfeld in die Lehre ging und seinen letzten Schliff bekam. 96
Das 20. Kapitel. Wie Springinsfeld und Courage zwei Italiener bestahlen. 103
Das 21. Kapitel. Beschreibung einer Schlacht, die im Schlaf stattfand. 105
Das 22. Kapitel. Warum Springinsfeld und Courage sich schließlich trennten und was sie ihm zuletzt mit auf den Weg gab. 110
Das 23. Kapitel. Wie Courage abermals einen Mann verlor und sich nachher durchschlug. 115
Das 24. Kapitel. Wie Simplicissimus und Courage Bekanntschaft schlossen und einander betrogen. 119
Das 25. Kapitel. Courage wird bei ihren Übeltaten ertappt und aus der Stadt gewiesen. 123

Das 26. Kapitel. Courage wird die Frau eines Musketiers und beginnt einen Handel mit Tabak und Branntwein. Ihr Mann macht einen Botengang, findet unterwegs einen toten Soldaten, dem er die Kleider auszieht und, weil die Hose nicht herunterwill, auch die Schenkel abhaut. Er packt alles zusammen und kommt bei einem Bauern unter, dem er die Schenkel hinterlässt, als er sich in der Frühe wieder auf den Weg macht, worauf sich eine sehr komische Szene abspielt. 126

Das 27. Kapitel. Nachdem der Mann der Courage in einer Schlacht gefallen und Courage selbst auf ihrem Maulesel entkommen ist, begegnet sie einem Trupp Zigeuner, deren Leutnant sie zur Frau nimmt. Sie sagt einem verliebten Fräulein wahr und entwendet ihr dabei allen Schmuck, behält ihn aber nicht lange, sondern muss nach einer ordentlichen Tracht Prügel alles wieder hergeben. 131

Das 28. Kapitel. Courage kommt mit ihrer Gesellschaft in ein Dorf, wo Kirmes gefeiert wird, und stiftet einen jungen Zigeuner an, eine Henne totzuschießen. Ihr Mann tut, als wolle er ihn dafür aufhängen lassen. Während die Leute aus dem Dorf laufen, um das Schauspiel mit anzusehen, stehlen die Zigeunerinnen alle Braten und alles Gebäck und machen sich mit ihrem ganzen Trupp eilig und voller List davon. 134

Zugabe des Autors. 138
Wahrer Anlass und kurzgefasster Inhalt dieses Traktätleins. 139

Das 1. Kapitel. Gründlicher und notwendiger Vorbericht, wem zu Liebe und zu Gefallen und aus welchen Gründen die alte Erzbetrügerin, Landstörzerin und Zigeunerin Courage ihren verwunderlichen und wahrhaft seltsamen Lebenslauf erzählt und der ganzen Welt vor Augen stellt.

Ja!, werdet ihr sagen, ihr Herren, wer hätte gedacht, dass die alte Schachtel eines Tages doch noch versuchen würde, dem künftigen Zorn Gottes zu entgehen! Aber was bleibt ihr auch anderes übrig, sie muss ja! Denn mit den Luftsprüngen ihrer Jugend ist es vorbei. Gelüst und Neugier haben sich gelegt, ihr schwer beladenes, verängstigtes Gewissen ist erwacht, das grämliche Alter angebrochen, und nun schämt sie sich, in ihren unzähligen Torheiten wie früher fortzufahren, mag die eigenen Schandtaten nicht länger im Herzen verschließen und ekelt und graust sich selbst vor ihnen. Plötzlich erkennt und fühlt das alte Rabenaas, auch bei ihr wird bald der sichere Tod anklopfen, um ihr das letzte Röcheln abzupressen, mit dem sie dann unweigerlich in eine andere Welt verreist, wo sie von ihrem Tun und Lassen hienieden genaue Rechenschaft ablegen muss. Deshalb beginnt sie unter den Blicken der ganzen Welt, ihrem alten Esel seine übergroße Last zu erleichtern, um sich auf diese Weise selbst vielleicht noch so weit zu entlasten, dass sie Hoffnung schöpfen kann, am Ende die Barmherzigkeit des Himmels zu erlangen! Ja, ihr lieben Herren, das werdet ihr sagen!

Andere aber werden denken: Glaubt die Courage denn wirklich, sie könnte ihre alte Schrumpelhaut, die sie in jungen Jahren mit französischer Schorfsalbe, später mit allerlei italienischer und spanischer Schminke und schließlich mit ägyptischer* Läusesalbe und viel Gänseschmalz eingerieben, beim Feuer schwarz geräuchert und hierdurch immer wieder eine andere Farbe anzunehmen gezwungen hat, nun plötzlich wieder weiß machen? Meint sie wirklich, sie könnte die in ihre lasterhafte Stirn tief eingeritzten Runzeln zum Verschwinden bringen und sich die Glätte ihrer ersten Unschuld wiedergeben, indem sie von ihren Schurkenstücken und Lasterstreichen berichtet und damit sich das Herz erleichtert? Sollte die alte Vettel jetzt, da sie schon mit beiden Beinen im Grab steht, falls sie denn würdig ist, je eines Grabs teilhaftig zu werden, sollte diese Alte, so werdet ihr sagen, die sich ihr Lebtag in Schande und Lastern gewälzt hat, die sich mit mehr Missetaten als Jahren, mit mehr Hurenstücken als Monaten, mit mehr Diebsgriffen als Wochen, mit mehr Todsünden als Tagen und mit mehr lässlichen Sünden als Stunden beladen hat und der, so alt sie ist, ein Gedanke an Besserung noch nie in den Sinn kam – sollte sie nun plötzlich daran denken, sich mit Gott noch zu versöhnen? Glaubt sie etwa, sie käme noch rechtzeitig, während ihr Gewissen schon von mehr Höllenschmerzen und Höllenmartern gepeinigt wird, als sie in ihrem Leben Wollüste verspürt und genossen hat? Ja, wenn diese nutzlose, abgelebte Last der Erde sich außer in solchen Wollüsten nicht auch noch in allen möglichen anderen Erzlastern gewälzt und sogar in den allertiefsten Abgrund der Bosheit herabbegeben und versenkt hätte, so könnte ihr vielleicht die Gnade noch zuteil werden, ein wenig Hoffnung zu fassen. Ja, ihr Herren! Das werdet ihr sagen. Das werdet ihr denken. Und deshalb werdet ihr euch sehr über mich wundern, wenn euch die Nachricht von dieser meiner Haupt- oder Generalbeichte zu Ohren kommt. Und wenn wiederum ich davon erfahre, werde ich

Das 1. Kapitel.

vergessen, wie alt ich bin, und mich entweder wieder jung lachen oder kaputt!

Warum denn das, Courage? Warum wirst du dann lachen?

Weil ihr meint, ein altes Weib, das so lange gut gelebt hat und sich einbildet, die Seele sei ihm am Körper gleichsam festgewachsen, werde plötzlich ans Sterben denken. Eine wie ich – und ihr wisst ja, wie ich bin und immer war – werde plötzlich an Bekehrung denken. Eine, die ihr ganzes Leben nach der Hölle ausgerichtet hat, wie die Pfaffen von mir behaupten, werde plötzlich an den Himmel denken. Ich bekenne unverhohlen, dass ich mich auf die Reise, zu der mich die Pfaffen überreden wollen, nicht einlassen kann, dass ich mich nicht entschließen mag, dem völlig zu entsagen, was mich angeblich an ihr hindert. Wie es scheint, habe ich ein Ding zu wenig und ein paar andere zu viel, vor allem aber zwei. Mir fehlt nämlich die Reue, und was mir fehlen sollte*, sind der Geiz und der Neid. Würde ich nun den Haufen Gold, den ich unter Lebensgefahr und sogar, wie man mir sagt, auf Kosten meines Seelenheils zusammengeschachert habe, so sehr hassen, wie ich meine Mitmenschen beneide, und umgekehrt meine Mitmenschen so sehr lieben wie mein Geld, dann würde sich vielleicht bei mir als ein Geschenk des Himmels auch die Reue einstellen. Ich kenne die Eigenheiten der Frauen in ihren verschiedenen Lebensaltern und bestätige mit meinem eigenen Beispiel, dass alte Hunde sich nur schwer noch an die Leine legen lassen. Der cholerische Saft* ist mit den Jahren bei mir immer mehr geworden. Aber ich kann mir die Galle nicht herausnehmen, ich kann sie nicht umkrempeln und ausputzen wie der Metzger den Saumagen. Wie also sollte ich dem Zorn widerstehen? Wer befreit mich vom übermäßigen Schleim, dem Phlegma, und kuriert mich hierdurch von der Trägheit? Wer zapft mir die melancholische Feuchtigkeit ab und mit ihr die Neigung zum Neid? Wer könnte mich überreden, die Dukaten zu hassen, wo ich aus langer Erfahrung doch weiß, dass sie mich vor der

Not retten können und womöglich der einzige Trost meines Alters sind?

Damals, ihr Herrn Geistliche, war's Zeit, mir den Weg zu weisen, auf den ich mich nach eurem Rat erst jetzt begeben soll – damals, als ich noch in der Blüte meiner Jugend und im Stand der Unschuld lebte. Denn auch wenn die gefährliche Zeit der kitzelhaften Anfechtungen in jenen Tagen begann, hätte ich dem Drang des Blutes, dem sanguinischen Trieb, damals leichter widerstehen können als jetzt dem gleichzeitigen Andringen der drei anderen ärgsten Körpersäfte. Geht deshalb zu den jungen Leuten, deren Herzen noch nicht, wie das der Courage, mit anderen Bildern besudelt sind, und lehrt, ermahnt, bittet, ja, beschwört sie, dass sie es aus Unbesonnenheit so weit nie kommen lassen, wie die arme Courage es kommen ließ!

Aber höre, Courage, wenn du dich noch gar nicht zum Besseren bekehren willst, warum willst du dann, als würdest du beichten, deinen Lebenslauf erzählen und aller Welt deine Laster offenbaren?

Das tu ich dem Simplicissimus zum Trotz! Weil ich mich anders nicht an ihm rächen kann. Denn nachdem mich dieses Lästermaul im Sauerbrunnen – so behauptet er jedenfalls! – geschwängert und nachher mir mit einem bösen Streich den Laufpass gegeben hat, gibt er in seiner schönen Lebensbeschreibung auch noch vor aller Welt meine und seine eigene Schande preis. Jetzt aber will *ich* auspacken und erzählen, mit was für einem ehrbaren Pelzchen er sich eingelassen hat, damit er endlich begreift, was er da ausposaunt, und sich wohl wünscht, er hätte von unserer Geschichte lieber geschwiegen. Woraus aber die ganze ehrbare Welt ersehen kann, dass Hengst und Stute, Huren und Freier vom gleichen Schlage sind und keines um ein Haar besser ist als das andere. Gleich und Gleich gesellt sich gern, sprach der Teufel zum Köhler, und meist werden die Sünden und die Sünder durch andere Sünden und andere Sünder wieder bestraft.

Das 2. Kapitel.

Das 2. Kapitel. **Die Jungfrau Libuschka, später Courage genannt, kommt in den Krieg und muss darin unter dem Namen Janko eine Zeitlang einen Kammerdiener spielen, wobei berichtet wird, wie sie sich verhalten und was sich weiter Wundersames mit ihr zugetragen hat.**

Wer eine Ahnung davon hat, wie man bei den slawischen Völkern mit leibeigenen Untertanen umgeht, könnte meinen, ich sei von einem böhmischen Edelmann und einer Bauerntochter gezeugt* und zur Welt gebracht worden. Wissen und Meinen sind aber zweierlei. Auch ich meine dies und das und weiß es doch nicht. Und wenn ich sagen würde, ich wüsste, wer meine Eltern waren, würde ich lügen, und nicht zum ersten Mal. Doch so viel weiß ich: dass ich in Prachatitz* wohlbehütet aufgezogen, in die Schule geschickt und, anders als die Töchter einfacher Leute, im Nähen, Stricken, Sticken und anderen Frauenarbeiten angeleitet wurde. Das Kostgeld kam regelmäßig von meinem Vater, und trotzdem wusste ich nicht, woher – und meine Mutter schickte mir manchen Gruß, obwohl ich mein Lebtag kein Wort mit ihr geredet habe.

Als der Bayernherzog mit dem Buquoy nach Böhmen zog*, um den neuen König wieder zu verjagen, war ich ein vorwitziges Gör von dreizehn Jahren*, das gerade anfing, darüber nachzudenken, woher es eigentlich kam. Mich beschäftigte dies mehr als alles andere, gerade weil ich nicht fragen durfte und selbst nichts wusste oder herausfinden konnte, denn vor dem Umgang mit anderen Leuten wurde ich behütet wie ein schönes Gemälde vor dem Staub. Die Kostfrau, bei der ich in Pension war, ließ mich nicht aus den Augen, und weil ich auch nicht mit anderen Töchtern meines Alters spielen durfte, wurden die Grillen und närrischen Gedanken, die der Vorwitz meinem Hirn eingab, immer mehr und waren das Einzige, was mir durch den Kopf ging.

Als sich der bayerische Herzog und der Buquoy dann trennten*, belagerte der Bayer Budweis, der andere aber Prachatitz. Budweis war so weise, sich beizeiten zu ergeben. Prachatitz hingegen harrte aus und bekam die Gewalt der kaiserlichen Waffen zu spüren, die mit den Halsstarrigen grausam umgingen.* Als meiner Kostfrau schwante, was da im Anzug war, sagte sie zu mir: »Jungfrau Libuschka, wenn Ihr Jungfrau bleiben wollt, müsst Ihr Euch das Haar schneiden lassen und Männerkleider anziehen, sonst würde ich keine Schnalle mehr für Eure Ehre geben, die zu beschützen mir doch so ernstlich aufgetragen ist.«

Ich dachte: Was sind denn das für sonderbare Sprüche? Sie aber nahm eine Schere und schnitt mir mein goldblondes Haar auf der rechten Seite ab. Auf der linken ließ sie es in seiner ganzen Länge und Form stehen, wie es die vornehmsten Männer damals trugen.

»So, meine Tochter!«, sagte sie. »Wenn Ihr diese Not in Ehren übersteht, habt Ihr noch genug Haar, das Euch schmückt, und in einem Jahr wächst auch das andere wieder nach.« Das war mir Trost genug, denn von klein auf gefiel es mir schon immer am allerbesten, wenn es am allernärrischsten zuging. Nachdem sie mir auch Hose und Wams angezogen hatte, lehrte sie mich größere Schritte machen und zeigte mir, wie ich mich sonst benehmen und gebärden sollte.

So erwarteten wir den Einbruch des kaiserlichen Heeres in die Stadt – meine Kostfrau voller Angst und zitternd, ich hingegen konnte es kaum erwarten, zu sehen, was für ein ungewohntes Getümmel das nun werden würde. Es dauerte nicht lange, dann sah ich es. Ich will mich aber nicht damit aufhalten, zu erzählen, wie die Männer in der eingenommenen Stadt von den Siegern abgeschlachtet, die Frauen vergewaltigt und die Stadt selbst geplündert wurde, denn dergleichen ist in dem vergangenen, langwierigen Krieg so oft geschehen und so oft berichtet worden, dass alle Welt davon genug zu singen und zu sagen weiß. Dies allerdings muss ich

Das 2. Kapitel.

doch berichten, damit meine Geschichte vollständig ist: dass mich ein deutscher Reiter als einen Jungen mitnahm, bei dem ich mich dann um die Pferde kümmern und fouragieren, das heißt, beim Stehlen helfen sollte. Ich nannte mich Janko und konnte ganz gut Deutsch plappern, ließ mir dies aber, wie alle Böhmen zu tun pflegen, nicht anmerken. Im Übrigen war ich zierlich und schön und benahm mich wie ein Edelmann, und wer mir das nicht glauben mag, dem wünsche ich, er hätte mich vor fünfzig Jahren* gesehen. Dann würde er mir in diesem Punkt ein gutes Zeugnis ausstellen.

Als mich nun dieser mein erster Herr zu seiner Kompanie brachte, fragte ihn sein Rittmeister, der ein wahrhaft schöner, junger, tapferer Edelmann war, was er mit mir vorhabe. Er antwortete: »Was auch andere Reiter mit ihren Jungen machen. Mopsen soll er und sich um die Pferde kümmern – dazu taugen die Böhmen ja am besten, wie ich höre. Es heißt doch, wo ein Böhme den Werg aus dem Haus trägt, da findet ein Deutscher bestimmt keinen Flachs mehr.«

»Und wenn er nun mit seinem böhmischen Handwerk bei dir selbst anfängt und dir zur Probe deine Pferde wegreitet?«, erwiderte der Rittmeister.

»Ich werde schon auf ihn achtgeben«, sagte der Reiter, »bis wir seine Heimat hier verlassen haben.«

»Bauernjungen«, antwortete der Rittmeister, »die mit Pferden aufgewachsen sind, geben bessere Pferdejungen ab als Bürgersöhne, die in der Stadt nicht lernen können, wie man mit Pferden umgeht. Außerdem scheint mir, dieser Junge ist ein Kind von ehrbaren Leuten und viel zu verzärtelt aufgewachsen, als dass er einem Reiter seine Pferde versorgen könnte.«

Ich spitzte gewaltig die Ohren, ließ mir aber nicht anmerken, dass ich ihre Unterhaltung verstand, weil sie ja Deutsch miteinander sprachen. Meine größte Sorge war, sie würden mich wieder entlassen und nach dem geplünderten Prachatitz zurückjagen. Denn ich hatte mich am Trommeln und

Pfeifen, an Kanonen und Trompeten, deren Klang mir das Herz im Leib hüpfen ließ, noch längst nicht sattgehört. Zuletzt ergab sich – ich weiß nicht, ob zu meinem Glück oder Unglück –, dass der Rittmeister selbst mich als Pagen und Kammerdiener behielt und dem Reiter zum Ersatz für mich einen anderen böhmischen Strolch als Pferdejungen gab, da er ja unbedingt einen Dieb aus unserem Volk haben wollte.

Da spielte ich nun nach besten Kräften mit und wusste meinem Rittmeister so trefflich zu schmeicheln, seine Kleider so sauber zu halten, sein weißes Leinenzeug so hübsch zu fälteln und ihm bei allem so geschickt an die Hand zu gehen, dass er mich für den Inbegriff eines guten Kammerdieners halten musste. Und weil mir auch Waffen große Freude machten, kümmerte ich mich um sie mit solchem Eifer, dass mein Herr und seine Knechte mir bald vertrauten und er mir einen Degen schenkte und mich mit einer Backpfeife zum Krieger machte.

Aber nicht nur darüber, wie munter ich zu Werke ging, mussten sich alle wundern. Sie hielten es auch für ein Zeichen von unvergleichlichem Verstand, dass ich so rasch ihr Deutsch sprechen lernte, denn keiner wusste, dass ich es von Jugend auf schon hatte lernen müssen. Außerdem setzte ich alles daran, meine weiblichen Sitten abzustreifen und dafür männliche anzunehmen. Ich lernte fleißig Fluchen wie jeder andere Soldat und zu saufen wie ein Bürstenbinder. Ich soff Brüderschaft mit denen, die ich glauben machte, dass sie meinesgleichen wären, und wenn ich etwas beteuern wollte, hieß es: »Ich will ein Dieb oder Schelm sein, wenn ...«, damit nur ja niemand merkte, inwiefern ich bei meiner Geburt zu kurz gekommen war und dies und jenes nicht bei mir hatte.

Das 3. Kapitel. Janko tauscht sein Jungfernkränzchen bei einem zupackenden Rittmeister gegen den Namen Courage.

Mein Rittmeister war, wie gesagt, ein schöner, junger Edelmann, ein guter Reiter, ein guter Fechter, ein guter Tänzer, ein gewiefter Freibeuter und ganz versessen auf die Jagd. Mit Windhunden Hasen hetzen war seine größte Freude. Ihm stand so viel Bart ums Maul wie mir, und hätte er Frauenkleider getragen – jeder hätte ihn für eine schöne Jungfrau gehalten. Aber was rede ich? Ich muss meine Geschichte erzählen.

Als Budweis und Prachatitz erobert waren, zogen beide Armeen vor Pilsen auf, das sich zwar tapfer wehrte, aber nachher mit jammervollem Abschlachten und Aufhängen dafür gestraft wurde. Von dort rückten sie nach Rakonitz vor, wo ich zum ersten Mal selbst Kämpfe auf dem Schlachtfeld sah. Da wünschte ich, ein Mann zu sein und mir die Tage im Krieg zu vertreiben, denn es ging dabei so munter zu, dass mir das Herz im Leibe lachte. Noch mehr Lust machte mir dann die Schlacht am Weißen Berg bei Prag*, weil die Unseren einen großen Sieg errangen und wir nur wenige Männer verloren. Damals machte mein Rittmeister gute Beute, ich aber kam nicht als Page oder Kammerdiener und erst recht nicht als Mädchen, sondern als ein Soldat zum Einsatz, der geschworen hat, auf den Feind loszugehen, und dafür seinen Sold bekommt.

Nach diesem Treffen marschierte der bayerische Herzog nach Österreich, der sächsische Kurfürst in die Lausitz und unser General Buquoy nach Mähren, um jene, die gegen den Kaiser rebellierten, zum Gehorsam zu bringen. Und während sich unser General von einer Verwundung kurierte, die er bei Rakonitz erlitten hatte, trug auch ich inmitten der Ruhe, die wir seinetwegen genossen, eine Wunde im Herzen davon, die mir die Liebenswürdigkeit meines Rittmeisters zufügte. Ich sah nämlich an ihm nur jene Vorzüge, die ich oben beschrieben habe, und achtete nicht darauf, dass er weder lesen noch schreiben konnte und im Übrigen ein Grobian war, den ich – das kann ich beschwören – nie beten hörte oder sah. Doch selbst wenn der weise König Alfons* ihn eine schöne Bestia genannt hätte, wäre das Feuer meiner Liebe davon nicht erloschen. Ich wollte es allerdings für mich behalten, weil mir das wenige, was mir von meiner jungfräulichen Schamhaftigkeit geblieben war, dazu riet, und war bei alledem doch so von Ungeduld erfüllt, dass ich mir trotz meiner Jugend, die noch keines Mannes wert war, oft wünschte, die Stelle der Frauen einzunehmen, die ich und andere ihm bisweilen zuführten. Den ungestümen, gefährlichen Ausbruch meiner Liebe hemmte anfangs auch der Umstand, dass mein Liebster aus einem edlen Geschlecht mit einem großen Namen stammte und ich mir vorstellte, er würde nie und nimmer eine Frau heiraten, die nicht weiß, wer ihre Eltern sind. Und seine Mätresse werden – dazu konnte ich mich nicht entschließen, weil ich bei der Armee jeden Tag so viele Huren sich hergeben sah.

Obwohl mich dieser Krieg und Streit, den ich mit mir selber führte, grausam quälte, war ich dabei doch voller Übermut und Ausgelassenheit und ließ mir weder vom inneren Drang noch von der äußeren Mühsal und der Unruhe dieser kriegerischen Zeiten etwas anhaben. Eigentlich brauchte ich meinem Rittmeister ja nur aufzuwarten. Die Liebe aber lehrte mich, dies mit so viel Fleiß und Eifer zu verrichten, dass mein Herr tausend Eide geschworen hätte, es gebe auf der ganzen Erde keinen treueren Diener als mich. Bei allen Gefechten, und wenn es noch so hart dabei herging, wich ich ihm nie von der Seite oder aus dem Rücken, obwohl dies nicht zu meinen Pflichten gehörte, und außerdem war ich stets zu Diensten, wo immer ich eine Gelegenheit sah, ihm etwas Gutes zu tun. Hätten ihn meine Kleider nicht getäuscht – er hätte mir wohl auch am Gesicht ablesen können, dass ich

Das 3. Kapitel.

ihn mit einer anderen Inbrunst verehrte und anbetete als ein gewöhnlicher Diener. Dabei wurde mein Busen mit der Zeit immer größer und das Gelüst immer heftiger, so dass ich weder nach außen meine Brüste noch die Liebesglut im tiefsten Herzen länger verbergen zu können glaubte.

Als wir Iglau bestürmten, Trebitsch bezwangen, Znaim zur Übergabe brachten, Brünn und Olmütz* überwanden und auch die übrigen Städte zum Gehorsam trieben, habe ich manch wertvolle Beute gemacht, und der Rittmeister schenkte mir alles wegen meiner treuen Dienste. Davon verschaffte ich mir eine gute Ausrüstung und ein treffliches Pferd, füllte mir auch den eigenen Beutel und trank bisweilen bei den Marketendern mit anderen Kerlen ein Maß Wein.

Einmal saß ich mit ein paar Leuten zusammen, die aus Neid zu sticheln begannen. Einer von ihnen war besonders feindselig und überhäufte das Volk der Böhmen gar zu sehr mit Hohn und Spott. Dieser Narr zog mich damit auf, ein paar Böhmen hätten tatsächlich mal einen verfaulten Hund voller Maden als einen Stinkerkäse gefressen, und behauptete sogar, ich sei selbst dabei gewesen. Da flogen die Schimpfworte hin und her, den Worten folgten die Nasenstüber, und von den Knüffen kam es zum Raufen und Ringen, wobei mir mein Gegner mit der Hand in den Schlitz fuhr, um mich bei jenem Ding zu packen, das ich doch gar nicht besaß. Der hinterhältige Griff war zwar vergeblich, aber er ärgerte mich mehr, als wenn er nicht leer ausgegangen wäre, und desto zorniger, fast blindwütig wurde ich, nahm all meine Kraft und Wendigkeit zusammen und wehrte mich mit Kratzen, Beißen, Schlagen und Treten derart, dass ich meinen Feind zu Fall brachte und ihm das Gesicht so zurichtete, dass es einer Teufelsfratze eher als einem Menschenantlitz glich.

Ich hätte ihn wohl erwürgt, wenn mich die anderen nicht von ihm weggezerrt und Frieden gemacht hätten. Ich kam mit einem blauen Auge davon und war mir ziemlich sicher, dass der Halunke bemerkt hatte, von welchem Geschlecht ich war. Ich glaube auch, er hätte es laut gesagt, wenn er nicht gefürchtet hätte, dass er noch mehr Schläge bekommen oder zu denen, die er schon empfangen hatte, auch noch dafür ausgelacht werden würde, dass er sich von einem Mädchen hatte unterkriegen lassen. Weil ich aber fürchtete, er könnte am Ende doch schwatzen, machte ich mich aus dem Staub.

Mein Rittmeister war nicht zu Hause, als ich in unser Quartier kam, sondern saß mit anderen Offizieren in fröhlicher Runde beisammen. Dort erfuhr er schon, bevor ich ihm wieder unter die Augen kam, wie ich mich geschlagen hatte. Nun hatte ihm an mir immer gefallen, dass ich ein handfester junger Bursche war. Deshalb fiel die Schelte eher gelinde aus, aber er versäumte nicht, mich zu tadeln. Als er mich auf dem Höhepunkt seiner Strafpredigt fragte, warum ich meinen Gegner so abscheulich zugerichtet hätte, antwortete ich: »Weil er mir an die Courage gegriffen hat, wohin bisher noch keine Männerhand gekommen ist.« (Ich wollte die Sache ein wenig vertünchen und nicht so grob daherreden wie die Schwaben über ihre Klappmesser. Wenn es nach mir ginge, dürften sie sie nicht länger derart unfein titulieren, sondern müssten sie unzüchtige Messer* nennen.) Und weil sich meine Jungfernschaft ohnehin in den letzten Zügen befand und ich außerdem damit rechnen musste, dass mein Gegner mich doch noch verriet – nun, so entblößte ich meinen schneeweißen Busen und zeigte dem Rittmeister meine anziehenden, festen Brüste.

»Schaut, Herr!«, sagte ich. »Hier seht Ihr eine Jungfrau, die sich in Prachatitz verkleidet hat, um ihre Ehre vor den Soldaten zu retten. Und nachdem Gott und das Glück sie Euch in die Hände gegeben haben, bittet und hofft sie, dass Ihr als ehrbarer Edelmann sie mit ihrer erhalten gebliebenen Ehre weiter beschützen werdet.«

Nach diesen Worten fing ich an, so jämmerlich zu weinen, dass jeder sein Leben darauf verwettet hätte, ich meinte es ernst.

Das 3. Kapitel.

Der Rittmeister staunte und musste doch über den neuen Namen lachen, mit dem ich das benannte, was ich im Schutze meiner Hose bei mir führte. Er tröstete mich sehr freundlich und versprach mit wohlgesetzten Worten, meine Ehre wie sein eigenes Leben zu beschützen, und gab doch durch seine Werke gleich schon zu erkennen, dass er der Erste sein würde, der es auf mein Kränzlein abgesehen hatte. Sein unzüchtiges Gekrabbel gefiel mir aber auch viel besser als sein ehrliches Versprechen. Trotzdem wehrte ich mich tapfer – aber nicht, um ihm und seinen Begierden zu entgehen, sondern um ihn anzustacheln und noch begieriger zu machen. Und dies gelang mir auch vortrefflich, indem ich nichts geschehen ließ, bevor er mir nicht hoch und heilig versprochen hatte, mich zu heiraten. Dabei war mir ziemlich klar, dass er dies Versprechen genauso wenig halten würde, wie er sich den Hals brechen wollte.

Und nun sieh her, mein guter Simplex! Im Sauerbrunnen seinerzeit hast du dir vielleicht eingebildet, du habest als Erster den süßen Milchrahm bei mir abgeschöpft.* Aber nein, du Wicht! Du bist betrogen! Er war schon weg, bevor du überhaupt geboren wurdest*, und weil du viel zu spät kamst, blieb und gebührte dir nur noch die Molke. Aber das sind Kleinigkeiten, verglichen mit dem, was ich dir sonst noch auf die Nase gebunden habe, wie du am gehörigen Ort in allen Einzelheiten erfahren sollst.

Das 4. Kapitel.

Courage wird nur deshalb Ehefrau und Rittmeisterin, weil sie gleich darauf wieder Witwe werden muss, nachdem sie das Eheleben schon eine Weile im ledigen Stand geführt hat.

So lebte ich von nun an mit meinem Rittmeister in heimlicher Liebe und bekleidete ihm beide Posten, den eines Kammerdieners und den seiner Ehefrau. Oft bedrängte ich ihn, er möge endlich sein Versprechen wahr machen und mich zum Altar führen. Doch er hatte immer eine Ausrede, um die Sache auf die lange Bank zu schieben. Am besten gelang es mir noch, ihn in die Enge zu treiben, wenn ich so tat, als wäre ich vor Liebe ganz verrückt nach ihm, und gleichzeitig meine Jungfräulichkeit beweinte wie Jephthahs Tochter*, obwohl mir deren Verlust keine drei Heller wert war. Ich war sogar froh, dass ich die schwere, unbekömmliche Last los war, denn mit ihr hatte mich auch der Vorwitz verlassen. Durch meine liebreizende Zudringlichkeit brachte ich meinen Herrn immerhin so weit, dass er mir in Wien ein fesches Kleid nach der neuen Mode machen ließ, wie es die adeligen Damen in Italien damals trugen, so dass mir zur Ehefrau tatsächlich nichts fehlte außer dem Eintrag ins Kirchenbuch und dass man mich endlich Frau Rittmeisterin nannte. Mit dem Kleid machte er mir große Hoffnung und sorgte dafür, dass ich ihm gewogen blieb, aber tragen durfte ich es nicht und auch nicht als Frau, geschweige denn als seine Gemahlin, in Erscheinung treten. Am meisten verdross mich, dass er mich nicht mehr Janko und auch nicht Libuschka nannte, sondern Courage. Andere taten es ihm nach, ohne zu wissen, woher der Name kam. Sie glaubten, mein Herr nenne mich so, weil ich mich mit so außerordentlicher Entschlossenheit und unvergleichlicher Courage in die größten Gefahren auf dem Schlachtfeld stürzte. Also musste ich schlucken, was schwer zu verdauen war.

Das 4. Kapitel.

Deshalb, ihr braven Mädchen, die ihr eure Ehre und Jungfräulichkeit noch unversehrt erhalten habt – seid auf der Hut und lasst sie euch nicht leichtfertig rauben, denn mit ihr geht auch eure Freiheit in die Brüche, und ihr geratet in Qualen und in eine Sklaverei, die schwerer zu ertragen sind als der Tod selbst. Ich hab's erfahren und kann ein Lied davon singen. Nicht dass mich der Verlust meines Kränzleins geschmerzt hätte, denn ein Schloss davorzuhängen ist mir nie in den Sinn gekommen. Aber mich erbitterte, dass ich mich deswegen auch noch zum Besten halten lassen und gute Miene dazu machen musste, weil ich sonst hätte fürchten müssen, dass mich mein Rittmeister verraten und vor aller Welt dem Spott und der Schande preisgeben würde.

Und auch ihr Kerle, die ihr solche betrügerischen Lottertouren plant – passt nur auf, dass eure Leichtfertigkeit euch nicht von denen heimgezahlt wird, die ihr zu gerechter Rache reizt, wie zum Beispiel in Paris, wo ein Adeliger, nachdem er eine Dame betrogen hatte und nachher eine andere heiraten wollte, wieder zum Beischlaf verlockt, bei Nacht jedoch ermordet und elend verstümmelt aus dem Fenster auf die offene Straße geworfen wurde. Was mich betrifft, so muss ich zugeben: Wenn mein Rittmeister mich nicht immer wieder mit allerlei innigen Liebesbeweisen aufgemuntert und mir Hoffnung gemacht hätte, dass er mich schließlich doch ganz ohne Zweifel heiraten werde, dann hätte ich ihm wohl bei irgendeiner sich bietenden Gelegenheit eine Kugel verpasst.

Unterdessen marschierten wir unter dem Befehl des Buquoy nach Ungarn und nahmen als Erstes Pressburg ein, wo wir den größten Teil unseres Gepäcks und die besten Sachen zurückließen, weil mein Rittmeister damit rechnete, dass wir uns mit Gabor Bethlen* auf eine große Schlacht würden einlassen müssen. Von dort gingen wir nach St. Georgen, Bazin, Modor und anderen Orten, die erst geplündert und dann niedergebrannt wurden. Wir nahmen Tyrnau, Altenburg und fast die ganze Donauinsel Schütt ein, aber vor Neusohl* bekamen wir Schläge. Denn nicht nur mein Rittmeister wurde dabei lebensgefährlich verwundet, auch unser General, der Graf Buquoy, kam dort ums Leben, was zur Folge hatte, dass wir anfingen zu fliehen und nicht wieder damit aufhörten, bevor wir nach Pressburg kamen. Dort pflegte ich meinen Rittmeister voller Eifer, aber die Ärzte sagten ihm den sicheren Tod voraus, weil er an der Lunge verwundet war. Deshalb ermahnten ihn brave Leute und bewogen ihn, sich mit Gott zu versöhnen, denn unser Regimentskaplan war ein eifriger Seelenhirte und ließ ihm keine Ruhe, bis er gebeichtet und die Kommunion genommen hatte. Nachher wurde er durch seinen Beichtvater und sein eigenes Gewissen dazu gebracht und angespornt, sich im Bett mit mir verehelichen zu lassen, was nun nicht mehr seinem Leib, wohl aber seiner Seele bestens bekam und sich desto leichter bewerkstelligen ließ, als ich ihn glauben machte, ich sei von ihm schwanger. So verkehrt geht es in der Welt zu: Andere nehmen sich Frauen, um mit ihnen in der Ehe zu leben; dieser aber ging mit mir die Ehe ein, weil er wusste, dass er sterben würde!

Auf diese Weise erfuhren die Leute, dass ich nicht als treuer Diener, sondern als seine Mätresse ihm gedient und sein Unglück beweint hatte. Bei der Hochzeitszeremonie kam mir das Kleid, das er mir einst hatte machen lassen, gut zupass. Aber lange konnte ich es nicht tragen, sondern brauchte bald ein schwarzes, weil er mich nach wenigen Tagen zur Witwe machte. Da erging es mir nun wie jener Frau, die beim Begräbnis ihres Mannes einem Freund, der ihr sein Beileid ausdrückte, zur Antwort gab: Was man am liebsten hat, das führt einem der Teufel als Erstes davon.

Ich ließ ihn seinem Stand gemäß prächtig begraben, denn er hatte mir nicht nur schöne Pferde, Waffen und Kleider, sondern auch einen schönen Haufen Geld hinterlassen. Über dies alles ließ ich mir von den Geistlichen eine Urkunde ausstellen, weil ich hoffte, hierdurch auch vom Erbe seiner Eltern noch etwas zu ergattern. Durch eifrige Nachforschungen brachte ich aber nur heraus, dass er zwar von echt adeliger Geburt, im Übrigen aber so bettelarm war, dass er übel dran gewesen wäre, wenn ihm die Böhmen keinen Krieg geschickt oder angerichtet hätten.

In Pressburg verlor ich nicht bloß meinen Liebsten, sondern wurde dort auch von Gabor Bethlen belagert. Weil aber zehn Reiterkompanien und zwei Regimenter zu Fuß aus Mähren anrückten und die Stadt nach einem ausgeklügelten Plan entsetzten, so dass Bethlen alle Hoffnung, die Stadt zu erobern, verlor und die Belagerung aufhob, habe ich mich bei der ersten sich bietenden Gelegenheit mit meinen Pferden, Dienern und allem Gepäck nach Wien begeben, um von dort wieder nach Böhmen zu kommen und zu sehen, ob meine Kostfrau in Prachatitz vielleicht noch lebte, und von ihr zu erfahren, wer meine Eltern gewesen waren. Nichts reizte mich damals mehr als die Vorstellung, wie sehr es mir zu Ehre und Ansehen gereichen würde, wenn ich mit so vielen Pferden und Dienern, die ich laut meiner Urkunde alle rechtmäßig und ehrenhaft im Krieg gewonnen hatte, wieder nach Hause käme.

Das 5. Kapitel. Was für ein ehrbares und züchtiges, aber auch verruchtes und gottloses Leben die Rittmeisterin Courage als Witwe führt, wie sie einem Grafen zu Willen ist, einen Gesandten um sein Geld bringt und sich etlichen anderen willig unterschiebt, um reiche Beute zu machen.

Weil ich die geplante Reise von Wien nach Prachatitz wegen der allgemeinen Unsicherheit nicht so bald antreten konnte, zumal das Essen in den Wirtshäusern schrecklich teuer war, verkaufte ich meine Pferde, entließ all meine Diener, stellte statt ihrer eine Magd ein und mietete bei einer Witwe eine Stube mit Kammer und Küche, um sparsam zu wirtschaften und auf eine Gelegenheit zu warten, wie ich sicher nach Hause kommen könnte. Diese Witwe war ein ausgefuchstes Luder, wie man selten eines findet. Ihre beiden Töchter waren vom gleichen Schlag und bei den Burschen am Hof ebenso wie bei den Armeeoffizieren allgemein bekannt. Auch mich machten sie bei diesen Lotterkerlen bald bekannt und sorgten dafür, dass die große Schönheit der Rittmeisterin, die bei ihnen wohnte, nach kurzer Zeit in aller Munde war. Obwohl nun mein schwarzes Trauergewand mir ein besonderes Ansehen und besondere Würde verlieh und meine Schönheit außerdem desto prachtvoller zur Geltung brachte, lebte ich anfangs doch ganz still und zurückgezogen. Meine Magd musste spinnen, ich aber machte mich ans Nähen, Sticken und an andere Frauenarbeiten und sorgte dafür, dass die Leute es sahen. Heimlich aber pflegte ich meine Schönheit und stand oft eine ganze Stunde vor dem Spiegel, um zu sehen und auszuprobieren, wie mir das Lachen, das Weinen, das Seufzen und andere Mienenspiele zu Gesicht standen. Diese Torheit hätte mir ein deutliches Anzeichen von Leichtsinn und ein sicherer Hinweis darauf sein können, dass ich den Töchtern meiner Wirtin bald nacheifern würde, die denn auch, damit dies desto rascher geschähe, samt der Alten anfingen, nähere Bekanntschaft mit mir zu schließen, und mich, um mir die Zeit zu vertreiben, oft in meinem Zimmer besuchten, wo sich dann Gespräche entspannen, die kaum geeignet waren, einem jungen Ding wie mir die Bravheit zu erhalten, vor allem wenn seine natürlichen Neigungen in die Richtung der meinigen gingen. Mit ebenso umständlichen wie geschickten Andeutungen machte die Alte um den einen Punkt immer wieder einen großen Bogen und brachte meiner Magd zunächst einmal bei, wie sie mich nach der neuesten Mode frisieren und kleiden sollte. Mir selbst aber

Das 5. Kapitel.

zeigte sie, wie ich meine weiße Haut noch weißer und mein goldenes Haar noch goldener machen könnte, und wenn sie mich dann so herausgeputzt hatte, sagte sie, es sei doch jammerschade, dass ein so edles Geschöpf wie ich ständig in einem schwarzen Sack herumlaufen und wie ein Turteltäubchen als keusche Witwe* leben müsste. So etwas hörte ich nur zu gern. Es war Öl auf das ohnedies schon lodernde Feuer meiner lüsternen Begierden. Sie lieh mir auch den »Amadis«-Roman*, damit ich mir die Zeit mit ihm vertriebe und mir schmeichelnde Redensarten daraus einprägte. Auch was ihr sonst noch einfiel, die Lust auf Liebe bei mir anzustacheln, ließ sie nicht ungetan.

Inzwischen hatten meine entlassenen Diener überall herumerzählt, was für eine Rittmeisterin ich gewesen war und wie ich diesen Titel bekommen hatte, und weil sie mich nicht anders zu nennen wussten, blieb mir der Name Courage erhalten. Mit der Zeit begann ich meinen Rittmeister zu vergessen, weil er mein Feuer nicht mehr schürte. Und als ich sah, was für einen Zulauf die Töchter meiner Wirtin hatten, machte das auch mir den Mund wässrig nach neuer Speise, die mir meine Wirtin nur zu gern gegönnt hätte, viel lieber als sich selbst. Doch solange ich noch Trauer trug, durfte sie mir mit so etwas nicht kommen, zumal sie sah, wie kalt ich dahin zielende Anträge entgegennahm. Manche vornehme Herren ließen sich hierdurch aber nicht abhalten, meinetwegen täglich bei ihr vorzusprechen und um ihr Haus herumzuschwärmen wie Raubbienen um einen Bienenkorb.

Unter ihnen war ein junger Graf, der mich kurz zuvor in der Kirche gesehen und sich heftig in mich verliebt hatte. Er hätte viel dafür gegeben, zu mir zu gelangen. Aber weil meine Wirtin, die er viele Male vergeblich darum ersucht hatte, sich damals noch nicht traute, ihn mir zuzuführen, suchte er nach einem anderen Weg und ließ sich von einem meiner früheren Diener alles über das Regiment erzählen, in dem mein Rittmeister gedient hatte. Als er schließlich die

Namen der Offiziere kannte, bat er mich demütig, vorsprechen oder mich persönlich besuchen zu dürfen, um sich bei mir nach alten Bekannten zu erkundigen, die er nie im Leben gesehen hatte. Von diesen kam er auf meinen Rittmeister zu sprechen, behauptete, er habe in seiner Jugend zusammen mit ihm studiert und sei immer ein guter Bekannter von ihm gewesen, beklagte auch seinen frühen Tod, bejammerte zugleich mein Unglück, das mich in so zarter Jugend schon zur Witwe gemacht habe, und erbot sich, falls er mir irgendwie behilflich sein könne, usw. usw. Mit solchen und ähnlichen Avancen versuchte der junge Herr Bekanntschaft mit mir anzuknüpfen, was ihm auch gelang. Mir war zwar klar, dass er sich irrte, denn mein Rittmeister hatte ja nie studiert. Trotzdem gefielen mir seine Manieren und seine Absicht, die Stelle des verblichenen Rittmeisters bei mir einzunehmen. Ich gab mich jedoch unnahbar und kühl, blieb wortkarg, presste mir ein paar zierliche Tränen ab und bedankte mich für sein Beileid und das großzügige Angebot mit Komplimenten, die ihm deutlich genug zu verstehen gaben, dass seine Liebe es für diesmal bei einem guten Anfang bewenden lassen, er selbst aber ehrbar von mir Abschied nehmen solle.

Am nächsten Tag schickte er seinen Lakaien mit der Frage, ob es mir keine Ungelegenheiten mache, wenn er mich besuchen käme. Ich ließ ihm ausrichten, er mache mir zwar keine Ungelegenheiten, und seine Gegenwart sei mir durchaus angenehm. Doch weil es merkwürdige Leute auf der Welt gebe, denen alles verdächtig vorkomme, bäte ich ihn, Rücksicht zu nehmen und mich nicht in Verruf zu bringen. Die abschlägige Antwort machte den Grafen nicht nur nicht zornig, sondern noch verliebter als zuvor. Maulhenkolisch* wanderte er vor meinem Haus auf und ab und hoffte, wenigstens seine Augen an mir zu weiden, wenn er mich am Fenster sähe. Jedoch vergebens. Ich wollte meine Ware möglichst teuer an den Mann bringen und ließ mich nicht sehen. Während er vor Liebe fast verging, legte ich meine Trauer ab und mein anderes Kleid an, in dem ich mich nun wieder zeigen durfte. Ich putzte mich heraus, so gut ich konnte, und zog damit die Blicke und die Herzen vieler großer Herren auf mich – aber nur, wenn ich in die Kirche ging, denn sonst kam ich nirgendwohin. Jeden Tag bekam ich jetzt Grüße und freundliche Worte von allen möglichen Leuten zu hören, die alle an der gleichen Krankheit litten wie der Graf. Ich aber blieb unerschütterlich wie ein Fels, bis ganz Wien nicht nur vom Lob meiner unvergleichlichen Schönheit, sondern auch vom Ruhm meiner Keuschheit und anderer seltener Tugenden erfüllt war.

Als ich es schließlich so weit gebracht hatte, dass man mich für eine halbe Heilige hielt, schien es mir an der Zeit, meinen so lange bezwungenen Begierden einmal die Zügel schießen zu lassen und die Leute, die eine so gute Meinung von mir hatten, zu betrügen. Der Graf war der Erste, dem ich meine Gunst erwies und widerfahren ließ, weil er weder Mühen noch Kosten gescheut hatte, sie zu erlangen. Er war zwar liebenswert und liebte mich von Herzen, und auch ich hielt ihn unter allen, die da drängten, für den, der mir meine Begierden am besten sättigte. Und doch hätte ich ihn nicht herangelassen, wenn er mir nicht, gleich nachdem ich die Trauer abgelegt hatte, ein Stück taubengrauen Atlas mit allem Zubehör für ein neues Kleid geschickt und vor allem zum Trost für den Verlust meines Mannes hundert Dukaten für meinen Haushalt verehrt hätte. Der Zweite nach ihm war der Gesandte eines großen Potentaten, der mir in der ersten Nacht sechzig Pistolen zu verdienen gab. Auf diese beiden folgten noch andere, aber keiner, der nicht ordentlich spendieren konnte, denn was arm oder vielmehr nicht sehr reich und sehr groß war, das konnte draußen bleiben oder sich mit den Töchtern meiner Wirtin behelfen. Auf diese Weise sorgte ich dafür, dass meine Mühle gleichsam nie leer stand, und scheffelte so meisterlich, dass ich binnen eines Monats tausend Dukaten in klingender Münze beisammenhatte –

dasjenige nicht gerechnet, was mir an Schmuckstücken, an Ringen, Ketten, Armbändern, an Samt-, Seiden- und Leinenstoffen (mit Strümpfen und Handschuhen durfte mir keiner kommen), auch an Essbarem, an Wein und anderen Dingen verehrt wurde. So wollte ich mir meine Jugend auch weiter zunutze machen, denn ich kannte das Sprichwort:

Ein jeder Tag bricht dir was ab
Von deiner Schönheit, bis ins Grab.

Und es würde mich noch heute gereuen, wenn ich es damals anders gemacht hätte. Doch schließlich trieb ich es so wüst, dass die Leute begannen, mit dem Finger auf mich zu zeigen, und mir klar wurde, dass es auf die Dauer nicht so weitergehen konnte. Denn zuletzt schlug ich auch dem Armseligsten keine Nummer ab. Meine Wirtin half mir redlich und hatte auch ihren ehrlichen Gewinn davon. Sie brachte mir allerlei Künste und Kniffe bei, deren sich liederliche Frauen bedienen – aber auch andere, mit denen sich verruchte Männer behelfen, so dass ich mich schließlich sogar kugelfest* machen und jedem sein Feuerrohr durch Zauberei verstopfen konnte, und wenn ich noch länger bei ihr geblieben wäre, hätte ich wohl auch das Hexen gelernt. Als ich jedoch einen heimlichen Wink bekam, die Obrigkeit werde unser Nest demnächst ausheben und zerstören, kaufte ich mir eine Kalesche und zwei Pferde, mietete mir einen Knecht und machte mich aus dem Staub, und zwar nach Prag, weil gerade eine gute Möglichkeit bestand, sicher dorthin zu kommen.

Das 6. Kapitel. Courage kommt durch eine wundersame Fügung in die zweite Ehe und heiratet einen Hauptmann, mit dem sie sehr glücklich und vergnügt lebt.

Auch in Prag hätte ich Gelegenheit gehabt, weiter mein Handwerk zu treiben. Aber der Wunsch, meine Kostfrau zu sehen und mich nach meinen Eltern umzutun, trieb mich, nach Prachatitz zu reisen, was ich in einem Land, wo der Frieden wiederhergestellt war, für eine sichere Sache hielt. Aber potz Herz! Ich sah das Städtchen eines Abends schon vor mir liegen, als plötzlich elf Reiter aus der Mansfeldischen Armee* auftauchten, die ich, wie jedermann vor mir, für Kaiserliche, also befreundet hielt, denn sie trugen rote Schärpen oder Abzeichen. Sie schnappten mich und wanderten mit mir und meiner Kalesche dem Böhmerwald entgegen, als wäre der Teufel hinter ihnen her. Ich schrie zwar, als hinge ich an einer Folter, aber sie brachten mich bald zum Schweigen. Um Mitternacht kamen sie zu einem Hof, der einsam vor dem Wald lag, wo sie anfingen, die Pferde zu füttern und selbst zu essen, und sich über mich hermachten, wie es bei ihresgleichen üblich ist. Mir machte das keinen großen Kummer, aber ihnen bekam die Sache so schlecht wie dem Hund das Gras, denn während sie ihre viehischen Begierden an mir sättigten, wurden sie von einem Hauptmann, der mit dreißig Dragonern einen Konvoi nach Pilsen begleitet hatte, überwältigt und allesamt niedergemacht, weil sie mit falschen Abzeichen ihren Befehlshaber verleugnet hatten.

Meine Habe hatten die Mansfeldischen noch nicht unter sich aufgeteilt, und weil ich einen kaiserlichen Pass besaß und noch keine vierundzwanzig Stunden in der Gewalt des Feindes gewesen war, hielt ich dem Hauptmann vor, dass es nicht rechtens sei, wenn er mich und das Meine als Beute betrachten und behalten würde. Er musste das zugeben, behauptete aber trotzdem, ich sei ihm für meine Befreiung etwas schuldig, und niemand könne es ihm verdenken, wenn er einen solchen Schatz, den er vom Feind erobert habe, nicht mehr aus den Händen lassen wolle. So wie ich meinem Pass zufolge eine verwitwete Rittmeisterin sei, sei er ein verwitweter Hauptmann, und wenn ich einwilligte, würde die Beute bald geteilt sein. Wenn nicht, würde er mich dennoch mitnehmen und später mit jedem, der die Sache in Frage stellte, darüber disputieren, ob seine Beute rechtmäßig sei oder nicht. Damit ließ er erkennen, dass er schon einen Narren an mir gefressen hatte, und um das Wasser ganz auf seine Mühle zu lenken, sagte er, dieses Zugeständnis wolle er mir machen: dass ich selbst wählen könnte, ob er die Beute unter all seinen Leuten verteilen solle oder ob ich samt meinem Besitz mittels Heirat ihm allein gehören wolle. In diesem Fall würde er seinen Leuten schon klarmachen, dass ich mit meiner Habe keine rechtmäßige Beute sei, sondern durch die Eheschließung an ihn allein übergegangen sei. Ich antwortete, wenn ich die Wahl hätte, wollte ich weder das eine noch das andere, sondern würde darum bitten, dass sie mich nach Hause ziehen ließen. Und dann brach ich in Tränen aus, als wäre es mein tiefster Ernst gewesen, nach dem alten Reim:

Die Frauen weinen oft mit Schmerzen,
Aber es kommt ihnen nicht von Herzen.
Sie pflegen sich nur zu verstellen,
Sie können weinen, wann sie wöllen.

So wollte ich ihn veranlassen, mich zu trösten und sich noch stärker zu verlieben, denn mir war wohl bewusst, dass sich die Herzen der Männer weinenden und betrübten Frauen besonders leicht zu öffnen pflegen. Der Streich gelang, und während er mir gut zusprach und hoch und heilig versicherte, wie sehr er mich liebe, gab ich ihm das Jawort – allerdings unter der ausdrücklichen Voraussetzung und Bedingung, dass er mich vor der Eheschließung nicht anrühren dürfe, was er mir dann sowohl versprochen wie auch gehalten hat, bis wir zu den Befestigungen der Mansfeldischen Armee bei Weidhausen kamen, die der Mansfelder selbst soeben durch Akkord* dem Herzog von Bayern übergeben hatte. Wegen der heftigen Liebe meines Kavaliers duldete die Hochzeit nun keinen Aufschub mehr, und so ließ er sich dort mit mir verheiraten – ehe er noch erfahren konnte, womit die Courage ihr Geld verdient hatte, das sich inzwischen auf eine nicht eben geringe Summe belief.

Ich war aber kaum einen Monat bei der Armee, da fanden sich schon einige hohe Offiziere, die mich von Wien her nicht nur kannten, sondern dort auch Umgang mit mir gehabt hatten. Doch sie waren so diskret, weder meine noch ihre Ehre in Verruf zu bringen. Es gab zwar einiges Gemurmel, aber das machte mir nicht viel aus – außer dass ich mir nun wieder den Namen Courage gefallen lassen musste.

Im Übrigen hatte ich einen braven, duldsamen Mann, der sich über mein Geld so freute wie über meine Schönheit, auch wenn er mit der Letzteren sparsamer umging, als mir lieb war. Aber so wie ich mich damit zufriedengab, ließ er zu, dass ich mich im Reden und im Umgang mit den Leuten desto freier gebärdete. Wenn ihn dann jemand neckte, mit der Zeit würden ihm wohl noch zwei Hörner wachsen, antwortete er ebenfalls gutgelaunt, dies sei allerdings seine geringste Sorge. Denn selbst wenn ihm tatsächlich mal ein anderer über seine Frau käme, würde er es bei dem, was so einer ausgedrechselt habe, nicht belassen, sondern sich die Zeit nehmen, der fremden Arbeit wieder einen andern Schliff zu geben.

Jederzeit hielt er ein gutes Pferd mit schönem Sattel und Zaumzeug für mich bereit. Ich ritt nicht wie andere Offiziersfrauen in einem Damen-, sondern auf einem Männersattel, und auch wenn ich beide Beine nach der gleichen Seite schlug, hatte ich doch Pistolen und einen türkischen Säbel dabei und stets auch auf der anderen Seite einen Steigbügel hängen, trug im Übrigen Hosen und darüber nur einen dünnen Taftrock, so dass ich mich jederzeit rittlings setzen und einen jungen Reiterskerl abgeben konnte. Kam es dann zu einem Treffen mit dem Feind, konnte ich mich nicht zurückhalten, sondern musste mitmachen. Oft sagte ich: Eine Dame, die es nicht wagt, sich zu Pferd gegen ein Mann zu wehren, sollte sich auch nicht wie ein Mann mit Federn schmücken. Und als es mir im Kampf ein paarmal gelang, Gefangene zu machen, die sich nicht für Feiglinge hielten, wurde ich in solchen Gefechten so kühn, mir einen Karabiner oder ein Bandelierrohr, wie man ihn auch nennt, an die Seite zu hängen und es außerhalb des Getümmels auch mit zweien aufzunehmen und dabei umso kräftiger dreinzuhauen, als ich mich und mein Pferd vermittels der von meiner früheren Wirtin erlernten Künste so fest gemacht hatte, dass mir keine Kugel etwas anhaben konnte.

So ging und so stand es damals mit mir. Ich machte mehr Beute als mancher Soldat, der seinen Eid geleistet hatte, und darüber ärgerte sich so mancher und so manche. Aber mir war das egal, denn mir gab es das Schmalz in die Suppe. Wegen des Vertrauens, das mir mein, gemessen an meiner Natur, doch recht unkräftiger Mann schenkte, hielt ich dennoch zu ihm, obwohl bei mir Leute von viel höherem Rang als er vorstellig wurden und seinen Leutnant an Ort und Stelle vertreten wollten, denn er ließ mich machen, wie ich wollte. So war ich in Gesellschaft munter, im Gespräch vorlaut, aber vor dem Feind auch so heroisch wie ein Mann und im Feldlager so häuslich und sparsam, wie nur je eine Frau sein kann – bei der Versorgung der Pferde besser als ein guter Stallmeister und im Quartier so geschäftstüchtig, dass es sich mein Hauptmann nicht besser hätte wünschen können. Und wenn er bisweilen Anlass hatte, mich zu ermahnen, ließ er es sich doch gefallen, wenn ich ihm widersprach und auf eigene Faust ausging, weil sich unser Geld dadurch so sehr vermehrte, dass wir einen großen Teil davon in einer vornehmen Stadt zur Aufbewahrung hinterlassen mussten.

So lebte ich recht glücklich und vergnügt und hätte mir nichts anderes gewünscht, wenn nur mein Mann ein besserer Reiter gewesen wäre. Aber das Glück oder mein Fatum ließen mich nicht lange dieses Leben führen, denn bei Wiesloch* wurde mir mein Hauptmann totgeschossen, und so war ich nach kurzer Zeit schon wieder Witwe.

Das 7. Kapitel. **Courage schreitet zur dritten Ehe und verwandelt sich aus einer Hauptmännin in eine Leutnantin, trifft's aber nicht so gut wie zuvor, prügelt sich mit ihrem Leutnant um die Hosen und gewinnt sie durch tapfere Entschlossenheit und Courage, worauf sich ihr Mann verdrückt und sie sitzenlässt.**

Mein Mann war kaum kalt und begraben, da hatte ich schon wieder ein ganzes Dutzend Freier und die Wahl, welchen von ihnen ich nehmen sollte, denn ich war nicht nur schön und jung, sondern hatte auch schöne Pferde und ziemlich viel altes Geld von vollem Wert*, und obwohl ich gleich verlauten ließ, dass ich meinem verstorbenen Hauptmann zu Ehren noch ein halbes Jahr trauern wollte, konnte ich die lästigen Hummeln doch nicht vertreiben, die mich umschwärmten wie einen gut gefüllten Honigtopf ohne Deckel. Der Obrist versprach mir Unterhalt und Quartier beim Regiment, bis ich meine Angelegenheiten geregelt hätte. Dafür ließ ich zwei von meinen Knechten Soldatendienst tun, und wenn sich eine Gelegenheit bot, bei der ich selbst dem Feind etwas wegschnappen zu können hoffte, schonte ich die eigene Haut so wenig wie ein Soldat und nahm dann auch in der erfreulichen und geradezu vergnüglichen Schlacht bei Wimpfen* einen Leutnant und im Nachgefecht bei Heilbronn einen Fähnrich samt seiner Fahne gefangen. Meine beiden Knechte erbeuteten bei der Plünderung der Wagen einen ordentlichen Haufen Bargeld, das sie gemäß unserer Vereinbarung dann mit mir teilen mussten.

Nach dieser Schlacht wuchs die Zahl meiner Bewunderer weiter, und nachdem ich bei meinem vorigen Mann schon mehr gute Tage als gute Nächte gehabt und seit seinem Tod auch noch unfreiwillig gefastet hatte, beschloss ich, durch meine neue Wahl all diese Entbehrungen wieder wettzumachen, und verlobte mich mit einem Leutnant, der mir all seine Mitbewerber an Schönheit wie an Jugend, Verstand und Tapferkeit zu übertreffen schien. Er war von Geburt Italiener – das Haar tiefschwarz, die Haut ganz weiß, und in meinen Augen so schön, dass ihn kein Maler schöner hätte malen können. Bis er mich so weit hatte, war er mir ergeben wie ein Hund und konnte sich, als ich ihm mein Jawort gab, vor Freude kaum fassen, als wenn Gott die ganze Welt beraubt und ihn allein selig gemacht hätte. Wir wurden in der Kaiserpfalz von Wimpfen getraut und hatten die Ehre, dass der Obrist selbst mit den meisten hohen Offizieren des Regiments bei unserer Hochzeit erschien. Alle wünschten uns viel Glück in einer langen Ehe – aber vergebens.

Denn als wir nach der ersten Nacht bei Sonnenaufgang beisammenlagen, faulenzten, uns mit allerlei liebevollen, freundlichen Gesprächen amüsierten und ich schließlich aufstehen wollte, da rief mein Leutnant seinen Jungen zu sich ans Bett und befahl ihm, zwei kräftige Prügel zu bringen. Der Junge gehorchte, und ich meinte, nun würde der arme Kerl sie auch gleich zu spüren bekommen. Ich legte deshalb ein gutes Wort für ihn ein, bis er die beiden Prügel brachte und sie, wie ihm befohlen wurde, auf den Tisch zu unseren Nachtkleidern legte. Kaum war der Junge wieder weg, sagte mein Bräutigam zu mir: »Nun, Liebste! Ihr wisst ja, dass alle

Welt der Meinung war, zu Lebzeiten Eures vorigen Mannes hättet Ihr die Hosen angehabt, was ihm bei ehrbaren Leuten nicht wenig Schimpf und Spott eingetragen hat. Da ich nun Grund zu der Sorge habe, Ihr könntet an dieser Gewohnheit festhalten und auch die meinigen tragen wollen, was ich keinesfalls dulden will oder zu ertragen vermöchte, liegen sie dort auf dem Tisch und die beiden Prügel daneben, damit wir uns, falls Ihr sie auch jetzt wieder beanspruchen und Euch aneignen wollt, vorher darum schlagen können. Denn mein Schatz wird sich auch selbst sagen, dass sie besser gleich zu Anfang dem einen oder anderen von uns zufallen, statt dass wir nachher in unserer Ehe täglich Krieg darum führen.«

»Liebster!«, antwortete ich und gab ihm einen herzhaften Kuss. »Ich dachte, die Schlacht, die wir uns liefern wollten, sei schon geschlagen, und Anspruch auf Eure Hosen zu erheben ist mir nie in den Sinn gekommen. Aber so wie ich weiß, dass die Frau nicht aus dem Haupt des Mannes, sondern aus seiner Seite genommen wurde*, hoffe ich, dass auch mein Herzallerliebster diese Herkunft im Auge behält und mich nicht, als wäre ich aus seiner Fußsohle genommen, für seinen Fußabtreter hält, sondern für seine Gemahlin. Er sieht ja, ich komme gar nicht darauf, mich ihm auf den Kopf zu setzen, sondern begnüge mich mit seiner Seite, und nun bitte ich ergebenst, er möge diese unsinnige Fechtstunde wieder absagen.«

»Ha, ha!«, sagte er. »Das ist wahre Frauenlist – die Herrschaft an sich reißen, bevor man es gemerkt hat. Aber vorher muss darum gefochten werden, damit ich weiß, wer in Zukunft wem Gehorsam schuldig ist.«

Damit machte er sich aus meiner Umarmung los wie seinerzeit ein anderer Narr.* Ich jedoch sprang aus dem Bett, zog Hemd und Schlafhose wieder an, schnappte mir den kürzeren, aber kräftigeren Prügel und sagte: »Da Ihr mir nun zu kämpfen befehlt und dem Sieger die Herrschaft, die ich nicht beanspruchen wollte, über den Unterlegenen zusprecht, wäre ich wohl närrisch, wenn ich mir die Gelegenheit entgehen ließe, etwas zu bekommen, woran mir sonst nichts liegen würde.«

Er hingegen, auch nicht faul, ergriff, nachdem ich abgewartet hatte, bis er ebenfalls in seine Hosen geschlüpft war, den anderen Prügel und wollte mich beim Kopf packen, um mir dann gründlich und in aller Ruhe den Buckel zu verbläuen. Aber ich war viel zu schnell für ihn. Ehe er sich's versah, hatte er schon eins am Kopf und geriet ins Taumeln wie ein Ochse nach dem ersten Streich. Ich nahm die beiden Prügel, um sie vor die Tür zu werfen, doch als ich diese öffnete, standen da einige Offiziere, die unserem Streit zugehört und teils durch einen Spalt auch zugesehen hatten. Ich ließ sie lachen, solange sie wollten, schlug ihnen die Tür vor der Nase wieder zu, zog mir rasch den Rock über und brachte meinen Tölpel – meinen Bräutigam, wollte ich sagen – mit ein wenig Wasser aus einer Waschschüssel wieder zu sich, und als ich ihn an den Tisch gesetzt und mich ein wenig zurechtgemacht hatte, ließ ich auch die Offiziere vor der Tür zu uns ins Zimmer kommen.

Wie wir alle uns da ansahen, mag sich jeder selbst ausmalen. Ich begriff, dass mein Bräutigam diese Offiziere veranlasst hatte, sich um diese Zeit vor unserem Zimmer einzufinden und Zeugen seiner Torheit zu werden. Denn nachdem sie den Dummkopf aufgezogen hatten, er würde mir die Hosen lassen müssen, hatte er sich vor ihnen gebrüstet, er kenne ein sehr spezielles Mittel, dessen er sich gleich am ersten Morgen bedienen wolle, um mich so gefügig zu machen, dass ich fortan zittern würde, wenn er mich bloß scheel ansähe. Aber das hätte der brave Mann vielleicht bei einer anderen als der Courage probieren können. Bei mir erreichte er damit nur, dass er zum Gespött von allen wurde, und ich wäre nachher gar nicht mit ihm zusammengezogen, wenn es mir nicht von höherer Stelle befohlen und zur Pflicht gemacht worden wäre. Wie wir dann miteinander gelebt haben, kann sich jeder leicht vorstellen, nämlich wie Hund

und Katze. Da er sich an mir nicht anders rächen und auch den Spott der Leute nicht länger ertragen konnte, raffte er eines Tages all mein Bargeld zusammen und lief mit den drei besten Pferden und einem Knecht zum Gegner über.

Das 8. Kapitel. **Courage mischt bei einer Schlacht tapfer mit, haut einem Soldaten den Kopf ab, nimmt einen Major gefangen und erfährt, dass ihr Leutnant als meineidiger Überläufer ergriffen und gehängt wurde.**

So wurde ich eine Halbwitwe, ein Stand, in dem es einer Frau noch viel ärger ergeht, als wenn sie gar keinen Mann hat. Ein paar Leute hegten den Verdacht, ich würde meinem Mann bald folgen und wir hätten unsere Flucht verabredet. Als ich jedoch den Obristen um Rat und Befehl bat, wie ich mich verhalten solle, antwortete er mir, ich könne beim Regiment bleiben. Solange ich mich ehrbar verhielte, wolle er mich wie andere Witwen auch verpflegen lassen. Damit konnte ich das Misstrauen der Leute zerstreuen.

Ich musste aber nun viel kürzer treten, weil mein Bargeld davongeflogen und meine stattlichen Soldatenpferde, auf denen ich manche ansehnliche Beute gemacht hatte, weggelaufen waren. Doch ich ließ meine Armut nicht sehen, um mir nicht auch noch die Verachtung aufzuhalsen. Geblieben waren mir die beiden Knechte, die Soldatendienste taten, und außerdem ein Junge und ein paar Schindmähren oder Packpferde. Von denen und von der Bagage meiner Männer verkaufte ich, was sich zu Geld machen ließ, und beschaffte mir wieder ein gutes Reittier. Als Frau durfte ich zwar nicht mit auf Partei reiten, aber unter den Fouragierern konnte sich keiner mit mir messen.* Oft wünschte ich mir wieder eine

Schlacht wie bei Wimpfen. Aber was half's? Ich musste abwarten. Denn bloß mir zuliebe wurde keine Schlacht geschlagen, auch wenn ich's mir noch so sehr wünschte. Um aber trotzdem wieder an Geld zu kommen, das beim Fouragieren selten abfiel, ließ ich mich von Leuten treffen, die etwas springen lassen mochten – zum einen wegen des Geldes, aber auch, um meinem Ausreißer seine Untreue heimzuzahlen. So brachte ich mich durch und stellte bald noch einen kräftigen Burschen als Knecht ein, der mir beim Stehlen helfen musste, während die beiden anderen Wache standen.

So ging es weiter, bis wir den Herzog von Braunschweig über den Main jagten* und viele von seinen Leuten darin ersaufen ließen. Bei dieser Schlacht mischte ich mich unter die Unseren und bewies in Gegenwart meines Obristen eine Tapferkeit, wie er sie selbst bei einem Mann nicht für möglich gehalten hätte. Denn mitten im Getümmel nahm ich einen gegnerischen Major direkt vor dessen Einheit in dem Augenblick gefangen, als er zu einem neuen Angriff ansetzen wollte. Und als ihn einer von seinen Leuten heraushauen wollte und mir zu diesem Zweck eine Pistole auf den Kopf losfeuerte, dass mir Hut und Federn davonstoben, gab ich es diesem mit dem Säbel so zurück, dass er ohne Kopf noch ein paar Schritte neben mir ritt, was merkwürdig und abscheulich zugleich aussah.

Nachdem diese Schwadron zersprengt und in die Flucht geschlagen war und der Major mir für sein Leben einen Haufen Goldmünzen samt einer goldenen Kette und einem kostbaren Ring gegeben hatte, ließ ich ihn und meinen Jungen die Pferde tauschen und verschaffte ihm bei den Unseren ein sicheres Gewahrsam. Dann begab ich mich an die eingestürzte Brücke, wo im Wasser ein jämmerliches Ersaufen und an Land ein grausames Niedermachen im Gange waren. Weil zu diesem Zeitpunkt noch jeder so nah wie möglich bei seiner Einheit bleiben musste, schnappte ich mir eine Kutsche mit sechs schönen Braunen, in der sich weder Geld noch lebende Personen fanden, wohl aber zwei Kisten mit kostbaren Kleidern und Weißwäsche. Die brachte ich mit Hilfe meines Knechts oder Jungen an die Stelle, wo ich den Major zurückgelassen hatte, der sich fast zu Tode dafür schämte, dass ihn eine junge Frau gefangen hatte. Als er aber in meinen Hosentaschen und den Halftern Pistolen stecken sah, die ich zusammen mit meinem Karabiner wieder lud und fertigmachte, und außerdem hörte, was ich schon bei Wimpfen zuwege gebracht hatte, da beruhigte er sich etwas und sagte: »Mit einer solchen Hexe würde selbst der Teufel seine Mühe haben.«

Mit meinem Jungen, den ich genauso kugelfest gemacht hatte wie mich und mein Pferd, zog ich los, um noch mehr Beute zu erschnappen, stieß jedoch auf den Oberstleutnant unseres Regiments, der unter seinem Pferd lag und, als er mich erkannte, um Hilfe rief. Ich packte ihn auf das Pferd meines Jungen und führte ihn zu den Unseren und meiner zuvor eroberten Kutsche, wo er meinem gefangenen Major Gesellschaft leisten musste.

Es ist kaum zu glauben, wie ich nach dieser Schlacht sowohl von meinen Neidern als auch von denen, die mir wohlgesinnt waren, gelobt wurde. Auf beiden Seiten hieß es, ich sei der Teufel selbst, und gerade damals war es mein sehnlichster Wunsch, alles zu sein, bloß keine Frau. Aber was half's – das war versiebt und nicht zu ändern. Ich spielte zwar oft mit dem Gedanken, mich als Hermaphrodit auszugeben, um auf diese Weise vielleicht zu erreichen, dass ich öffentlich Hosen tragen konnte und als junger Kerl durchginge. Andererseits hatte ich durch meine unbändige Begierde so viele Mannsbilder verspüren lassen, wer und was ich war, dass mir der Mut fehlte, in die Tat umzusetzen, was ich gern wollte. So viele Zeugen hätten gegen mich gesprochen, dass mich am Ende Ärzte und Hebammen hätten untersuchen müssen. Deshalb sah ich zu, wie ich durchkam, und wenn mir die spitzen Bemerkungen zu viel wurden, erwiderte ich, früher habe es ja wohl auch schon Amazonen gegeben, die so ritterlich wie Männer gegen ihre Feinde gekämpft hätten. Um mir die Gnade meines Obristen zu erhalten und damit er mich weiter vor meinen Neidern beschützte, schenkte ich ihm außer dem Gefangenen auch meine Kutsche samt den Pferden, wofür er mir zweihundert Reichstaler verehrte, die ich samt dem Geld, das ich in letzter Zeit erbeutet oder anderweitig verdient hatte, ebenfalls in einer bekannten Stadt aufbewahren ließ.

Während wir nun Mannheim* eingenommen hatten und Frankenthal* noch belagerten und somit in der Pfalz den Herren spielten, schlugen der General de Cordoba* und der Graf von Anholt* bei Fleurus den Braunschweiger und den Mansfelder ein weiteres Mal, wobei mein entlaufener Mann, der Leutnant, gefangen, von den Unseren erkannt und als meineidiger Überläufer mit seinem allerbesten Hals an einen Baum gehängt wurde. So war ich zwar von meinem Mann erlöst und wieder Witwe, bekam hierdurch aber einen solchen Haufen Feinde, die sagten: »Die Strahlhexe hat den armen Teufel ums Leben gebracht«, dass ich ihm sein Leben gern länger gegönnt und mich lieber noch ein Weilchen mit ihm abgefunden hätte, bis er anderswo ins Gras gebissen und einen ehrbareren Tod gefunden hätte, wenn es denn hätte sein können.

Das 9. Kapitel. Courage verlässt den Krieg, nachdem das Glück sie verlassen hat und die allermeisten nur noch verächtlich auf sie herabsehen.

So geriet ich immer mehr in Bedrängnis. Meine Knechte machte man mir abspenstig, indem man ihnen sagte: »Pfui Teufel, wie könnt ihr Kerle einem solchen Weibsbild dienen?« Ich hoffte, wieder einen Mann zu bekommen, aber einer sagte zum anderen: »Nimm du sie, ich mag nicht.« Die

Das 9. Kapitel.

ehrbar Gesinnten schüttelten den Kopf über mich und die meisten Offiziere ebenfalls. Einfache Leute aber und arme Schlucker brauchten es bei mir gar nicht erst zu versuchen, die hätte ich keines Blickes gewürdigt. Ich bekam die Folgen unseres närrischen Kampfes zwar nicht am Hals zu spüren wie mein Mann, aber ich hatte länger daran zu kauen als er an seiner Hinrichtung. Gern wäre ich in eine andere Haut geschlüpft, aber sowohl die Gewohnheit als auch die Leute, mit denen ich täglich umging, ließen nicht zu, dass ich ein besserer Mensch wurde, wie ja überhaupt die meisten Leute im Krieg eher schlimmer als braver werden. Ich putzte mich wieder heraus und legte Angeln und Fallstricke aus, um diesen oder jenen zu fangen und einzuwickeln. Aber es kam nichts dabei heraus, ich war schon zu sehr in Verruf. Die Courage war in der ganzen Armee bekannt, und wo ich vorüberritt, da wurde mir meine Ehre aus tausend Mündern nachgerufen, so dass ich mich wie eine Nachteule bei Tage nicht mehr sehen lassen durfte. Auf den Märschen hielten sich die ehrbaren Frauen von mir fern, das Lumpenpack beim Tross drangsalierte mich ständig, und jene unverheirateten Offiziere, die mich gern beschützt hätten, um nachts bei mir zu grasen, mussten bei ihren Regimentern bleiben, wo mich die Leute mit Hohn und Spott übergossen. Mir wurde klar, dass ich hier auf Dauer nichts mehr werden würde. Bei den Offizieren hatte ich noch ein paar Freunde, die aber nicht meinen, sondern ihren eigenen Nutzen suchten – die einen ihre Wollust, andere mein Geld und wieder andere meine schönen Pferde –, lauter Schmarotzer, die mir lästig wurden, und kein Einziger dabei, der mich heiraten wollte, sei es dass sie sich meiner schämten, sei es dass sie glaubten, ich besäße eine unselige Eigenschaft, die all meinen Männern schädlich wäre, oder weil sie sich aus irgendeinem anderen Grund vor mir fürchteten.

Deshalb beschloss ich, nicht nur dieses Regiment, sondern die Armee und den Krieg überhaupt zu verlassen, was mir umso leichter gelang, als mich die hohen Offiziere schon längst gern los gewesen wären. Ich bilde mir auch nicht ein, dass sich unter anderen ehrbaren Leuten viele fanden, die mir eine Träne nachweinten – außer ein paar jungen, unverheirateten Rabauken aus den mittleren Offiziersrängen, denen ich gelegentlich die Schlafhosen gewaschen hatte. Dem Obrist war der Ruhm nicht angenehm, dass seine schöne Kutsche dem Feind von der Courage abgenommen und ihm verehrt worden sein sollte. Und der Oberstleutnant, den ich verwundet aus Schlachtgetümmel und Lebensgefahr gerettet und zu den Unseren gebracht hatte, fand dies so wenig ehrenhaft, dass er mir meine Mühe mit einem »Hol's der Teufel« dankte und jedes Mal, wenn er mich sah, auch noch vor lauter Missmut rot wurde und mir, wie man sich leicht vorstellen kann, nur das Beste an den Hals wünschte. Die Damenwelt, also die Offiziersfrauen, hasste mich, weil ich viel schöner war als jede andere beim Regiment und weil mir ein paar von ihren Männern immer noch den Vorzug gaben. Hohe und einfache Soldaten waren mir feindlich gesinnt, weil ich, wie nur die allerbesten unter ihnen, das Herz hatte, mich auf Unternehmungen einzulassen, die größte Tapferkeit und Verwegenheit erforderten und bei denen so manche das kalte Grauen überkommen hätte.

Ich sah, dass ich viel mehr Feinde als Freunde hatte, und musste mir sagen, dass jeder meiner Gegner mir nur zu gern auf diese oder jene Weise eins ausgewischt hätte, wenn sich ihm die Gelegenheit dazu geboten hätte. »O Courage«, sagte ich mir, »wie willst du so vielen Feinden entgehen, die dir, jeder auf seine Art, ein Bein stellen wollen? Deine schönen Pferde, deine schönen Kleider, deine schöne Ausrüstung und obendrein der Glaube, du besäßest viel Geld – schafft dir das alles und jedes Einzelne nicht Feinde genug, die imstande wären, ein paar Kerle anzustiften und dich heimlich umbringen zu lassen? Und wenn dich solche Kerle ermordeten oder bei einem Gefecht niedermachten – welcher Hahn würde

Das 9. Kapitel.

dann wohl nach dir krähen? Wer würde deinen Tod rächen? Kannst du auch nur den eigenen Knechten trauen?« Mit solchen Sorgen schlug ich mich herum und fragte mich selbst: Was tun? Und weil ich niemand hatte, der mir redlich seinen Rat gab, musste ich mir auch selbst folgen.

Also erbat ich vom Obristen einen Pass in die nächste günstig gelegene Reichsstadt, um aus dem Heer loszukommen. Nicht nur diesen Pass bekam ich ohne Mühe, sondern auch, statt eines Abschieds, eine Urkunde, der zufolge ich mit einem Hauptmann des Regiments (denn von meinem letzten Mann wollte ich keinen Ruhm haben) ehrbar verheiratet gewesen und, nachdem ich ihn im Krieg verloren hatte, eine Zeitlang beim Regiment geblieben sei und dabei so anständig, brav und ehrbar gelebt hätte, wie es sich für eine rechtschaffene, ehr- und tugendliebende Dame gehöre und gezieme, weshalb man mich bei so untadeligem, tugendhaftem Lebenswandel jedermann nur bestens empfehlen könne. Diese fetten Lügen wurden mit eigenhändiger Unterschrift und beigeprägtem Siegel in aller Form bekräftigt, worüber sich aber niemand zu wundern braucht, denn je schlimmer sich jemand aufführt und je lieber man ihn loswerden will, desto großartiger wird das Zeugnis ausfallen, das man ihm mit auf den Weg gibt, vor allem, wenn es zugleich sein Lohn sein soll. Um dem Obristen meine Dankbarkeit zu bekunden, überließ ich ihm für seine Kompanie einen Knecht mit Pferd, so gut gerüstet wie ein Offizier, obwohl er keiner war. Ich dagegen nahm einen Knecht, einen Jungen, eine Magd, sechs schöne Pferde (darunter eines, das hundert Dukaten wert war) samt einem vollgepackten Wagen mit davon und kann bei meinem großen Gewissen (manche nennen es auch ein weites Gewissen) nicht sagen, wie ich all die Sachen überhaupt erobert und an mich gebracht habe.

Nachdem ich mich und das Meinige sicher in jene Stadt gebracht hatte, verkaufte ich meine Pferde und gab alles weg, was sich zu Geld machen ließ und was ich nicht unbedingt brauchte. Außerdem entließ ich mein ganzes Gesinde, um meine Ausgaben zu senken. Aber es erging mir wie in Wien – auch hier wurde ich den Namen Courage nicht los, obwohl ich ihn so billig hergegeben hätte wie sonst nichts von meiner Habe. Meine alten oder vielmehr jungen Kunden aus der Armee kamen nämlich mir zuliebe in die Stadt geritten und fragten unter jenem Namen nach mir, den die Kinder in den Gassen auf diese Weise früher lernten als das Vaterunser – aber ebendeshalb zeigte ich meinen Freiern die Feige. Als sie dann den Städtern erzählten, was ich für ein Flittchen sei, bewies ich diesen mit Brief und Siegel das Gegenteil und machte sie glauben, die Offiziere brächten mich nur deshalb in Verruf, weil ich gerade nicht so sei, wie sie mich gerne hätten. So konnte ich mich einigermaßen herausreden und brachte es mit Hilfe meiner Dokumente dahin, dass mich die Stadt gegen ein kleines Schutzgeld in ihre Obhut nahm, bis ich meine Angelegenheiten geregelt hatte, so dass ich nun gegen meinen Willen ehrbar, fromm, still und zurückgezogen lebte und meine Schönheit, die immer mehr zunahm, sorgfältig pflegte – stets darauf hoffend, irgendwann doch wieder einen wackeren Mann zu bekommen.

Das 10. Kapitel. Courage erfährt, wer ihre Eltern waren, und bekommt wieder einen Mann.

Aber da hätte ich lange warten können, dass etwas Passendes bei mir anbiss, denn die vornehmen Familien blieben unter sich, und auch die bloß Reichen konnten reiche, schöne und vor allem – worauf man damals noch einen gewissen Wert legte – ehrbare Jungfrauen finden und brauchten keiner verlassenen Soldatenhure nachzulaufen. Es gab allerdings einige, die Bankrott gemacht hatten oder kurz davor waren – die wollten mein Geld, aber gerade deshalb wollte ich sie nicht.

Das 10. Kapitel.

Handwerker wiederum waren mir nicht gut genug, und so blieb ich ein Jahr lang sitzen, was mir auf die Dauer schwer erträglich und gegen die Natur war, zumal mir von dem guten Leben, das ich führte, ganz kitzelhaft wurde. Denn das Geld, das ich in einigen großen Städten liegen hatte, überließ ich den Kaufleuten und Bankiers und erzielte damit einen so ansehnlichen Gewinn, dass ich mein Grundkapital gar nicht anzutasten brauchte und trotzdem schöne Tage davon hatte. Weil mir aber in einem Punkte etwas fehlte und auch meine schwachen Beine unter so viel gutem Leben nicht mehr mitmachen konnten oder wollten, schickte ich mein Geld per Wechsel nach Prag, reiste ihm mit einigen Kaufleuten, denen ich mich anschloss, hinterher und begab mich von dort zu meiner Kostfrau nach Prachatitz in der Hoffnung, dass mir dort mehr Glück beschieden wäre.

Ich fand sie sehr arm – ärmer, als ich sie verlassen hatte, denn nicht nur der Krieg hatte ihr übel mitgespielt, sie hatte auch vorher schon mehr von mir gezehrt als ich von ihr. Sie freute sich sehr über mein Kommen, vor allem, als sie sah, dass ich nicht mit leeren Händen erschien. Und doch bestand ihre erste Begrüßung nur aus Tränen. Unter Küssen nannte sie mich ein unglückliches Fräulein, das wohl nie ein seiner Herkunft gemäßes Leben führen könnte, und fügte hinzu, fortan werde sie mir nicht mehr wie früher helfen, mich auch nicht mehr beraten und anleiten können, denn meine engsten Verwandten und Freunde seien vertrieben worden oder gar tot. Außerdem, so sagte sie, sollte ich mich nur ja vor den Kaiserlichen in Acht nehmen, falls sie je etwas über meine Abstammung erführen. Darauf brach sie wieder in Tränen aus, so dass ich nicht wusste, was ich von ihren Reden halten sollte, ob sie wahr, erfunden oder übertrieben waren. Als ich sie schließlich mit Essen und Trinken (denn die arme Frau litt erbärmlichen Hunger) gelabt und so gestärkt hatte, dass sie fast einen Rausch davon hatte, begann sie, mir freimütig von meinem Herkommen zu erzählen.

Mein natürlicher Vater* sei ein Graf und noch vor wenigen Jahren der mächtigste Mann im ganzen Königreich gewesen. Nun aber sei er, weil er gegen den Kaiser rebelliert habe, des Landes verwiesen worden und halte sich den neuesten Nachrichten zufolge bei der Hohen Pforte* auf, wo er angeblich gar seine christliche Religion mit der türkischen vertauscht hatte. Meine Mutter, so sagte sie, stamme zwar aus einer ehrbaren Familie, sei aber ebenso arm wie schön gewesen und habe der Gemahlin jenes Grafen als Hofdame gedient. Dabei sei der Graf selbst ihr Leibeigener geworden und habe diesen Dienst so lange bei ihr versehen, bis er sie auf das Schloss eines anderen Edelmannes bringen musste, wo sie dann mit mir niedergekommen sei. Weil sie, meine Kostfrau, damals ebenfalls einen kleinen Sohn entwöhnte, den sie mit dem Edelmann jenes Schlosses gezeugt hatte, habe sie meine Säugamme werden und mich dann in Prachatitz adelig aufziehen müssen, wozu mein Vater und meine Mutter sie mit den nötigen Mitteln und dem Unterhalt versehen hätten.

»Ihr seid von Eurem Vater zwar einem tapferen Edelmann in die Ehe versprochen worden, liebes Fräulein«, sagte sie, »doch den haben die Kaiserlichen bei der Eroberung von Pilsen gefangen genommen und mit ein paar anderen als Verräter aufgehängt.«

So erfuhr ich, was ich seit langem hatte wissen wollen, und wünschte doch, ich hätte es nie erfahren. Weil ich mir von meiner hohen Geburt wenig erhoffen konnte, außerdem auch keinen anderen oder besseren Rat wusste, vereinbarte ich mit meiner Säugamme, sie solle von nun an meine Mutter und ich ihre Tochter sein. Sie war viel schlauer als ich, deshalb folgte ich ihrem Rat und zog mit ihr von Prachatitz nach Prag – nicht nur, um den Leuten, die uns kannten, aus den Augen zu kommen, sondern auch, um zu sehen, ob uns dort das Glück nicht heller scheinen würde. Im Übrigen passten wir gut zueinander – nicht weil wir, sie als Kupplerin und ich als Hure, einander so gut ergänzten, sondern weil sie

Das 10. Kapitel.

jemanden brauchte, der sie versorgte, und ich jemanden, der, wie sie, so zuverlässig war, dass ich ihm meinen Ruf und meine Habe anvertrauen konnte. Kleider und Schmuck nicht gerechnet, hatte ich dreitausend Reichstaler in bar beisammen und deshalb keinen Grund, mein Auskommen mit Schandgeld zu verdienen. Ich kleidete meine neue Mutter wie eine ehrbare, alte Matrone, hielt sie in Ehren und erwies ihr vor den Leuten allen gebotenen Gehorsam. Wir gaben uns als Leute aus, die durch den Krieg aus ihrer Heimat an der deutschen Grenze vertrieben worden waren, verdienten unser Geld mit Nähen, auch mit Gold-, Silber- und Seidenstickerei, lebten im Übrigen still und zurückgezogen und gingen mit meinem Geld sehr sparsam um, denn oft vertut man es, bevor man's recht bemerkt, und kann nichts verdienen, wenn man's nachher braucht.

Das wäre ein gutes und geradezu klösterliches Leben gewesen, hätte uns nicht die Standhaftigkeit gefehlt. Bald hatte ich neue Freier. Manche versuchten es bei mir wie bei den Frauen im Bordell. Andere, die sich nicht trauten, mir meine Ehre abzukaufen, schwatzten immerzu vom Heiraten. Die einen wie die anderen wollten mich glauben machen, es sei die quälende Liebe zu mir, die ihre Begierde anstachele. Ich hätte beiden nicht geglaubt, wenn ich eine keusche Ader gehabt hätte. Stattdessen ging es nach dem alten Sprichwort: Gleich und Gleich gesellt sich gern. Denn so, wie es heißt: »Stroh im Schuh, eine Spindel im Sack und eine Hure im Haus lassen sich nicht verbergen«, wurde ich bald bekannt, und überall rühmte man meine Schönheit, so dass wir viel zu stricken und sticken hatten – unter anderem ein Wehrgehänge für einen Hauptmann, der behauptete, er liege vor lauter Liebe in den letzten Zügen. Ich dagegen machte so viel Wind von meiner Keuschheit, dass er wiederum so tat, als würde er verzweifeln. Ich schätzte Charakter und Vermögenslage meiner Kunden nämlich nach der Regel meines Wirts im Goldenen Löwen zu N., der immer sagte: »Kommt ein Gast zu mir und macht übermäßig viel höfliche Komplimente, ist das ein sicheres Zeichen dafür, dass er entweder nicht viel hat oder nicht viel ausgeben will. Kommt aber einer mit herrischem Gehabe daher, der gleich mit der Faust auf den Tisch haut, so denke ich: Holla, dem Kerl ist der Beutel geschwollen, den musst du schröpfen. Also begegne ich den Höflichen meinerseits mit Höflichkeit, damit sie mich und mein Haus weiterempfehlen. Den Großmäulern aber biete ich alles, was sie haben wollen, damit ich nachher Gründe habe, ihren Beutel ordentlich zu plündern.«

Während nun ich meinem Hauptmann begegnete wie jener Wirt seinen höflichen Gästen, hielt er mich, wenn nicht für einen halben Engel, so doch für ein Muster und den Inbegriff der Keuschheit und fast für die Tugend selbst. Kurz, es kam so weit, dass er von Verheiratung zu schwatzen begann und nicht lockerließ, bis er das Jawort hatte. Der Ehevertrag umfasste folgende Punkte: Ich würde ihm eintausend Reichstaler in die Ehe mitbringen, die er in seiner Heimat in Deutschland sicher hinterlegen sollte, so dass ich sie, falls er vor mir und ohne Erben sterben sollte, zurückerhalten könnte. Meine übrigen zweitausend Reichstaler sollten an einem bestimmten Ort mit Zinsen angelegt werden, und diese Zinsen sollte mein Hauptmann, solange unsere Ehe währte, zur Verfügung haben, wobei er das Kapital selbst nicht antasten durfte, bis wir Erben hätten. Außerdem sollte ich das Recht haben, wenn ich ohne Erben sterben würde, mein ganzes Vermögen, auch die eintausend Reichstaler, die ich ihm mit in die Ehe gebracht hatte, nach meinem Gutdünken testamentarisch zu vermachen, usw.

Anschließend wurde Hochzeit gehalten, und als wir glaubten, wir könnten für den Rest des Krieges in der Prager Garnison wie zu Friedenszeiten ruhig miteinander leben, kam der Befehl, dass wir nach Holstein in den dänischen Krieg* marschieren müssten.

Das 11. Kapitel. Nachdem Courage ein braves Leben begonnen hat, wird sie unversehens wieder Witwe.

Ich rüstete mich auf das Beste für den Feldzug, denn ich wusste inzwischen besser als mein Hauptmann, was dazu nötig war. Und weil ich fürchtete, es könnte mich wieder an einen Ort verschlagen, wo man die Courage schon kannte, erzählte ich meinem Mann mein ganzes bisheriges Leben, ausgenommen, dass ich mich gelegentlich als Hure betätigt hatte und was sich zwischen mir und dem Rittmeister zugetragen hatte. Der Name *Courage*, so machte ich ihm weis, sei mir wegen meiner Tapferkeit zugewachsen, wie es ja auch alle anderen glaubten. Mit diesen Geschichten kam ich denen zuvor, die mich womöglich bei ihm in Verruf gebracht hätten, indem sie ihm von diesen Dingen vielleicht mehr erzählt hätten, als mir lieb war. Aber so wie er mir damals kaum glauben wollte, wie ich mich in offener Schlacht gegen den Feind bewährt hatte, bis andere Leute aus der Armee ihm dies bestätigten, so glaubte er später anderen nicht, wenn sie von meinem liederlichen Lebenswandel schwadronierten, weil ich alles abstritt. Im Übrigen war er ein stattlicher Mann, bedächtig und vernünftig und einer von den Tapferen, so dass ich mich oft wunderte, warum er mich überhaupt genommen hatte, wo er doch etwas Ehrbareres verdient gehabt hätte.

Meine Mutter nahm ich als Haushälterin und Köchin mit, weil sie nicht zurückbleiben wollte. Ich versah unseren Bagagewagen mit allem Erdenklichen, was uns im Felde nötig werden konnte, und teilte die Aufgaben unter dem Gesinde so ein, dass sich mein Mann nicht darum kümmern musste und auch kein Verwalter nötig war. Mir selbst aber verschaffte ich wie früher Pferd, Waffen, Sattel und Zaumzeug, und so ausstaffiert, stießen wir bei den Häusern Gleichen* in der Nähe von Göttingen zu Tillys Armee*, wo man mich bald erkannte und die Spötter in den Ruf ausbrachen: »Freut euch, Brüder! Wir haben ein gutes Omen, dass wir die nächste Schlacht gewinnen werden!« – »Warum?« – »Weil die Courage wieder bei uns ist!« Und tatsächlich hatten diese Kerle gar nicht so unrecht, denn das Heer, mit dem ich kam, bestand aus drei Regimentern zu Pferd und zweien zu Fuß, eine Verstärkung, die nicht zu verachten war und die der Armee Courage genug gebracht hätte, auch wenn ich nicht dabei gewesen wäre.

Soweit ich mich erinnere, gerieten die Unseren am zweiten Tag nach dieser glücklichen Vereinigung bei Lutter* mit dem König von Dänemark aneinander, wo ich es dann bei der Bagage tatsächlich nicht aushielt, sondern, als der erste Schwung des Feindes verpufft war und die Unseren tapfer nachsetzten, mich mitten ins Getümmel stürzte, wo es am allerdicksten war. Einfache Soldaten mochte ich nicht gefangen nehmen, sondern wollte meinem Mann gleich beim ersten Mal zeigen, dass ich meinen Beinamen nicht umsonst trug und er sich deshalb nicht zu schämen brauchte. Also schlug ich meinem edlen Hengst, der in Prag nicht seinesgleichen gehabt hatte, mit dem Säbel den Weg frei, bis ich mich eines Rittmeisters aus einem vornehmen dänischen Geschlecht bemächtigen konnte, den ich aus dem Getümmel zu meinem Bagagewagen brachte. Ich und mein Pferd bekamen zwar heftige Stöße ab – wir ließen aber keinen Tropfen Blut auf dem Schlachtfeld, sondern trugen nur ein paar Schrammen und Beulen davon.

Weil alles so gut gegangen war, richtete ich meine Waffen wieder her, jagte ein zweites Mal los und holte noch einen Quartiermeister und einen einfachen Reiter, die gar nicht mitbekamen, dass ich eine Frau war, bis ich sie zu dem erwähnten Rittmeister und meinen Leuten geschafft hatte. Ich durchsuchte keinen von ihnen, weil sie mir ihr Geld und die Wertsachen, die sie bei sich trugen, von selbst übergaben. Ich sorgte auch dafür, dass vor allem der Rittmeister fast zuvorkommend behandelt und nicht angetastet, geschweige denn ausgezogen wurde. Ich trat allerdings absichtlich ein wenig beiseite, damit meine Knechte mit den beiden anderen Gefangenen, die mit ausgezeichneten Lederkollern* ausgestattet waren, ihre Kleider tauschen konnten.

Ich wäre auch noch ein drittes Mal losgestürmt, um das Eisen zu schmieden, solange es heiß war und die Schlacht währte. Aber ich wollte mein gutes Pferd nicht überfordern. Dafür brachte dann auch mein Mann ein wenig Beute von denen mit, die sich nach der Burg Lutter zurückgezogen und dort auf Gnade und Ungnade ergeben hatten, so dass wir während und nach dieser Schlacht gemeinsam alles in allem an die tausend Gulden vom Feind erobert hatten, die wir nachher gleich wegschlossen und bei der ersten Gelegenheit per Wechsel nach Prag zu meinen dort schon deponierten zweitausend Reichstalern schickten, weil wir sie im Feld nicht brauchten und jeden Tag hoffen konnten, noch mehr Beute zu machen.

Ich und mein Mann, wir liebten uns, je länger wir zusammen waren, desto mehr. Jeder schätzte sich glücklich, dass er den anderen geheiratet hatte, und hätten wir uns nicht geniert – ich glaube, ich wäre ihm weder tagsüber noch nachts, weder beim Wachdienst in den Laufgräben noch in allen Gefechten je von der Seite gewichen. Wir vermachten einander unser ganzes Vermögen, wobei der länger Lebende (ob wir nun Erben bekämen oder nicht) den Verstorbenen beerben, gleichzeitig aber auch, solange sie lebte, für den Unterhalt meiner Säugamme oder Mutter sorgen sollte, die uns immer mit Eifer und Treue zur Seite stand. Diese Verfügung, in zwei Exemplaren ausgefertigt, hinterlegten wir zum einen in Prag hinter dem Senat*, zum anderen in der Heimat meines Mannes, in Süddeutschland, das damals noch in schönster Blüte stand und unter dem Krieg nicht im Geringsten gelitten hatte.

Nach dieser lutterischen Schlacht nahmen wir Steinbrück, Verden, Langwedel, Rotenburg, Ottersberg und Hoya ein.* Auf Schloss Hoya musste mein Mann mit Teilen der Truppe, die unter seinem Befehl standen, Quartier beziehen, allerdings ohne Bagage. Die blieb beim Regiment, das ein bequemeres Winterquartier bezog und dem auch ich mich anschließen sollte, um die Ruhe zu genießen. Ich wollte aber meinen Mann, so wie mich sonst keine Gefahr von ihm trennen konnte, auch auf diesem Schloss nicht allein lassen – schon aus Furcht, die Läuse könnten ihn mir fressen, denn es waren keine Frauen da, die die Soldaten hätten sauber halten können.

Doch sobald dies zu Beginn des Winters geschehen war und Tilly sein Heer auf diese Weise zerteilt hatte, zog der König von Dänemark mit seiner Armee heran und wollte im Winter zurückgewinnen, was er im Sommer verloren hatte. Zunächst versuchte er, Verden einzunehmen. Weil ihm aber diese Nuss zu hart war, ließ er Verden ungeknackt und goss seinen Zorn über Schloss Hoya aus, indem er es in sieben Tagen mit mehr als tausend Kanonenschüssen durchlöcherte, von denen einer auch meinen lieben Mann traf und mich zu einer tiefbetrübten Witwe machte.

Das 12. Kapitel. Der Courage wird ihre gewaltige Courage gewaltig wieder heimgezahlt.

Als nun die Unseren das Schloss aus Angst, es könnte einstürzen und uns alle unter sich begraben, verließen* und dem König übergaben und auch ich traurig und weinend mitmarschierte, erkannte mich zu allem Unglück jener Major, den ich einst am Main von den Braunschweigischen gefangen hatte.* Er erkundigte sich bei unseren Leuten, ob ich es wirklich sei, und als er auch erfuhr, wie es mir ergangen und dass ich eben wieder Witwe geworden sei, da fackelte er nicht lange und packte mich.

»Du Bluthexe!«, sagte er. »Jetzt wirst du büßen für die Schmach, die du mir damals bei Höchst angetan hast. Ich will

Das 12. Kapitel.

dich lehren, dass dir die Lust, Rüstung und Waffen zu tragen und Edelleute gefangen zu nehmen, ein für allemal vergeht.«

Dabei verzerrte ihm die Wut das Gesicht so sehr, dass mich der bloße Anblick schon entsetzte. Hätte ich aber meinen Rappen unter mir gehabt und wäre ihm im Feld begegnet, so hätte ich mich wohl getraut, ihn eine andere Sprache zu lehren. Stattdessen führte er mich zu einem Trupp Reiter und übergab mich dem Fähnrich, der mich nach allem ausfragte, was ich mit dem Oberstleutnant (denn ein solcher war der Major inzwischen geworden) zu schaffen gehabt hatte. Umgekehrt erfuhr ich von ihm, dass es jenen, als ich ihn damals gefangen genommen hatte, fast den Kopf oder wenigstens seinen Majorsrang gekostet hätte, weil er sich von einer Frau vor der Brigade hatte wegfangen lassen und hierdurch eine Unordnung bei seiner Einheit und deren vollkommene Zerstreuung verursacht hatte, wenn er sich nicht damit herausgeredet hätte, seine Bezwingerin habe ihn durch Zauberei geblendet. Zuletzt aber sei er doch aus Beschämung von seinem Posten zurückgetreten und habe dänische Dienste angenommen.

Die folgende Nacht verbrachten wir in einer nicht gerade bequemen Unterkunft, wo mich der Oberstleutnant zur Revanche für seine Schmach, wie er es nannte, zwang, mich seinen viehischen Begierden zu ergeben, ohne dass doch (pfui, was für eine schändlicher Irrsinn!) Lust und Freude im Spiel waren, denn obwohl ich mich nicht besonders sperrte, gab er mir statt Küssen nur schallende Ohrfeigen. Am nächsten Tag machten sie sich ganz plötzlich wieder auf den Weg, wie fliehende Hasen, hinter denen die Windhunde her sind, so dass ich schon glaubte, der Tilly würde sie jagen, während sie doch nur vor ihrer eigenen Furcht, gejagt zu werden, Reißaus nahmen.

In der zweiten Nacht fanden sie Quartier bei Bauern, die ihnen den Tisch deckten. Da lud mein tapferer Held ein paar andere Offiziere seines Kalibers zu sich ein, die sich dann durch mich mit ihm verschwägern* mussten, so dass meine sonst unersättlichen fleischlichen Begierden für diesmal hinreichend befriedigt wurden.

In der dritten Nacht, nachdem sie wieder den ganzen Tag gelaufen waren, als wäre der Teufel hinter ihnen her, erging es mir nicht besser, sondern noch viel schlimmer. Denn nachdem sich alle diese Hengste wieder müdgerammelt hatten (pfui, ich würde mich schämen, davon zu sprechen, wenn ich es nicht dir, Simplicissimus, zu Ehren und zum Gefallen täte), musste ich diesmal, während die Herren zusahen, auch noch die Knechte über mich lassen. Bis dahin hatte ich alles geduldig ertragen und mir gesagt, ich sei selbst schuld. Aber als es hierzu kam, war mir das ein so abscheulicher Gräuel, dass ich anfing, mich zu beschweren, zu schimpfen und Gott um Hilfe und Rache anzurufen. Aber ich fand kein Erbarmen bei diesen viehischen Unmenschen, die alle Scham und alle christliche Gesittung vergaßen, mich erst nackt auszogen, wie ich auf die Welt gekommen war, dann ein paar Handvoll Erbsen auf den Boden schütteten und mich mit Spießruten nötigten, sie wieder aufzulesen. Sie würzten mich sogar mit Salz und Pfeffer, so dass ich springen und mit den Füßen um mich treten musste wie ein Esel, dem man eine Handvoll Dornenzweige oder Nesseln unter den Schwanz bindet. Ich glaube, wenn es nicht Winter gewesen wäre, hätten sie mich auch mit Brennnesseln gegeißelt.

Nachher berieten sie, ob sie mich den Pferdejungen ausliefern oder mir als Zauberin den Prozess durch den Henker machen lassen sollten. Letzteres, so mutmaßten sie, würde ihrem Ansehen nicht bekommen, da sie sich schon meines Leibes bemächtigt hatten. Die Verständigsten unter ihnen (falls diese Untiere überhaupt einen Funken Verstand besaßen) meinten, wenn man einen solchen Prozess gegen mich hätte anstrengen wollen, hätte mich der Oberstleutnant von vornherein unberührt lassen und der Justiz ausliefern sollen. Also fassten sie den Beschluss, mich nachmittags (denn sie

Das 12. Kapitel.

fühlten sich an diesem Tage sicher und lagen still) den Reiterjungen auszuliefern.

Nachdem sie sich an dem jämmerlichen Schauspiel des Erbsenauflesens sattgesehen hatten, durfte ich mich wieder anziehen, und als ich damit fertig war, meldete sich ein Edelmann, der den Oberstleutnant sprechen wollte. Das war nun gerade jener Rittmeister, den ich vor Lutter gefangen genommen hatte und der eben von meiner Gefangenschaft erfahren hatte. Als er nun den Oberstleutnant nach mir fragte und mich sehen wollte, weil ich ihn bei Lutter gefangen hatte, führte ihn dieser gleich ins Zimmer und sagte: »Da sitzt das Luder, gleich werde ich sie den Jungen überlassen« – denn er konnte sich nichts anderes vorstellen, als dass auch der Rittmeister, so wie er selbst, grausame Rache an mir nehmen wollte. Doch dieser ehrenwerte Edelmann hatte etwas ganz anderes im Sinn. Kaum sah er mich in meinem Elend dort sitzen, begann er, zu seufzen und den Kopf zu schütteln. Ich spürte sein Mitleid sofort, fiel deshalb vor ihm auf die Knie und bat bei seiner vornehmen Gesittung, er möge mit mir, einer Dame im Elend, Erbarmen haben und mich vor noch mehr Schande beschützen. Er nahm meine Hand, ließ mich aufstehen und sagte zu dem Oberstleutnant und seinen Kameraden: »Ach, ihr Ehrenmänner! Was habt ihr dieser Dame angetan?«

Der Oberstleutnant, der schon mächtig angesäuselt war, fiel ihm ins Wort und rief: »Wie bitte? Das ist eine Zauberin!«

»Ach nein, der Herr verzeihe mir«, antwortete der Rittmeister, »soviel ich von ihr weiß, ist sie die natürliche Tochter des alten Grafen von T.*, eines aufrechten Helden, der für die gemeinsame Sache Leib und Leben wie auch sein Land und seine Leute aufs Spiel gesetzt hat, so dass es meinem gnädigsten König nicht gefallen wird, wenn man dessen Kinder so traktiert, auch wenn sie ein paar von unseren Offizieren für die Kaiserlichen gefangen genommen haben! Ja, mir scheint, ihr Herr Vater richtet noch jetzt in Ungarn gegen den Kaiser mehr aus als manch anderer, der mit fliegenden Fahnen eine ganze Armee gegen ihn ins Feld führt.«

»Ha!«, rief der flegelhafte Oberstleutnant. »Und woher soll ich das alles wissen? Warum hat sie das Maul nicht aufgemacht?«

Die anderen Offiziere, die den Rittmeister kannten und wussten, dass er nicht nur aus einer sehr vornehmen dänischen Familie stammte, sondern auch beim König in höchster Gnade stand, baten ihn demütig, er möge über das Geschehene hinwegsehen, möge es als eine Sache betrachten, die nicht mehr zu ändern sei, und dafür sorgen, dass ihnen keine Schwierigkeiten daraus erwüchsen. Dafür verpflichteten sie sich, ihm jederzeit mit ihrem Gut und Blut dienen zu wollen. Alle baten sie nun auch mich auf Knien um Verzeihung, und ich konnte ihnen nur unter Tränen vergeben. So kam ich, wenn auch übel geschändet, aus der Gewalt dieser Bestien in die Hände des Rittmeisters, der sehr viel höflicher mit mir umzugehen wusste, denn er schickte mich, ohne mich auch nur einmal anzurühren, in Begleitung eines Dieners und eines Reiters aus seiner Kompanie nach Dänemark auf ein Schloss, das er kürzlich von der Schwester seiner Mutter geerbt hatte, wo man mich wie eine Prinzessin behandelte – eine unverhoffte Erlösung, die ich sowohl meiner Schönheit als auch meiner Säugamme zu verdanken hatte, denn ohne mein Wissen und meinen Willen hatte sie den Rittmeister ins Vertrauen gezogen und ihm von meiner Herkunft erzählt.

Das 13. Kapitel. Was für gute Tage und Nächte das gräfliche Fräulein im Schloss genoss und wie sie ihr wieder abhanden kamen.

Ich erholte und wärmte mich wie einer, der halb erfroren aus dem kalten Wasser hinter einen Stubenofen oder ans Feuer kommt, denn ich hatte damals auf der Welt nichts anderes zu tun, als mich satt zu essen und es mir gutgehen zu lassen, wie ein Kriegspferd im Winterquartier, das im nächsten Sommer desto ausgeruhter auf dem Schlachtfeld erscheinen und, wenn es zum Kampf kommt, mit desto mehr Elan dabei sein soll. So wurde ich in kurzer Zeit wieder gesund und munter und bekam Lust auf meinen Edelmann. Er stellte sich auch bei mir ein, bevor noch die längsten Nächte des Jahres vorüber waren, denn so wie mir fehlte auch ihm die Geduld, den lieblichen Frühling abzuwarten.

Er kam mit vier Dienern, als er mich besuchte, von denen mich aber nur einer sehen durfte, nämlich derjenige, der mich auch hergebracht hatte. Es ist unglaublich, mit was für herzzerreißenden Worten er mir sein Mitleid bezeugte, weil ich in den trostlosen Witwenstand versetzt worden sei; mit was für großen Verheißungen er beteuerte, stets mein treuer Diener sein zu wollen; und mit welcher Artigkeit er mir gestand, dass er bei Lutter mit Leib und Seele mein Gefangener geworden sei.

»Hochgeborene, schönste Dame«, sagte er, »was den Leib angeht, so hat mich mein Schicksal zwar gleich wieder befreit, im Übrigen jedoch hat es mich ganz und gar Euer Sklave bleiben lassen, der jetzt nur eines begehrt und deshalb hergekommen ist: aus Eurem Mund das Todes- oder Lebensurteil zu hören. Zum Leben – wenn Ihr Euch Eures armen Gefangenen erbarmt, wenn Ihr ihn im Gefängnis seiner Liebe mit Eurem Mitleid tröstet und vor dem Tod errettet. Zum Tod – wenn ich Eure Gnade und Gegenliebe nicht gewinnen und Eurer Liebe für unwürdig erachtet werden sollte. Ich schätzte mich glückselig, als Ihr mich wie eine zweite Penthesilea mitten in der Schlacht gefangen nahmt und wegführtet. Mein Kummer begann erst, als mir durch äußerliche Freilassung meiner Person die vermeintliche Freiheit wiedergegeben wurde, denn nun konnte ich diejenige nicht mehr sehen, die doch weiterhin mein Herz gefangen hielt, zumal ich mir, über die Kluft zwischen den widerstreitenden Kriegsparteien hinweg, auch keine Hoffnung machen konnte, dass ich sie je wieder zu Gesicht bekäme. Diesen tiefen Kummer bekunden viele tausend Seufzer, die ich seither meiner liebenswürdigen Feindin zugesandt habe, und weil sie alle vergeblich in die leere Luft gingen, geriet ich in immer tiefere Verzweiflung und hätte mich auch usw.«

Mit solchen und ähnlichen Reden wollte mich der Schlossherr zu etwas überreden, wonach es mich auch ohne dies genauso verlangte wie ihn selbst. Weil ich aber in diesem Punkt schon mancherlei Erfahrung hatte und wohl wusste, dass man, was leicht gewonnen ist, auch wenig schätzt, tat ich, als sei ich ganz und gar nicht seiner Meinung, und beklagte mich nun meinerseits, dass ich in Wirklichkeit doch seine Gefangene sei und mich nicht frei bewegen könne, sondern in seiner Gewalt festgehalten würde. Zwar müsste ich zugeben, dass ich ihm von allen Edelleuten auf der Welt am meisten zugetan sei, weil er mich von den Schändern meiner Ehre errettet habe, und würde auch anerkennen, dass ich ihm wegen dieses ehrenwerten, lobwürdigen Beistands die größte Dankbarkeit schulde. Wenn ich aber diese meine Schuldigkeit nun unter dem Vorwand der Liebe ableisten und dabei meine Ehre verlieren sollte und nur zu diesem Zweck hierhergebracht worden sei, so sei mir unerfindlich, was für eine Ehre bei der ehrbaren Welt und was für eine Dankbarkeit bei mir er mit seiner rühmenswerten Rettungstat gewinnen wolle, weshalb ich ihn demütig bäte, sich nicht durch eine Tat, die er vielleicht bald schon bereuen würde, mit Schande zu beflecken und den großen Ruhm eines ehrliebenden Edelmannes dadurch zu schmälern, dass er eine arme, verlassene Frau in seinem Haus gegen ihren Willen usw.

Dann fing ich an zu weinen, als wenn all dies mein aufrichtiger Ernst gewesen wäre, nach dem alten Reimwort:

Die Frauen weinen oft mit Schmerzen,
Als käm es ihnen tief von Herzen.
Sie tun sich aber nur verstellen
Und können weinen, wann sie wöllen.

Um in seiner Wertschätzung noch höher zu steigen, bot ich ihm tausend Reichstaler Lösegeld an, wenn er mich nicht anrühren und mich zu meinen Leuten zurückkehren lassen würde. Er aber antwortete, er liebe mich so sehr, dass er mich gegen das ganze Königreich Böhmen nicht tauschen würde. Außerdem sei er mir nach Herkunft und Stand gar nicht so ungleich, dass es bei einer Heirat von uns beiden große Schwierigkeiten geben müsste.

Es ging mit uns, wie wenn ein Taubenzüchter einen Tauber und eine Taube zusammensperrt, damit sie sich paaren, und die beiden sich anfangs lange abmühen, bis sie schließlich handelseins werden. So machten auch wir es, denn als mir die Zeit gekommen schien und ich fand, ich hätte mich ihm lang genug widersetzt, da wurde ich gegen diesen jungen Liebhaber, der noch keine zweiundzwanzig war, so fügsam und geschmeidig, dass ich auf seine glorreichen Versprechungen in alles einwilligte, was er begehrte. Ich bekam ihm so gut, dass er einen ganzen Monat bei mir blieb. Doch niemand wusste, warum – außer jenem einzigen Diener und einer alten Haushälterin, die mir aufwartete und mich mit »Euer Gräfliche Gnaden« anreden musste. Und so lebte ich getreu dem alten Sprichwort:

Ein Schneider auf 'nem Ross,
Eine Hure auf 'm Schloss,

LEBENSBESCHREIBUNG DER COURAGE

*Eine Laus auf dem Grind,
Sind drei stolze Hofgesind.*

Mein Liebhaber besuchte mich in diesem Winter sehr oft, und hätte er sich nicht geschämt – ich glaube, er hätte seinen Degen an den Nagel gehängt. Er musste sich aber nicht nur vor seinem Herrn Vater in Acht nehmen, sondern auch vor dem König, als der sich ernstlich, wenn auch glücklos auf den Krieg einließ. Doch war er bei seinen Besuchen so unbedacht und kam auch so oft, dass sein alter Herr Vater und seine Frau Mutter schließlich misstrauisch wurden und durch eifriges Nachforschen herausfanden, was für einen Magneten er heimlich auf seinem Schloss bewahrte, der seine Waffen aus dem Krieg immer wieder an sich zog. Deswegen holten sie ausführlichere Erkundigungen über meine Person ein und machten sich große Sorgen um ihren Sohn – dass er sich in mich verlieben und an einer wie mir hängen bleiben könnte, die ihrem vornehmen Haus wenig Ehre machen würde. Eine solche Ehe wollten sie im Keim ersticken, zugleich aber so behutsam vorgehen, dass weder mir dabei etwas zuleide getan noch meine Verwandtschaft vor den Kopf gestoßen würde, falls ich, wie sie von der Haushälterin erfahren hatten, tatsächlich aus einem Grafengeschlecht stammen und ihr Sohn mir die Ehe schon versprochen haben sollte.

Der erste Vorstoß in dieser Sache bestand darin, dass mich die alte Haushälterin im Vertrauen warnte, die Eltern meines Liebsten hätten erfahren, dass ihr Herr Sohn sich heimlich eine Liebhaberin halte, die er gegen ihren, der Eltern, Willen auch zu heiraten gedenke, was sie, die Eltern, aber keinesfalls zulassen könnten, da sie ihn schon einem sehr vornehmen Haus in die Ehe versprochen hätten. Deshalb planten sie, mich festsetzen zu lassen. Was sie aber weiter mit mir vorhätten, wisse sie, die Haushälterin, noch nicht.

Hiermit jagte mir die Alte einen ziemlichen Schrecken ein, ich ließ mir meine Angst aber nicht anmerken, sondern gab mich so keck, als würde mich der Großmogul von Indien, wenn nicht schützen, so doch im Falle eines Falles rächen. Außerdem verließ ich mich auf die große Liebe und die Beteuerungen meines Liebhabers, von dem ich ungefähr alle acht Tage nicht nur liebevolle Briefe, sondern jedes Mal auch ansehnliche Geschenke erhielt. In meinen Antworten klagte ich über das, was ich von der Haushälterin erfahren hatte, und bat, er möge mich aus dieser Gefahr befreien und verhindern, dass mir und meinem Geschlecht eine Schmach angetan würde. Dieser Briefwechsel endete damit, dass zwei Diener in der Livree meines Liebhabers auftauchten und mir einen Brief brachten, ich solle mich schleunig auf den Weg machen und von ihnen nach Hamburg bringen lassen, wo er mich, egal, ob es seinen Eltern lieb oder leid sei, öffentlich zur Kirche führen wolle. Danach müssten sein Vater und seine Mutter gewiss Ja sagen und zu allem, was nun mal geschehen sei, auch das Beste reden.

Im Nu war ich zum Abzug bereit, wie ein altgedientes Gewehrschloss, und ließ mich in Tages- und Nachtreisen erst nach Wismar und von dort nach dem erwähnten Hamburg führen, wo sich meine beiden Diener bald verdrückten und mich so lange, wie ich wollte, nach einem Edelmann aus Dänemark, der mich heiraten würde, Ausschau halten ließen. Da wurde mir erst klar, dass das Unglück geschehen und die Betrügerin betrogen war. Mir wurde sogar gesagt, ich solle nur ja den Mund halten und mich fügen und Gott dafür danken, dass man die vornehme Braut nicht unterwegs im Meer ertränkt habe. Im Übrigen sei die Familie des Bräutigams auch in einer Stadt, in der ich mich womöglich sicher wähnte, noch mächtig genug, einer Person wie mir – und man wisse, was ich für eine sei – Beine zu machen.

Was sollte ich tun? Meine Heiratspläne, meine Hoffnung, meine Einbildungen, alles, was ich ersehnt hatte – es war dahin und eingestürzt. Die heimlichen Liebesbriefe, die ich von Zeit zu Zeit meinem Liebsten geschickt hatte, waren bei seinen Eltern eingelaufen, und die Antworten, die bei mir angekommen waren, hatten sie mir geschickt, um mich dorthin zu bringen, wo ich jetzt saß und bald anfing, mich mit dem Hunger zu beraten, der mich ohne viel Mühe überredete, den Unterhalt meiner Tage mit der Handarbeit meiner Nächte zu verdienen.

Das 14. Kapitel. Was Courage weiter anfing und wie sie sich nach dem Tod zweier Reiter einem Musketier überließ.

Ich weiß nicht, wie es meinem Liebhaber gefiel, als er mich in seinem Schloss nicht mehr fand – ob er gelacht oder geweint hat. Mich schmerzte es, dass ich ihn nicht mehr genießen konnte, und ich glaube, auch er hätte sich gern noch länger mit mir abgegeben, wenn ihm seine Eltern das Fleisch nur nicht so schnell aus dem Maul gezogen hätten.

Um diese Zeit überschwemmten Wallenstein, Tilly und der Graf Schlick ganz Holstein* und andere dänische Gebiete mit Massen kaiserlicher Soldaten wie mit einer Sintflut, denen die Hamburger und andere Orte Proviant und Munition stellen mussten. Da war ein ständiges Aus- und Einreiten, das mir viel Kundschaft brachte. Schließlich erfuhr ich auch, dass meine angenommene Mutter sich immer noch bei der Armee aufhielt, jedoch meine ganze Bagage bis auf ein paar Pferde verloren hatte, was meine weiteren Pläne über den Haufen warf. Zwar kam ich in Hamburg gut zurecht und hätte mir mein Lebtag keine besseren Geschäfte wünschen können. Weil aber die Gunst dieses Glücks nur so lange Bestand haben konnte, wie das Kriegsvolk im Land lag, musste ich mir überlegen, wie ich meine Karten auch mal anders mischen könnte.

Es besuchte mich ein junger Reiter, der mir so liebenswürdig, so tapfer und mit Geldmitteln so wohl versehen schien, dass ich alles daransetzte, ihn zu umgarnen, und keine Jagdlist ungenutzt ließ, bis ich ihn eingewickelt und so verliebt gemacht hatte, dass er mir den Salat auch willig aus der Hand gefressen hätte. Er versprach mir die Ehe, sonst solle ihn der Teufel holen, und hätte mich gleich in Hamburg zum Altar geführt, wenn er nicht vorher das Einverständnis seines Rittmeisters hätte einholen müssen, das er auch ohne weiteres bekam, als er mich zu seinem Regiment brachte, so dass er nachher nur noch eine passende Zeit und Gelegenheit abwartete, um Hochzeit zu halten.

Unterdessen wunderten sich seine Kameraden, woher ihm das Glück eine so schöne, junge Mätresse geschickt habe, und wären am liebsten auch gleich selbst näher mit mir bekannt geworden, denn damals waren die Einheiten dieser siegreichen Armee nach einer langen Glückssträhne und wegen der reichen Beute, die sie gemacht hatten, durch Überfluss in allen Dingen so fett und satt, dass sich die meisten, vom Fleischeskitzel getrieben, angewöhnt hatten, mehr ihrer Wollust zu frönen, als weiter nach Beute zu suchen oder sich um Brot und Fourage zu kümmern. Der Korporal meines Bräutigams war ein ganz besonderer Genießer und noch viel mehr als die anderen auf solche Naschereien versessen. Ja, er machte gleichsam einen Beruf daraus, anderen Hörner aufzusetzen, und sah es als große Schande an, wenn er sich in diesem Punkt etwas vorgenommen hatte, das ihm nachher nicht gelang.

Wir lagen damals in Stormaren*, das den Krieg noch gar nicht kannte und daher im Überfluss an allem lebte, auch an Essbarem, das wir genauso als unser Eigentum betrachteten, wie wir die Landleute als unsere Knechte, Köche und Tischdecker ansahen. Da gingen die Bankette tage- und nächtelang, und jeder Reiter lud die anderen auf Kosten seines Hauswirts zu Speise und Trank ein. Auch mein Bräutigam machte es so, und das wollte sich jener Korporal zunutze machen, um mir unter das Pelzchen zu kommen. Als mein Bräutigam einmal in seinem Quartier mit zwei Kameraden, mit denen sich der Korporal vorher abgesprochen hatte, lustig feierte, kam dieser Korporal dazu und kommandierte ihn zum Wachdienst bei den Reiterstandarten, um sich, wenn er fort wäre, selbst mit mir zu ergötzen. Weil aber mein Bräutigam die Sache gleich durchschaute und nicht zulassen wollte, dass ein anderer ihn an dieser Stelle vertrat, oder, um es klar und deutsch zu sagen, weil er sich von dem Korporal nicht zum Hahnrei machen lassen wollte, entgegnete er, es seien noch ein paar andere vor ihm mit dem Wachdienst an der Reihe, worauf der Korporal erwiderte, er solle nicht lamentieren, sondern parieren, sonst würde er ihm Beine machen. Er wollte sich nämlich die gute Gelegenheit, mich zu bekommen, nicht nehmen lassen. Mein Liebster indessen wollte sie ihm nicht gönnen und widersetzte sich so lange, bis der Korporal vom Leder zog und ihn mit Gewalt auf die Wache zwingen oder kraft seines Amtes ein blutiges Exempel an ihm statuieren wollte, damit jeder andere beim nächsten Mal wüsste, welchen Gehorsam ein Untergebener seinem Vorgesetzten schuldig sei. Doch ach, mein lieber Augenstern nahm die Sache übel auf. Er zückte den Degen ebenfalls und verpasste dem Korporal eine Wunde am Kopf, die diesem den unkeuschen, hitzigen Blutandrang mit einem Schlag linderte und alles Gelüst so gründlich vertrieb, dass ich mich vor ihm sicher fühlen konnte.

Auf sein Rufen kamen die beiden Gäste ihrem Korporal zu Hilfe und drangen mit ihren Klingen auf meinen Bräutigam ein, der nun den einen bald durchbohrte und den andren aus dem Haus verjagte. Wenig später jedoch tauchte dieser wieder auf und brachte nicht nur den Feldscher* für die Verwundeten, sondern noch ein paar andere Kerle mit, die meinen Liebsten und mich zum Profoss* führten, wo er an Händen und Füßen gefesselt und in Ketten gelegt wurde.

Man machte es kurz mit ihm, denn am nächsten Tag wurde Standgericht gehalten, und obwohl dabei sonnenklar herauskam, dass der Korporal ihn nur auf die Wache hatte kom-

Das 14. Kapitel.

mandieren wollen, um in dieser Nacht seinen Schlafplatz einzunehmen, wurde aus Rücksicht auf die Disziplin der Truppe entschieden, dass mein Bräutigam aufgehängt und ich, als Verursacherin der Tat, mit Ruten geschlagen werden sollte. Doch wir wurden beide dahin begnadigt, dass mein Bräutigam nur erschossen wurde, während man mich in Begleitung des Steckenknechts* aus dem Regiment verjagte – eine Reise, die mir absolut nicht schmeckte.

Aber so sauer sie mich ankam – es fanden sich doch zwei Reiter in unserem Quartier, die sie mir und sich selbst versüßen wollten. Ich war kaum eine Stunde gegangen, da saßen diese beiden in einem Wald, den ich durchqueren musste, und wollten mich begrüßen! Nun bin ich, um die Wahrheit zu sagen, mein Lebtag nie so wählerisch gewesen, dass ich einem guten Mann einen Rutscher abgeschlagen hätte, wenn er ihn nötig hatte. Als aber diese beiden Halunken in meinem tiefsten Elend und mit Gewalt ausgerechnet das von mir begehrten, weswegen ich verjagt und mein Erwählter totgeschossen worden war, da widersetzte ich mich auch mit Gewalt, denn mir war klar, dass sie, wenn sie ihren Willen bekommen und vollbracht hätten, mich auch noch ausplündern würden. Ich las es ihnen geradezu aus den Augen und von der Stirn ab, zumal sie sich nicht schämten, auf mich mit blankem Degen loszugehen wie auf einen Feind, um mich zu erschrecken und das, was sie von mir wollten, zu erzwingen. Da ich aber wusste, dass ihre scharfen Klingen meiner Haut weniger anhaben konnten als zwei Spießruten*, rüstete ich mich mit meinen beiden Messern, nahm in jede Hand eines, ging auf sie los, und ehe er sich's versah, hatte der eine schon eins im Herzen stecken. Der Zweite war stärker und vorsichtiger als der Erste, weshalb ich ihm genauso wenig auf den Leib rücken konnte wie er mir. Während dieses Kampfes veranstalteten wir ein wüstes Geschrei. Er nannte mich eine Hure, ein Luder, eine Hexe und sogar einen Teufel. Ich hingegen schimpfte ihn einen Schurken und Ehrendieb und was mir sonst an solchen Ehrentiteln noch in den Mund kam.

Diese Balgerei lockte quer durch den Wald einen Musketier an, der erst lange dastand und zusah, in was für seltsamen Sprüngen wir umeinandertanzten – unschlüssig, wem von uns beiden er beispringen und Hilfe leisten sollte. Als wir ihn schließlich erblickten, wollte sich jeder von uns durch ihn vor dem anderen retten lassen. Da kann man sich denken, dass Mars der Venus lieber beistand als dem Vulcanus*, zumal ich ihm gleich Berge von Gold versprach und meine außerordentliche Schönheit ihn blendete und bezwang. Er griff nach seinem Gewehr und legte auf meinen Gegner an, der sofort von mir abließ und davonlief, dass es ihm fast die Sohlen von den Schuhen riss. Den Kameraden ließ er leblos in seinem Blut zurück.

Als der Reiter verschwunden war und wir allein beieinanderstanden, verstummte der junge Musketier gleichsam vor meiner Schönheit und hatte kaum das Herz, mich zu fragen, durch welches Schicksal ich so allein an diese Reiter geraten sei. Da erzählte ich ihm haarklein alles, was sich mit meinem Bräutigam, dem Korporal und auch mit mir zugetragen hatte und wie mich die beiden Reiter, nämlich der dort liegende tote und der entflohene, als arme, verlassene Frau mit Gewalt hatten schänden wollen, wogegen ich mich allerdings, wie er zum Teil ja selbst mit angesehen habe, tapfer gewehrt hätte. Ich bat ihn, er möge mich als mein Nothelfer und Ehrenretter beschützen, bis ich wieder irgendwo bei ehrbaren Leuten in Sicherheit sei, und versprach, dass ich es nicht versäumen würde, ihm seine Hilfe und seinen Beistand mit einer ehrbaren Entschädigung zu vergelten. Er durchsuchte den Toten und nahm sich, was dieser an Wertvollem bei sich hatte, und schon das war reicher Lohn für seine Mühe. Dann machten wir uns aus dem Staub, und indem wir die Füße gleichsam über Gebühr strapazierten, brachten wir den Wald rasch hinter uns und erreichten noch am selben

Abend das Regiment des Musketiers, das bereitstand, unter dem Befehl von Collalto, Aldringen und Gallas* nach Italien zu marschieren.

Das 15. Kapitel. Zu welchen Bedingungen sie einander ohne Heirat die Ehe versprachen.

Hätte ich eine ehrbare Ader im Leib gehabt, so hätte ich mein Leben damals ändern und ihm eine ehrbarere Richtung geben können, denn meine Wahlmutter mit zwei von meinen Pferden, die ihr geblieben waren, und etwas Bargeld machte mich ausfindig und riet mir, ich solle dem Krieg den Rücken kehren und zu meinem Geld nach Prag ziehen oder mich auf den Gütern meines Hauptmanns niederlassen und in Frieden und Ruhe leben. Ich aber ließ meiner unbesonnenen Jugend weder von der Weisheit noch von der Vernunft gut zureden – im Gegenteil: Je toller das Bier gebraut wurde, desto besser schmeckte es mir.

Ich und meine Wahlmutter, wir hielten uns an einen Marketender bei dem Regiment, in dem mein bei Hoya gefallener Mann ein Hauptmann gewesen war und wo ich seinetwegen noch immer großen Respekt genoss. Ich glaube, ich hätte dort auch wieder einen wackeren Offizier zum Mann bekommen, wenn wir ruhig im Quartier gelegen hätten. Weil aber unsere aus drei Heeren bestehende Streitmacht von zwanzigtausend Mann schnell nach Italien marschierte und sich dabei ihren Weg durch Graubünden bahnen musste, das uns viele Hindernisse in den Weg legte, dachten von den gescheiten Leute damals nur wenige ans Heiraten, so dass ich desto länger Witwe blieb. Außerdem fehlte einigen auch der Mut, mit mir über eine Ehe zu sprechen, und manche hegten wohl noch gewisse andere Bedenken. Mir aber nebenher und außerhalb der Ordnung irgendwelche Anträge zu machen fiel ihnen nicht ein, denn bei meinem früheren Mann hatte ich mich stets so ehrbar betragen, dass mich alle für anständiger hielten, als ich wirklich war.

Während mir das lange Fasten mit der Zeit immer lästiger wurde, hatte sich der junge Musketier, der mir beim Kampf mit den beiden Lumpenschwänzen zu Hilfe gekommen war, seinerseits dermaßen in mich vergafft und vernarrt, dass er Tag und Nacht keine Ruhe fand und, wann immer er Zeit hatte und sein Dienst es zuließ, bei mir herumscharwenzelte. Ich sah zwar, was ihn trieb und wo ihn der Schuh drückte. Weil er aber die Courage nicht hatte, der Courage sein Anliegen zu offenbaren, empfand ich für ihn nur Verachtung und Mitleid. Mit der Zeit jedoch zerbröselte mein Stolz, nachdem ich anfangs nichts anderes als wieder eine Offiziersfrau hatte werden wollen. Denn als ich sah, worin das Gewerbe und Geschäft unseres Marketenders bestand und was bei ihm täglich an Gewinn hereinkam, während bei manchem braven Offizier der Hunger immer mit am Tisch saß, begann ich zu überlegen, wie auch ich eine solche Marketenderei gründen und betreiben könnte. Ich überschlug, was ich an Vermögen bei mir hatte, und sah, dass es wohl reichen würde, denn ich hatte auch noch eine ordentliche Menge Goldstücke in mein Mieder genäht. Nur die Ehre oder vielmehr die Schande stand mir noch im Weg, nämlich der Gedanke, dass ich von einer Hauptmannsfrau zur Marketenderin herabsinken würde. Doch als ich mich darauf besann, dass ich schon längst keine Hauptmännin mehr war und womöglich nie wieder eine werden würde, waren die Würfel gefallen, und schon begann ich, in Gedanken Wein und Bier zum doppelten Einstandspreis auszuschenken und schlimmer zu schinden und zu schachern als ein Jude von fünfzig oder sechzig Jahren.

Um diese Zeit, als wir mit unserem dreifältigen kaiserlichen Heer über die Alpen oder das Hohe Gebirge nach Italien gelangt waren, loderte die Liebe bei meinem Galan am höchsten, ohne dass er zu mir bisher auch nur mit einem

Wort davon gesprochen hätte. Einmal kam er unter dem Vorwand, ein Maß Wein trinken zu wollen, in mein Marketenderzelt und sah so bleich und trostlos aus, als hätte er eben ein Kind bekommen und wüsste weder den Vater dazu, noch woher er das Mehl und die Milch für den Brei nehmen sollte. Traurige Blicke und sehnsüchtige Seufzer waren noch seine deutlichste Sprache, in der er mit mir redete, aber als ich ihn fragte, was er auf dem Herzen habe, nahm er doch seinen Mut zusammen und antwortete: »Ach, meine allerliebste Frau Hauptmännin (denn Courage durfte er mich nicht nennen), würde ich Euch erzählen, was ich auf dem Herzen habe, dann würdet Ihr entweder so zornig, dass Ihr mich Eurer holdseligen Gegenwart sogleich berauben und in alle Ewigkeit nicht mehr für wert halten würdet, Euch anzuschauen, oder Ihr würdet mir wegen meines Frevels einen schweren Tadel erteilen – aber schon eines von beidem wäre genug, mich vollends in den Tod zu treiben.«

Hierauf fiel er wieder in tiefes Schweigen.

Ich antwortete: »Wenn Euch eines von beidem umbringen kann, dann kann Euch auch jedes von diesen beiden wieder frisch und munter machen. Und weil ich Euch großen Dank dafür schulde, dass Ihr mich vor den Schändern meiner Ehre gerettet habt, als wir in den Vier Landen* zwischen Hamburg und Lübeck lagen, gönne ich Euch herzlich gern, dass Ihr Euch an mir gesund- und sattseht.«

»Ach, meine hochgeehrte Frau!«, antwortete er. »Es verhält sich hierbei doch genau umgekehrt. Denn als ich Euch damals zum ersten Mal sah, fing ja auch die Krankheit an, die mir nun allerdings den Tod bringen wird, falls ich Euch nicht mehr sehen könnte – ein wunderlicher, seltsamer Zustand, der mich zum Lohn dafür erfasst hat, dass ich Euch, meine hochverehrte Frau, aus Eurer Gefahr errettet habe.«

Ich sagte, da müsste ich mich also einer großen Falschheit schuldig gemacht haben, wenn ich ihm in dieser Weise Gutes mit Bösem vergolten hätte.

»Das habe ich nicht gesagt«, antwortete mein Musketier.
»Worüber beklagt Ihr Euch dann?«, erwiderte ich.
»Über mich selbst, über mein Unglück«, antwortete er, »über mein Verhängnis. Oder vielleicht über meine Neugier, über die Vorstellungen in meinem Kopf – ach, ich weiß selbst nicht, worüber. Ich kann nicht sagen, dass die Frau Hauptmann undankbar sei, denn die geringe Mühe, die es mich kostete, den noch lebenden Reiter zu verjagen, der ihrer Ehre zusetzte, ist mir ja hinreichend bezahlt worden durch die Hinterlassenschaft dessen, den meine hochverehrte Frau vorher schon rühmenswerterweise seines Lebens beraubte, damit er nicht sie ihrer Ehre schändlich berauben könnte. Meine Frau Gebieterin«, fuhr er fort, »ich bin in einem verwirrten Zustand, der mich so wirr macht, dass ich weder meine Verwirrung erklären könnte noch was ich auf dem Herzen habe, noch die Frage meiner oder Eurer Schuld und noch weniger die meiner Unschuld und erst recht nicht jene andere, wie mir zu helfen wäre. Ihr seht ja, allerschönste Dame, ich sterbe, weil mein Glück und mein niederer Stand mir nicht gönnen, Eurer Hoheit zu bekennen, wie glücklich ich mich schätzen würde, Euer geringster Diener zu sein.«

Ich stand da wie eine Närrin, weil ich mir von einem einfachen, noch sehr jungen Musketier solche einander widersprechenden und, wie er ja selbst sagte, einem verwirrten Gemüt entspringenden Reden anhörte. Und doch schienen sie mir auf einen munteren Geist und wachen Verstand hinzudeuten, der meiner Gegenliebe würdig war und mir obendrein bei dem Vorhaben, eine Marketenderei zu eröffnen, mit dem ich damals schwanger ging, nicht wenig nützlich sein konnte. Deshalb machte ich es kurz und sagte zu dem armen Kerl: »Mein Freund, zum einen nennt Ihr mich Eure Gebieterin, zum anderen Euch selbst meinen Diener, sofern Ihr ein solcher nur werden könntet. Zum Dritten klagt Ihr, Ihr müsstet sterben, wenn Ihr nicht in meiner Nähe wäret. Vielleicht zeigt sich ja darin eine große Liebe, die Ihr für mich empfindet. Jetzt sagt mir aber, womit ich diese Liebe erwidern soll. Denn ich möchte mich gegenüber dem, der mich vor den Schändern meiner Ehre gerettet hat, nicht undankbar erweisen.«

»Mit Gegenliebe!«, sagte mein Galan. »Wenn ich ihrer würdig wäre, würde ich mich für den glücklichsten Menschen auf der ganzen Welt halten.«

Ich antwortete: »Ihr habt ja selbst schon zugegeben, dass Euer Stand zu gering ist, als dass Ihr bei mir derjenige sein könntet, der Ihr, wie Ihr mir mit weitläufigen Reden zu verstehen gegeben habt, zu sein wünscht. Was wäre also zu tun, damit Euch geholfen wird, damit ich mich nicht dem Vorwurf aussetze, ich sei falsch und undankbar, und damit Ihr nicht weiter leiden müsst?«

Er antwortete, dies alles zu entscheiden überlasse er gern mir, zumal er in mir weniger ein Erdenwesen als vielmehr eine Göttin sehe, von der er das Todes- oder Lebensurteil, die Knechtschaft oder die Freiheit und überhaupt alle Befehle, die mir in den Sinn kämen, jederzeit gern annehmen wolle. Und dies beteuerte er mit Mienen und Gebärden, die mir deutlich zeigten, dass ich hier einen Narren an der Leine hatte, der mir zu Gefallen lieber in der Unterwerfung ersticken, als ohne mich in der Freiheit leben würde.

Ich fuhr fort in dem, was ich begonnen hatte, und hörte nicht auf zu fischen, solange das Wasser trüb war. Und warum denn auch, da doch der Teufel selbst, wenn er Leute in demselben Zustand findet wie ich meinen Buhler, alles tut, um sie vollends in sein Netz zu bringen? Ich sage das nicht, damit sich ein ehrbarer Christenmensch an mir ein Beispiel nehme und den tückischen Taten des bösen Feindes nacheifere, so wie ich es damals tat, sondern damit Simplicius, dem allein ich diese meine Lebensbeschreibung widme, erkenne, was für eine Dame er an mir geliebt und gehabt hat. Und hör nur weiter zu, Simplex! Dann wirst du erfahren, dass ich dir den Streich, den du mir im Sauerbrunnen gespielt hast, nicht nur doppelt und dreifach, sondern so heimgezahlt habe, dass dir für ein Pfund, das du hergegeben hast, ein ganzer Zentner zurückerstattet wurde. Meinen Galan aber brachte ich so weit, dass er in folgende Punkte einwilligte und sich an sie zu halten versprach.

Erstens solle er seine Entlassung aus dem Regiment erwirken, weil er sonst mein Diener nicht sein könne und weil ich keine Musketierin sein wolle.

Sodann solle er zweitens bei mir wohnen und, wie sonst ein Ehemann seiner Ehefrau alle Liebe und Treue zu erweisen pflegt, das Gleiche auch mir zu leisten schuldig sein – wie umgekehrt ich auch ihm.

Indessen solle drittens diese Verehelichung vor der christlichen Kirche erst bestätigt werden, wenn ich mich von ihm befruchtet fände.

Bis dahin solle ich viertens Herrin nicht nur über Speise und Trank, sondern auch über meinen Leib und sogar über meinen *Serviteur* selbst sein und bleiben – in jeder Hinsicht und aller Form, wie sonst der Mann über seine Frau zu gebieten habe.

Demzufolge solle er fünftens nicht die Macht haben, mich zu hindern, mir zu verbieten oder auch nur grämlich dreinzublicken, wenn es mir in den Sinn käme, mit anderen Mannsbildern zu *konversieren* oder etwas anderes zu unternehmen, das Ehemänner sonst eifersüchtig macht.

Und weil ich sechstens beabsichtigte, eine Marketenderin zu werden, solle er in diesem Geschäft zwar der Vorsteher sein und den Betrieb wie ein zuverlässiger, fleißiger Hauswirt zu jeder Tages- und Nachtzeit eifrig lenken, mir aber den Oberbefehl vor allem über das Geld und ihn selbst lassen und solle es gehorsam hinnehmen und nachher alles Nötige verändern und verbessern, wenn ich ihn auf irgendwelche Versäumnisse hinweisen würde. Kurz, er solle bei jedermann als der Herr gelten, auch diesen Namen tragen und die Ehre davon haben, hierbei jedoch mir gegenüber seine oben angeführten Pflichten stets sorgfältig beachten. Das alles sicherten wir einander schriftlich zu.

Damit er sich dieser seiner Schuldigkeit auch stets erinnere, solle er es siebtens hinnehmen, dass ich ihn bei einem besonderen Namen nennen würde, der aus den ersten Wörtern des ersten Befehls gebildet werden solle, den ich ihm erteilen würde.

Nachdem er sich mit all diesen Punkten einverstanden erklärt und mir geschworen hatte, er werde sie einhalten, bestätigte ich ihm dies mit einem Kuss, ließ ihn aber für diesmal nicht weiter kommen. Wenig später bekam er seinen Abschied, während ich tief in die Tasche griff und alles zusammenkaufte, was ein Marketender für sein Geschäft braucht. Ich schloss mich einem anderen Infanterieregiment an und begann zu schachern und zu feilschen, als hätte ich zeit meines Lebens nie etwas anderes getan.

Das 16. Kapitel. Wie Springinsfeld und Courage miteinander lebten.

Mein junger Mann stellte sich bei allem, wozu ich ihn mir genommen hatte und gebrauchen wollte, sehr geschickt an. Auch die obengenannten Artikel hielt er gewissenhaft ein und zeigte sich so gehorsam, dass ich nicht die geringste Ursache hatte, mich über ihn zu beschweren. Wenn er mir meinen Willen aus dem Gesicht ablesen konnte, war er auch gleich bereit, ihn zu erfüllen, denn er war in der Liebe zu mir so ersoffen, dass er mit hörendem Ohr nicht hörte und mit sehendem Auge nicht sah, was er an mir und ich an ihm hatte, und glaubte unbeirrt, er habe die frömmste, treueste, vernünftigste und keuscheste Liebste von der ganzen Welt, worin ihn meine Wahlmutter, die er mir zuliebe ebenfalls in hohen Ehren hielt, nach Kräften bestärkte. Sie war noch listiger als eine Füchsin und noch geiziger als eine Wölfin, und ich kann nicht sagen, auf welche Kunst sie sich besser verstand, aufs Geldverdienen oder aufs Verkuppeln. Wenn ich einen solchen Ausflug mal ins Auge fasste und mich doch davor scheute, weil ich ja für fromm und schamhaft gelten wollte, so brauchte ich bloß mich ihr anzuvertrauen und konnte sicher sein, dass sie meinem Verlangen einen Weg bahnte, denn ihr Gewissen war weiter, als der Koloss von Rhodos seine Schenkel spreizt, zwischen denen die größten Schiffe passieren können, ohne ihre Segel einzuholen.

Einmal war ich sehr begierig, einen jungen Adeligen zu bekommen, der damals noch Fähnrich war und mir schon seit längerem seine Zuneigung andeutete. Als mich dieses Gelüst überkam, hatten wir unser Lager gerade in der Nähe eines Dorfes aufgeschlagen, und meine Leute waren mit den anderen losgezogen, um Holz und Wasser zu holen. Mein Marketender aber machte sich an unserem Wagen zu schaffen, nachdem er mir mein Zelt aufgestellt und die Pferde auf eine Weide in der Nähe zu anderen Pferden geführt hatte. Da ich meiner Mutter eröffnet hatte, was mein Anliegen war, hatte sie dafür gesorgt, dass der Fähnrich bei mir erschien, wenn auch in einem ungünstigen Augenblick. So fragte ich ihn in Gegenwart meines Mannes als Erstes, ob er auch Geld bei sich habe, und als er dies bejahte – er glaubte, ich wollte von ihm schon, mit Verlaub, den Hurenlohn kassieren –, sagte ich zu meinem Marketender: »Spring ins Feld und fang unseren Schecken wieder ein. Der Herr Fähnrich möchte zur Probe auf ihm reiten. Er will ihn uns abkaufen und gleich bar bezahlen.«

Als nun mein braver Marketender gehorsam davonging, um meinen ersten Befehl auszuführen, hielt meine alte Mutter Wache, während ich und der Fähnrich den Handel zu unser beider Zufriedenheit miteinander ausmachten. Weil sich aber das Pferd von meinem Marketender nicht so leicht fangen lassen wollte wie seine Marketenderin von dem Fähnrich, kam er schließlich ganz erschöpft zum Zelt zurück und

Das 16. Kapitel.

war deshalb so missmutig, wie der Fähnrich sich stellte, weil er so lange habe warten müssen.

Aus dieser Geschichte hat der Fähnrich später ein Lied gemacht. Es hieß »Der Scheck«, und sein Anfang lautete »Ach, was für unsägliche Pein« etc. Eine Zeitlang hat sich ganz Deutschland daran belustigt, obwohl niemand wusste, woher das Lied stammte.* Mein Marketender aber bekam auf diese Weise kraft unseres Heiratskontrakts den Namen Springinsfeld, und das ist nun ebenjener Springinsfeld, den du, Simplicissimus, in deiner Lebensbeschreibung mehrmals als einen braven Kerl rühmst.* Auch sollst du wissen, dass er die Listen und Kniffe, deren ihr beide euch in Westfalen und später in Philippsburg bedient habt, allesamt von niemand anderem als mir und meiner alten Mutter gelernt hat und noch manches andere dazu. Denn als ich mich mit ihm zusammentat, war er einfältiger als ein Schaf und, als wir uns trennten, abgefeimter als ein Luchs und der gerissenste Spitzbube, den man sich vorstellen kann.

Aber um die Wahrheit zu sagen – solche Kenntnisse sind ihm nicht umsonst zuteil geworden, sondern er hat mir dafür reichlich Lehrgeld zahlen müssen. Einmal, als ihn seine Einfalt noch beschränkte, sprachen er, ich und meine Mutter über die List und die Bosheit der Frauen, und er fing an, dreist zu prahlen, ihn würde keine Frau betrügen können, und wenn sie noch so schlau wäre. Obwohl er seine Einfalt nun hiermit schon deutlich genug bewiesen hatte, fand ich doch, er sei meiner Raffinesse und der aller verständigen Frauen zu nahe getreten, und sagte ihm deshalb unverhohlen, wenn ich Lust dazu hätte, könnte ich ihn vor der Morgensuppe schon neunmal betrogen haben. Er indessen behauptete kühn, wenn mir das gelänge, wolle er sein Leben lang mein leibeigener Sklave sein. Er forderte mich sogar heraus, ich solle zeigen, wozu ich imstande sei, und fügte die Bedingung hinzu, wenn ich in der genannten Zeit keine einzige von meinen neun Betrügereien bei ihm anbringen könnte, sollte ich mich nachher zur Kirche führen lassen und ihn ehrbar und in aller Form heiraten.

Nachdem wir diese Wette geschlossen hatten, kam ich früh am nächsten Morgen mit der Suppenschüssel, in der das Brot lag, und hielt in der anderen Hand das Messer und einen Wetzstein und bat ihn, mir das Messer ein wenig zu schärfen, damit ich das Brot in der Suppe in Stücke schneiden könnte. Er nahm das Messer und den Stein von mir. Weil er aber kein Wasser hatte, leckte er den Wetzstein mit der Zunge, um ihn anzufeuchten. In diesem Augenblick sagte ich: »Bei Gott, das wäre dann schon zweimal!« Er sah mich verblüfft an und fragte, was ich damit sagen wolle. Ich antwortete mit einer Gegenfrage: Ob er sich nicht an unsere Wette von gestern erinnere? Er sagte: »Ja, doch«, und wollte wissen, ob und womit ich ihn denn schon betrogen hätte. Ich antwortete: »Erstens habe ich das Messer stumpf gemacht, damit du es wieder schärfen musst. Und zweitens habe ich den Wetzstein – du weißt schon, wo – hindurchgezogen, bevor ich ihn dir zum Lecken gab.«

»Oho«, sagte er, »wenn das so ist, dann sei lieber still und hör auf. Ich geb mich geschlagen und will von den anderen sieben Malen lieber nichts wissen.«

So bekam ich in meinem Springinsfeld einen Leibeigenen. Bei Nacht, wenn ich nichts Besseres hatte, war er mein Mann, bei Tag mein Knecht, und wenn die Leute zusahen, war er in allem mein Herr und Meister. Er verstand sich so gut auf die Geschäfte und kam auch mit meinen Launen so gut zurecht, dass ich mir mein Lebtag keinen besseren Mann hätte wünschen können, und ich hätte ihn auch nur zu gern geheiratet, wäre da nicht die Sorge gewesen, er würde nachher die Zügel des Gehorsams abstreifen, sich auf die Oberherrlichkeit berufen, die ihm dann billigerweise zustand, und mir hundertfach heimzahlen, was ich ihm, solange wir unverheiratet gewesen waren, angetan und was er bisweilen gewiss nur mit großem Verdruss ertragen hatte.

Das 16. Kapitel.

Im Übrigen aber lebten wir bei- und miteinander so einmütig wie die lieben Engel, aber weniger fromm. Meine Mutter übernahm an meiner Stelle den Posten der Marketenderin, während ich als eine schöne Köchin oder Kellnerin auftrat, wie sie von Gastwirten gern genommen werden, um Gäste anzulocken. Mein Springinsfeld aber war Herr und Knecht zugleich und was ich sonst noch wollte, dass er's sein sollte. Er musste mir anstandslos parieren und auch alles tun, was meine Mutter für richtig hielt. Mein Gesinde gehorchte ihm wie einem Herrn. Dabei hatte ich mehr Leute eingestellt als mancher Hauptmann. Wir hatten nämlich nachlässige Kommissmetzger beim Regiment, die das Geld lieber versoffen als verdienten. Daher zwängte ich mich mit Schmiergeld in ihre Branche und nahm mir gleich zwei, statt eines Metzgergehilfen, so dass ich stets im Vorteil war und die anderen nach und nach ausstach, weil ich jeden Gast, egal, woher er kam, ganz nach Belieben mit jeder Sorte Fleisch bedienen konnte – ob roh, gekocht, gebraten oder lebend.

Wenn es dann ans Stehlen, Rauben und Plündern ging – und in dem üppigen, reichen Italien war noch fette Beute zu holen –, mussten nicht nur Springinsfeld und mein ganzes Gesinde die Hälse daran wagen und anschaffen, sondern auch die Courage selbst nahm das Leben wieder auf, das sie früher in Deutschland geführt hatte. Indem ich nun gegen den Feind mit Soldatenwaffen, gegen den Freund im Lager und in den Quartieren aber mit dem Wucherspieß focht und mich im Übrigen auch dort zu wappnen wusste, wo man mir von befreundeter Seite offensiv begegnen wollte, wuchs mein Beutel zu solcher Dicke, dass ich fast jeden Monat einen Wechsel über tausend Kronen nach Prag schicken konnte, und dabei litt ich mit all meinen Leuten doch nie Mangel, denn ich sorgte dafür, dass meine Mutter, mein Springinsfeld, mein übriges Gesinde und besonders auch meine Pferde jederzeit Essen, Trinken, Kleidung und Futter hatten, auch wenn ich selbst hätte dafür Hunger leiden und nackt herumlaufen müssen und Tag und Nacht kein Dach über dem Kopf gehabt hätte. Umgekehrt mussten sie aber auch dafür sorgen, dass alles Nötige hereinkam, und durften bei dieser Arbeit Tag und Nacht nicht innehalten, auch wenn es sie Hals und Kopf gekostet hätte.

Das 17. Kapitel. Was für ein lächerlicher Streich der Courage gespielt wurde und wie sie sich dafür rächte.

Da siehst du, Simplicius – ich war schon die Mätresse und Lehrmeisterin deines Kameraden Springinsfeld, als du deinem Knan noch die Schweine gehütet hast* und lange bevor du so weit warst, für andere Leute den Narren zu geben. Und doch hast du dir eingebildet, du habest mich im Sauerbrunnen betrogen!

Nach der ersten Belagerung von Mantua* bekamen wir unser Winterquartier in einem schön gelegenen Städtchen, wo ich dann auch bald ordentlich Kundschaft hatte. Da fand kein Gastmahl und kein Gelage statt, bei dem die Courage nicht erschienen wäre, und wo sie hinkam, galten die italienischen *puttane* nichts mehr. Denn für die Italiener war ich ein freies Wild und etwas Fremdes, dem sie nachstellten, und mit den Deutschen konnte ich mich in ihrer Sprache unterhalten. Beiden Nationen begegnete ich sehr freundlich, war außerdem bildschön, nicht allzu hochnäsig und auch nicht übermäßig teuer, und niemand musste fürchten, dass ich ihn betrog, wie es die Italienerinnen ständig taten. Denen spannte ich auf diese Weise viele gute Männer aus, die sich von ihnen abwandten und stattdessen mich besuchten, weshalb die welschen Huren nicht besonders gut auf mich zu sprechen waren.

Einmal lud mich ein vornehmer Herr zum Nachtessen ein, der vorher die berühmteste *puttana* von allen frequentiert,

Das 17. Kapitel.

sie nun aber meinetwegen verlassen hatte. Diesen Fang wollte mir die andere wieder entreißen und ließ mir deshalb bei dem Nachtmahl durch die Frau eines Kürschners etwas eingeben, wovon sich mir der Bauch blähte, als wollte er zerspringen. Ja, die Leibesdünste bedrängten mich so sehr, dass sie sich den Ausgang zuletzt mit Gewalt öffneten und bei Tisch eine so liebliche Stimme hören ließen, dass ich mich ihrer schämen musste. Sobald aber die ersten diese Tür gefunden hatten, drängten die anderen mit solchem Ungestüm hinterher, dass es donnerte, als ob mehrere Regimenter gleichzeitig eine Salve abgegeben hätten. Als ich das Zimmer verlassen wollte, ging es beim Aufstehen erst richtig los. Mit jedem Schritt entwischten mir nun ihrer zehn, wenn nicht mehr – allerdings so schnell hintereinander, dass niemand mitzählen konnte. Hätte ich sie auseinanderhalten oder anstandshalber hübsch ordentlich dosieren können – ich glaube, es hätte für zwei geschlagene Stunden Zapfenstreich gereicht und noch den besten Trommler ausgestochen. Stattdessen dauerte es nur eine halbe Stunde, in der die Gäste und Saaldiener mehr Bauchweh vom Lachen bekamen als ich von dem ständigen Trompeten.

Diesen Streich empfand ich als böse Schmach und wollte vor lauter Scham und Zorn weglaufen. Meinem Gastgeber erging es genauso. Schließlich hatte er mich zu etwas anderem als diesem Konzert kommen lassen und schwor hoch und heilig, er wolle diesen Affront rächen, wenn er nur herausfinden könnte, welche Köche mit Pfefferkörnern und Ameiseneiern* die Blasmusik in Gang gesetzt hatten. Ich aber hatte Zweifel, ob er dies alles nicht doch selbst angezettelt hatte, und saß nur grollend da, als wollte ich mit den Blitzen meiner zornigen Blicke alle um mich her töten, bis ich zuletzt von einem der Gäste erfuhr, dass jene Kürschnerfrau mit der Sache zu tun haben könnte. Er habe sie unten im Haus gesehen, und da sei ihm der Gedanke gekommen, eine eifersüchtige Dame könnte sie angestiftet haben, mich durch diesen Streich bei diesem oder jenem Edelmann unbeliebt zu machen. Man wisse nämlich, dass sie das Gleiche schon mal einem reichen Kaufmann angetan habe, der auch tatsächlich die Gunst seiner Liebsten verlor, als er in ihrer und anderer Leute Gegenwart eine solche Musik hören ließ. Damit gab ich mich zufrieden und sann auf eine prompte Rache, bei der ich allerdings weder offen noch allzu grausam vorgehen durfte, weil wir in den Quartieren, obwohl wir das Land dem Feind abgenommen hatten, auf gute Disziplin achten mussten.

Nachdem ich die Wahrheit erfahren hatte, dass es sich nämlich tatsächlich so zugetragen hatte, wie jener Tischgenosse vermutet hatte, versuchte ich, die Lebensumstände und den Lebenswandel der Dame, die mir den Streich angerichtet hatte, möglichst genau in Erfahrung zu bringen. Als mir schließlich ein Fenster gezeigt wurde, von dem aus sie des Nachts den Männern, die zu ihr wollten, Audienz zu geben pflegte, offenbarte ich zwei Offizieren meinen Groll gegen sie. Diese beiden mussten mir, wenn sie weiter ihre Freude an mir haben wollten, versprechen, meine Rache zu vollstrecken, und zwar genau so, wie ich es ihnen auftrug.

Da sie mich bloß mit dem Dunst beleidigt hatte, schien es mir angemessen, sie mit dem Dreck selbst zu belohnen. Und dies geschah folgendermaßen: Ich ließ eine Rindsblase mit dem übelsten Unflat füllen, den die Kloakenreiniger aus den abwärtsführenden Kaminen der Häuser holen. Diese Blase wurde an eine Stange oder Schwinggerte gebunden, wie man sie nimmt, um Nüsse von den Bäumen zu schlagen oder Rauchkamine zu säubern. Während dann einer der beiden Offiziere mit der *puttana*, die in ihrem Audienzfenster lag, schäkerte, schlug der andere ihr die Blase mit solcher Kraft ins Gesicht, dass sie platzte und der Speck ihr Nase, Augen, Mund und Busen samt allem Schmuck und Zierrat besudelte, worauf sowohl der Schäker als auch der Exekutor davonliefen und die Hure am Fenster lamentieren ließen, solange sie wollte.

Das 17. Kapitel.

Die Kürschnerfrau bezahlte ich folgendermaßen: Ihr Mann hatte die Gewohnheit, alles Haar, auch das von Katzen, so sorgfältig zu sammeln und aufzuheben, als hätte er es von dem goldenen Widderfell auf der Insel Kolchis* abgeschoren. Nicht den kleinsten Schnipsel eines Pelzstückchens, ob vom Biber, Hasen oder Lamm, warf er in den Abfall oder auf den Mist, ohne ihn vorher seiner Haare oder seiner Wolle bis auf das letzte Härchen zu entledigen! Wenn er dann ein paar Pfund beisammenhatte, gab ihm der Hutmacher ein bisschen Geld dafür, mit dem er seinen Etat aufbessern konnte. Es dauerte seine Zeit, und viel war es nicht, aber immerhin.

Ich erfuhr dies alles von einem anderen Kürschner, der mir in diesem Winter einen Pelz fütterte. Dabei bekam ich mehr als genug Haar und Wolle dieser Art und machte mir lauter Arschwische daraus. Als sie fertig waren, genauer gesagt: als sie mit der ihnen bestimmten Materie so gestrichen voll waren wie die Büchsen der Quacksalber mit ihrer Salbe, ließ ich sie von einem meiner Jungen im heimlichen Örtchen des Kürschners, zu dem man unschwer Zugang fand, auf dem Boden verstreuen. Der erbsenzählerische Hauswirt sah die Haar- und Wollklumpen dort liegen und glaubte, sie stammten aus seinem Besitz und seine Frau müsse sie auf diese schändliche Weise missbraucht und ruiniert haben. Er fing an, mit ihr zu schimpfen, als hätte sie gerade Mantua und Casale dem Feind schutzlos ausgeliefert* und verloren. Und weil sie alles so hartnäckig leugnete wie eine Hexe und dazu noch Widerworte gab, schlug er sie so lederweich, wie er sonst die Felle anderer wilder und bissiger Tier machte, von seiner Hauskatze ganz zu schweigen. Ich war damit zufrieden und hätte mir diesen Spaß auch für ein Dutzend Kronen nicht abkaufen lassen.

Blieb noch der Apotheker, den ich verdächtigte, nach seinem Rezept das Mittel verfertigt zu haben, das mich genötigt hatte, eine so variable Stimme aus der Unterleibswelt verlauten zu lassen. Er hielt nämlich Singvögel, die mit Sachen gefüttert werden, von denen man glaubt, sie würden einen Lärm bewirken, wie ich ihn eben geschildert habe. Weil er aber bei hohen und niederen Offizieren in großer Gunst stand, denn fast täglich bedurften wir seiner Dienste und mussten ihn zu unseren Kranken rufen, denen das italienische Klima nicht bekam, und weil ich auch selbst damit rechnete, früher oder später mich einmal von ihm versorgen lassen zu müssen, durfte ich mich nicht allzu dreist an ihm reiben. Dennoch wollte und konnte ich ihm so viele Windkerle nicht ungerächt und ungerochen durchgehen lassen, auch wenn sie sich längst wieder in Luft aufgelöst hatten.

Unter seinem Haus hatte er einen kleinen Gewölbekeller, in dem er Waren lagerte, die kühl liegen müssen. In diesen lenkte ich das Wasser aus einem Rohrbrunnen auf dem Platz in der Nähe des Hauses, indem ich einen langen Ochsendarm über die Rohröffnung stülpte und festband und das andere Ende zum Kellerloch hineinhängte und so das Brunnenwasser eine lange Winternacht hindurch in den Keller laufen ließ, so dass er am nächsten Morgen geschwappelt voll war. Da schwammen ein paar Fässchen Malvasier und spanischer Wein und was sonst leicht war, oben herum. Was aber nicht schwimmen konnte, lag mannstief unter Wasser und musste verderben. Und weil ich den Darm vor Tagesanbruch wieder wegnehmen ließ, meinten am Morgen die Leute, entweder sei in dem Keller eine Quelle entsprungen oder dem Apotheker sei durch Zauberei ein Streich gespielt worden. Ich aber wusste es besser, und weil mir alles so gut gelungen war, lachte ich mir ins Fäustchen, als der Apotheker über seine verdorbenen Vorräte lamentierte. Damals war es mir ausnahmsweise einmal lieb, dass der Name Courage so fest an mir haftete, denn sonst hätten mich irgendwelche Nichtsnutze, weil sie meinten, ich könne es besser als andere, bestimmt zum Generalfurzmarschall ernannt.

Das 18. Kapitel. Übertriebene Gottlosigkeit der gewissenlosen Courage.

Der Gewinn, der mir aus meinen diversen Geschäften zufloss, bekam mir so gut, dass ich immer mehr davon wollte. So wie mir längst egal war, ob es ehrbar dabei zuging oder nicht, achtete ich irgendwann auch nicht mehr darauf, ob mir Gott oder Mammon beim Vorwärtskommen half, und am Ende war es mir auch einerlei, mit welchen Listen und Schlichen und in welchen Geschäftszweigen ich Erfolg hatte und was mein Gewissen dazu sagte, solange ich nur reich dabei wurde.

Mein Springinsfeld musste als Pferdehändler auftreten, und was er nicht wusste, musste er von mir lernen, denn in diesem Gewerbe kannte ich tausend Tricks und Kniffe, die Leute zu betrügen. Kein Gut, ob Gold, Silber oder Edelstein, ob Zinn, Kupfer, Tuch oder sonst etwas, ob rechtmäßig erbeutet, geraubt oder gar gestohlen – nichts war mir zu kostbar oder zu gering, als dass ich nicht versucht hätte, es zu erhandeln, und wenn einer nicht wusste, wie er etwas versilbern sollte, egal, wie er es sich verschafft hatte, so konnte er jederzeit zu mir kommen wie zu einem Juden, denen ja auch an der Erhaltung der Diebe mehr liegt als der Obrigkeit an ihrer Bestrafung.

Daher fand man bei mir nicht nur kostbare Lebensmittel. Meine beiden Wagen glichen eher einem Gemischtwarenladen, aus dem ich jeden Soldaten, ob hoch oder niedrig, gegen gehörige Bezahlung mit allem versorgen konnte, was er brauchte. Auf der anderen Seite musste ich spendabel sein und Schmiergeld zahlen, um mich und meinen Handel zu schützen. Der Profoss war mein Vater, seine alte Mähre – ich wollte sagen: seine alte Frau – war meine Mutter, die Frau des Obristen war meine gnädige Frau, und der Obrist selbst war mein gnädiger Herr. Sie alle beschützten mich vor allem, was mir und meinem Anhang oder meinem Geschäft schädlich werden konnte.

Einmal brachte mir ein alter Hühnerfänger – ich wollte sagen: ein alter Soldat, der schon lange vor dem Böhmischen Aufstand* eine Muskete getragen hatte – etwas in einem verschlossenen Gläschen*, das einer Spinne oder auch einem Skorpion ein wenig ähnelte, aber doch nicht ganz. Ich hielt es auch nicht für ein Insekt und überhaupt für keine lebende Kreatur, weil in das Glas von nirgendwoher Luft gelangen konnte, um das darin eingeschlossene Ding am Leben zu erhalten. Ich glaubte, es sei ein künstlicher Mechanismus, den ein geschickter Meister als Sinnbild für ich weiß nicht welche immerwährende Bewegung konstruiert hatte – denn dieses Etwas in dem Glas regte sich immerzu und krabbelte herum. Mir kam es sehr wertvoll vor, und weil der Alte es mir zum Verkauf anbot, fragte ich: »Wie teuer?« Er wollte zwei Kronen dafür haben, die ich ihm sofort bezahlte. Als ich ihm dann einen Krug Wein dazu ausschenken wollte, antwortete er, meine Zahlung reiche völlig aus, was mich bei einem alten Weinbeißer, wie er einer war, ziemlich wunderte und zu der Frage veranlasste, warum er denn einen solchen Trunk ausschlage, den bei mir doch jeder auch beim kleinsten Geschäft als Dreingabe bekomme.

»Ach, Frau Courage«, antwortete er, »bei dieser Ware ist es nicht wie bei anderen. Hier gibt es für Ankauf und Verkauf feste Regeln, und die solltet Ihr einhalten, wenn Ihr dieses Kleinod wieder weggebt, indem Ihr es zu einem niedrigeren Preis verkauft, als Ihr es erworben habt.«

Ich erwiderte: »Dann würde ich ja wenig dabei verdienen!«

Er antwortete: »Das müsst Ihr selbst sehen. Was mich angeht, so hatte ich es mehr als dreißig Jahre in den Händen und keinen Verlust dabei, obwohl ich es für drei Kronen gekauft und nun für zwei wieder verkauft habe.«

Ich konnte mit diesem Gerede nichts anfangen – wollte vielleicht auch nicht, denn mir stand ein kräftiger Rausch bevor, da ich an diesem Abend noch ein paar Venusbrüder abzufertigen hatte. Jedenfalls nahm ich die Sache auf die leichte Schulter, oder – lieber Leser, sag du mir, wie ich mich ausdrücken soll! Ich wurde einfach nicht schlau aus dem alten Kracher. Er schien mir nicht Manns genug, die Courage zu betrügen, und weil mir oft auch andere von höherem Ansehen als dieser etwas für einen Dukaten überließen, was deren hundert wert war, war ich meiner Sache so sicher, dass ich den eben gekauften Schatz einsteckte.

Am nächsten Morgen, als ich meinen Rausch ausgeschlafen hatte, fand ich meine neue Erwerbung in der Hosentasche (denn man muss wissen, dass ich außer dem Rock stets auch Hosen trug), erinnerte mich auch gleich, wie ich das Ding gekauft hatte, und legte es zu den Sachen, die mir lieb und teuer waren, meinen Ringen und anderen Schmuckstücken, um es aufzuheben, bis mir jemand begegnete, der Bescheid wusste und mir erklären konnte, was es damit auf sich hatte. Doch als ich tagsüber irgendwann wieder in meine Hosentasche griff, da war es nicht mehr, wo ich es hingelegt hatte, sondern wieder in meiner Tasche, was mich mehr erstaunte als erschreckte. Meine Neugier wuchs, und ich sah mich noch einmal nach dem Verkäufer um. Als er mir über den Weg lief, fragte ich ihn, was er mir da eigentlich verkauft habe. Ich erzählte ihm, was sich Wundersames mit dem Ding zugetragen hatte, und bat ihn, mir nicht zu verhehlen, worin dessen Wesen, Kraft und Wirkung beständen, was es alles könne und wie es beschaffen sei.

Er antwortete: »Frau Courage, es ist ein dienstbarer Geist, der dem Menschen, der ihn kauft und bei sich hat, großes Glück bringt. Er lässt einen erkennen, wo verborgene Sachen liegen. Er verschafft jedem Geschäft genügend Kunden und vermehrt den Wohlstand. Er bewirkt, dass seine Besitzer von ihren Freunden geliebt und von ihren Feinden gefürchtet werden. Wer ihn hat und sich auf ihn verlässt, den macht er fest wie Stahl und beschützt ihn vor Gefangenschaft. Er bringt Glück, Sieg und die Oberhand gegen den Feind und sorgt dafür, dass alle Welt seinen Besitzer lieben muss.«

Kurz, der alte Gauner schnitt derart auf, dass ich mir bald glückseliger vorkam als Fortunatus mit seinem Säckel und seinem Wunschhütlein*! Weil ich mir aber denken konnte, dass dieser sogenannte dienstbare Geist seine Gaben nicht umsonst hergab, fragte ich den Alten, was ich denn umgekehrt diesem Ding für einen Gefallen tun müsste. Denn ich hätte gehört, dass die Zauberer, die andere Leute in Gestalt eines Galgenmännleins* bestehlen, diesem Galgenmännlein mit regelmäßigen wöchentlichen Bädern und anderer Pflege zu Diensten sein müssten. Der Alte antwortete, dergleichen sei hier nicht vonnöten. Mit einem solchen Männlein verhalte es sich ganz anders als mit dem Ding, das ich von ihm gekauft hätte.

Ich sagte: »Umsonst wird es mein Diener und Narr ja wohl nicht sein wollen!« Er solle mir nur offen und ehrlich sagen, ob ich es ganz ohne Gefahr und ohne Entlohnung behalten und mich seiner außerordentlichen Dienste ohne irgendwelche Pflichten und Gegendienste erfreuen könne.

»Frau Courage«, antwortete der Alte, »Ihr wisst doch schon, worauf es ankommt – dass Ihr es, wenn Ihr seine Dienste nicht mehr genießen wollt, für einen niedrigeren Preis weggeben sollt, als Ihr selbst dafür bezahlt habt. Das habe ich Euch nicht verhehlt, als Ihr es mir abgekauft habt. Aber den Grund hierfür, nun, den mag die Frau von einem anderen erfahren« – und damit ging der Alte seines Weges.

Meine böhmische Mutter war damals meine vertrauteste Ratgeberin, mein Beichtvater, mein Favorit, mein bester Freund, wie Sabud, der Freund des Königs Salomon.* Mit ihr sprach ich über alles, was mich bewegte, also auch über meinen Kauf und wie es mir mit ihm ergangen war.

»He«, antwortete sie, »das ist ein *Stirpitus flammiliaris**, der all das leistet, was Euch der Verkäufer von ihm gesagt hat. Allerdings – wer ihn behält, bis er stirbt, der muss, soviel ich gehört habe, mit ihm in die andere Welt reisen, und das wird, nach seinem Namen zu urteilen, zweifellos die Hölle sein, wo alles voller Feuer und Flammen sein soll. Deshalb kann man ihn von Mal zu Mal nur immer billiger verkaufen als vorher, so dass der letzte Käufer ihm gehören muss. Und Ihr, meine liebe Tochter, seid in großer Gefahr, weil Ihr ihn als Allerletzte zu verkaufen habt. Denn welcher Narr wird ihn Euch noch abkaufen, wenn er selbst ihn nicht mehr billiger verkaufen kann, sondern genau weiß, dass er Euch nur die eigene Verdammnis abkauft?«

Da sah ich, in was für einer schlimmen Lage ich mich befand. Doch mein Leichtsinn, meine blühende Jugend, die Hoffnung auf ein langes Leben und die allgemeine Gottlosigkeit der Welt ließen mich alles auf die leichte Schulter nehmen. Ich sagte mir: Du wirst diese Hilfe, diesen Beistand, diesen glücklichen Vorteil so lange genießen, wie du nur kannst. Und nachher wirst du schon irgendwo einen leichtsinnigen Gesellen finden, der dir im Suff oder aus Armut, aus Verzweiflung und blinder Hoffnung auf großes Glück oder aus Geiz, Unkeuschheit, Zorn, Neid, Rachgier oder irgendwas von dieser Art dieses Dingsda zum gehörigen Preis wieder abnimmt!

Von nun an ließ ich mir, wo es nur ging, von ihm helfen, wie es mir der alte Verkäufer und meine Kostfrau oder böhmische Wahlmutter geschildert hatten. Und täglich spürte ich seine Wirkung, denn dort, wo ein anderer Marketender *ein* Fass Wein ausschenkte, wurde ich drei oder vier davon los. Wenn ein Gast von meinem Trunk oder meiner Speise einmal gekostet hatte, dann kam er auch zum zweiten Mal. Wenn ich einen ansah und Lust verspürte, mich mit ihm zu vergnügen, war er mir gleich zu Diensten und verehrte mich wie eine Göttin. Bekam ich ein Quartier angewiesen, wo der Hausherr geflohen war, ein verlassenes Haus oder eine Bude, in der sonst niemand mehr wohnen mochte (Marketender und Kommissmetzger bringt man nämlich selten in Palästen unter), so sah ich gleich, wo das Messer steckte, und fand, ich weiß nicht, dank welcher inneren Stimme, Schätze, die die Sonne seit vielen, vielleicht hundert Jahren nicht beschienen hatte.

Andererseits kann ich nicht leugnen, dass es auch ein paar Leute gab, die von der Courage nichts wissen wollten, die sie nicht ehrten, sondern verachteten und sogar verfolgten – zweifellos weil sie von einem größeren *lumen** erleuchtet wurden als dem, womit mein Flammengeist mich betörte. Das machte mich zwar nachdenklich und lehrte mich das Philosophieren und nach dem Wie und Wozu zu fragen – aber ich war damals so in der Gewinnsucht und allen mit ihr verbundenen Lastern ersoffen, dass ich alles ließ, wie es war, und nichts tat, um meiner dereinstigen Seligkeit ein Fundament zu schaffen. Das sage ich dir, Simplicius, zu deinem allerhöchsten Lob, da du dich in deiner Lebensbeschreibung ja rühmst, im Sauerbrunnen mit einer gewissen Dame Umgang gehabt zu haben, die du in Wirklichkeit doch gar nicht kanntest.

Unterdessen wurde mein Geld immer mehr und wuchs zu einem solchen Haufen an, dass selbst ich mich vor meinem Vermögen zu fürchten begann.

Hör mal, Simplicius, ich muss dich auch noch an was anderes erinnern! Wärst du nicht ein solcher Taugenichts gewesen, als wir im Sauerbrunnen miteinander das Verkehren spielten, dann wärst du mir genauso wenig ins Netz gegangen wie jene anderen, die sich in Gottes Schutz befanden, während ich den *Spiritus familiaris* bei mir hatte.

Das 19. Kapitel. Bei welchem Lehrmeister Springinsfeld in die Lehre ging und seinen letzten Schliff bekam.

Und noch eines sollst du wissen, Simplicius! Nicht nur ich schlug den eben geschilderten Weg ein – auch mein Springinsfeld (den du in deiner Lebensbeschreibung als deinen besten Kameraden und einen redlichen Kerl gepriesen hast)

DAS 19. KAPITEL.

musste mir darauf folgen. Und wieso denn auch nicht? Was ist daran so verwunderlich? Schließlich bringen (ich will nicht sagen: zwingen) auch andere leichtfertige Frauen von meiner Art ihre liederlichen Männer (wenn ich sie überhaupt Männer nennen soll – fast hätte ich gesagt: Schlappmänner) zu genauso nichtswürdigen Streichen, obwohl sich diese Männer bei ihrer Heirat nicht auf eine Abmachung eingelassen haben, wie Springinsfeld sie unterschrieben hat. Aber höre die Geschichte.

Als wir vor dem berühmten Casale* lagen, fuhren ich und Springinsfeld in eine benachbarte Grenzstadt, die neutral war, um Lebensmittel einzukaufen und in unser Lager zu bringen. Da ich aber bei solchen Gelegenheiten nicht bloß auszog, um als Nachfolgerin der Bürger Jerusalems Geschäfte zu machen, sondern auch, um als zypriotische Jungfrau meinen Gewinn zu suchen*, hatte ich mich geschminkt wie eine zweite Jesebel*, und es war mir einerlei, ob ich einen Ahab oder einen Jehu verführen würde. Zu diesem Zweck ging ich in eine Kirche, denn ich hatte mir sagen lassen, in Italien würden die meisten Liebschaften an solchen heiligen Orten gestiftet und in Gang gebracht, weil man die schönen, liebenswürdigen Frauen dort sonst nirgendwo hingehen lässt.

Ich kam neben eine junge Dame zu stehen, deren Schönheit und Schmuck mich sofort eifersüchtig machten, weil derjenige, der ihr so manchen liebreizenden Blick schenkte, mich überhaupt nicht ansah. Ich gebe zu, es verdross mich tief, dass sie mir vorgezogen wurde und dass diese Leimrute von einem Mann, wie ich mir einbildete, mich neben ihr dermaßen verachtete! Diesem Verdruss und dem Nachdenken darüber, wie ich mich dafür rächen könnte, widmete ich während dieses Gottesdienstes meine ganze Andacht. Doch bevor er endete, tauchte plötzlich mein Springinsfeld auf. Warum, weiß ich nicht und mag kaum glauben, dass ihn die Gottesfurcht getrieben hatte, denn ich hatte sie ihn nicht gelehrt, und angeboren war sie ihm auch nicht, noch hatte sie sich ihm beim Lesen heiliger Schriften oder Anhören von Predigten eingepflanzt. Trotzdem stand er plötzlich neben mir und bekam von mir gleich den Befehl ins Ohr geflüstert, herauszufinden, wo die besagte Dame wohne, damit ich mich in den Besitz des überaus schönen Smaragds bringen könne, den sie am Hals trug.

Mit pflichtschuldigem Gehorsam wie ein treuer Diener tat er, was ich ihm aufgetragen hatte, und hinterbrachte mir, sie sei eine vornehme Frau, verheiratet mit einem reichen Herrn, der seinen Palast am Marktplatz habe. Darauf sagte ich ihm klipp und klar, dass er von nun an weder auf meine Gunst hoffen noch meinen Leib berühren dürfe, solange er mir nicht den Smaragd dieser Dame beschafft hätte, wozu ich ihm allerdings einen soliden Plan, die nötigen Mittel und eine günstige Gelegenheit verschaffen würde. Er kratzte sich hinter dem Ohr und sträubte sich gegen mein Ansinnen, als würde ich etwas Unmögliches von ihm verlangen. Nach einigem Hin und Her jedoch erklärte er sich bereit, für mich bis in den Tod zu gehen.

Auf diese Weise, Simplicius, habe ich deinen Springinsfeld abgerichtet, wie einen jungen Wachtelhund! Er hatte den passenden Charakter dazu, vielleicht eher als du. Aber von selbst und wenn ich ihn nicht in die Schule genommen hätte, wäre er nie so ein geschickter Kerl geworden.

Um diese Zeit musste ich mir einen neuen Stiel für meinen Fausthammer* machen lassen, den ich sowohl als Waffe wie auch als Schlüssel gebrauchte, um die Truhen und Schränke der Bauern zu öffnen, wenn sich die Gelegenheit dazu ergab. Ich ließ mir diesen Stiel innen so weit ausdrehen, dass ich Dukaten oder andere Münzen gleicher Größe in die Höhlung stopfen konnte. Denn weil ich diesen Hammer immer bei mir hatte (da ich einen Degen nicht tragen durfte und Pistolen nicht wollte), schien es mir sinnvoll, ihn mit Dukaten zu spicken, um sie für alle Glücks- oder Unglücksfälle, wie sie sich im Krieg nun mal ergeben, gleich bei der Hand zu haben. Als er fertig war, probierte ich die Weite im Inneren mit ein paar Lutzern* aus, die ich angenommen hatte, um sie wieder gegen anderes Geld zu tauschen. Die Höhlung hatte den gleichen Durchmesser wie die Münzen, so dass sie etwas eng war und ich die Lutzer ein wenig hineinpressen musste, aber längst nicht so stark, wie wenn man eine Halbkartaune* lädt. Füllen konnte ich den Stiel aber nicht mit ihnen, dafür reichte mein Geld nicht. Das traf sich aber gut, denn wenn nun die Lutzer unten beim Hammerkopf lagen und ich das Eisen in die Hand nahm, um den Hammer als Stock zu benutzen, geschah es, dass, wenn ich mich darauf stützte, die Lutzer nach dem Griff am anderen Ende des Stiels herunterkullerten und dabei ein dumpfes Geklingel machten, das ziemlich seltsam und verwunderlich klang, weil niemand wusste, woher es kam. Aber wozu die weitschweifige Beschreibung? Ich gab Springinsfeld den Fausthammer und dazu genaue Anweisungen, wie er mir mit ihm den Smaragd besorgen solle.

Mein Springinsfeld verkleidete sich, setzte eine Perücke auf, hüllte sich in einen schwarzen Mantel, den er geliehen hatte, und tat zwei lange Tage nichts anderes, als von einem Platz gegenüber dem Palast der Dame das Haus vom Sockel bis ans Dach zu mustern, wie wenn er es hätte kaufen wollen. Außerdem hatte ich auf Tagelohn einen Trommler engagiert, der ein solcher Spitzbube war, dass man andere Spitzbuben mit ihm noch spitzer hätte machen können. Er sollte aber bloß auf dem Platz herumschlendern und zur Stelle sein, wenn mein Springinsfeld seiner Hilfe bedurfte. Denn dieser Vogel sprach Italienisch so gut wie Deutsch, wozu Springinsfeld nicht imstande war. Ich selbst aber hatte mir von einem Alchimisten ein Wasser – sein Name tut hier nichts zur Sache* – zubereiten lassen, das in wenigen Stunden alle Metalle durchfrisst und mürbe oder sogar flüssig macht. Damit bestrich ich ein starkes Gitter vor einem Kellerloch des Palastes.

Als nun Springinsfeld auch am dritten Tag nicht aufhörte, das Haus anzustarren wie die Katze ein neues Scheunentor, schickte jene Dame einen Bediensteten und ließ ihn fragen, warum er da immerfort herumstehe und was er an ihrem Haus auszukundschaften habe. Springinsfeld seinerseits winkte den Trommler herbei und ließ ihn dolmetschen, in dem Haus liege ein Schatz verborgen und er glaube, dass er ihn heben könne und dass der Schatz groß genug sei, eine ganze Stadt reich zu machen. Daraufhin ließ die Dame Springinsfeld und den Trommler gleich in ihr Haus kommen, und nachdem sie auch selbst sich Springinsfelds Lügen von dem verborgenen Schatz angehört hatte und große Begierde verspürte, ihn zu finden, fragte sie den Trommler, was denn dieser andere für einer sei, etwa ein Soldat, und dergleichen mehr.

»Nein«, antwortete der Halunke, »das ist ein halber Schwarzkünstler, wie man so sagt, und er hält sich zu keinem anderen Zweck bei der Armee auf, als verborgene Dinge aufzuspüren, hat auch, soviel ich höre, in Deutschland auf alten Schlössern schon ganze eiserne Truhen und Kästen voll Geld ausfindig gemacht und zutage gefördert.« Im Übrigen aber kenne er ihn nicht.

Kurzum, nach langen Verhandlungen wurde beschlossen, dass Springinsfeld den Schatz suchen sollte. Er bat sich zwei geweihte Kerzen aus und zündete selbst eine dritte an, die er bei sich hatte. Mit Hilfe eines durch ihren Wachskörper laufenden Messingdrahtes konnte er sie nach Belieben zum Verlöschen bringen. Der Herr war nicht daheim, deshalb wanderten nun die Dame, zwei ihrer Diener, Springinsfeld und der Trommler mit diesen drei Kerzen im Haus herum, denn Springinsfeld hatte ihnen versichert, wo der Schatz liege, da werde seine Kerze von selbst ausgehen. Nachdem die kleine Prozession schon viele Ecken und Winkel abgewandert und Springinsfeld an allen Stellen, wo sie hingeleuchtet hatten, geheimnisvolle Worte gemurmelt hatte, kamen sie

☐ Ich will Abonnent der **ANDEREN BIBLIOTHEK** werden und erhalte jeden Monat den aktuellen Band zum Vorzugspreis durch meine Buchhandlung.
Je Band 2,50 € günstiger als der festgesetzte Ladenpreis.

☐ Bitte informieren Sie mich unverbindlich und kostenfrei über **DIE ANDERE BIBLIOTHEK**, die **LESEGESELLSCHAFT ANDERE BIBLIOTHEK** und das Gesamtprogramm Ihres Verlags.

Name _____ Straße _____

PLZ/Ort _____ Unterschrift _____

Ich bin darüber informiert, daß ich von dieser Vereinbarung innerhalb von 14 Tagen durch schriftlichen Widerruf zurücktreten kann und bestätige dies durch meine zweite Unterschrift.

Unterschrift _____

Das Abonnement gilt für die Dauer von mindestens einem Jahr (12 Bände) und kann danach jederzeit gekündigt werden. Sonderbände sind nicht Bestandteil des Abonnements und können separat bestellt werden.

Direkte Informationen erhalten Sie beim **Eichborn Verlag** von Daniela Ebeling unter der Telefonnummer (069) 25 60 03-756

Eichborn Verlag
DIE ANDERE BIBLIOTHEK
Kaiserstraße 66

60329 Frankfurt am Main

Gibt es einen schöneren Egoismus als den des Lesers, der bei der Lektüre Trost, Glück und Heiterkeit sucht?

DIE ANDERE BIBLIOTHEK
im Eichborn Verlag

Wer liest, hat einen Sinn für das Besondere. Noch wichtiger: Wer liest, hat auch einen Anspruch auf das Besondere. Auf Bücher, wie sie Monat für Monat in der **ANDEREN BIBLIOTHEK** erscheinen.

Neugierig geworden? Dann sollten Sie sich schnell für ein Abonnement der »*in ihrer Art schönsten Buchreihe der Welt*« (DIE ZEIT) entscheiden. Denn jeden Monat erscheint ein Band der **ANDEREN BIBLIOTHEK** als streng limitierte und numerierte Erstausgabe. Und nur als Abonnent sichern Sie sich Ihr Exemplar zum Vorzugspreis.

Einfach den rückseitigen Coupon ausfüllen und in Ihrer Buchhandlung abgeben. Zusätzlich erhalten Sie als persönliches Dankeschön unsere aktuelle Aboprämie, über die Sie sich unter www.die-andere-bibliothek.de informieren können.

Das 19. Kapitel.

schließlich in den Keller, dessen Eisengitter ich mit meinem A. R.* befeuchtet hatte. Da trat Springinsfeld vor eine Mauer, machte wie vorher seine Zeremonien und ließ plötzlich seine Kerze verlöschen.

»Da! Da!«, ließ er den Trommler sagen. »Da liegt der Schatz eingemauert!« – murmelte dann noch ein paar närrische Wörter und schlug mehrmals mit meinem Fausthammer gegen die Mauer, so dass die Lutzer in seinem Stiel mit ihrem gewöhnlichen Geklingel nach und nach herunterrollten.

»Hört Ihr das?«, sagte er. »Der Schatz ist gerade wieder mal verblüht, wie es alle sieben Jahre geschieht. Jetzt ist er reif und muss gehoben werden, solange die Sonne noch im Zeichen des Igels steht. Danach wird es wieder sieben Jahre lang unmöglich sein.«

Die Dame und ihre beiden Diener hätten tausend Eide geschworen, dass das Geklingel aus der Mauer gekommen sei, und schenkten dem Springinsfeld deshalb festen Glauben. Die Dame bat ihn, den Schatz gegen eine Belohnung für sie zu heben, und wollte auch gleich einen Preis aushandeln. Als Springinsfeld aber erwiderte, er pflege in solchen Fällen nichts zu fordern, sondern allenfalls zu nehmen, was man ihm nach eigenem Ermessen gebe, erklärte sich die Dame auch damit einverstanden und versprach, ihn für seine Mühe so zu belohnen, dass er zufrieden sein würde.

Nun erbat sich Springinsfeld siebzehn Körner Weihrauch von bester Qualität, dazu vier geweihte Wachskerzen, acht Ellen vom besten Scharlachstoff, einen Diamant, einen Smaragd, einen Rubin und einen Saphir, die alle von einem weiblichen Wesen sowohl als Jungfrau wie auch als Frau getragen worden sein müssten. Zum zweiten müsse man ihn allein im Keller lassen und einschließen. Die Dame selbst solle den Schlüssel dazu in Verwahrung nehmen, damit sie wegen ihrer Edelsteine und ihres Scharlachs versichert sei und er, bis er den Schatz glücklich zutage gebracht habe, ungestört und unbeobachtet bleibe. Darauf gab man ihm und dem Trommler einen Imbiss, dem Trommler für seine Dolmetscherdienste außerdem ein Trinkgeld. Inzwischen wurden die geforderten Hilfsmittel herbeigeschafft und nachher Springinsfeld mit ihnen in dem Keller eingeschlossen, aus dem ein Entkommen unmöglich schien, denn das Fenster oder die Luke, die auf die Gasse und den Platz ging, lag sehr hoch und war obendrein mit dem erwähnten Eisengitter fest verschlossen. Der Dolmetscher wurde entlassen und kam gleich zu mir, um zu berichten, wie die Sache verlaufen war.

Weder ich noch Springinsfeld verschliefen die Zeit, in der die Leute am tiefsten zu schlafen pflegen. Stattdessen ließ ich, nachdem ich das Gitter so leicht wie einen Rübenschnitz weggebrochen hatte, ein Seil in den Keller hinab und zog Springinsfeld samt allem, was er mitbrachte, zu mir herauf. Da fand ich denn auch den verlangten schönen Smaragd.

Über diese Beute freute ich mich aber längst nicht so wie über den Streich selbst, der mir so gut gelungen war. Der Trommler hatte die Stadt schon am Abend zuvor verlassen. Mein Springinsfeld hingegen spazierte noch am Tag nach der Schatzhebung mit anderen, die sich über den listigen Dieb wunderten, in der Stadt herum, als an den Toren gerade die Wachen verstärkt wurden, um diesen Dieb zu schnappen. Da siehst du, Simplicius – ich war es, die deinem Springinsfeld seine Geschicklichkeit beigebracht hat. Ich erzähle dir diese Geschichte auch nur als ein Beispiel, denn ich möchte wetten – wenn ich dir von allen Buben- und Gaunerstücken berichten würde, die er für mich ins Werk setzen musste, dann würde mir und dir dabei die Zeit zu lang, obwohl es lustige Schnurren sind. Ja, wenn man alles so beschreiben würde, wie du deine eigenen Narrenstreiche beschrieben hast, würde es ein dickeres und unterhaltsameres Buch werden als deine ganze Lebensbeschreibung. Aber eine kurze Geschichte will ich dich noch hören lassen.

Das 20. Kapitel. Wie Springinsfeld und Courage zwei Italiener bestahlen.

Als sich herausstellte, dass unsere Armee noch lange vor Casale liegen würde, begnügten sich viele von uns nicht mehr mit Zelten, sondern bauten sich Hütten aus anderem Material, in denen man auf die Dauer bequemer lebte. Unter den Geschäftemachern im Lager waren auch zwei Mailänder, die sich aus Brettern eine Bude gezimmert hatten, um ihre Waren darin sicher zu verwahren – Schuhe, Stiefel, Koller, Hemden und verschiedene andere Kleidungsstücke für Offiziere und gemeine Soldaten sowohl zu Pferd als auch zu Fuß. Mir schien, die beiden schadeten meinen Geschäften ganz erheblich, indem sie den Soldaten alle mögliche Beute, wie Silberschmuck und Juwelen, zur Hälfte oder gar zu einem Viertel ihres Wertes abhandelten und damit einen Gewinn einheimsten, den wenigstens teilweise ich gemacht hätte, wenn sie nicht gewesen wären. Da es nicht in meiner Macht stand, ihnen ihr Geschäft zu verbieten, wollte ich es ihnen wenigstens verderben.

Unten in ihrer Hütte war das Warenlager, das auch als Laden diente. Unter dem Dach auf einem Boden, zu dem sieben oder acht Stufen hinaufführten, schliefen sie. In diesem Boden hatten sie ein Loch gelassen, nicht nur um besser hören zu können, wenn jemand einbrechen und sie bestehlen wollte, sondern auch um solche Diebe mit Pistolen zu begrüßen, mit denen sie bestens versehen waren.

Nachdem ich eines Tages bemerkt hatte, dass man die Tür zu ihrer Hütte ohne viel Lärm öffnen konnte, fiel mir ein Plan ein, der sich leicht verwirklichen ließ. Mein Springinsfeld musste mir ein mannshohes Bündel spitzer Dornenzweige beschaffen. Es war so schwer, dass ein Mann allein es kaum tragen konnte. Außerdem füllte ich eine Messingspritze, die einen halben Liter fasste, mit scharfem Essig.

So gerüstet gingen wir zu jener Hütte, als alles in tiefem Schlaf lag. Die Tür in aller Stille zu öffnen war keine große

Kunst, weil ich mir vorher alles genau angesehen hatte. Nachdem das vollbracht und geschehen war, stellte Springinsfeld das Dornenbündel vor die Stiege, die nicht durch eine Tür von dem übrigen Raum abgetrennt war. Von diesem Geräusch erwachten oben die beiden Italiener und begannen zu rumoren. Wir hatten damit gerechnet, dass sie als Erstes durch das Loch im Boden nach unten schauen würden, und so geschah es auch. Doch da spritzte ich dem einen die Augen so voller Essig, dass ihm der Vorwitz gleich wieder verging. Der andere stürmte in Hemd und Schlafhose die Stiege hinunter und wurde von dem Dornenbündel so unfreundlich empfangen, dass ihm wie seinem Kameraden vor lauter Überraschung und Schrecken nur einfiel, dies alles müsse Zauberei und Teufelswerk sein. Inzwischen hatte sich Springinsfeld ein Dutzend zusammengebundener Reiterkoller geschnappt und war damit entwischt. Ich ließ es bei einem Stück Leinwand bewenden, das ich mitgehen ließ, und schlug die Tür hinter mir zu, die beiden Südländer ihren Nöten überlassend, wobei der eine sich zweifellos noch länger die Augen zu reiben, der andere aber mit seinem Dornenbündel zu kämpfen gehabt haben wird.

Da siehst du, wie ich's getrieben habe, Simplicius! So habe ich auch den Springinsfeld nach und nach abgerichtet. Wie gesagt, ich stahl nicht aus Not oder Mangel, sondern vor allem um meinen Widersachern eins auszuwischen. Springinsfeld erlernte dabei das Handwerk und brachte es darin zu solcher Meisterschaft, dass er sich zugetraut hätte, alles zu stehlen, und wenn es mit Ketten an den Himmel gebunden wäre.* Ich ließ ihm bereitwillig seinen Anteil, denn ich gönnte ihm einen eigenen Geldbeutel und ließ ihn mit der Hälfte des Gestohlenen – solche Eroberungen teilten wir nämlich unter uns – tun und machen, was er wollte. Weil er aber so sehr aufs Glücksspiel versessen war, hatte er selten viel Geld, und wenn er doch mal eine größere Summe zusammenbekam, blieb sie nicht lange in seinem Besitz, weil ihm sein unbeständiges Glück den Grundstein zum Reichtum mit dem unbeständigen Würfel immer wieder wegzwackte. Im Übrigen blieb er mir gehorsam und treu ergeben, so dass ich auf der Welt keinen besseren Sklaven hätte finden können. Und jetzt höre, was er sich damit verdient hat, wie ich ihn dafür belohnt und mich schließlich wieder von ihm getrennt habe.

Das 21. Kapitel. Beschreibung einer Schlacht, die im Schlaf stattfand.

Kurz bevor Mantua von den Unseren eingenommen wurde, musste unser Regiment von Casale abziehen und beim Belagern von Mantua ebenfalls mittun. Dort lief mir dann mehr Wasser auf meine Mühle als im vorigen Lager. Denn weil mehr Soldaten da waren, vor allem Deutsche, bekam ich auch mehr Kunden und mehr Arbeit, wovon sich mein Geldhaufen wieder merklich schneller vergrößerte, so dass ich mehrmals Wechsel nach Prag und in andere deutsche Reichsstädte schickte. Bei diesem glücklichen Aufschwung mit großem täglichem Gewinn und Überschuss, den ich und mein Gesinde genossen, während viele andere Hunger und Mangel leiden mussten, fing mein Springinsfeld an, das Junkerhandwerk zu treiben, wollte sich das Fressen und Saufen, das Spielen, das Herumspazieren und Faulenzen zur täglichen Gewohnheit machen, kümmerte sich nicht mehr um die Geschäfte unserer Marketenderei und ließ Gelegenheiten, wo etwas zu erschnappen war, ungenutzt verstreichen. Außerdem hatte er sich mit ein paar nichtswürdigen, verschwenderischen Kameraden zusammengetan, die ihn auf dumme Gedanken brachten und von allem abhielten, wozu ich ihn mir genommen und auf diese oder jene Weise herangezogen hatte.

»He«, sagten sie zu ihm, »du willst ein Mann sein und lässt deine Hure über dich und das, was dir gehört, bestimmen? Es wäre schon arg genug, wenn du eine böse Ehefrau hättest, die so mit dir umspringt. Ich in deinem Hemd würde sie verprügeln, bis sie pariert, oder gleich zum Teufel jagen« – und so weiter. Ich hörte dies alles mit großem Ärger und Verdruss und sann auf Mittel und Wege, wie ich meinen Springinsfeld dazu bringen könnte, ins Feld zu springen, ohne dass er oder seine Kumpane mich dahinter vermuteten. Mein Gesinde, darunter vier baumstarke Kerle, die mir als Knechte dienten, war mir treu ergeben und stand auf meiner Seite. Alle Offiziere des Regiments waren mir gewogen. Der Obrist selbst war mir wohlgesinnt, seine Frau noch mehr, und mit Geschenken pflegte ich die Beziehungen zu allen, von denen ich mir Hilfe in meinem bevorstehenden Privatkrieg erhoffte, mit dessen Ankündigung durch meinen Springinsfeld ich stündlich rechnete.

Mir war klar, dass der Ehemann, den Springinsfeld pro forma für mich darstellen musste, als der Vorsteher meiner Marketenderei galt, dass ich also mein Geschäft im Schatten seiner Person betrieb und bald ausgemarketendert haben würde, wenn ich einen solchen Vorsteher nicht gehabt hätte. Deshalb ging ich behutsam vor. Ich gab ihm täglich Geld zum Spielen und zum Prassen – nicht um ihn wieder zur Vernunft zu bringen, sondern um ihn in Sicherheit zu wiegen und glauben zu machen, er könnte sich mir gegenüber alles erlauben, bis er es schließlich zu toll triebe und sich durch irgendeine grobianische Dummheit meiner Person und meiner Habe unwürdig machte – kurz, er sollte mir einen Anlass liefern, mich von ihm zu trennen. Denn ich hatte inzwischen so viel zusammengeschachert und verdient und sogar anderswo in Sicherheit gebracht, dass mich die Marketenderei und überhaupt der ganze Krieg und was ich in ihm noch gewinnen und erraffen könnte, kaum mehr interessierten.

Das 21. Kapitel.

Aber ich weiß nicht, woran es lag – ob Springinsfeld nicht das Herz hatte, seinen Kameraden zu folgen und mir das Kommando offen streitig zu machen, oder ob er sein Lotterleben einfach gedankenlos weiterlebte. Jedenfalls tat er immer sehr freundlich und ergeben, sah mich nie scheel an und sagte mir nie ein böses Wort. Ich wusste ja, was seine Kameraden ihm einzureden versuchten. Aber seinem Benehmen war nicht anzumerken, dass er etwas gegen mich im Schilde führte. Wie durch ein Wunder geschah es jedoch, dass er mich eines Tages attackierte, weshalb wir dann, ob es ihm lieb war oder nicht, auseinandergingen.

Eines Nachts, als er mit einem Rausch heimgekommen war, lag ich neben ihm und schlief unbesorgt. Da versetzte er mir plötzlich mit aller Kraft einen solchen Fausthieb mitten ins Gesicht, dass ich davon nicht nur aus dem Schlaf hochfuhr, sondern auch gleich merkte, wie mir das Blut aus Mund und Nase lief. Mir wurde von dem Schlag so schwindelig, dass es mich am Ende fast wunderte, dass er mir nicht auch alle Zähne ausgeschlagen hatte. Man kann sich vorstellen, was für eine fromme Litanei ich ihm da heruntergebetet habe. Ich schimpfte ihn einen Mörder und was mir sonst an solchen Ehrentiteln in den Mund geriet. Er hingegen sagte: »Du Hundsfutt, warum lässt du mir mein Geld nicht? Ich hab es doch ehrlich gewonnen!« – und wollte schon wieder zuschlagen, so dass ich Mühe hatte, mich zu wehren, bis wir schließlich beide aufrecht im Bett saßen und miteinander zu raufen anfingen. Weil er nicht aufhörte, immer wieder Geld von mir zu fordern, gab ich ihm eine kräftige Ohrfeige, die ihn wieder flachlegte. Ich huschte aus dem Zelt und veranstaltete ein solches Gezeter, dass nicht nur meine Mutter und mein übriges Gesinde, sondern auch unsere Nachbarn davon erwachten und aus ihren Hütten und Zelten hervorkrochen, um zu sehen, was los und was zu tun sei. Das waren nun lauter Angehörige des Stabes, die in der Regel hinter den Regimentern bei den Marketendern untergebracht werden, nämlich der Kaplan, der Regimentsschultheiß*, der Regimentsquartiermeister, der Proviantmeister, der Profoss*, der Henker, der Hurenweibel* und einige andere, denen ich nun des Langen und Breiten berichtete – und der Augenschein tat das Seine noch hinzu –, wie mein braver Mann grundlos und ohne meine Schuld mit mir umgesprungen war. Mein unter dem Nachthemd schwellender, milchweißer Busen war überall mit Blut bespritzt, und die unbarmherzige Faust des Springinsfeld hatte mein Gesicht, dessen lustreizende Anmut ihre Wirkung sonst nie verfehlte, mit einem einzigen Schlag so abscheulich entstellt, dass man die Courage nur noch an ihrer jammernden Stimme erkannte, obwohl es keinen gab, der sie vorher je hatte klagen hören.

Man fragte mich nach dem Grund für den Streit und die Schlacht, zu der er sich ausgewachsen hatte, und als ich erzählte, wie sich alles zugetragen hatte, meinten die Zuhörer, Springinsfeld müsse den Verstand verloren haben. Ich aber glaubte, seine Kameraden und Saufbrüder hätten ihn angestiftet, mir erstens die Hosen, die ich anhatte, zweitens das Kommando und drittens mein vieles Geld wegzunehmen.

Während wir so miteinander babbelten und einige Frauen versuchten, mir das Blut zu stillen, krabbelte auch Springinsfeld aus unserem Zelt. Er kam zu uns an das Wachtfeuer, das bei der Bagage des Obristen brannte, und konnte gar nicht genug Worte finden und vorbringen, um sich bei mir und allen anderen für seinen Fehler zu entschuldigen. Es fehlte nicht viel, und er wäre vor mir auf die Knie gefallen, um meine Vergebung und meine frühere Zuneigung und Gnade zu erlangen. Aber ich hielt mir die Ohren zu, wollte nichts von ihm hören und nichts wissen, bis schließlich der Oberstleutnant von seiner Wachrunde zurückkam, dem er versicherte und hoch und heilig beschwören wollte, ihm habe geträumt, er sei auf dem Spielplatz gesessen, wo ihn einer um einen sehr hohen Einsatz habe betrügen wollen. Den habe

Das 21. Kapitel.

er dafür geschlagen, dabei aber unwillentlich seine liebe, unschuldige Frau im Schlaf getroffen. Der Oberstleutnant war ein Adeliger, der mich und alle Huren wie die Pest hasste, meinen Springinsfeld hingegen ganz gut leiden konnte. Deswegen sagte er zu mir, ich solle mich mit meinem Mann in unser Zelt verziehen und den Mund halten, sonst würde er mich dem Profoss übergeben und mit Ruten schlagen lassen, wie ich es längst verdient hätte.

Potz Blech, das ist ein strenges Urteil – solche Richter lieber nicht!, sagte ich mir. Aber sei's drum. Auch wenn du der Oberstleutnant und gegen meine Schönheit so gefeit bist wie gegen meine Geschenke, gibt es doch andere, und zwar mehr als von deinem Schlag, die sich durch dergleichen gern verlocken lassen, mir recht zu geben. Ich schwieg still wie ein Mäuschen, mein Springinsfeld aber auch, denn ihm sagte der Oberstleutnant, wenn er so etwas noch einmal täte, würde er ihn für das, was er bei Nacht zweimal an mir gesündigt habe, am Tage so bestrafen, dass er es gewiss kein drittes Mal mehr täte. Uns beiden aber sagte er, wir sollten Frieden schließen, bevor die Sonne aufgehe, sonst würde er uns einen Schiedsmann schicken, über dessen Methoden wir uns dann erst richtig wundern würden. Also legten wir uns wieder hin, und so hatte jeder von uns seine Schläge bekommen, denn ich hatte den Springinsfeld so wenig geschont wie er mich. Er beteuerte noch einmal mit vielen Schwüren, an allem sei nur sein Traum schuld, worauf ich ihm entgegnete, alle Träume seien falsch, aber die Maulschelle, die ich wegen seines Traumes bekommen hätte, sei echt gewesen. Er wollte mir seine Liebe durch die Tat beweisen, aber der Schlag, den er mir versetzt hatte, und noch mehr, dass ich ihn gern loswerden wollte, hatten bei mir alle Zuwendung versiegen lassen. Am nächsten Tag gab ich ihm dann auch kein Geld, weder zum Spielen noch zum Saufen, und auch sonst wenig freundliche Worte, und damit er nicht an die Batzen kam, die ich noch bei mir hatte, um unser Geschäft zu betreiben, versteckte ich sie bei meiner Mutter, die sie von nun an sicher eingenäht Tag und Nacht auf ihrer nackten Haut tragen musste.

Das 22. Kapitel. **Warum Springinsfeld und Courage sich schließlich trennten und was sie ihm zuletzt mit auf den Weg gab.**

Kurz nach unserem nächtlichen Kampf wurde Mantua mit Hilfe einer Kriegslist eingenommen, und wenig später folgte gar der Friede zwischen den Herzögen von Savoyen und Nevers, also auch zwischen den Römisch-Kaiserlichen und den Franzosen*, als hätte es zur Beendigung des Kriegs im Süden ebendieser unserer Schlacht bedurft. Nun zogen die Franzosen aus Savoyen ab und marschierten wieder nach Frankreich. Die kaiserlichen Truppen aber gingen nach Deutschland, um zu sehen, was die Schweden trieben, und ich musste mit ihnen wandern, als wäre ich selbst ein Soldat. Zur Erholung oder weil die Rote Ruhr und gar die Pest bei uns herrschten, wurde unser Regiment für ein paar Wochen in den kaiserlichen Erblanden an der Donau auf freiem Feld untergebracht, wo das Leben längst nicht so bequem war wie in dem herrlichen Italien. Aber ich behalf mich, so gut ich konnte, und hatte mit meinem Springinsfeld, weil er mir mit mehr als hündischer Ergebenheit begegnete, wieder Frieden geschlossen, allerdings nur pro forma, denn täglich lauerte ich auf eine Gelegenheit, wie ich ihn loswerden könnte.

Dieser mein innigster Wunsch erfüllte sich folgendermaßen, und man erkennt an diesem Vorfall, dass ein umsichtiger, verständiger, ja, unschuldiger Mann, dem, wenn er wach und nüchtern ist, weder die Frauen noch die Welt noch der Teufel etwas anhaben können, durch eigene, von Schlaf- und Weintrunkenheit verursachte Schwäche leicht ins tiefste Un-

Das 22. Kapitel.

heil und Unglück gestürzt und um all sein Glück und Wohlergehen gebracht werden kann.

So wie ich im Inneren bei der geringsten Schmach und wenn ich glaubte, mir sei Unrecht geschehen, tief rachsüchtig und unversöhnlich war, erwies sich auch mein Körper bei der geringsten Verletzung gleichsam ganz unheilbar. Ich weiß nicht, ob er dabei mein inneres Empfinden nachahmte oder ob meine zarte Haut und besondere Konstitution grobe Schläge einfach nicht so gut vertragen konnte wie ein Holzfäller aus dem Salzburgischen. Ich trug jedenfalls meine blauen Flecken und die Spuren von Springinsfelds Faust aus dem Lager vor Mantua noch im Gesicht, als er mich eines Nachts in unserem Lager an der Donau, während ich wieder tief im besten Schlaf lag, um den Leib fasste, auf die Schulter nahm und mit mir, so wie er mich gepackt hatte, im bloßen Hemd, zum Wachtfeuer des Obristen lief und mich allem Anschein nach hineinwerfen wollte.

Ich wusste, als ich erwachte, zwar nicht, wie mir geschah, aber die Gefahr spürte ich wohl, da ich ganz nackt war und merkte, dass Springinsfeld mit mir auf das Feuer zustürmte. Deshalb begann ich zu schreien, als sei ich unter die Mörder geraten, wovon das ganze Lager erwachte. Der Obrist selbst sprang mit einer Partisane* aus seinem Zelt, dazu auch andere Offiziere. Alle glaubten, es gelte, irgendeinen Aufruhr zu beruhigen, denn vom Feind drohte uns damals keinerlei Gefahr. Doch dann bot sich ihnen nichts als ein seltsamer Anblick, ein närrisches Spektakel, das sehr komisch und ergötzlich gewirkt haben muss.

Die Wache hielt den Springinsfeld mit seiner strampelnden, schreienden Last auf, ehe er sie ins Feuer werfen konnte, und als sie sahen, dass sie nackt war, und in ihr seine Courage erkannten, hatte der Corporal Anstand genug, mir einen Mantel über den Leib zu werfen. Gleich gab es einen Auflauf von hohen und niederen Offizieren, die sich fast totlachten, unter denen aber auch der Obrist selbst und jener Oberstleutnant war, der mit seinen Drohungen erst kürzlich Frieden zwischen mir und Springinsfeld gestiftet hatte.

Als Springinsfeld sich schließlich wieder vernünftig stellte oder seine sieben Sinne wirklich wieder beisammenhatte – ich weiß selbst nicht, was mit ihm los war –, da fragte ihn der Obrist, was dieser Irrsinn zu bedeuten habe. Springinsfeld antwortete, er habe im Traum seine Courage überall von giftigen Schlangen umringelt gesehen und deshalb geglaubt, es sei das Beste, sie zu retten und von ihnen zu befreien, indem er sie ins Feuer oder in ein Wasser trage, habe sie sich zu diesem Zweck auch aufgepackt und sei, wie alle ja gesehen hätten, mit ihr dahergekommen, was ihm nun aus tiefstem Herzen leid tue. Aber sowohl der Obrist als auch der Oberstleutnant, der vor Mantua noch zu ihm gehalten hatte, schüttelten den Kopf und ließen ihn, da sich schon alle sattgelacht hatten, zur Abwechslung diesmal dem Profoss übergeben. Mich aber schickten sie zum Ausschlafen in mein Zelt.

Am nächsten Morgen begann unser Prozess und sollte auch gleich wieder enden, denn im Krieg ziehen sie sich nicht so lang hin wie an manchen Orten im Frieden. Alle wussten ja, dass ich nicht Springinsfelds Ehefrau war, sondern nur seine Mätresse. Deshalb brauchten wir auch nicht vor einem Kirchengericht zu erscheinen, um die Scheidung zu erlangen, die ich forderte, weil ich im Bett mit ihm meines Lebens nicht sicher sei. Darin stimmten mir so gut wie alle Beisitzer zu, die ohnehin der Meinung waren, dass auch eine rechtmäßige Ehe aus einem solchen Grund geschieden werden könnte. Der Oberstleutnant, der vor Mantua noch ganz auf Springinsfelds Seite gewesen war, wandte sich nun ganz gegen ihn, und die übrigen Leute vom Regiment waren ohnehin alle auf meiner Seite. Als ich dann auch noch meinen schriftlichen Vertrag vorlegte, in dem wir miteinander vereinbart hatten, wie wir bis zur förmlichen Eheschließung zusammenleben wollten, und in wohlgesetzten Worten herausstrich, wie ich bei einem solchen Ehemann fürchten müsse, von nun an in ständiger Lebensgefahr zu schweben, wurde beschlossen, dass wir bei gewisser Strafe voneinander geschieden würden, zugleich aber auch verpflichtet seien, das gemeinsam Erwirtschaftete und Verdiente untereinander zu teilen. Gegen dies Letztere erhob ich Einspruch. Erstens widerspreche es dem Vertrag über unser Zusammenleben, und zweitens habe Springinsfeld, seit er mich bei sich habe – oder um es deutsch und deutlich zu sagen: seit ich ihn zu mir genommen und die Marketenderei begonnen hatte –, mehr vertan als verdient, was ich mit dem ganzen Regiment beweisen und belegen könne. Schließlich wurde befunden, wenn ein Vergleich nach den vorliegenden Umständen zwischen uns nicht gütlich getroffen werden könne, solle in diesem Punkt vom Regiment ein Urteil gefällt werden.

Ich war mit diesem Beschluss zufrieden, und auch Springinsfeld ließ sich gern mit einem kleinen Betrag abfinden, denn weil ich ihn und mein Gesinde inzwischen nach unseren derzeitigen Einnahmen, also nicht mehr wie in Italien verköstigte, so dass es aussah, als stehe auch bei uns der Hunger vor der Tür, glaubte der Geck, mein Geld gehe zur Neige und es sei bei weitem nicht mehr so viel vorhanden, wie ich in Wirklichkeit noch hatte. Es war aber ganz recht so, dass er nichts davon wusste, denn er begriff ja auch nicht, warum ich es so halsstarrig zurückhielt!

Damals, Simplicius, wurde das Dragonerregiment, bei dem dann auch du in Soest das Soldatenhandwerk erlernt hast*, durch eine größere Zahl junger Burschen verstärkt, die sich hier und da bei den Offizieren der Infanterieregimenter befanden, nun erwachsen geworden waren, aber keine Musketiere werden wollten. Das war auch eine günstige Gelegenheit für den Springinsfeld, der sich deshalb umso bereitwilliger auf eine Vereinbarung einließ, die wir untereinander trafen. Demnach gab ich ihm das beste Pferd, das ich besaß, samt Sattel und Zaumzeug, desgleichen einhundert Dukaten in bar und das Dutzend Reiterkoller, das er, von mir angestiftet, in Italien gestohlen hatte und das wir bisher nicht hatten loswerden können. Außerdem verabredeten wir, dass er mir meinen *Spiritus familiaris* für eine Krone abkaufen sollte, was dann auch geschah. So habe ich den Springinsfeld abgefunden und bin ihn losgeworden, und nun wirst du, Simplicius, auch bald erfahren, mit was für einer feinen Gabe ich dich beglückt und im Sauerbrunnen für deine Torheit belohnt habe. Hab nur noch ein wenig Geduld, und lies zuvor, wie es dem Springinsfeld mit seinem Ding im Glas erging.

Sobald er es hatte, kamen ihm Grillen und Schrullen noch und noch in den Kopf. Wenn er irgendeinen Kerl, der ihm im Leben nichts getan hatte, auch nur ansah, wäre er ihm am liebsten gleich an die Gurgel gegangen, und bei allen Duellen, die er nun anzettelte, behielt er die Oberhand. Er kannte alle Stellen, an denen Schätze verborgen lagen, und andere Geheimnisse, die hier nichts zur Sache tun. Als er jedoch erfuhr, was für einen gefährlichen Gast er zu sich genommen hatte, wollte er ihn gleich wieder loswerden, konnte ihn aber nicht verkaufen, weil es keine kleinere Münze als die eine Krone gab, die er dafür bezahlt hatte. Deshalb wollte er das Ding, bevor er selbst zu Schaden käme, mir wieder anhängen und zurückgeben und warf es mir bei der großen Musterung, ehe wir nach Regensburg zogen, vor die Füße. Ich aber hob es nicht auf, sondern lachte ihn aus – mit gutem Grund, denn als er in sein Quartier zurückkam, fand er es wieder in seinem Gepäcksack. Mir wurde erzählt, er habe dieses Etwas mehrmals in die Donau geworfen, nachher aber jedes Mal wieder in seinem Sack gefunden, bis er es endlich in einen Backofen steckte und auf diese Weise wirklich loswurde.

Solange er sich noch damit herumschleppte, war auch mir nicht ganz geheuer bei der Sache. Deshalb verkaufte ich alles, was ich besaß, entließ mein Gesinde und zog mit meiner böhmischen Mutter nach Passau, um dort mit meinem vielen Geld den Ausgang des Krieges abzuwarten, zumal ich fürchtete, wenn Springinsfeld wegen jenes Kaufs und Verkaufs Klage gegen mich erhöbe, würde mir womöglich noch als Zauberin der Prozess gemacht.

Das 23. Kapitel. Wie Courage abermals einen Mann verlor und sich nachher durchschlug.

Passau bekam mir längst nicht so gut, wie ich erwartet hatte. Mir war es dort zu pfäffisch und zu fromm. Statt der Nonnen hätte ich lieber Soldaten und statt der Mönche lieber ein paar Hofleute gesehen. Trotzdem blieb ich, weil damals nicht nur Böhmen, sondern fast alle Provinzen Deutschlands vom Krieg überschwemmt waren. Als ich sah, wie hier alle Welt sich in Gottesfurcht zu ergehen schien, fügte auch ich mich dieser Lebensart, zumindest äußerlich. Aber wichtiger war, dass meine böhmische Mutter oder Kostfrau das Glück hatte, an diesem frommen Ort und im Glanz solcher bloß angenommenen Gottergebenheit den Weg aller Welt zu gehen, und so ließ ich sie denn auch stattlicher begraben, als wenn sie in Prag beim Sankt-Jakobs-Tor* gestorben wäre.

Ich hielt ihren Tod für eine Verheißung künftigen Unheils, weil ich auf der Welt nun niemanden mehr hatte, dem ich mich und meinen Besitz ohne Bedenken anvertrauen konnte. Deshalb war mir der unschuldige Ort zuwider, wo ich meiner besten Freundin, Säugamme und Erzieherin beraubt worden war. Trotzdem fasste ich mich in Geduld und blieb, bis die Nachricht kam, Wallenstein habe Prag, die Hauptstadt meines Vaterlandes, wieder unter die Gewalt des römischen Kaisers gebracht.* Erst da und weil die Schweden über München und ganz Bayern die Oberhand erlangt hatten und ihretwegen auch in Passau große Furcht herrschte, machte ich mich wieder auf den Weg nach Prag, wo ich den Großteil meines Geldes liegen hatte.

Ich hatte aber kaum dort Fuß gefasst und mich noch nicht mal wirklich niedergelassen, um mein zusammengerafftes Geld und Gut im Frieden und in einer so großen und daher, wie mir schien, auch sehr sicheren Stadt frohgemut zu genießen, da schlug der Arnim die Kaiserlichen bei Liegnitz* und zog, nachdem er dreiundfünfzig Fahnen erobert hatte, weiter, um Prag zu bedrohen. Doch der allerdurchlauchtigste dritte Ferdinand* schickte seiner Hauptstadt, während er selbst Regensburg bedrängte, den Gallas zu Hilfe, wodurch die Feinde gezwungen wurden, sich nicht nur von Prag, sondern aus ganz Böhmen zurückzuziehen.

Damals begriff ich, dass weder große, mächtige Städte noch ihre Wälle, Türme, Mauern und Gräben mich und meinen Besitz vor der Kriegsmacht derer schützen konnten, die bloß in Hütten und Zelten auf dem freien Feld kampieren und von einem Ort zum anderen schweifen. Deswegen überlegte ich, wie ich mich wieder einem Kriegsheer anschließen könnte.

Ich sah noch immer ganz gut aus, wenn auch längst nicht mehr so schön wie ein paar Jahre zuvor. Trotzdem verschafften mir Eifer und Erfahrung einen Hauptmann aus der Entlastungsarmee des Gallas, der mich heiratete, so dass man hätte meinen können, es sei geradezu eine Pflicht oder Spezialität der Stadt Prag, mich in jedem Fall mit Männern, und zwar mit Hauptmännern, zu versorgen. Unsere Hochzeit wurde mit großem Pomp gefeiert, aber kaum war sie vorüber, da erging der Befehl, wir sollten uns zur kaiserlichen Armee vor Nördlingen begeben, die sich kurz zuvor mit dem spanischen Ferdinand, dem Kardinal-Infanten, vereinigt, Donauwörth eingenommen und Nördlingen belagert hatte. Als sich dann der Herzog von Weimar und Gustav Horn dieser Stadt näherten, um sie zu entsetzen, kam es zu einer blutigen Schlacht*, deren Verlauf, solange die Welt besteht, ebenso wenig vergessen werden wird wie die Veränderungen, die sie mit sich brachte. Während sie aber für unsere Seite in jeder Hinsicht glücklich verlief, gereichte sie, so schien es,

Das 23. Kapitel.

mir allein zum Schaden und zum Unglück, indem sie mich gleich beim ersten Angriff meines Mannes beraubte, der noch kaum bei mir warm geworden war. Außerdem hatte ich nicht das Glück, wie es sich bei anderen Schlachten ergeben hatte, für mich selbst und auf eigene Faust Beute zu machen*, weil ich wegen anderer, die vor mir und schneller waren als ich, und wegen des allzu frühen Todes meines Mannes, nirgendwo rechtzeitig hinkam. Das schienen mir lauter schlimme Vorzeichen meines künftigen Verderbens zu sein, und so sank ich zum ersten Mal in meinem Leben in eine tiefe Melancholie.

Nach der Schlacht teilte sich das siegreiche Heer in verschiedene Trupps, um die verlorengegangenen deutschen Provinzen zurückzugewinnen, die dabei aber mehr verwüstet als erobert und gesichert wurden.* Mit dem Regiment, in dem mein Mann gedient hatte, folgte ich jener Abteilung, die sich des Bodensees und des württembergischen Gebiets bemächtigte, und nutzte dabei die Gelegenheit, in die Heimat meines ersten Mannes zu kommen (den mir auch Prag einst gegeben und Hoya wieder genommen hatte) und nach seiner Hinterlassenschaft zu sehen. Dieses Erbe und die Umgebung des Ortes gefielen mir so gut, dass ich mich gleich in dieser Reichsstadt* niederließ, vor allem deshalb, weil die Feinde des Erzhauses Österreich teils bis über den Rhein und wer weiß wohin verjagt und zerstreut worden waren, so dass mir nichts gewisser schien als die Aussicht, hier für den Rest meines Lebens sicher wohnen zu können. In den Krieg wollte ich ohnehin nicht mehr, weil nach der berühmten Schlacht von Nördlingen das ganze Land so ausgeplündert war, dass es für die Kaiserlichen, wie mir schien, kaum noch Hoffnung auf ansehnliche Beute gab.

Deswegen begann ich, auf gut bäuerliche Art zu wirtschaften. Ich kaufte Vieh und Land, stellte Knechte und Mägde ein und hielt mich so, als sei der Krieg mit dieser Schlacht ein für allemal zu Ende oder der allgemeine Friede schon beschlossene Sache. Daher ließ ich auch alles Geld, das ich in Prag und anderen Städten liegen hatte, zu mir kommen und wendete das meiste davon für diese Zwecke an.

Da siehst du, Simplicius, dass wir nach meiner Rechnung und deiner Lebensbeschreibung beide zur selben Zeit Narren wurden – ich bei den Schwaben und du in Hanau.* Ich verschleuderte nutzlos mein Geld, du aber deine Jugend. Du kamst in einen üblen Krieg, während ich mich vergeblich in einem Frieden wähnte, der noch längst nicht da war. Denn kaum hatte ich Fuß gefasst, da kamen Truppendurchzüge und Winterquartiere, derentwegen die Last der ohnehin anfallenden Zwangsabgaben um nichts erleichtert wurde. Und hätte ich nicht so einen Haufen Geld besessen und klug versteckt gehalten, wäre ich bald ruiniert gewesen. Denn niemand in dieser Stadt war mir wohlgesinnt, auch die Verwandten meines verstorbenen Mannes nicht – weil ich nun von seiner Hinterlassenschaft zehrte, die ihnen zugefallen wäre, wenn nicht ich, so sagten sie, über sie gekommen wäre wie der Hagelschlag. Deshalb wurde ich mit hohen Abgaben belegt und blieb von Einquartierungen trotzdem nicht verschont. Mir erging es, wie es Witwen eben ergeht, die von jedermann verlassen sind. Aber das erzähle ich dir nicht, um zu klagen. Ich will von dir auch weder Trost noch Hilfe noch Mitleid. Ich sag's dir nur, damit du weißt, dass mir das alles wenig Kummer machte und mich nicht betrübte – im Gegenteil, ich freute mich sogar, wenn wir einem Regiment Winterquartier geben mussten! Denn dann machte ich mich gleich an die Offiziere heran, und Tag und Nacht gab es in meinem Haus nichts als Fressen und Saufen, Hurerei und Unzucht. Ich ließ sie mit mir machen, was sie wollten. Aber dafür mussten sie, wenn sie einmal angebissen hatten, mich auch mit ihnen machen lassen, was ich wollte, so dass sie nur wenig Geld aus dem Quartier wieder mit ins Feld nahmen. Dazu bediente ich mich tausenderlei Listen und Schliche – und wehe dem, der sich darüber beklagte!

Ich hielt auch immer ein paar Mägde im Haus, die um kein Haar besser waren als ich, ging bei alledem aber so vorsichtig und behutsam zu Werke, dass selbst der Magistrat, meine damalige liebe Obrigkeit, eher Grund hatte, ein Auge zuzudrücken, als mich zu strafen, zumal die Frauen und Töchter der Bürger und Ratsherren, solange ich da war und meine Netze ausspannen durfte, umso länger züchtig blieben. So lebte ich ein paar Jahre, bis mir ein Missgeschick passierte, und jedes Mal, wenn es auf den Sommer zuging und Mars ins Feld zog, während ich überschlug und abrechnete, was mich der Krieg den letzten Winter hindurch gekostet hatte, stellte ich fest, dass der Wohlstand und meine Einnahmen die fälligen Ausgaben für den Krieg übertroffen hatten.

Nun aber, Simplicius, wird es Zeit, dass ich dir sage, mit was für einer Lauge ich dich eingeseift habe. Deswegen werde ich nun aber nicht mehr nur zu dir reden, sondern mich an den Leser* wenden. Aber hör du nur ruhig zu, und wenn du meinst, ich würde lügen, dann fall mir ruhig ins Wort.

Das 24. Kapitel. Wie Simplicissimus und Courage Bekanntschaft schlossen und einander betrogen.

Als sich die kurbayerischen und die französisch-weimarischen Truppen im Schwabenland wieder in den Haaren lagen, mussten wir uns in unserer Stadt eine starke Besatzung gefallen lassen. Da waren die meisten Offiziere ganz erpicht auf das, was ich ihnen gegen gehörige Bezahlung zu bieten hatte. Doch ich trieb es zu grob, ließ aus Gier nach dem Geld, das damit zu verdienen war, und eigener Unersättlichkeit wahllos fast jeden ran, der wollte, und bekam so, was mir von Rechts wegen schon seit zwölf oder fünfzehn Jahren zustand, nämlich, mit Verlaub, die lieben Franzosen. Die blühten auf und begannen, mich mit Rubinen zu schmücken, als auch der lustige, fröhliche Frühling den Erdboden überall mit schönen Blumen verzierte. Zum Glück hatte ich genug Geld, mich kurieren zu lassen, wozu ich mich in eine Stadt am Bodensee begab. Weil dann mein Arzt aber meinte, mein Blut sei noch nicht vollends gereinigt, empfahl er mir zur völligen Wiederherstellung die Kur in einem Sauerbrunnen. Ich folgte seinem Rat und machte mich in einer schönen Kalesche mit zwei Pferden, einem Knecht und einer Magd auf den Weg. Diese Magd und ich – wir waren zwei Hosen vom selben Tuch, bloß dass sie jene lustige Seuche noch nicht am Hals gehabt hatte.

Ich war kaum acht Tage im Sauerbrunnen, als der Herr Simplicius meine Bekanntschaft machte, denn Gleich und Gleich gesellt sich gern, sprach der Teufel zum Köhler. Ich trat sehr vornehm auf, und weil auch Simplicius so großartig daherkam und viele Diener hatte, hielt ich ihn für einen stattlichen Edelmann und überlegte, ob ich ihm nicht das Seil über die Hörner werfen und ihn, wie es mir schon öfter gelungen war, vielleicht zu meinem Ehemann machen könnte. Ganz nach meinem Wunsch lief er unter vollen Segeln in den gefährlichen Hafen meiner unersättlichen Begierden ein, und ich tat mit ihm wie einst die Circe mit dem herumirrenden Odysseus.* Bald war ich voller Zuversicht, ich hätte ihn schon sicher an der Angel, da riss der Spitzbube sich wieder los, und zwar mit einem Streich, durch den er mir, zu meinem Spott und seinem Schaden, seine große Undankbarkeit bewies.

Als ich einmal auf dem Lokus saß, schoss er aus einer Pistole eine Platzpatrone auf mich ab, legte mit einer Wasserspritze voller Blut nach und machte mich auf diese Weise glauben, ich sei schwer verwundet, weshalb dann nicht nur der Wundarzt, der mich verbinden sollte, sondern mit ihm alles Volk im Sauerbrunnen mich von hinten und von vorn betrachtete. Alle zeigten nachher mit Fingern auf mich, san-

Das 24. Kapitel.

gen ein Lied davon und verhöhnten mich so, dass ich den Spott nicht mehr ertragen konnte und den Sauerbrunnen mit seinem Bad verließ, bevor die Kur beendet war.

Simplex, dieser Dummkopf, sagt im sechsten Kapitel des fünften Buches seiner Lebensbeschreibung, ich sei leichtfertig und eher von der *mobilen* als der *nobilen* Sorte gewesen. Beides gebe ich zu. Wenn er aber selbst *nobel* oder auch nur ein anständiger Kerl gewesen wäre, hätte er sich nicht an eine Dirne gehängt, die so leichtfertig und schamlos war, wie er glaubt, dass ich gewesen sei, und erst recht hätte er seine eigene Ehrlosigkeit und meine Schande nicht vor der ganzen Welt so breitgetreten und herausposaunt.

Lieber Leser! Was für eine Ehre und was für einen Ruhm hat er nun davon, dass ihm, um es mit seinen eigenen Worten zu sagen, eine Dame binnen kurzem nicht nur erlaubte, sie jederzeit zu besuchen, sondern ihm auch alle Vergnügungen gewährte, die er sich nur wünschen konnte – eine Dame, vor deren Leichtfertigkeit er angeblich von Anfang an einen Abscheu hatte und die von der Syphilis noch gar nicht ganz genesen war? Es gereicht dem armen Teufel wahrlich zur Ehre, dass er sich dessen rühmt, was er ehrbarerweise besser verschwiegen hätte! Aber so sind sie, diese Hengste – unvernünftige Tiere, die, wie die Jäger, kein Wild auslassen und hinter allem her sind, was nach einer Frau aussieht. Ich sei schön gewesen, sagt er! Da sollte er wissen, dass ich damals den siebzehnten Teil meiner früheren Schönheit schon längst nicht mehr hatte, sondern mich mit allerlei Kleister und Schminke behalf, wovon er mir nicht etwa wenig, sondern ungeheure Mengen abgeleckt hat. Doch genug davon. Es muss wehtun, damit ein solcher Narr etwas begreift. Und das hier war noch gar nichts. Nun aber höre, lieber Leser, wie ich ihm dies alles endlich heimgezahlt habe.

Wütend und voller Verdruss verließ ich den Sauerbrunnen und sann auf Rache, weil ich von Simplicius mit Schande und Verachtung so sehr überhäuft worden war. Nun hatte aber meine Magd es dort genauso munter angehen lassen wie ich und hatte sich (weil die arme Närrin nicht wusste, was sie dagegen hätte tun sollen) für ein Trinkgeld obendrein ein kleines Söhnchen aufgebündelt und auf meinem Gutshof außerhalb der Stadt glücklich zur Welt gebracht. Ich wollte unbedingt, dass sie es Simplicius nennt, obwohl Simplicius sie nie im Leben angefasst hatte. Als ich erfuhr, dass Simplicius sich mit einer Bauerstochter verheiratet hatte, musste meine Magd ihr Kind entwöhnen und es, nachdem ich es mit feinen Windeln und sogar mit seidenen Decken und Wickelbinden ausstaffiert hatte, um meinen Betrug ansehnlicher und präsentierlicher zu machen, in Begleitung meines Hofknechts zum Haus des Simplicius tragen und ihm zur Nachtzeit vor die Tür legen – zusammen mit einem schriftlichen Bericht, aus dem hervorging, dass er es mit mir gezeugt habe.

Niemand kann sich vorstellen, wie sehr mich dieser Betrug gefreut hat, vor allem als ich hörte, dass die Obrigkeit dem Simplicius dafür auch noch eine ordentliche Strafe auferlegte und seine Frau ihm diesen Fund jeden Tag aufs Butterbrot schmierte, und zwar mit Meerrettich und Senf. Auch freute es mich, dass ich den Simplicius glauben gemacht hatte, ich, die Unfruchtbare, hätte ein Kind geboren, wo ich, wenn ich so gebaut gewesen wäre, damit doch bestimmt nicht auf ihn gewartet, sondern in jungen Jahren verrichtet hätte, was er bei mir nun, da ich älter wurde, immer noch für möglich hielt. Denn damals ging ich auf die vierzig zu und war auf einen Nichtsnutz wie den Simplicissimus wirklich nicht angewiesen.

Das 25. Kapitel. Courage wird bei ihren Übeltaten ertappt und aus der Stadt gewiesen.

Hier könnte ich abbrechen und aufhören, von meinem weiteren Leben zu erzählen, denn inzwischen wird man verstanden haben, was für eine Dame die war, mit deren Verführung Simplicius sich vor aller Welt gebrüstet hat. Aber so wie ihm das bisher Gesagte nichts als Spott und Schande einbringen wird, dürfte ihm auch wenig Ehre aus dem erwachsen, was ich noch zu berichten habe.

Hinter meinem Haus in der Stadt hatte ich einen Garten mit Obst, Kräutern und Blumen, der sich sehen lassen und es mit allen anderen aufnehmen konnte. Nebenan wohnte ein alter Lüstling, dessen Frau viel älter war als er und der bald merkte, zu welcher Sorte ich gehörte. Ich wiederum hatte nichts dagegen, mich im Notfall seiner Hilfe zu bedienen. So trafen wir uns oft in diesem Garten und pflückten Blumen wie die Diebe, in größter Eile, damit seine eifersüchtige Alte nichts mitbekam, denn wir glaubten uns nirgendwo sicherer als in diesem Garten, wo das grüne Laub und die Laubengänge unsere Schande und unser Laster vor den Menschen verbargen, wenn auch nicht vor den Augen Gottes.

Fromme Leute werden annehmen, das Maß unserer Sünden sei damals voll und sogar übervoll gewesen oder Gott in seiner Güte habe uns zu Buße und Besserung aufrufen wollen. Jedenfalls hatten wir uns Anfang September im Garten unter einem Birnbaum wieder mal verabredet*, und zwar ausgerechnet an jenem lieblichen Abend, an dem auch zwei Musketiere aus unserer Garnison sich ihren Teil von meinen Birnen stehlen wollten. Noch bevor ich oder der Alte den Garten betreten hatte, waren sie schon auf dem Baum und hatten angefangen zu pflücken. Es war ziemlich dunkel, und mein Liebhaber kam ein wenig früher als ich. Doch bald war auch ich zur Stelle, und wir machten uns an jenes Werk, das uns längst eine liebe Gewohnheit geworden war.

Potz Herz! Ich weiß nicht, wie es geschah. Der eine Soldat reckte sich auf dem Baum, um unser närrisches Gewackel besser sehen zu können, und war dabei so unachtsam, dass ihm all seine Birnen herunterfielen und auf den Boden prasselten. Mir und dem Alten kam es vor, als habe Gott ein heftiges Erdbeben geschickt und verhängt, um uns von unseren schändlichen Sünden abzubringen. In solchen Worten erklärten wir uns die Sache und ließen voller Angst und Schrecken voneinander ab. Die beiden auf dem Baum aber konnten sich das Lachen nicht verkneifen, was uns noch größere Furcht einjagte, besonders dem Alten, der glaubte, ein Gespenst sei hinter uns her. Und so floh jeder von uns in seine eigene Behausung.

Am nächsten Tag hatte ich den Markt kaum betreten, als ein Musketier schon schrie: »Ich weiß was!«

Ein anderer fragte ihn lauthals: »Was weißt du denn?«

Da antwortete der andere: »Heut hat die Erde Birnen gebebt!«

Dieses Gerede griff um sich und wurde immer lauter, so dass ich bald merkte, was die Glocke geschlagen hatte, und rot im Gesicht wurde, obwohl ich mich sonst nie für irgendetwas schämte. Ich ahnte, dass mir eine ziemliche Hetze bevorstand, aber ich hätte nicht gedacht, dass es so schlimm kommen würde, wie es dann kam. Denn als auch die Kinder auf der Gasse sich ihre Verse auf unsere Geschichte machten, blieb dem Magistrat nichts anderes übrig, als mich und den Alten in Haft zu nehmen und jeden für sich einsperren zu lassen. Aber wir leugneten beide wie die Hexen, obwohl man uns mit dem Henker und der Folter drohte.

Mein Besitz wurde inventarisiert und versiegelt und mein Gesinde unter Eid verhört. Allerdings fielen die Aussagen meiner Leute widersprüchlich aus, weil nicht alle von meinen Ausschweifungen wussten und weil meine Mägde zu mir hielten. Zuletzt verplapperte ich mich selbst, als nämlich der Schultheiß, der mich mit Frau Cousine anredete, immer wieder ins Gefängnis kam und großes Mitleid mit mir heuchelte, obwohl er viel mehr ein Freund der Gerechtigkeit als mein Vetter war. Denn nachdem er mich in falscher Vertraulichkeit glauben gemacht hatte, mein Nachbar habe den begangenen und vielmals wiederholten Ehebruch gestanden, entfuhr mir der Ausruf: »Soll ihm der Hagel ins Maul schlagen, wenn der alte Scheißer es nicht halten kann!« Danach bat ich meinen falschen Freund, er möge mir doch freundlicherweise aus der Patsche helfen. Der aber hielt mir eine strenge Predigt, öffnete dann die Tür und zeigte mir einen Notar und mehrere Zeugen, die er bei sich hatte und die jedes Wort unseres Gesprächs mit angehört und aufgeschrieben hatten.

Es ging dann seltsam weiter. Die meisten Ratsherren waren der Meinung, man solle mich auf die Folter bringen. Da würde ich gewiss noch weitere Übeltaten gestehen und anschließend nach Lage der Dinge als eine unnütze Last der Erde um einen Kopf kürzer zu machen sein. Dieses Urteil wurde mir in aller Ausführlichkeit mitgeteilt. Ich hingegen erklärte, man versuche hier doch offenkundig nicht so sehr, der Gerechtigkeit und den Gesetzen Genüge zu tun, als vielmehr mein Geld und mein Gut zu konfiszieren. Würde man gegen mich mit solcher Strenge verfahren, müssten wohl noch viele andere, die als ehrbare Bürger gälten, mit mir gerichtet und begraben werden.

Ich konnte schwatzen wie ein Jurist, und meine Worte und Einreden trafen so genau und schlau ins Schwarze, dass die Klügeren erschraken. Schließlich wurde beschlossen, ich solle unter Verzicht auf meine sämtlichen Ansprüche die Stadt verlassen und zu meiner mehr als wohlverdienten Strafe alle bewegliche und unbewegliche Habe zurücklassen, zu der allerdings auch mehr als eintausend Reichstaler in bar gehörten. Meine Kleider und was ich am Leib trug, durfte ich behalten, abgesehen von ein paar Schmuckstücken, die sich der eine hier, der andere dort unter den Nagel riss. Aber was hätte ich tun sollen? Ich hatte wohl schwerere Strafe verdient, wenn man strenger mit mir verfahren wäre. Aber es war halt Krieg, da dankte jedermann – und ich sollte hinzufügen: auch jederfrau* – dem gütigen Himmel, dass die Stadt mich so loswurde, wie es dann geschah.

Das 26. Kapitel. Courage wird die Frau eines Musketiers und beginnt einen Handel mit Tabak und Branntwein. Ihr Mann macht einen Botengang, findet unterwegs einen toten Soldaten, dem er die Kleider auszieht und, weil die Hose nicht herunterwill, auch die Schenkel abhaut. Er packt alles zusammen und kommt bei einem Bauern unter, dem er die Schenkel hinterlässt, als er sich in der Frühe wieder auf den Weg macht, worauf sich eine sehr komische Szene abspielt.

Zu dieser Zeit lagen in weitem Umkreis nirgendwo kaiserliche Truppen oder Armeen, denen ich mich gern wieder angeschlossen hätte. Deshalb überlegte ich, zu den Weimarischen oder den Hessen zu gehen, die sich im Kinzigtal und der angrenzenden Gegend aufhielten, und zu sehen, ob ich unter den Soldaten wieder einen Mann für mich fände. Aber ach! Die erste Blüte meiner unvergleichlichen Schönheit war fort und verwelkt wie eine Frühlingsblume, und auch mein jüngstes Unglück und der Kummer, den es mir bescherte, hatten Spuren hinterlassen. Mein Reichtum, der alten Frauen ja oft noch mal zu einem Mann verhilft, war ebenfalls dahin. Von den Kleidern und Schmucksachen, die man mir gelassen hatte, verkaufte ich, was sich zu Geld machen ließ, und brachte auf diese Weise zweihundert Gulden zusammen, mit denen ich mich, nur von einem jungen Diener begleitet, auf den Weg machte, um mein Glück zu suchen, wo immer ich es finden würde.

Mir begegnete aber nichts als Unglück. Denn noch vor Schiltach* schnappte uns eine Partei weimarische Musketiere, die meinen Jungen verprügelten, ausplünderten und dann verjagten, mich aber mit sich in ihr Quartier schleppten. Ich gab mich als Frau eines kaiserlichen Soldaten aus, deren Mann vor Freiburg im Breisgau* gefallen sei, und machte die Kerle glauben, ich sei in der Heimat meines Mannes gewesen und wolle nun nach Hause, zurück ins Elsass. Ich war, wie gesagt, längst nicht mehr so schön wie früher, und trotzdem machte mein Äußeres einen Musketier aus dieser Partei noch so verliebt, dass er mich zur Frau begehrte. Was wollte oder sollte ich tun? Lieber wollte ich diesem einen gutwillig gönnen, was er aus Liebe suchte, als mich von dem ganzen Haufen mit Gewalt dazu zwingen lassen. Kurzum, ich wurde eine Musketierin, noch bevor der Kaplan mich ihm förmlich vermählte.

Wie zu Springinsfelds Zeiten wollte ich wieder als Marketenderin herumziehen, aber dafür war mein Geldbeutel nun viel zu leicht. Mir fehlte auch meine böhmische Mutter, und mein neuer Mann schien mir viel zu unzuverlässig und überhaupt untauglich für einen solchen Handel. Stattdessen begann ich mit Tabak und Branntwein zu handeln, als ließe sich in halben Batzen zurückgewinnen, was ich vor kurzem in Tausenden verloren hatte.

Es kam mich hart an, zu Fuß herumzulaufen und obendrein einen schweren Packen auf dem Buckel zu haben, und dann wurde auch manchmal noch das Essen und Trinken knapp, eine Beschwernis, die ich mein Lebtag noch nicht gekostet hatte und erst recht nicht gewohnt war. Schließlich konnte ich mir jedoch ein vorzügliches Maultier beschaffen, das nicht nur schwer tragen, sondern auch schneller laufen konnte als manches gute Pferd. Da hatte ich nun zwei Esel beieinander und sorgte fleißig für sie, damit jeder seinen Dienst tat, so gut er konnte. Indem ich und meine Bagage wieder getragen wurden, kam ich besser zurecht und lebte so dahin, bis uns der General von Mercy Anfang Mai zu Herbstzeiten* böse Schläge verpasste. Doch bevor ich in meinem Lebenslauf fortfahre, will ich dem Leser von einem merkwürdigen Streich erzählen, den mein damaliger Mann unabsichtlich anstellte, als wir noch im Kinzigtal lagen.

Auf Drängen seiner Offiziere und nachdem auch ich ihm zugeredet hatte, verkleidete er sich mit alten Lumpen in einen armen, wandernden Zimmermann mit einer Axt auf der Schulter, um einige Briefe an einen Ort zu bringen, zu dem man einen gewöhnlichen Boten nicht schicken konnte, weil herumstreifende kaiserliche Parteien die Wege unsicher machten. Die Briefe betrafen die Vereinigung verschiedener Truppenteile und andere Kriegspläne. Es herrschte damals eine grimmige Kälte, und alles war gleichsam Stein und Bein gefroren, so dass mir der arme Kerl ziemlich leidtat. Doch es musste sein, denn dabei war ein ansehnliches Stück Geld zu verdienen, und ihm gelang auch alles auf das beste.

Unterwegs aber, auf einem der Schleichwege, mit denen er sich so gut auskannte, fand er einen Toten, der ohne Zweifel ein Offizier gewesen sein musste, denn er hatte eine mit silbernen Tressen besetzte, scharlachrote Hose an, wie Offiziere sie damals trugen, dazu ein passendes Koller und passende Stiefel und Sporen. Mein Mann besah den Fund und konnte nicht erkennen, ob der Kerl erfroren oder von den Schwarzwäldern totgeschlagen worden war. Aber es war ihm auch egal, welchen Tod der Mann gestorben war. Ihm gefiel das Koller so gut, dass er es dem Toten auszog, und als er es in der Hand hielt, gefiel ihm plötzlich auch die Hose. Um sie zu bekommen, musste er dem Toten zuerst die Stiefel ausziehen, was ihm auch glücklich gelang. Doch als er ihm die Hose abzustreifen versuchte, wollte sie nicht rutschen, weil sich die Feuchtigkeit des schon verwesenden Körpers unterhalb der Knie, wo man damals die Hosenbändel zu binden pflegte, in das Futter und das Überzeug der Hose gesetzt hatte und Schenkel und Hose steinhart zusammengefroren waren. Trotzdem mochte er auf die Hose nicht verzichten, und weil dem Dummkopf in der Eile nichts Besseres einfiel, wie er das eine vom anderen trennen könnte, schlug er der Leiche mit seiner Axt die Beine ab, packte sie mit der Hose daran und dem Koller zusammen und fand mit seinem Bündel einen gnädigen Bauern, der ihn bei sich hinter dem warmen Ofen in der Stube übernachten ließ.

Nun kalbte unglücklicherweise gerade in dieser Nacht eine Kuh dieses Bauern. Die Magd trug das Kalb wegen der großen Kälte zu meinem Mann in die Stube und setzte es dort auf ein Bund Stroh neben den Ofen. Es dämmerte schon, und die Hose, die mein Mann erobert hatte, war von den Schenkeln abgetaut. Deshalb zog er einen Teil seiner Lumpen aus und statt ihrer das Koller und die Hose an, die er dabei umkehrte oder auf links drehte. Das alte Gelump ließ er samt den Schenkeln bei dem Kalb liegen, stieg zum Fenster hinaus und kehrte glücklich in unser Quartier zurück.

Früh am Morgen kam die Magd wieder in die Stube, um das Kalb zu versorgen. Als sie aber neben ihm die beiden Schenkel samt den alten Lumpen und dem Schurzfell meines Mannes liegen sah und meinen Mann nicht fand, begann sie zu schreien, als wäre sie unter die Mörder geraten. Sie lief aus der Stube und schlug die Tür hinter sich zu, als würde sie der Teufel jagen, so dass von dem Lärm nicht nur der Bauer, sondern auch die ganze Nachbarschaft geweckt wurde und alle glaubten, es seien Soldaten in der Nähe, weshalb denn ein Teil der Leute die Flucht ergriff und die anderen sich zur Gegenwehr rüsteten. Der Bauer selbst erfuhr von der vor Furcht und Schrecken zitternden Magd, weshalb sie so laut schrie – das Kalb habe den armen Zimmermann, den sie die Nacht über beherbergt hatten, bis auf die Beine gefressen und ihr selbst eine so grässliche Fratze geschnitten, dass sie glaubte, es wäre auch über sie hergefallen, wenn sie sich nicht aus dem Staub gemacht hätte. Der Bauer griff nach dem Jagdspieß, um das Kalb niederzustrecken, aber seine Frau wollte nicht, dass er die Stube betrat und sich in solche Gefahr begab, sondern schlug vor, er solle den Schultheiß zu Hilfe holen. Dieser ließ auch sogleich die Gemeinde zusammenläuten, um dann mit vereinten Kräften das Haus zu stürmen und diesen Erzfeind des Menschengeschlechts, ehe er zur Kuh heranwuchs, beizeiten auszurotten.

Da sah man ein komisches Schauspiel, wie die Bäuerin ihre Kinder und den Hausrat Stück für Stück zum Fenster der Schlafkammer herausreichte, während die Bauern zum Stubenfenster hineinglotzten und das schreckliche Untier samt den bei ihm liegenden Schenkeln bestaunten, die ihnen Beweis genug für dessen große Grausamkeit waren. Der Schultheiß befahl, das Haus zu stürmen und das grauenhafte Wundertier niederzumachen. Aber jeder stellte sich hinten an und sagte: Was hätten meine Frau und meine Kinder davon, wenn ich umkäme?

Endlich wurde auf Anraten eines alten Bauern beschlossen, das Haus samt dem Kalb, dessen Mutter vielleicht von einem Lindwurm oder Drachen besprungen worden sei, niederzubrennen und dem Bauern selbst aus der Gemeindekasse eine Entschädigung und Hilfe zu gewähren, damit er sich ein anderes bauen könnte. Dies wurde dann fröhlich ins Werk gesetzt, und alle trösteten einander, indem sie sagten, man möge sich nur vorstellen, nicht sie, sondern räuberische Krieger hätten das Haus niedergebrannt.

Diese Geschichte brachte mich auf den Gedanken, mein Mann habe vielleicht eine glückliche Hand zu solchen Streichen, zumal ihm dies alles ohne jeden Plan gelungen war. Ich sagte mir, was könnte er nicht zuwege bringen, wenn ich ihn, wie früher den Springinsfeld, dazu abrichten würde? Aber dieser Einfaltspinsel war eben doch zu eselhaft und unbedarft dafür, und außerdem ist er mir bald darauf in der Schlacht bei Herbsthausen* tot geblieben, weil er von dieser Art Scherzen einfach nichts verstand.

Das 27. Kapitel.

Das 27. Kapitel. **Nachdem der Mann der Courage in einer Schlacht gefallen und Courage selbst auf ihrem Maulesel entkommen ist, begegnet sie einem Trupp Zigeuner, deren Leutnant sie zur Frau nimmt. Sie sagt einem verliebten Fräulein wahr und entwendet ihr dabei allen Schmuck, behält ihn aber nicht lange, sondern muss nach einer ordentlichen Tracht Prügel alles wieder hergeben.**

Ich kam bei dieser Schlacht, nachdem ich mein Zelt und die am wenigsten wertvolle Bagage aufgegeben hatte, dank meinem guten Maulesel unversehrt davon und zog mich mit den Überresten der Armee, wie der Turenne* selbst, bis nach Kassel zurück. Da nun mein Mann tot geblieben war und ich niemanden mehr hatte, dem ich mich hätte anschließen können oder der sich meiner angenommen hätte, suchte ich schließlich Zuflucht unter den Zigeunern, die von der schwedischen Hauptarmee zu den Truppen des Generalleutnants Königsmarck* gelangt waren, mit denen wir uns bei der Wartburg vereinigten. Als ich bei denen einem Leutnant* begegnete, der meine Fertigkeiten und mein Geschick beim Stehlen sofort bemerkte und auch das Geld, das mir geblieben war, und ein paar andere Tugenden, die diese Leute schätzen, nicht übersah – nun, da wurde ich auch gleich seine Frau und hatte davon den Vorteil, dass ich nun weder Schminke noch andere Salben brauchte, um mich schön und meine Haut weiß zu machen, weil nun mein Stand und auch mein Mann jene Couleur geradezu von mir verlangten, die man des Teufels Leibfarbe nennt. Deshalb begann ich mich fleißig mit Gänseschmalz, Läusesalbe und anderen, haarfärbenden Cremes derart einzuschmieren, dass ich in kurzer Zeit so höllisch aussah, als wäre ich im tiefsten Ägypten* geboren. Oft musste ich über mich selbst lachen und mich über die vielfachen Verwandlungen wundern, die ich durchgemacht hatte. Trotzdem passte das Zigeunerleben so gut zu meiner Gemütsverfassung, dass ich mit keiner Obristenfrau getauscht hätte. Von einer alten ägyptischen Großmutter lernte ich in kurzer Zeit das Wahrsagen. Lügen und Stehlen konnte ich schon, kannte mich nur noch nicht mit den speziellen Tricks der Zigeuner aus. Aber was soll ich viel reden? Es dauerte nicht lange, da war ich in alledem so perfekt, dass man mich für die Generalin aller Zigeunerinnen hätte halten können.

Aber so schlau war ich nun doch wieder nicht, dass ich überall gefahrlos durchgekommen wäre, und manchmal setzte es sogar Schläge, obwohl ich mehr einheimste und meinem Mann ablieferte als sonst zehn von meiner Sorte. Aber hört, wie es mir einmal gründlich misslang!

Auf dem Marsch lagen wir für eine Nacht und einen Tag bei einer befreundeten Stadt, und alle durften hinein, um sich zu kaufen, was sie wollten. Auch ich ging hin, aber mehr, um zu nehmen und zu stehlen, als Geld auszugeben und etwas zu kaufen. Ich wollte nur das, was ich mir mit fünf Fingern oder sonst einem geschickten Kniff verschaffen konnte. Kaum hatte ich die Stadt betreten, da schickte eine Mademoiselle eine ihrer Mägde zu mir und ließ mir ausrichten, ich solle kommen und ihr wahrsagen. Schon von der Botin erfuhr ich, dass der Liebhaber dieses Fräuleins rebellisch geworden war und sich mit einer anderen eingelassen hatte. Das machte ich mir zunutze, als ich zu der Dame kam, und meine Weissagung geriet so passend, dass sie nach Meinung der unglücklichen Mademoiselle alle Kalendermacherei* und sämtliche Propheten samt ihren Prophezeiungen in den Schatten stellte. Schließlich klagte sie mir ihre Not und fragte, ob ich kein Mittel wüsste, ihren unsteten Liebhaber durch Zauber wieder in die rechte Spur zu bringen.

Das 27. Kapitel.

»Gewiss doch, werte Dame!«, sagte ich. »Der muss umkehren und Euch wieder gehorsam sein, auch wenn er einen Panzer trüge wie der große Goliath.«

Nichts hätte dieses verliebte Dummköpfchen lieber gehört und wollte auch nichts anderes, als dass ich mich sogleich ans Werk machte und meine Kunst zeigte. Ich sagte ihr, wir müssten hierfür allein sein und alles müsse im Geheimen geschehen, worauf sie ihren Mägden Stillschweigen gebot und sie wegschickte. Ich aber ging mit der Mademoiselle in ihre Schlafkammer und verlangte von ihr einen Trauerschleier, unter dem sie ihren Vater betrauert hatte, außerdem ein Paar Ohrringe, eine kostbare Halskette, die sie gerade trug, ihren Gürtel und ihren liebsten Ring. Diese Schmuckstücke wickelte ich zusammen in den Schleier, machte mehrere Knoten hinein, murmelte dazu allerlei närrische Wörter und legte alles in das Bett der Verliebten. Dann sagte ich: »Und nun müssen wir in den Keller.«

Dort angekommen, brachte ich sie dazu, sich bis aufs Hemd auszuziehen, und zeichnete, während dies geschah, auf den Boden eines großen Weinfasses verschiedene geheimnisvolle Zeichen. Zuletzt zog ich den Zapfen aus dem Fass und sagte der Dame, sie solle den Finger vor das Loch halten, bis ich mit dem Zapfen oben im Haus meinen Zauber nach allen Regeln der Kunst verrichtet hätte. Nachdem ich das einfältige Ding auf diese Weise nun gleichsam angebunden hatte, ging ich hinauf, holte die Schmucksachen aus ihrem Bett und sah zu, dass ich aus der Stadt kam.

Aber entweder beschützte der gütige Himmel diese brave, leichtgläubige Verliebte samt ihrem Besitz, oder ihr Schmuck war aus irgendeinem anderen Grunde nicht für mich bestimmt. Denn noch ehe ich mit meiner Beute unser Lager erreicht hatte, holte mich ein adeliger Offizier aus der Garnison ein und forderte alles zurück. Ich leugnete zwar, aber da zog er andere Saiten auf. Ich will nicht behaupten, dass er mich verprügelte, kann aber beschwören, dass er mich ordentlich verdegelt hat. Denn nachdem er seinen Diener hatte absteigen lassen, um mich zu durchsuchen, ich mich aber mit meinem furchterregenden Zigeunermesser zur Wehr setzte, zog er plötzlich vom Leder und verpasste mir nicht nur am Kopf einen Haufen Beulen, sondern machte mir auch Arme, Hüften und Schultern so blau, dass ich vier Wochen daran zu salben hatte, bis die Flecken wieder verschwunden waren. Ich glaube, dieser Teufel hätte bis heute mit Schlagen nicht aufgehört, hätte ich ihm meine Beute nicht vor die Füße geworfen. Das war der Lohn, den ich diesmal für meinen schönen Einfall und den zauberhaften Betrug bekam.

Das 28. Kapitel. **Courage kommt mit ihrer Gesellschaft in ein Dorf, wo Kirmes gefeiert wird, und stiftet einen jungen Zigeuner an, eine Henne totzuschießen. Ihr Mann tut, als wolle er ihn dafür aufhängen lassen. Während die Leute aus dem Dorf laufen, um das Schauspiel mit anzusehen, stehlen die Zigeunerinnen alle Braten und alles Gebäck und machen sich mit ihrem ganzen Trupp eilig und voller List davon.**

Kurz nach diesem Gefecht kam unsere Zigeunerrotte von den Truppen Königsmarcks wieder zur schwedischen Hauptarmee zurück, die damals von Torstenson* befehligt und nach Böhmen geführt wurde, wo sich dann beide Heere vereinigten. Ich blieb samt meinem Maulesel nicht nur bis zum Friedensschluss bei dieser Armee, sondern verließ die Zigeuner auch nachher nicht, als der Frieden gekommen war, denn mir schien, ich könne mir das Stehlen nicht mehr abgewöhnen. Und da ich gerade sehe, dass mein Schreiber*

Das 28. Kapitel.

noch ein weißes Blatt Papier übrig hat, will ich, um es zu füllen, zu guter Letzt oder zum Abschied noch von einer List erzählen, die mir erst neulich eingefallen ist, die dann aber bald erprobt und ausgeführt werden musste und dem Leser eine Vorstellung davon geben mag, was ich sonst so trieb und wie gut ich zu den Zigeunern passte.

In Lothringen kamen wir eines Abends zu einer großen Ortschaft, wo gerade Kirmes war. Deshalb und weil wir ein ziemlich großer Trupp von Männern, Frauen, Kindern und Pferden waren, wurde uns das Nachtlager rundweg abgeschlagen. Doch mein Mann, der als Oberstleutnant auftrat, gab sein Ehrenwort, er würde für alle Schäden geradestehen und jeden, dem ein solcher entstünde oder dem etwas entwendet würde, aus der eigenen Tasche entschädigen und obendrein den Täter an seinem Leib und Leben strafen – womit er nach vielem Hin und Her erreichte, dass man uns aufnahm. Überall im Ort duftete es so nach Kirmesbraten und Kirmesgebäck, dass ich gleich Lust darauf bekam und mich ärgerte, dass die Bauern alles allein verdrücken sollten. Bald jedoch ersann ich eine List, wie wir uns die guten Sachen verschaffen könnten.

Ich bewog einen wackeren jungen Burschen von den Unseren, vor dem Wirtshaus eine Henne totzuschießen, was auch gleich zur Folge hatte, dass die Leute zu meinem Mann kamen und sich über den Täter laut beklagten. Mein Mann tat furchtbar zornig und ließ all unsere Leute von einem zusammenblasen, den wir als Trompeter bei uns hatten. Während dies geschah und Bauern wie Zigeuner sich auf dem Platz versammelten, erklärte ich mehreren in unserer Gaunersprache meinen Plan und dass sich alle Frauen zum Hinlangen bereitmachen sollten.

Nun hielt mein Mann ein kurzes Standgericht über den Täter und verurteilte ihn zum Strang, weil er den Befehl seines Oberstleutnants missachtet habe. Sofort verbreitete sich im ganzen Ort die Kunde, der Oberstleutnant wolle einen

Zigeuner bloß wegen einer Henne hängen lassen. Einigen erschien dies Vorgehen zu streng, andere lobten uns, weil wir so sehr auf Ordnung hielten. Einer von uns musste den Henker spielen und band dem Übeltäter die Hände auf den Rücken. Doch da trat eine junge Zigeunerin als seine Frau hervor, die hatte sich von anderen Zigeunerinnen drei Kinder ausgeliehen und kam mit ihnen auf den Platz gelaufen, bat um das Leben ihres Mannes und dass man an ihre kleinen Kinder denken möge, und flehte so erbarmungswürdig, als wäre sie wirklich tief verzweifelt. Mein Mann aber, als ihm schien, dass sich der ganze Ort versammelt habe, um den armen Sünder hängen zu sehen, ließ den Übeltäter unbeirrt aus dem Ort zu einem Wald führen, um das Urteil zu vollstrecken. Und tatsächlich begaben sich fast alle Einwohner, Jung und Alt, Frauen und Männer, Knechte und Mägde, Kind und Kegel, mit uns hinaus. Die junge Zigeunerin mit ihren drei geliehenen Kindern hörte jedoch nicht auf, zu heulen, zu schreien und zu bitten, und als man zu dem Wald und einem Baum kam, an den der Hennenmörder allem Anschein nach gehängt werden sollte, flehte sie so erbärmlich, dass zuerst die Bauersfrauen und schließlich auch die Bauern selbst anfingen, für den Missetäter zu bitten, und damit nicht aufhörten, bis sich mein Mann erweichen ließ, dem armen Sünder, weil sie es so wollten, das Leben zu schenken.

Während wir nun außerhalb des Dorfes diese Komödie aufführten, hatten unsere Frauen im Ort freie Hand zu stehlen, und nachdem sie nicht nur die Bratspieße und Fleischschüsseln geleert, sondern hier und da auch wertvollere Beute aus den Kirmeswagen gefischt hatten, verließen sie den Ort, kamen uns entgegen und taten so, als wollten sie ihre Männer zum Aufruhr gegen mich und meinen Mann anstacheln, weil er wegen einer elenden Henne einen so wackeren Menschen habe aufhängen lassen wollen, wodurch dessen arme Frau zu einer verlassenen Witwe und drei unschuldige kleine Kinder zu armen Waisen geworden wären. In unserer

Das 28. Kapitel.

Sprache aber sagten sie, sie hätten gute Beute gemacht, mit der wir uns schleunig aus dem Staub machen sollten, ehe die Bauern ihren Verlust bemerkten. Denen von uns, die sich rebellisch gaben, rief ich zu, sie sollten in den Wald ausreißen. Ihnen jagten mein Mann und jene, die noch bei ihm waren, mit blankem Degen hinterher und gaben sogar Feuer auf sie ab, das die anderen auch erwiderten, aber ohne dass irgendjemand irgendwen auch wirklich treffen wollte. Das Bauernvolk erschrak über das sich anbahnende Blutvergießen und wollte zurück ins Dorf. Wir hingegen verfolgten einander unter ständigem Schießen bis tief in den Wald, wo die Unseren jeden Weg und Steg kannten. Kurz, wir marschierten die ganze Nacht hindurch und teilten früh am nächsten Morgen nicht nur unsere Beute, sondern auch uns selbst in kleinere Gruppen, wodurch wir mit der Beute aller Gefahr und den Bauern entkamen.

Mit diesen Leuten bin ich seither gleichsam in allen Ecken Europas mehrmals herumgewandert und habe mit ihnen viele Betrügereien und Diebsfinten ausgedacht, eingefädelt und ins Werk gesetzt, so dass man einen dicken Packen Papier bräuchte, um alles zu beschreiben. Ja, ich glaube, auch ein solcher würde nicht reichen. Deshalb habe ich mich auch mein Leben lang über nichts so sehr gewundert wie darüber, dass man uns in diesen Ländern duldet, obwohl wir doch weder Gott noch den Menschen etwas nützen und auch nicht nützen wollen, sondern uns nur mit Lügen, Betrügen und Stehlen ernähren, zum Schaden sowohl des Landmanns wie der großen Herren selbst, denen wir so manches Stück Wild wegessen. Aber ich muss hiervon nun schweigen, um nicht selbst uns in Verruf zu bringen, glaube aber dennoch, dass ich, dem Simplicissimus zum ewigen Spott, deutlich genug offenbart habe, von welcher Sorte seine Beischläferin im Sauerbrunnen gewesen ist, deren er sich vor aller Welt so großartig gerühmt hat. Auch scheint mir, dass er andernorts, wo er meinte, eine schöne Frau genossen zu haben, mit französisch verseuchten Huren oder gar mit Besenreiterinnen betrogen wurde und hierdurch sogar ein Schwager des Teufels geworden ist.

Zugabe des Autors.

Darum also ihr sittsamen Jünglinge, ihr ehrbaren Witwer und auch ihr verehelichten Männer, die ihr bisher vor diesen gefährlichen Chimären euch in Acht genommen habt und diesen gräulichen Medusen entgangen seid, die ihr eure Ohren vor diesen verfluchten Sirenen verstopft habt und den undurchschaubaren, unersättlichen Danaiden entsagt oder wenigstens durch die Flucht euch entzogen habt – lasst euch auch künftig von solchen geilen Wölfinnen nicht betören, denn nur zu gewiss ist, dass von Hurenliebe nichts anderes zu erwarten ist als Unreinheit, Schande, Spott, Armut, Elend und, was das Schlimmste ist, ein schlechtes Gewissen. Dann erst begreift man, aber zu spät, was man an ihnen hatte, wie unflätig, wie schändlich, lausig, grindig, schmutzig, stinkend am Atem und am ganzen Leib, wie innen voller Franzosen und außen voller Blattern sie waren, so dass man sich all dessen schließlich vor sich selber schämen muss und oft viel zu spät bereut.

ENDE.

Wahrer Anlass und kurzgefasster Inhalt dieses Traktätleins.

Nachdem die Zigeunerin Courage der Lebensbeschreibung des Simplicissimus, Buch 5, Kapitel 6, entnimmt, dass er ihrer dort voller Verachtung gedenkt, ist sie so erbittert über ihn, dass sie ihm zum Spott und sich selbst zur Schande (was sie aber wenig bekümmert, da sie soeben bei den Zigeunern aller Ehre und Tugend entsagt hat) ihren ganzen liederlichen Lebenslauf an den Tag gibt, um diesen Simplicissimus in seiner Schande vor der ganzen Welt bloßzustellen, weil er keine Scheu hatte, sich mit einer so leichtlebigen Alten, wie sie eine zu sein behauptet und auch tatsächlich gewesen ist, zu besudeln, sondern sich auch noch seines Leichtsinns und seiner Bosheit rühmt, woraus zu schließen ist, dass Hengst und Stute, Freier und Hure vom gleichen Schlag sind und keines auch nur um ein Haar besser ist als das andere. Außerdem reibt sie ihm unter die Nase, wie geschickt sie ihm alles heimgezahlt und ihn ihrerseits betrogen habe.

Der seltsame Springinsfeld

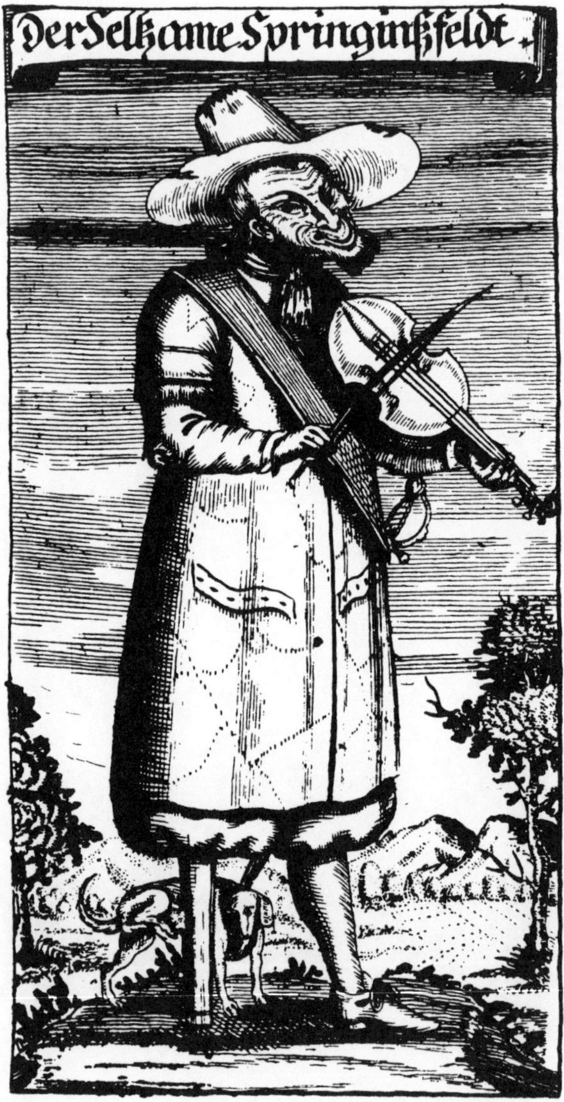
Der Seltzame Springinßfeldt

Der seltsame Springinsfeld

Das ist die kurzweilige, vergnügliche und recht komische Lebensbeschreibung eines einst rüstigen, wohlerprobten und tapferen Soldaten, inzwischen aber ausgemergelten, abgelebten und dabei doch ziemlich verschlagenen Landstörzers* und Bettlers samt seiner wundersamen Gaukeltasche.*

Auf Veranlassung des allseits bekannten Simplicissimus verfasst und zu Papier gebracht von Philarchus Grossus von Trommenheim.*

Gedruckt in Paphlagonia
bei Felix Stratiot
im Jahr 1670

Vor Zeiten nannt' man mich den feschen Springinsfeld,
als ich noch jung und frisch mich tummelt' in der Welt,
um reich und groß zu werden durch Krieg und Krieges-
                                                   waffen
oder, wenn das nicht glückt, soldatisch einzuschlafen.
Mein Fatum aber, was tat das? Die Zeit und auch das Glück?
Bliesen ins gleiche Horn, zeigten mir ihre Tück!
Ich wurd' ein Ball des Glückes, der sich kugeln muss,
und geh nun, weil's nicht anders geht, auf einem Stelzenfuß,
stelz vor des Bauern Tür, im Land von Haus zu Haus,
und bitte den ums liebe Brot, den ich so oft vertrieb daraus!
Zeig so der ganzen Welt durch mein armseligs Leben,
dass junge Soldaten alte Bettler geben.

INHALT

Das 1. Kapitel. Was für ein unersprießlicher Anlass den Autor zur Abfassung dieses kleinen Werkes bringt. 149

Das 2. Kapitel. Zusammentreffen von Saturn, Mars und Merkur. 153

Das 3. Kapitel. Komischer Streich, der einem Saufbruder widerfuhr. 158

Das 4. Kapitel. Der Autor gerät unter einen Haufen Zigeuner und schildert das Erscheinen der Courage. 162

Das 5. Kapitel. Wo die Courage dem Autor ihre Lebensbeschreibung diktiert. 167

Das 6. Kapitel. Der Autor bleibt beim vorigen Thema und erzählt, was für einen Dank er von der Courage als Schreiberlohn empfing. 172

Das 7. Kapitel. Die Gaukeltasche des Simplicius und was er mit ihr erlöst. 178

Das 8. Kapitel. Unter welcher Bedingung Simplicissimus den Springinsfeld seine Kunst lehrt. 186

Das 9. Kapitel. Tisch- und Nachtgespräche, und warum Springinsfeld keine Frau mehr will. 191

Das 10. Kapitel. Springinsfelds Herkunft und wie er in den Krieg geriet. 197

Das 11. Kapitel.	Drei wahre Geschichten von merkwürdigen Verschwendern. 201
Das 12. Kapitel.	Springinsfeld wird ein Trommler und nachher Musketier, worauf ihn ein Bauer auch noch Zaubern lehrt. 207
Das 13. Kapitel.	Durch was für Zufälle Springinsfeld wieder ein Musketier bei den Schweden, dann ein Pikenier bei den Kaiserlichen und schließlich ein Freireiter wird. 213
Das 14. Kapitel.	Erzählt von Springinsfelds weiterem Glück und Unglück. 218
Das 15. Kapitel.	Wie heldenhaft sich Springinsfeld in der Schlacht bei Nördlingen geschlagen hat. 222
Das 16. Kapitel.	Wo Springinsfeld nach der Nördlinger Schlacht herumzieht und wie er von Wölfen belagert wird. 225
Das 17. Kapitel.	Springinsfeld bekommt Unterstützung und wird wieder ein reicher Dragoner. 230
Das 18. Kapitel.	Wie es dem Springinsfeld zwischen der Tuttlinger Kirchmess und der Schlacht bei Herbsthausen erging. 234
Das 19. Kapitel.	Springinsfelds weitere Geschichte, bis zum bayerischen Waffenstillstand. 238
Das 20. Kapitel.	Fortsetzung dieser Geschichte bis zum Friedensschluss und zur endgültigen Abdankung. 242
Das 21. Kapitel.	Springinsfeld heiratet und betätigt sich als Wirt, missbraucht aber sein Gewerbe, wird wieder Witwer und macht sich zuletzt heimlich davon. 245
Das 22. Kapitel.	Springinsfelds Türkenkrieg in Ungarn und seine Verehelichung mit einer Leierspielerin. 248

Das 23. Kapitel. Seinen blinden Schwiegervater, die Schwiegermutter und seine Frau wird Springinsfeld einen nach dem anderen wieder los. 252

Das 24. Kapitel. Was für komische Diebereien und andere Streiche die Leierspielerin anstellt und wie sie ein unsichtbarer Poltergeist, ihr Mann aber wieder ein Soldat im Krieg gegen die Türken wird. 256

Das 25. Kapitel. Wie es Springinsfeld im kretischen Krieg erging und wie er wieder nach Deutschland kam. 261

Das 26. Kapitel. Was für Streiche die Leierspielerin noch anstellte und wie sie endlich ihren Lohn dafür bekam. 264

Das 27. Kapitel. Endlicher Abschluss von Springinsfelds seltsamem Lebenslauf. 270

Das 1. Kapitel. **Was für ein unersprießlicher Anlass den Autor zur Abfassung dieses kleinen Werkes bringt.**

Als ich während des letzten Weihnachtsmarktes* im Hof eines vornehmen Herren mit tiefverdrossener Geduld die Antwort auf ein Gesuch erwartete, in dem ich mich mit gewinnenden Worten um eine Schreiberstelle beworben*, meinen großen Fleiß ergebenst dargetan, auch meine unvergleichliche Zuverlässigkeit beteuert hatte, und die erwünschte Antwort doch nicht kommen wollte, da wurde ich noch viel ungeduldiger – vor allem, als ich sah, welchen Respekts sich hier die schmutzigen Küchenjungen und stinkenden Stallburschen erfreuten, während man mich wie einen ungesalzenen Stockfisch, den keiner mehr probieren mag, einfach liegen ließ. Da gingen mir allerlei Gedanken und grillenhafte Einfälle durch den Kopf. Einmal glaubte ich, in den höhnischen Mienen dieser Burschen lesen zu können, dass sie mich zuletzt noch hänseln und zum Narren halten würden, wenn ich nicht bald einen günstig lautenden Bescheid bekäme oder mich, falls er ausbliebe, nicht von selbst verziehen würde. Dann wieder fasste ich Mut bei dem Gedanken, dass es auch anders und viel besser ausgehen könnte: »Geduld, Geduld«, sagte ich mir, »gut Weil will Dinge haben« – denn ich brachte alles durcheinander, weil ich selbst so durcheinander war. »Wenn du die Stelle bekommst, kannst du diesen Lümmeln ihre Verachtung bald heimzahlen.«

Ich wurde aber nicht allein von solchen täglich sich erneuernden inneren Anfechtungen, sondern auch äußerlich durch die damals herrschende grimmige Kälte so geplagt, dass jeder, der mich nur gesehen, aber diese Kälte nicht selbst gespürt hätte, tausend Eide geschworen haben würde, mich habe der Schüttelfrost oder das Wechselfieber befallen. Das Gesinde lief hin und her, ohne mich zu beachten oder mich anzusprechen. Doch plötzlich, als ich gerade wieder einmal Hoffnung zu schöpfen begann, erblickte ich ein zauberhaftes Kammerkätzchen und schenkte ihm sofort mein Herz. Ich konnte nicht anders, denn als sie so direkt auf mich zukam, hielt ich dies für ein unbezweifelbares Omen, dass ich ihr Liebhaber werden würde. Das Herz hüpfte mir vor Freude, so sicher ließ der Wahn mir mein künftiges Glück erscheinen. Doch als sie dann zu mir trat, ihr kirschrotes Mündchen auftat und sagte: »Guter Freund, was habt Ihr hier zu suchen? Seid Ihr vielleicht ein armer Student, der ein Almosen begehrt?«, da war mir sofort klar: Diese Worte machen alle deine Hoffnung zunichte.

Denn weil wir Schreiber so hochmütig sind – ach, was! wieso hochmütig? ich wollte sagen: weil wir so großmütig sind! so großmütig wie die Schneider selbst, die sich an große Herren heranmachen und erst ihre Kammerdiener und dann ihre Herren werden – nein, da sieht man, wie verwirrt ich damals war, weil ich noch jetzt alles durcheinanderbringe – ich wollte sagen: und dann selbst Herren werden (denn ein großer Herr lässt ja weder einen Schreiber noch einen Schneider zum Herren über sich werden) –, schien mir, dieses Mädchen hätte sich meiner Einbildung fügen und sagen sollen: »Was wünschen mein hochgeehrter Herr? Welche Geschäfte führen ihn hierher?«

Aber wozu viel Worte machen? Ich war erschüttert und konnte dem Mädchen doch keine Unbescheidenheit vorwerfen, denn sie hatte ihre Frage ja in wohlgesetzter Rede vorgebracht, während ich aus dem Wörtervorrat in meinem Kapitol, wie die alten Römer ihre Rüst- und Waffenkammer nannten, kaum genügend Wörter zusammenbringen konnte,

Das 1. Kapitel.

um diesem ersten Schlag, der mich mehr schmerzte als eine klatschende Ohrfeige, angemessen zu begegnen. Schließlich jedoch lallte ich mit vor Furcht, vor Hoffnung und vor Kälte zitternder, ja, bibbernder Stimme, ich sei jener Monsieur, der auf Empfehlung ehrbarer Leute der Schreiber ihres Herrn zu werden hoffe.

»Ach, du lieber Gott!«, erwiderte das Rabenaas. »Der ist Er? Den Gedanken kann Er sich aus dem Kopf schlagen, denn wer die Stelle, die Er da begehrt, haben will, der muss meinem gnädigen Herrn eine Kaution von tausend Talern zahlen können oder zumindest für diese Summe einen Bürgen stellen. Schon vor drei Tagen habe ich einen halben Reichstaler bekommen, den ich Ihm geben soll, wenn Er vorspricht. Aber unser nichtsnutziges Gesinde hat mir gar nicht gesagt, dass Ihr da seid, sonst hätte ich Euch nicht so lange in dieser Kälte stehen lassen.«

Man kann sich vorstellen, was ich für ein Gesicht machte. Ich dachte: »Wenn Venus selbst den Hammer schwingt, braucht Vulcanus einen Knecht weniger.«* Den halben Taler wollte ich erst gar nicht nehmen, weil ich fand, es sei unwürdig und meinem Schreiber-Ansehen nicht angemessen, mich so abfertigen zu lassen. Doch dann sagte ich mir: »Wer weiß, ob dir dieser Herr nicht doch noch mal eine Gnade erweisen könnte«, steckte den halben Taler also in die Tasche und schöpfte neue Hoffnung, die Stelle, um die ich mich bewarb, mit mehr Geduld am Ende doch noch zu erlangen, während ich sie mir gewiss verscherzen würde – und die Gnade dieses Herrn noch dazu –, wenn ich das bisschen Geld trotzig und unbeugsam ausschlüge.

So ließ ich mich dann doch abfertigen, und das Mädchen begleitete mich bis unter das Tor, weil sie es abschließen wollte, denn es war Mittagszeit. Noch immer ergingen wir uns in Höflichkeiten wegen des halben Talers, und dabei entfuhr dem Mädchen auch noch diese Bemerkung: »Er stecke ihn nur getrost ein. Glaube Er mir, mein gnädiger Herr und seine

Frau lassen auch den geringsten Dienst, den man ihnen erweist, nicht unbelohnt – und wenn ihnen einer bloß auf dem Weg zum Lokus mit einem Licht vorangeht.«

Das ärgerte mich und brachte mich so in Rage, dass ich dem Mädchen eher vorlaut als vernünftig antwortete: »So sagt Eurem gnädigen Herrn, wenn er mir für jeden, mit Verlaub, Arschwisch, als den er mein zweifaches Gesuch, ohne es zu lesen, unklugerweise offenbar verwenden will, auch in Zukunft so viel zahlen will wie für diesen, dann wird ihm das Geld eher ausgehen als mir das Papier, die Federn und die Tinte.«

Außer mir vor Zorn, stapfte ich eine lange Gasse hinauf, und dabei überkam mich ein solcher Undank gegen die, die mich in die Gefilde der Gelehrsamkeit entführt hatten, dass ich mich fragte, warum ich meinen Lehrern, wenn sie mir bisweilen Prügel gaben, nicht mit dem Hintern ins Gesicht gesprungen war.

»Ach«, sagte ich zu mir, »warum haben dich deine Eltern kein Handwerk lernen oder Drescher, Häckselschneider oder dergleichen werden lassen? Dann fändest du jetzt bei jedem Bauern Arbeit und müsstest nicht bei großen Herren herumstehen und dich einschmeicheln. Verständest du dich auch nur auf das erbärmlichste Handwerk, fändest du doch Meister, die dich beherbergen und dir, auch wenn sie keine Arbeit für dich hätten, etwas mit auf den Weg gäben. In deinem jetzigen Beruf aber kümmert sich kein Mensch um dich, und du bist der letzte Schlurf von allen.«

Mit solchen finsteren Gedanken wanderte ich einen weiten Weg. Aber während mir der Zorn nach und nach verging, spürte ich die grausame Kälte, die ich bisher kaum beachtet hatte, desto mehr. Ja, sie quälte mich so sehr, dass ich mich nach einer warmen Stube sehnte, und weil ich gerade vor einem Wirtshaus stand, ging ich hinein – mehr der Wärme halber, als um den Durst zu löschen.

Das 2. Kapitel. Zusammentreffen von Saturn, Mars und Merkur.*

Dort wurde ich viel höflicher empfangen als von der Kammerjungfer im Hof, denn gleich kam der Hausknecht und fragte: »Was wünschen der Herr?«

Ich dachte: »Den ganzen Tag über die Schreiberstelle und jetzt den Stubenofen«, aber laut sagte ich: »Ein gutes halbes Maß Wein!«, welches er mir auch gleich brachte, denn dies war keine Badestube, wo man die Hitze bezahlt, sondern ein Ort der Labung, wo die nötige Wärme umsonst oder im Preis zumindest inbegriffen ist.

Ich setzte mich mit meinem halben Maß Wein dicht an den Ofen, um mich ordentlich aufzuwärmen. Dort saß schon ein Mann am Tisch und aß, was sein Geld hergab. Dabei kaute er wie ein Drescher mit beiden Backen so gewaltig, dass ich staunte. Als ich mich zu ihm setzte, hatte er schon eine Suppe im Magen, auch Kraut und Fleisch für zwei verdrückt und verlangte trotzdem noch nach einem guten Stück Braten. Ich sah ihn mir genauer an und erkannte, dass er nicht nur nach seiner Art zu essen, sondern auch seiner Gestalt nach ein Mensch war, wie ich mein Lebtag noch keinen gesehen hatte. Er war so groß und stämmig, als wäre er in Chile oder Chica* geboren. Sein Bart war so lang und so breit wie die Schiefertafel, auf der der Wirt notierte, was er seinen Gästen serviert hatte. Und so wie das Haar auf seinem Kopf hatte ich mir immer dasjenige vorgestellt, das dem Nebukadnezar in der Zeit seiner Verstoßung* gewachsen war. Er war in einen schwarzen Rock aus Wolltuch gehüllt, der ihm bis an die Kniekehlen reichte und auf eine fremde, fast altertümlich anmutende Manier an den Nähten mit grünem Wolltuch hinterlegt, gefüttert und verziert war. Neben ihm lag sein langer Pilgerstab, oben mit zwei Knoten, unten mit einer langen Eisenspitze versehen und so kräftig, dass man damit jemandem auf einen Streich die Letzte Ölung* leicht hätte erteilen können.

Zuerst wurde ich einfach nicht klug aus dieser seltsamen Erscheinung, als ich aber den Mann genauer betrachtete, fiel mir auf, dass sein gewaltiger Bart falsch herum wuchs, das heißt, er war nicht wie europäische Bärte gefärbt, sondern umgekehrt. Das Haar, das erst im letzten halben Jahr gewachsen war, sah ganz blond aus, das ältere aber brandschwarz, während doch sonst bei Bärten dieser Farbe das Haar dicht über der Haut ganz schwarz ist und das andere, je älter es ist, desto blonder und ausgeblichener wirkt. Ich überlegte, was die Ursache sein könnte, und fand keine andere Erklärung, als dass dieses schwarze Haar in einem heißen Land, das blonde aber in einem viel kälteren Land gewachsen sein musste, und wie sich herausstellte, verhielt es sich auch so.

Denn weil der Herr auf seinen Braten warten und daher mit dem Essen ein wenig pausieren musste, hielt er sich ans Trinken, und da blieb ihm, damit ihm jemand seinen Trunk segnete, nichts anderes übrig, als mir zuzuprosten, denn außer mir war noch kein anderer Gast da. Als nun auch mir der Mund, der in der grausamen Kälte starr und hart gefroren war, wieder ein wenig aufzutauen begann, kamen wir ins Gespräch, und ich fragte ihn gleich, ob er nicht erst vor ungefähr einem halben Jahr aus Indien gekommen sei. Um ihm aber keinen Anlass zu geben, mir mit einem »Was geht denn dich das an?« zu antworten, bemühte ich mich um allergrößte Höflichkeit und sagte: »Möge der hochgeehrte Herr meiner vorwitzigen Jugend verzeihen, wenn sie sich erkühnt, zu fragen, ob er nicht erst vor einem halben Jahr aus Indien gekommen sei.«

Er stutzte, sah mich an und antwortete: »Wenn Ihr sonst nichts über mich wisst oder erfahren habt und mich hier zum ersten Mal seht, dann messe ich Eurer Jugend keinen Vorwitz, sondern einen klaren Verstand und ebensolche Urteilskraft zu, die beide in Euch eine Begierde wecken, wirklich wissen zu wollen, was Euer Verstand von mir erfasst und Eure Urteilskraft erschlossen hat. Deshalb sagt mir zuerst,

Das 2. Kapitel.

woran Ihr erkannt habt, dass ich noch vor einem halben Jahr in Indien gewesen bin. Dann werde ich Euch hören lassen, dass Ihr über mich und meine Reise richtig geurteilt habt.«

Als ich ihm sagte, sein Barthaar habe mir dies zu verstehen gegeben, entgegnete er, ich hätte recht und mich als kluger Kopf erwiesen.

Nun forderte er mich auf, von seinem Wein zu kosten und mit ihm anzustoßen. Aber ich hatte gesehen, wie er sich etwas in sein Glas gemischt hatte, und zögerte. Aus seinem Reisesack hatte er eine Zinnbüchse gezogen, in der er ein Pulver verwahrte, das aussah wie Theriak.* Davon nahm er eine Messerspitze und mischte es in ein gewöhnliches Gläschen mit neuem Wein, denn er trank keinen alten, sondern nur billigen, neuen. Der Wein in dem Gläschen wurde durch das Pulver so dickflüssig und gelb, dass er wie ein abscheuliches Abführmittel oder zumindest wie altes Olivenöl aussah. Wenn er nun trinken wollte, goss er von dieser Mixtur jedesmal einen einzigen Tropfen in sein Glas, wodurch sich der milchige Wein darin sofort veränderte, indem er alle noch unvergorene Hefe zu Boden sinken ließ und nachher aussah wie ein alter, gut gelagerter Wein von goldener Farbe.

Der Herr sah, dass ich wenig Lust zu seinem Trunk hatte, und forderte mich noch einmal auf, nur tapfer zu trinken, es werde mir bestimmt nicht schaden. Und tatsächlich, als ich von dem Wein probierte, schmeckte er so lieblich, so kräftig und gut, dass ich ihn für Malvasier oder spanischen Wein gehalten hätte, wenn ich nicht gesehen hätte, dass es ein neuer Elsässer war. Diese Kunst habe er bei den Armeniern gelernt, erzählte der Herr und führte mir dann vor, dass ein alter, gut gelagerter und an sich sehr köstlicher Wein, wie ich ihn vor mir stehen hatte, durch dieses Elixier, wie er es nannte, bei weitem nicht so verbessert werde wie ein einfacher neuer. Er erklärte dies damit, dass der neue Wein all seine Kräfte noch beisammen und nichts davon verloren habe, wie es dem alten Wein im Laufe der Jahre geschehe.

Während wir so über den Wein und seine Verbesserung sprachen, kam ein alter Knasterbart mit einem Stelzfuß zur Tür herein, den die Kälte von draußen, genau wie vorhin mich, sogleich zum Stubenofen trieb. Kaum hatte er sich ein wenig gewärmt, da zog er eine kleine Diskantgeige hervor, stimmte sie, trat an unseren Tisch und fidelte drauflos, wobei er mit dem Mund so kunstvoll dazu summte und quiekte, dass einer, der ihn nur gehört, aber nicht gesehen hätte, glauben musste, da spielten drei Saiteninstrumente miteinander. Gegen den Winter taugten seine Kleider wenig, und allem Anschein nach hatte er auch keinen guten Sommer gehabt, denn seiner mageren Gestalt sah man an, dass ihm der Hunger lästig war, und am Haarausfall war zu erkennen, dass er dazu noch eine schwere Krankheit überstanden haben musste.

Der Schwarzrock bei mir fragte ihn: »Landsmann, wo hast du denn dein zweites Bein gelassen?«

»Auf Kreta, Herr«, lautete die Antwort.

»Das ist schlimm!«

»So schlimm nun auch wieder nicht«, erwiderte der alte Stelzer, »denn jetzt friert's mich nur an einem Fuß, und ich brauch auch nur noch einen Schuh und einen Strumpf.«

»Hör mal«, fuhr der Mann im schwarzen Rock fort, »bist du nicht der Springinsfeld?«

»Früher war ich's. Aber jetzt bin ich der Stelzvorshaus – nach dem bekannten Sprichwort: Junge Soldaten, alte Bettler! Aber woher kennt mich denn der Herr?«

»An deiner meisterlichen Musik erkenne ich dich. Die habe ich schon vor dreißig Jahren in Soest gehört. Hast du damals unter den dort liegenden Dragonern nicht einen Kameraden gehabt, der sich Simplicius nannte?«*

Als Springinsfeld dies bejahte, fuhr der Schwarzrock fort: »Und dieser Simplicius bin ich!«

Vor lauter Verwunderung rief Springinsfeld: »Dass dich der Hagel erschlag!«

Das 2. Kapitel.

»Wie bitte?«, sagte Simplicius zu ihm. »So ein alter Krüppel und immer noch so gottlos grob und vorlaut! Schämst du dich nicht, deinen alten Kameraden mit einem solchen Wunsch zu begrüßen?«

»Potz hunderttausend Sack voll Enten!* Du hast es bestimmt besser getroffen als ich«, sagte Springinsfeld, »oder bist du vielleicht inzwischen ein Heiliger geworden?«

Simplicius erwiderte: »Zwar kein Heiliger, aber ich habe mich doch redlich bemüht, beim Aufsammeln der Jahre die schändlichen Sitten der unbesonnenen Jugend abzustreifen, und finde, auch zu deinem Alter würde dies besser passen als Fluchen und Gottlästern.«

»Ach, Bruder«, antwortete Springinsfeld ehrerbietig, »verzeih mir für diesmal und sei mit mir zufrieden. Ich will nicht mit dir streiten, außer vielleicht um ein paar Kännchen Wein.« Während er sich mit diesen Worten, ohne eingeladen zu sein, an unseren Tisch setzte, zog er einen alten Lumpen hervor, knotete ihn auf und fuhr fort: »Damit du nicht meinst, Springinsfeld sei bettelarm und wolle bloß bei dir schmarotzen – hier, sieh, da habe ich noch ein paar Batzen, die kannst du haben, wenn du sie brauchst.« Damit schüttete er eine Handvoll Dukaten auf den Tisch, nach meiner Schätzung etwas mehr als zweihundert, und befahl dem Hausknecht, auch ihm ein Maß Wein zu bringen. Simplicius wollte das aber nicht zulassen, sondern lud ihn ein, mit ihm anzustoßen, und fragte, wozu denn dieses Getue mit dem Geld gut sei. Er wisse, wie Geld aussehe, und Springinsfeld möge es wieder wegstecken.

Das 3. Kapitel. Komischer Streich, der einem Saufbruder widerfuhr.

Ich war erstaunt und freute mich, dass ich bei dem unerwarteten Zusammentreffen dieser beiden zugegen sein sollte, über die ich in der Lebensbeschreibung des Simplicissimus so viel Seltsames gelesen und auf Betreiben der Courage auch selbst schon allerlei aufgeschrieben hatte. Als Simplicius nach diesem Wortgefecht ein Glas Wein zur Begrüßung des Springinsfeld erhoben und mit ihm angestoßen hatte, kam noch ein Gast herein, den ich nach Kleidung und Alter für meinesgleichen hielt, das heißt für einen Schreiberknecht. Er trat an dieselbe Stelle neben dem Stubenofen, wo vor ihm schon ich und nach mir auch Springinsfeld gestanden hatte, als müssten alle ankommenden Gäste erst dort vorüber, ehe sie sich setzen könnten. Und diesem folgte dicht auf den Fersen noch ein Bauer von der anderen Rheinseite*, ohne Zweifel ein Winzer. Der lüftete vor dem vorigen die Kappe und sagte: »Herr Verwalter, ich bitte Euch, gebt mir einen Reichstaler, damit ich meinen Kärst aus der Schmiede holen kann, wo ich ihn herrichten hab lassen.«

»Was, zum Henker, soll denn das heißen?«, antwortete der andere. »Warum schaffst du deine Gerste in die Schmiede? Ich dachte, mit der fährt man zur Mühle.«

»Mein Kärst! Kärst!«, sagte der Bauer.

»Ich hör's ja!«, antwortete der Verwalter. »Meinst du, ich bin taub? Ich frage mich bloß, was du mit deiner Gerste in der Schmiede machst. Die lässt man doch in der Mühle mahlen!«

»Ei, Herr Verwalter«, sagte der Bauer, »ich rede nicht von Gerste, sondern von meinem Kärst, mit dem ich den Boden hacke.«

»Ach so«, antwortete der Verwalter, »das ware dann also was anderes« – zahlte dem Bäuerlein einen Taler aus und notierte diesen auch gleich auf seiner Schreibtafel. Ich aber dachte im Stillen: »Du willst ein Verwalter unter Winzern sein und weißt nicht, was ein Kärst ist?« – denn er befahl dem Bauern, er solle wiederkommen und den Kärst vorzeigen, damit er sehe, was das für ein Wesen sei und was der Schmied damit gemacht habe.

Simplicius, der dieses Gespräch ebenfalls mit angehört hatte, schüttelte sich vor Lachen – und dies war das erste und letzte Gelächter, das ich bei ihm hörte oder sah, denn sonst gab er sich immer sehr ernst und sprach, wenn auch mit rauer, männlicher Stimme, viel gütiger und freundlicher, als sein Aussehen erwarten ließ, wobei er allerdings auch mit den Wörtern sehr sparsam umging. Springinsfeld dagegen wollte den Grund für das heftige Gelächter erfahren und ließ nicht locker, bis Simplicius erklärte, die letzten Worte des Bauern hätten ihn an einen Streich erinnert, den er in seiner unschuldigen Jugend ebenfalls durch ein falsch verstandenes Wort angestellt habe, wenn auch ohne böse Absicht. Schläge habe er trotzdem dafür bekommen.

»Und worum ging es?«, fragte Springinsfeld.

»Es ist nutzlos«, erwiderte Simplicius, »dass ich euch zur Torheit anstifte – denn für nichts anderes halte ich übermäßiges Gelächter, ohne das ihr meine Geschichte gar nicht anhören könntet. Ich würde mir dabei nur auch die Sünden anderer Leute noch auf die Seele laden.«

Nun meldete ich mich zu Wort und sagte: »Aber der hochgeehrte Herr hat doch auch in seiner Lebensbeschreibung schon so manchen komischen Schwank untergebracht. Warum will er da jetzt seinem alten Kameraden nicht das Vergnügen machen und ihm wenigstens eine einzige lustige Geschichte erzählen?«

»Das tat ich«, antwortete Simplicius, »um der Wahrheit, die niemand mehr nackt sehen oder hören will, ein Kleid anzuziehen, damit die Menschen mehr Gefallen an ihr hätten und das, was ich an ihren Sitten bisweilen zu bemängeln hatte, bereitwilliger anhörten und aufnähmen. Aber glaubt mir, mein Freund, auch heute plagt mich oft noch mein Gewissen, wenn ich daran denke, wie ich in jenem Buch an manchen Stellen allzu frei verfahren bin.«

Ich entgegnete: »Das Lachen ist dem Menschen angeboren, es zeichnet ihn nicht nur vor allen anderen Tieren aus, es ist ihm auch nützlich – lesen wir doch, dass der lachende Demokrit bei guter Gesundheit hundertneun Jahre alt wurde, der weinende Heraklit* hingegen in frühem Alter eines elenden Todes starb – in einer Kuhhaut, in die er sich wickeln ließ, um seine Glieder zu heilen. Weshalb denn auch Seneca dort, wo er in seinem *Buch von der Gemütsruhe* dieser beiden Philosophen gedenkt, dazu mahnt, eher dem Demokrit zu folgen als dem Heraklit.«

Simplicius antwortete: »Das Weinen ist dem Menschen genauso eigentümlich wie das Lachen. Aber auch wenn es töricht wäre, entweder immerfort zu lachen oder immerfort zu weinen, wie es diese beiden Männer taten, denn alles hat seine Zeit, so ist doch das Weinen dem Menschen eher angeboren als das Lachen, denn es weinen nicht nur alle Menschen, wenn sie auf die Welt kommen (man hat nur das eine Beispiel des Königs Zoroaster, der gleich nach seiner Geburt gelacht hat, obwohl das Gleiche auch von Nero behauptet wird), sondern es hat auch der Herr Christus, unser Seligmacher, selbst einige Male geweint. Dass er aber je gelacht habe, liest man in der Heiligen Schrift nirgendwo. Stattdessen sagte er: ›Selig sind, die da weinen und Leid tragen, denn sie sollen getröstet werden.‹* Als Heide mag Seneca das Lachen dem Weinen vorziehen. Wir Christen aber haben mehr Grund, über die Bosheit der Menschen zu weinen, als über ihre Torheit zu lachen, denn wir wissen, dass auf die Sünde der Lachenden ein ewiges Heulen und Wehklagen folgen wird.«

»Ach, du lieber Himmel!«, sagte hierauf Springinsfeld. »Ich könnte schwören, du bist ein Pfaffe geworden!«

»Du grober gESELl!«, antwortete ihm Simplicius. »Wie kannst du es wagen, hier leichtfertig zu schwören, wo du doch mit eigenen Augen siehst, dass es sich genau umgekehrt verhält! Weißt du überhaupt, was Schwören bedeutet?«

Springinsfeld machte ein beschämtes Gesicht und entschuldigte sich, denn Simplicius blickte so ernst und drohend drein, dass jeder davor erschrocken wäre. Ich aber sagte zu ihm: »Da die Reden und Schriften meines hochgeehrten Herrn stets voller sittlicher Lehren stecken, wird zweifellos auch die Geschichte, an die er sich unter so herzhaftem Gelächter erinnerte, sowohl lustig anzuhören wie auch nützlich und lehrreich sein.« Und dann bat ich ihn, sie uns doch einfach zu erzählen.

Simplicius antwortete: »Sie lehrt uns bloß, dass jemand, der einem anderen eine Frage stellt, sich dabei in einer Sprache und in Worten ausdrücken soll, die der, den er befragt, auch sofort versteht, so dass er gleich richtig antworten kann – und außerdem, dass jemand, der eine Frage gestellt bekommen, sie aber nicht richtig verstanden hat, nicht einfach drauflosreden, sondern den Fragenden, vor allem, wenn dieser von höherem Stand ist, in höflichem Ton ersuchen soll, seine Frage noch einmal hören zu dürfen. Die komische Geschichte geht so: Als ich noch Page beim Gouverneur von Hanau war*, hatte er einmal etliche vornehme Offiziere zu Gast, darunter auch einige Weimarische*, und ließ es am Trunk nicht fehlen. Die Fremden und die Offiziere aus der Garnison hatten sich gleichsam in zwei Parteien gespalten, um einander im Saufen zu besiegen. Die anwesenden Frauen, denen der Anstand das Mittun verbot, begaben sich in einen anderen Raum, wo man ihnen den Nachtisch servierte. Die Edelmänner hingegen forderten einander so heraus, sich stehend vollends abzufüllen, dass sich bald einige mit dem Rücken an die Zimmertür lehnten, damit nur ja keiner aus dieser Schlacht entrinnen könne. (Mich erinnerte dies an die Marter, mit der der römische Kaiser Tiberius viele Leute getötet hat. Wenn er sie umbringen lassen wollte, sorgte er dafür, dass man sie vorher zwang, viel zu trinken, und ließ ihnen dann, mit Verlaub, die Harnröhre so zuschnüren, dass sie den Urin nicht lassen konnten, sondern zuletzt unter unsäglichen Schmerzen sterben mussten.)

Schließlich entkam doch einer aus dem Zimmer, und diesem war nun nichts so wichtig und so dringend wie das Wasserlassen. Er schoss den Gang entlang wie ein Hund, den man in der Küche mit heißem Wasser verbrüht hat. Zu seinem und zu meinem Unglück begegnete er in dieser Eile mir und fragte: ›Kleiner, wo ist das Secret?‹ Ich wusste damals noch weniger als der Deutsche Michel*, der sein Deutsch so über alles liebt, was ein *Secret* ist, sondern meinte, er frage nach unserer Haushälterin, die wir Gret nannten, obwohl sie eigentlich Margretha hieß, und die gerade bei den Frauen war, weil das gnädige Fräulein sie hatte rufen lassen. Ich zeigte ihm den Raum am Ende des Gangs und sagte: ›Da drinnen!‹ – worauf er losrannte wie einer, der bei einem Turnier mit eingelegter Lanze seinem Gegner entgegenstürmt. Er hatte es so eilig, dass alles – Türöffnen, Eintreten und Losbruch des Strahls – im selben Augenblick geschah, vor allen Frauen und unter ihren Blicken. Was da die Beteiligten gedacht haben mögen und wie sie alle miteinander erschraken, kann sich jeder selbst ausmalen. Ich bekam nachher Schläge, weil ich nicht besser zugehört hatte. Der Offizier aber bekam den Spott davon, weil er nicht anders mit mir gesprochen hatte.«

Das 4. Kapitel. **Der Autor gerät unter einen Haufen Zigeuner und schildert das Erscheinen der Courage.**

Ich sagte zu Simplicius, es sei schade, dass er diese Geschichte nicht auch in seine Lebensbeschreibung aufgenommen habe. Er aber antwortete, wenn er alle Erlebnisse dieser Art in sein Buch aufgenommen hätte, wäre es noch dicker geworden

DAS 4. KAPITEL.

als des stumpfen Johanns *Schweizer Chronik*.* Inzwischen bereue er sogar, dass er so viel Vergnügliches in seinem Buch geschrieben habe, denn er sehe, dass die Leute es mehr zum Zeitvertun und wie einen zweiten *Eulenspiegel** lesen, als etwas Gutes daraus zu lernen. Dann wollte er wissen, was ich selbst von seinem Buch hielte und ob es mich gebessert oder geärgert* habe. Ich antwortete, meine Urteilskraft reiche nicht aus, sein Buch zu tadeln oder zu loben. Ich hätte ja, so fügte ich hinzu, wenn auch nicht gegen sein Buch, so doch gegen ihn selbst schreiben müssen, wobei auch der Springinsfeld nicht gut weggekommen sei. Aber sein Buch hätte ich dabei weder gelobt noch gescholten, hätte vielmehr die Erfahrung gemacht, dass einer, der in die Gewalt anderer Leute geraten sei, sich dem Willen und Gutdünken derer fügen müsse, die ihn übermannt haben.

All dies hatte ich in meiner Schweizer Muttersprache gesagt, einer Mundart, die andere Deutsche für grob, zum Teil sogar für hochmütig und unfein halten. Springinsfeld hatte es mit angehört, und als sein Name fiel, da spitzte er die Ohren wie ein alter Wolf und sagte: »Potz Chrütz, du Gölbschnobel, hätt i di ussa, i würrtar da Grind rüra!«*

Aber Simplicius wies ihn zurecht: »Fast hätte ich gesagt: Du alter Geck! Die Soester Zeiten sind vorbei, in denen wir so tun konnten, als herrschten wir über das ganze Land. Jetzt musst du mit deinem Stelzfuß nach einer anderen Pfeife tanzen und damit rechnen, dass man dich in einen steinernen oder gar einen spanischen Mantel* steckt, wenn du es zu bunt treibst. In dieser freien Stadt kann zwar jeder frei reden, was er will. Wer aber übertreibt, muss dafür geradestehen oder büßen.«

Mich fragte Simplicius, wer oder was mich dazu gebracht habe, gegen seine Person zu schreiben. Vor allem wundere ihn, dass dabei auch der Springinsfeld habe erwähnt werden müssen, mit dem er in seinem ganzen Leben doch nicht mehr als ein Dreivierteljahr zu tun gehabt habe.

Ich antwortete: »Wenn sich mein hochgeehrter Herr, wovon ich überzeugt bin, die Wahrheit gefallen lässt, wenn Er mir das, was ich getan habe, verzeihen und mich vor dem ungebärdigen Springinsfeld in Schutz nehmen will, von dessen Launenhaftigkeit und Unberechenbarkeit mir schon allerlei aufzuschreiben befohlen wurde, dann will ich Euch und ihm so seltsame Geschichten über Sie beide erzählen, dass Sie nicht so bald aus dem Staunen herauskommen. Und bitte, glaubt mir, wenn ich die löblichen Eigenschaften, die meinen hochgeehrten Herren auszeichnen, so deutlich erkannt hätte, wie ich sie jetzt vor mir sehe, würde ich seinetwegen nie zur Feder gegriffen haben – und wenn mir die Zigeuner den Hals dafür gebrochen hätten.«

Obwohl Simplicius inzwischen sehr gespannt auf meinen Bericht war, sagte er noch: »Mein Freund! Es wäre eine grobe Dummheit, ja, gegen alle Gerechtigkeit und ein Zeugnis tyrannischer Gesinnung, wenn wir an anderen etwas strafen würden, das wir selbst begangen haben. Wenn Er in dem, was Er geschrieben hat, über meine Laster hergezogen ist, so ertrage ich dies mit Geduld, denn ich selbst habe mich ja auch über die Laster anderer ausgelassen, wobei ich ihnen allerdings, um ihre Ehre nicht anzutasten, andere Namen gab. Wenn es sie nun trotzdem ärgert, dass ich sie mir vornahm, kann ich nur sagen: Warum haben sie nicht tugendhafter gelebt? Warum haben sie mir Anlass gegeben, Laster und Torheiten zu tadeln, von denen ich, bevor ich ihnen begegnet war, in meiner Unschuld gar nichts wusste? Er mag also frei erzählen – ich verspreche ihm alles, was er von mir verlangt und erbeten hat.«

Ich erwiderte: »Ob ich nun rede oder schweige – so oder so wird bald allgemein bekannt, was ich unter Zwang habe schreiben müssen.«

Dann wandte ich mich dem Springinsfeld zu und fragte ihn, ob er nicht in Italien eine Mätresse namens Courage gehabt habe.

»Die Bluthexe!«, antwortete er. »Erschlag sie der Donner! Lebt das Teufelsvieh noch? Seit die Welt erschaffen wurde, hat die Sonne kein so liederliches Scheusal beschienen wie sie!«

»He, he«, sagte Simplicius. »Schon wieder solche unbesonnenen Sprüche?« Zu mir aber sagte er: »Bitte, fahr Er doch fort, oder vielmehr, fang Er endlich an, zu erzählen, was ich so gern hören möchte.«

Ich antwortete: »Mein hochgeehrter Herr wird bald genug davon haben, denn es geht um die Person, die Er selbst im sechsten Kapitel des fünften Buches Seiner Lebensbeschreibung erwähnt.«

»Egal«, antwortete Simplicius, »sag Er nur, was Er von ihr weiß. Er braucht mich nicht zu schonen.«

Daraufhin erzählte ich, was Simplicius wissen wollte.

»Im letzten Herbst, der uns, wie man sich erinnern wird, einen prächtigen Nachsommer brachte, war ich von meinem Vaterland unterwegs zum Rhein und wollte in diese Stadt, entweder um mich als armer Scholar, wie hier üblich, mit Stundengeben durchzuschlagen und mein Studium fortzusetzen oder um mir auf Empfehlung einiger Verwandter, die mir zu diesem Zweck einen Brief mitgegeben hatten, eine Schreiberstelle zu suchen. Als ich nun bei Krummenschiltach* über die Höhe des Schwarzwaldes wanderte, sah ich schon von weitem einen großen Haufen Lumpengesindel auf mich zukommen, das ich gleich für Zigeuner hielt, und ich täuschte mich nicht.* Weil ich ihnen nicht traute, versteckte ich mich in einem Gebüsch, wo es am dichtesten war. Aber die Kerle hatten viele Hunde bei sich, sowohl Stöber- als auch Windhunde, und diese spürten mich bald auf, umringten mich und schlugen an, als hätten sie ein Wild gestellt. Das hörten ihre Herren, die auch gleich mit ihren Büchsen und Räuberflinten angelaufen kamen. Der eine postierte sich hier, der andere dort, wie bei einer Jagd, wenn man ein aufgescheuchtes Wild stellt. Als ich erkannte, in welcher Gefahr ich mich befand, und auch die Hunde schon über mich herfallen wollten, begann ich zu schreien, als hätte mir einer von ihnen schon sein Jagdmesser an die Gurgel gesetzt. Da kamen nun Männer und Frauen, Jungen und Mädchen gelaufen und führten sich so seltsam auf, dass ich nicht erkennen konnte, ob das garstige Volk mich umbringen oder vor den Hunden retten wollte. Ja, ich stellte mir in meiner Angst vor, sie würden Leute wie mich, denen sie an einsamen Orten begegneten, gleich ermorden und nachher verspeisen, um auf diese Weise ihre Untaten verborgen zu halten. Aber noch war ich da, und ich wunderte mich darüber, verfluchte aber auch die Nachlässigkeit derer, denen das Wild und diese Jagdreviere gehörten, weil sie dieses verruchte Diebsgesindel mit Hunden und Waffen ungehindert durch ihre Ländereien streifen lassen.

Während ich zwischen ihnen stand wie ein armer Sünder, den man gerade aufknüpfen will, so dass er selbst nicht weiß, ob er noch lebendig oder schon halb tot ist, kam eine prächtige Zigeunerin auf einem Maulesel dahergeritten, wie ich mein Lebtag noch keine gesehen und von keiner gehört hatte, weshalb ich sie denn, wenn nicht für die Königin, so doch wenigstens für eine vornehme Fürstin aller anderen Zigeunerinnen halten musste. Sie kam mir vor wie eine Frau von sechzig Jahren. Aber wie ich inzwischen nachrechnen konnte, war sie noch ungefähr sechs Jahre älter. Ihr Haar war nicht so pechschwarz wie das der anderen, sondern etwas bleicher, und sie hielt es mit einer Schnur aus Gold und Edelsteinen wie unter einer Krone zusammen, während andere Zigeunerinnen dafür nur ein einfaches Band oder, wenn es hochkommt, einen Flor oder Schleier, manche aber auch nur eine Weidenrute nehmen. Ihrem immer noch frischen Gesicht sah man an, dass sie in ihrer Jugend nicht hässlich gewesen war. An den Ohren trug sie zwei mit Diamanten besetzte Gehänge aus Gold und Email und um den Hals eine Kette mit großen Perlen, deren sich auch eine Fürstin nicht hätte zu schämen brauchen. Ihr Umschlagtuch war nicht aus grobem Teppich, sondern aus Scharlachstoff, mit Plüschsamt gefüttert, und an den Rändern war es wie ihr Rock, der aus kostbarem englischem Tuch in Grün gefertigt war, mit silbernen Posamenten verbrämt. Sie trug weder Mieder noch Jacke, wohl aber ein Paar schöne polnische Stiefel. Ihr Hemd war schneeweiß, aus reinem Auracher Leinen, an den Nähten überall auf die böhmische Art mit schwarzer Seide bestickt, woraus sie hervorstrahlte wie eine Heidelbeere aus einer Schale Milch. Auch ihr langes Zigeunermesser trug sie nicht etwa verborgen unter dem Rock, sondern offen, weil sich wegen seiner Schönheit wahrlich damit prangen ließ. Und wenn ich die Wahrheit sagen soll, so scheint mir noch immer, der alten Schachtel, vor allem wenn sie zu Esel saß (fast hätte ich gesagt: zu Pferd), habe dieser Aufzug überaus gut gestanden, wie ich sie denn auch bis auf diese Stunde vor mir sehe, wann immer ich will.«

Das 5. Kapitel. **Wo die Courage dem Autor ihre Lebensbeschreibung diktiert.**

»Diese elegante Zigeunerin, die von den anderen mit Gnädige Frau angeredet wurde, während ich sie für ein Ebenbild der Dame von Babylon* gehalten hätte, sofern sie auf einem siebenköpfigen Drachen gesessen hätte und noch ein wenig schöner gewesen wäre, sagte nun zu mir: ›Ach, mein schöner, weißer, junger Gesell, was machst du hier so ganz allein und so weit weg von den Leuten?‹

Ich antwortete: ›Meine großmächtige, hochgeehrte Frau, ich bin in der Schweiz zu Hause und unterwegs zum Rhein in eine Stadt, wo ich weiterstudieren oder eine Stelle finden will, denn ich bin ein armer Student.‹

›Möge Gott dich behüten, mein Junge‹, sagte sie. ›Aber willst du mir nicht ungefähr vierzehn Tage mit deiner Feder dienen und etwas für mich schreiben. Ich würde dir jeden Tag einen Reichstaler dafür geben.‹

Ich dachte: ›Jeden Tag ein Taler wäre nicht zu verachten. Aber wer weiß, was du da schreiben sollst? Ein so großzügiges Angebot ist verdächtig.‹ Hätte sie nicht gesagt, dass Gott mich behüten möge, hätte ich sogar geglaubt, sie sei ein Teufelsgespenst, das mich mit diesem Geld verblenden und der abscheulichen Zunft der Hexen einverleiben wolle. Deshalb antwortete ich: ›Wenn es mir nichts schadet, will ich der Frau schreiben, was sie wünscht.‹

›Aber nicht doch, mein Junge‹, entgegnete sie, ›es wird dir gar nichts schaden. Gott behüte! Komm nur mit uns. Ich will dir auch Essen und Trinken dazu geben, so gut ich's habe, bis du fertig bist.‹

Weil nun mein Magen so leer war wie mein Geldbeutel und ich bei diesem Diebsgeschmeiß im Grunde ein Gefangener war, ging ich mit, und zwar in einen tiefen Wald, wo wir die erste Nacht Quartier machten. Ein paar Männer waren schon dort und zerlegten eben einen schönen Hirsch. Dann ging es ans Feuermachen, Sieden und Braten, und wie mir schien und später sich bestätigte, führte Frau Libuschka, denn so nannte sich meine Zigeunerin, bei allem den Oberbefehl. Ihr wurde ein Zelt aus weißem Barchent aufgeschlagen, das sie auf ihrem Maulesel unter dem Sattel bei sich trug. Mich aber führte sie ein wenig abseits, setzte sich unter einen Baum, bedeutete mir, mich neben sie zu setzen, und zog die Lebensbeschreibung des Simplicissimus hervor.

›Seht her, mein Freund‹, sagte sie, ›der Kerl, von dem dieses Buch handelt, hat mir einst den übelsten Streich gespielt, der mir im Leben widerfahren ist und der mich noch immer so schmerzt, dass ich ihm seine Untat unmöglich durchgehen lassen kann, ohne mich zu rächen. Denn nachdem er von meiner gutmütigen Freundlichkeit genug genossen hatte, hat sich dieser undankbare Vogel‹ – verzeiht, mein hochgeehrter Herr, wenn ich hier in ihren eigenen Worten

Das 5. Kapitel.

spreche – ›nicht nur nicht gescheut, mich zu verlassen und mit einem bösen, unerhörten Trick zu verjagen – er hat sich auch nicht geschämt, alles, was sich zwischen ihm und mir abgespielt hat, zu meiner und seiner ewigen Schande der ganzen Welt in einem gedruckten Buch zu offenbaren. Den ersten Streich, den er mir antat, habe ich ihm allerdings schon tüchtig heimgezahlt, denn als ich hörte, der Spitzbube habe sich verheiratet, ließ ich ein Jungfernkind, das sich mein Kammermädchen zur gleichen Zeit hatte anhängen lassen, als er im Sauerbrunnen mit mir Umgang pflegte, auf seinen Namen taufen und ihm vor die Türe legen – mit einem Zettel, auf dem stand, dass ich diese Frucht von ihm empfangen und geboren hätte. Er hat das auch geglaubt, hat das Kind, zu seinem großen Spott, annehmen und erziehen müssen und ist dafür von der Obrigkeit auch noch gehörig bestraft worden. Nicht für tausend Taler würde ich mir diesen Betrug, der mir so großartig gelang, abkaufen lassen, zumal ich neulich erst mit Freuden hörte, dass dieser Bankert des betrogenen Betrügers einziger Erbe sein wird.‹«

Bisher hatte mir Simplicius aufmerksam zugehört, nun fiel er mir ins Wort: »Wenn ich noch wie früher an solchen Torheiten mein Vergnügen suchte, würde es mir großen Spaß machen, dass sich diese Närrin einbildet, sie habe mich hinters Licht geführt, während sie mir in Wahrheit hierdurch nur den allergrößten Dienst erwiesen hat und sich in ihrem eitlen Hochmut bis heute selbst betrügt. Denn als ich sie damals liebkoste, lag ich bei ihrem Kammermädchen noch viel öfter als bei ihr. Und die Vorstellung behagt mir mehr, dass mein Simplicius, den ich ja nicht verleugnen kann, weil er mir in seiner Gemütsart so sehr nachschlägt, wie er mir nach Gesicht und Statur gleicht, von diesem Kammermädchen geboren wurde und nicht von einer liederlichen Zigeunerin. Aber hieran hat man ein Exempel mehr dafür, dass jene, die andere zu betrügen glauben, sich oft nur selbst betrügen und dass Gott große Sünden, denen keine Besserung folgt, mit noch größeren Sünden straft, so dass die Verdammnis nachher desto schlimmer ausfällt. Aber bitte, fahre Er in seiner Erzählung doch fort. Was sagte sie noch?«

Ich gehorchte und sprach weiter: »Sie trug mir auf, ich solle mich in die Lebensbeschreibung meines hochgeehrten Herrn ein wenig einlesen, um mich nachher an ihr zu orientieren, denn auf die gleiche Art wolle sie ihren eigenen Lebenslauf durch mich beschreiben lassen, um ihn dann ebenfalls der ganzen Welt mitzuteilen, und zwar dem Simplicissimus zum Trotz, damit sich alle Welt über dessen Torheiten lustig machen könne. Ich solle mir, sagte sie, alle anderen Gedanken und Sorgen, die mich vielleicht noch plagten, aus dem Kopf schlagen, um mich desto besser dieser Aufgabe widmen zu können. Inzwischen wolle sie Schreibzeug und Papier besorgen, und nach getaner Arbeit werde sie mich so belohnen, dass ich mit ihr zufrieden sein müsse.

So hatte ich während der ersten beiden Tage nichts anderes zu tun, als zu lesen, zu fressen und zu schlafen, und ging in dieser Zeit die ganze Lebensbeschreibung meines hochgeehrten Herrn von vorn bis hinten durch. Doch als am dritten Tag das Schreiben losgehen sollte, gab es plötzlich Alarm. Nicht, dass uns jemand angegriffen oder verfolgt hätte. Es tauchte vielmehr nur eine einzige, als altes Bettelweib verkleidete Zigeunerin auf, die eine reiche Beute an Silbersachen, Ringen, Gedenkmünzen, Patengeld und allerhand Schmucksachen, wie man sie Kindern um den Hals hängt, zusammengeklaut hatte. Da gab es viel Zigeunerwelsch zu hören und einen raschen Aufbruch zu sehen. Die Courage, wie sich diese vornehmste Zigeunerin in ihrem *Trutz Simplex* selbst nennt, legte die Marschordnung fest, teilte das Lumpengesindel in verschiedene Trupps und erteilte Befehl, wer welchen Weg einschlagen solle und wie, wo und wann man an einem gewissen Ort, den sie ihnen nannte, wieder zusammenkommen solle. Nachdem die ganze Gesellschaft in einem einzigen Augenblick wie Quecksilber sich zerteilt

DAS 5. KAPITEL.

hatte und verschwunden war, zog die Courage selbst mit den tüchtigsten Zigeunern und Zigeunerinnen, allesamt gut bewaffnet, in einer so irrwitzigen Hast den Schwarzwald hinunter, als hätte sie selbst die Sachen gestohlen und würde deshalb von einer ganzen Armee gejagt. Und sie hörte nicht auf zu fliehen, und zwar stets über die höchsten Höhen des Schwarzwaldes, bis wir das Schutter- und das Kinzigtal, Peterstal und Oppenau, das Kappeler, das Saßwalder und das Bühler Tal hinter uns und die großen, hohen Waldungen oberhalb der Murg erreicht* hatten, wo wir dann wieder unser Lager aufschlugen. Ich wurde bei dieser eiligen Reise auf ein Pferd gesetzt, mit dem es mir erging, wie das bekannte Sprichwort verheißt: Wer selten reitet, dem tut der Arsch bald weh.

Ich wusste, dass dieser Trupp der Courage, der mit mir aus dreizehn Pferden und ebenso vielen Männern und Frauen, aber keinen Kindern bestand, das ganze Vermögen der übrigen Zigeuner, alles, was sie an Gold, Silber und Schmucksachen zusammengestohlen hatten, mit sich führte und verwahrte. Aber am meisten staunte ich, wie gut sich die Leute in dieser wilden, unbewohnten Berggegend auskannten und dass bei diesem sonst doch so unordentlichen Gesindel alles so geregelt zuging – ordentlicher als in manchem Haushalt! Noch in derselben Nacht, kaum dass wir ein wenig gegessen und ausgeruht hatten, wurden zwei Frauen in Landestracht verkleidet und nach Horb* geschickt, um Brot zu holen unter dem Vorwand, sie würden es für einen Dorfwirt kaufen. Ein anderer Mann ritt nach Gernsbach* und brachte gleich am nächsten Tag einige Fässchen Wein mit, die er angeblich einem Winzer abgekauft hatte.

An diesem Ort, mein hochgeehrter Herr Simplicius, hat die gottlose Courage angefangen, mir ihren *Trutz Simplex*, wie sie ihn betitelte, oder vielmehr die Beschreibung ihres lasterhaften Lebens in die Feder zu diktieren. Dabei sprach sie gar nicht Zigeunerisch, sondern in einer Sprache, die ihre

Klugheit erkennen ließ und auch, dass sie unter Leuten von Welt gelebt hatte und im Laufe ihres wundersam wechselhaften Lebens in der Welt viel herumgekommen war und darin viel erfahren und gelernt hatte. Mir fiel ihre Rachsucht auf, und fast möchte ich glauben, sie sei bei Anacharsis* selbst in die Lehre gegangen. Aus dieser gottlosen Neigung hat sie dann auch jenes Traktätchen unter ihrem Namen, dem Herrn zu Ehren, schreiben lassen, auf das ich hier nicht weiter eingehen, sondern, weil sie es ohne Zweifel bald drucken lassen wird*, nur hingewiesen haben möchte.«

Das 6. Kapitel. Der Autor bleibt beim vorigen Thema und erzählt, was für einen Dank er von der Courage als Schreiberlohn empfing.

Simplicius fragte, wie denn bei alledem der Springinsfeld ins Spiel gekommen sei und was die Courage mit ihm zu schaffen gehabt habe. Ich antwortete: »Wie gesagt, wenn ich mich recht erinnere, ist sie in Italien seine Mätresse oder vielmehr er ihr Knecht gewesen. Denn wenn wahr ist, was mir das alte Luder erzählte, hat sie ihm auch den Namen Springinsfeld verpasst.«

»Schweig, Schurke! Dass dich der Hagel erschlag!«, rief Springinsfeld. »Sonst schmeiß ich dir Blackscheißer – zum Teufel noch mal – die Kanne an den Kopf, dass dir der rote Saft nur so herunterrinnt.« Und schon griff er nach der Weinkanne, um seine Drohung wahr zu machen. Aber Simplicius war schneller und stärker als er, hielt ihn zurück und drohte gar, er werde ihn aus dem Fenster werfen, wenn er nicht friedlich sein wolle. Da kam auch schon der Wirt gelaufen und rief, wir sollten Ruhe geben, sonst wären die Gefängniswärter und Büttel rasch zur Stelle und würden den Anstifter des Streits oder gleich uns alle drei woanders unterbringen.

Das 6. Kapitel.

Obwohl ich vor Angst zu zittern begann und mich stillhielt wie eine Maus, wollte ich Springinsfelds Schimpfreden nicht auf mir sitzen lassen, sondern zum Bürgermeister gehen und wegen der erlittenen Beleidigung Anzeige erstatten. Doch der Wirt, der inzwischen Springinsfelds Dukaten erblickt hatte und einige von ihnen einzuheimsen hoffte, redete mir nun zusammen mit Simplicius gütlich zu, so dass ich es mir anders überlegte, obwohl Springinsfeld noch immer wütend knurrte wie ein böser, alter Hund. Aber zuletzt vertrugen wir uns wieder. Ich verzieh dem Springinsfeld seine Beleidigungen, nachdem er sich bei mir entschuldigt hatte, und sollte dafür, solange ich wollte, sein und des Simplicius Gast sein.

Nachher fragte mich Simplicius, wie ich von den Zigeunern wieder losgekommen sei und womit sie eigentlich ihre Zeit in den Wäldern verbrächten. Ich antwortete: »Mit Essen, Trinken, Schlafen, Tanzen, Herumscharwenzeln, Rauchen, Singen, Ringen, Fechten und Springen. Die Hauptarbeit der Frauen war Kochen und Feuermachen, aber hier und da saßen auch ein paar alte Hexen und unterrichteten die Jüngeren im Wahrsagen oder vielmehr im Lügen. Ein Teil der Männer stellte dem Wild nach, das sie zweifellos mit Zaubersprüchen zum Stillstehen brachten und dann mit abgetötetem Pulver, das kaum knallte, erlegten, denn Mangel an Fleisch von Wild- oder Haustieren habe ich bei ihnen nie bemerkt.

Wir hatten kaum zwei Tage still gelegen, da tauchte ein Trupp nach dem anderen wieder bei uns auf, auch solche, die ich bisher noch nicht gesehen hatte. Manche, die allerdings nicht ganz so freundlich empfangen wurden, ließen sich von der Courage – ich vermute, aus der Gemeinschaftskasse – Geld vorschießen, andere dagegen brachten Beute mit, und kein Trupp kam an, der nicht entweder Brot, Butter, Speck, Hühner, Gänse, Enten, Spanferkel, Ziegen, Hammel oder gar Mastschweine mitgebracht hätte, ausgenommen eine arme, alte Hexe, die statt der Beute nur einen himmelblauen Buckel heimbrachte, weil man sie bei ihrem verbotenen Handwerk ertappt und ihr eine Tracht Prügel verabreicht hatte.

Ich schätze, was man sich ja auch leicht denken kann, dass sie das Geflügel und anderes Kleinvieh entweder um die Dörfer und Höfe weggefüchselt oder bei den Herden weggewölfelt haben. Während nun jeden Tag solche Gesellschaften bei uns ankamen, zogen auch täglich andere wieder los – und zwar nicht immer als Zigeuner, sondern manchmal auch anders gekleidet, je nachdem, was für eine Diebstour sie sich vorgenommen hatten. So viel also, mein hochgeehrter Herr, zu den Geschäften der Zigeuner, die ich während meines Aufenthalts bei ihnen beobachtet habe.

Wie ich von ihnen dann wieder losgekommen bin, will ich meinem hochgeehrten Herren, weil er danach gefragt hat, nun aber auch erzählen, obwohl mir meine Bekanntschaft mit der Courage ebenso wenig zur Ehre gereicht wie dem Springinsfeld oder dem Simplicissimus selbst.

Ich brauchte nicht mehr als drei oder vier Stunden am Tag zu schreiben, weil sich die Courage nicht mehr Zeit zum Diktieren nahm. Nachher konnte ich dann mit den anderen herumspazieren, spielen oder mir auf andere Weise die Zeit vertreiben, wobei dann alle gern mittaten und die Courage selbst mir am häufigsten Gesellschaft leistete. Denn im Leben dieser Leute ist für Traurigkeit, Sorge oder Kummer kein Platz. Sie kamen mir vor wie Marder und Füchse, die in ihrer Freiheit leben und sich auf gut Glück, jedoch mit Vorsicht und List anschleichen, sobald sie aber eine Gefahr wittern, ebenso geschwind wie geschickt sich wieder aus dem Staub machen.

Einmal fragte mich Courage, wie mir dies freie Leben gefalle. Ich antwortete: ›Überaus gut!‹, und fügte, obwohl alles gelogen war, noch hinzu, ich hätte mir schon mehr als einmal gewünscht, auch ein Zigeuner zu sein.

›Mein Sohn‹, sagte sie, ›wenn du Lust hast, bei uns zu bleiben – das lässt sich leicht machen!‹

›Ja, meine Frau‹, antwortete ich, ›wenn ich nur die Sprache könnte!‹

›Die ist bald gelernt‹, sagte sie. ›Ich habe sie in weniger als einem halben Jahr begriffen. Bleibt nur bei uns. Zum Heiraten will ich Euch eine schöne Beischläferin verschaffen.‹

Ich antwortete, ich wolle mir noch ein paar Tage Bedenkzeit nehmen und überlegen, ob ich nicht anderswo doch ein besseres Leben finden könnte als hier. Aber das Studieren und Tag und Nacht über den Büchern zu hocken sei ich schon lange leid, wollte auch nicht arbeiten und erst recht kein Handwerk lernen und könnte obendrein, was das Schlimmste sei, nur auf ein geringes Erbe von Seiten meiner Eltern hoffen.

›Du bist klug und hast Verstand, mein Sohn‹, sagte das Rabenaas, ›und wirst leicht erkennen, worin der Vorzug unserer Manier zu leben gegenüber dem Leben anderer Menschen besteht, wenn du dir vor Augen führst, dass kein einziges Kind aus unserer Jugend zu einem Fürsten, auch nicht dem allergrößten, gehen würde, der es bei sich aufnehmen und aus ihm einen Herren machen wollte. Es würde solche hohe fürstliche Gnade, nach der sich andere, knechtisch gesinnte Menschen so sehr sehnen, für nichts erachten!‹

Ich gab ihr recht, wünschte ihr aber im Stillen, was ihr auch Springinsfeld gewünscht hat. Indem ich ihr nach dem Mund redete und tat, als wollte ich bei ihr bleiben, hoffte ich, desto eher die Freiheit zu bekommen, mit den anderen loszuziehen, und dadurch eine Gelegenheit zu finden, mich von ihr wieder loszumachen.

Gerade um diese Zeit kam ein neuer Trupp Zigeuner an und mit ihm eine junge Zigeunerin, die schöner war, als sonst die Allerschönsten unter diesen Leuten sind. Wie die anderen schloss auch sie bald Bekanntschaft mit mir – wobei man wissen muss, dass wegen des allgemeinen Müßiggangs das Tändeln und Plänkeln unter den ledigen Leuten dieses Volkes eine Gewohnheit ist, deren sie sich nicht schämen und die sie nicht scheuen – und begegnete mir so freundlich, holdselig und liebreizend, dass ich bestimmt angebissen hätte, wenn mich nicht die Sorge abgeschreckt hätte, ich müsste am Ende auch noch hexen lernen, und wenn mir nicht vorher die Courage von ihrer eigenen Leichtfertigkeit und ihrem lasterhaften Leben so ausgiebig erzählt hätte. Deshalb war ich besonders misstrauisch und vorsichtig, begegnete der Jungfer aber auch freundlicher als allen anderen.

Gleich nachdem wir Bekanntschaft geschlossen hatten, fragte sie mich, was ich denn da für die Frau Gräfin – so nannte sie die Courage – zu schreiben hätte. Als ich ihr zur Antwort gab, das brauche sie nicht zu wissen, war sie damit gleich zufrieden, und nachher glaubte ich, der Courage anzumerken, dass sie der Jungfer befohlen hatte, mir diese Frage zu stellen, um meine Verschwiegenheit auf die Probe zu stellen, denn ich Narr meinte noch immer, ihre Freundlichkeit mir gegenüber nehme immer mehr zu.

Damals war ich schon vierzehn Tage nicht mehr aus den Kleidern gekommen, so dass die Läuse bei mir immer mehr wurden. Ich klagte dieses heimliche Leiden meiner Zigeunerjungfer, worauf sie mich anfangs heftig auslachte und einen einfältigen Tropf nannte. Am nächsten Morgen jedoch brachte sie eine Salbe mit, die alle Läuse vertreiben würde, wenn ich mich nach Zigeunerbrauch nackt bei einem Feuer damit einreiben ließe, was sie, die Jungfer, gern besorgen würde. Ich genierte mich aber viel zu sehr und fürchtete außerdem, es könnte mir ergehen wie dem Apuleius*, der durch eine solche Salbe in einen Esel verwandelt wurde. Doch das Ungeziefer quälte weiter, und so grässlich, dass ich es nicht mehr aushielt und gar nicht anders konnte, als mich auf die Salbung einzulassen – aber nur unter der Bedingung, dass sich die Jungfer vorher von mir einreiben ließe. Nachher würde ich es so machen wie sie und ihr ebenfalls stillhalten. Zu diesem Zweck zündeten wir abseits des Lagers ein eigenes Feuer an und taten neben ihm, was wir verabredet hatten.

Die Läuse verschwanden zwar, aber am nächsten Morgen sah ich an Haut und Haaren so schwarz aus wie der Teufel selbst. Ich merkte es erst, als die Courage zu spötteln begann: ›Nun, mein Sohn, ich sehe, du bist, wie du es dir gewünscht hast, schon ein Zigeuner geworden.‹

›Nicht dass ich wüsste, verehrte Frau Mutter‹, entgegnete ich.

Sie aber sagte: ›Sieh dir mal deine Hände an!‹, und ließ einen Spiegel holen, in dem sie mir eine Gestalt zeigte, vor der ich erschrak, der ich aber wegen ihrer unmäßigen Schwärze nicht ansah, dass es meine eigene war.

›Diese Salbung, mein Junge‹, sagte sie, ›gilt bei uns so viel wie bei den Türken die Beschneidung. Und die dich gesalbt hat, die musst du zur Frau nehmen, ob sie dir gefällt oder nicht.‹ Bei diesen Worten brach das Teufelsgesindel in ein solches Gelächter aus, dass sie beinah zerplatzt wären.

Ich hätte fluchen mögen, was das Zeug hält, als ich sah, in was für einer Lage ich mich befand, aber was wollte oder sollte ich anderes tun, als mich dem Willen derer fügen, in deren Gewalt ich war?

›Na und?‹, rief ich. ›Was soll mir das? Meint ihr denn, diese Verwandlung machte mir großen Kummer? Hört auf zu lachen und sagt mir lieber, wann ich Hochzeit halten kann!‹

›Wann du willst! Wann du willst!‹, antwortete die Courage. ›Aber ein Pfaffe muss dabei sein.‹

Ich war mit dem Lebenslauf der Courage so gut wie fertig. Nur für den Schluss fehlten noch ein paar Diebstouren aus der Zeit, seit sie Zigeunerin geworden war, die sie mir aber noch nicht erzählt hatte. Deshalb fragte ich ganz höflich nach der versprochenen Bezahlung. Sie aber sagte: ›Was denn, mein Sohn? Du brauchst doch jetzt kein Geld! Nach deiner Hochzeit wirst du damit mehr anfangen können.‹

Ich dachte, das hat dir der Teufel eingegeben, um mich bei dir zu halten. Als sie sah, wie säuerlich ich dreinblickte, ernannte sie mich gleich zum Obersekretär der ägyptischen* Nation für ganz Deutschland und versprach mir, die Hochzeit mit ihrer Jungfer Cousine solle bei der nächsten sich bietenden Gelegenheit gehalten werden, und als Mitgift würde ich zwei schöne Pferde bekommen. Auch meine Jungfer-Braut ließ es an Freundlichkeit nicht fehlen, um mich in meinem Glauben zu bestärken.

Bald brachen wir wieder auf und marschierten gemächlich und in guter Ordnung, an die dreißig Männer, Frauen und Kinder, das Bühler Tal* hinunter – die Courage diesmal nicht in ihrem prächtigen Gewand, sondern gekleidet wie irgendeine alte Hexe. Ich war bei den Fourierern und half auf ein paar Bauernhöfen beim Quartiermachen, wobei ich mir ganz und gar nicht wie ein armer Wicht vorkam, sondern wie ein vornehmes Mitglied der ansehnlichsten Zigeunerzunft. Am nächsten Tag marschierten wir bis an den Rhein und übernachteten in einem Wald neben der Landstraße bei einem Dorf, wo es eine Furt gab, um am nächsten Tag den Rhein zu überqueren. Doch als der schwarze Sekretär am Morgen erwachte, war er ganz allein, denn die Zigeuner und seine Braut hatten ihn verlassen, und geblieben war ihm nichts als seine liebliche Farbe zur freundlichen Erinnerung an sie.«

Das 7. Kapitel. Die Gaukeltasche des Simplicius und was er mit ihr erlöst.

»Da saß ich denn, als wollte Gott mir nicht mehr gnädig sein, und hatte doch allen Grund, ihm zu danken, dass mich das liederliche Gesindel nicht ermordet und nicht mal im Schlaf durchsucht und mir das wenige Geld genommen hatte, das ich zu meinem Unterhalt noch bei mir trug. Und nun sagt

Das 7. Kapitel.

mir, Springinsfeld, was habt Ihr jetzt noch für einen Grund, auf mich zu schimpfen, da ich doch freimütig erzähle, dass mich dies schlimme Weib genauso betrogen hat wie Euch? Kaum einer, an den sie sich heranmacht, kann ihrer List und Bosheit entgehen, wie es ja selbst der ehrenwerte Herr Simplicissimus erfahren hat.«

»Keinen Grund habe ich, gar keinen, guter Freund!«, antwortete Springinsfeld. »So beruhigt Euch doch! Soll der Teufel die Hexe holen!«

»Ich bitte dich!«, antwortete ihm Simplicius. »Wünsch doch dem armen Luder nicht noch mehr Böses! Hörst du nicht, dass sie der Verdammnis ohnehin schon fast verfallen ist, dass sie bis über die Ohren im Sündenschlamm, ja, schon im Rachen der Hölle steckt? Bete lieber ein paar andächtige Vaterunser für sie, dass Gottes Güte doch noch ihr Herz erleuchten und sie zu wahrer Buße bringen möge.«

»Wie bitte?«, rief Springinsfeld. »Von mir aus soll der Donner sie erschlagen!«

»Da sei Gott vor!«, erwiderte Simplicius. »Ich sage dir, wenn du weiter so redest und nicht in dich gehst, wird zwischen deiner und ihrer Seligkeit keiner eine Treppe herunterfallen!«

»Was kümmert das mich?«, entgegnete Springinsfeld. Aber der gute Simplicius schüttelte nur seufzend den Kopf.

Es ging auf zwei Uhr am Nachmittag zu, und wir hatten alle drei mehr als genug verdrückt. Da fragte Springinsfeld den Simplicius, womit er eigentlich seinen Lebensunterhalt bestreite, und jener antwortete ihm: »Warte noch ein halbe Stunde, dann zeige ich es dir!« Kaum hatte er das gesagt, da tauchten sein Knan und seine Meuder* mit einem kräftigen Knecht auf. Sie trieben zwei Paar Mastochsen vor sich her und stellten sie in den Stall. Sogleich ließ Simplicius die beiden Alten aus der Kälte in die warme Stube holen, und sie sahen tatsächlich so aus, wie sie in seinem *Ewigwährenden Kalender* abgebildet sind.*

Als auch der Knecht hereinkam, hieß Simplicius den Wirt, auch ihnen eine Mahlzeit aufzutragen. Dann nahm er den Sack, den der Knecht mitgebracht hatte, und sagte zu Springinsfeld: »Jetzt komm, damit du siehst, wie ich meinen Lebensunterhalt verdiene!« Zu mir aber sagte er, wenn ich wolle, könne ich ebenfalls mitkommen.

Also spazierten wir zu dritt auf einen sehr belebten Platz, zu dem Simplicius einen Tisch, ein Maß neuen Wein und ein halbes Dutzend leere Gläser bringen ließ. Es sah aus, als wollten wir dort auf offenem Markt in der größten Kälte miteinander zechen. Bald hatten wir auch viele Zuschauer, aber sie blieben nicht lange stehen, weil die grimmige Kälte sie zum Weitergehen trieb. Springinsfeld sah es und fragte den Simplicius: »Bruder, willst du, dass ich dir die Leute hier zum Stillstehen bringe?«

»Das kann ich auch selbst«, antwortete Simplicius. »Aber wenn du magst, dann zeig mir, wie du es machst.«

Da zog Springinsfeld seine Geige hervor und fing an, Grimassen zu schneiden und gleichzeitig zu geigen. Er zog ein Maul mit drei, vier, fünf, sechs und sogar sieben Ecken, und während er geigte, musizierte er, wie schon im Wirtshaus, auch mit dem Mund. Da aber die Geige, die er im Warmen gestimmt hatte, in der Kälte nicht gut klingen wollte, ließ er die Rufe von allerhand Tieren hören, den lieblichen Waldgesang der Nachtigallen ebenso wie das fürchterliche Geheul der Wölfe und alles, was dazwischen liegt, wodurch wir binnen weniger Minuten einen Zulauf von mehr als sechshundert Menschen hatten, die vor Verwunderung Mund und Augen aufsperrten und die Kälte vergaßen. Schließlich befahl Simplicius dem Springinsfeld zu schweigen, damit auch er zu den Leuten sprechen könne.

»Ihr Herren«, begann er, »ich bin kein Marktschreier, kein Hausierer, kein Quacksalber und auch kein Arzt, sondern ein Mann der Künste! Hexen kann ich nicht, aber meine Künste sind so wundersam, dass viele sie für Zauberei halten. Dass dem aber nicht so ist, sondern alles hier mit rechten Dingen und natürlich zugeht, ist aus einem Buch zu ersehen, das ich hier bei mir habe und in dem sich genug Urkunden und Zeugnisse dafür finden.«

Mit diesen Worten zog er ein Buch aus seinem Sack* und blätterte es auf, um den Zuschauern seine Beglaubigungen vorzuweisen. Doch zum Vorschein kamen nur lauter weiße Seiten.

»Oje!«, sagte Simplicius. »Jetzt steh ich da wie Butter in der Sonne! Ist denn unter euch kein Gelehrter«, wandte er sich an die Menge, »der mir ein paar Buchstaben hier hineinblasen könnte?«

Ganz in seiner Nähe standen zwei Stutzer, von denen er einen bat, er möge doch einmal kurz in sein Buch blasen, wobei er ihm versicherte, es werde weder seiner Ehre noch seinem Seelenheil schaden. Nachdem der jungen Mann geblasen hatte, blätterte Simplicius wieder im Buch herum, und nun kamen lauter Waffen und Rüstzeug darin zum Vorschein.

»Ha«, sagte er, »diesem Kavalier gefallen Degen und Pistolen besser als Bücher und Buchstaben. Aus dem wird eher ein tapferer Soldat als ein Doktor. Aber was soll mir das Kriegsgerät in meinem Buch? Es muss wieder hinaus!«

Bei diesen Worten blies Simplicius selbst in das Buch, als wollte er alles, was es enthielt, herausblasen, und zeigte den Leuten im Herumblättern jetzt wieder nur lauter weiße Seiten, worüber sie sich sehr wunderten.

Nun wollte auch der zweite Stutzer, der neben dem ersten stand, in das Buch blasen, und als er das getan hatte, blätterte Simplicius wieder darin und zeigte ihm und den Zuschauern lauter Kavaliere und Damen.

»Seht her«, sagte er, »dieser Kavalier schmust und schäkert gern. Er hat mir lauter junge Burschen und Fräulein in mein Buch geblasen. Aber was soll ich mit all den Müßiggängern? Das sind lauter nutzlose Fresser, die ausgehalten werden wollen. Hinweg mit ihnen!« Dann blies er wieder durch das Buch und zeigte den Zuschauern beim Umblättern nichts als weißes Papier.

Als Nächsten ließ er einen ehrenwerten Bürger blasen, dessen Äußeres auf großen Reichtum schließen ließ. Dann blätterte er im Buch herum, zeigte den Zuschauern lauter Taler und Dukaten und sagte dazu: »Entweder dieser Herr hat viel Geld, oder er wird bald viel bekommen, oder er wünscht sich doch zumindest, eine ordentliche Summe zu besitzen. Aber das, was er mir gerade hier hereingeblasen hat, behalte ich für mich.« Mit diesen Worten hieß er mich, den Sack aufzuhalten, in den er, wie ich dabei sah, an die dreihundert Zinnbüchsen gepackt hatte, blies durch das Buch in den Sack hinein und sagte: »So muss man diese Kröten unterbringen.« Als er den Zuschauern das Buch nachher zeigte, war wieder nur weißes Papier darin.

Nun ließ er einen Mann von mittlerem Stand hineinblasen, und als nachher beim Blättern lauter Würfel und Karten zum Vorschein kamen, sagte er: »Der hier spielt gern – ich nicht! Deshalb müssen diese Karten wieder weg.« Und als er selbst wieder durch das Buch geblasen hatte, zeigte er den Leuten abermals nur weiße Seiten.

Ein Spaßvogel aus der Menge rief, er könne lesen und schreiben, und wenn er hineinbliese, würden schöne Zeugnisse erscheinen.

»Oh ja!«, rief Simplicius. »Diese Ehre soll Euch gleich zuteil werden« – hielt ihm das Buch hin, ließ ihn blasen, solange er wollte, zeigt ihm und den Zuschauern beim Umblättern lauter Hasen-, Esels- und Narrenköpfe und sagte dazu: »Wenn Ihr bloß meine und Eure Brüder hineinblasen wolltet, hättet Ihr es genauso gut auch bleiben lassen können.« Das Gelächter, das daraufhin ausbrach, hörte man viele Straßen weit. Simplicius aber sagte, er müsse dies Ungeziefer wieder vertreiben, könnte auch selbst an seine Stelle treten, blies dann wieder durch das Buch und zeigte den Zuschauern nachher weiße Blätter. »Ach«, rief er, »wie gut, dass ich die Narren wieder los bin!«

Es stand auch einer da, der war vom Trinken schon ganz rot um die Nase. Zu ihm sagte Simplicius: »Bitte, blast doch auch hinein, damit wir sehen, was Ihr könnt.« Der Mann folgte der Bitte, und nachher zeigte Simplicius ihm und den anderen nichts als Trinkgefäße.

»Ha«, sagte Simplicius, »das ist einer von meinem Schlag. Der trinkt gern, und ich stoß gern an.« Mit diesen Worten klopfte er an das Kännchen und sagte weiter: »Seht her, mein Freund, in diesem Kännchen steckt ein Ehrentrunk für Euch, den sollt Ihr bald genießen.«

Zu mir aber sagte er, ich solle die Gläser auf dem Tisch nacheinander füllen, was ich auch tat. Unterdessen blies er wieder durch das Buch, zeigte den Zuschauern abermals weiße Seiten und fügte hinzu, so viel Trinkgefäße hätte er diesmal gar nicht füllen können. Seine eigenen Gläser genügten für das eine Maß Wein, das er bei sich habe.

Zuletzt ließ er einen jungen Studenten in das Buch blasen, blätterte wieder und zeigte den Zuschauern lauter Geschriebenes.

»Endlich!«, rief er dazu. »Nun denn, ihr Herren, da sind sie, die Beglaubigungen, von denen ich vorhin gesprochen habe! Die will ich im Buch lassen. Diesen jungen Herrn hier aber werde ich für einen Gelehrten halten und auch ihm ein Glas spendieren, weil er mir wieder zu meinen wertvollen Urkunden verholfen hat.« Er schob das Buch in seinen Sack zurück und machte dieser Gaukelei ein Ende.

Stattdessen ließ er nun einen der Zuschauer in seinen Sack greifen und eine Büchse herausnehmen.

»Ihr Herren habt verstanden, was ich vorhin gesagt habe«, rief er. »Ich bin kein Arzt, sondern ein Mann der Künste. Das sage ich noch immer, und trotzdem könnte man mich einen Weinarzt nennen. Denn auch die Weine haben ihre Krankheiten und Gebrechen, die ich allesamt kurieren kann.

Ist ein Wein dickflüssig oder so zäh, dass er fast Fäden zieht, sorge ich, ehe man bis zwanzig zählen kann, dafür, dass er beim Einschenken schäumt und seine Geisterlein über den Rand des Glases springen. Ist er schwächlich oder mager und rot wie ein Fuchs, verhelfe ich ihm in drei Tagen wieder zu seiner natürlichen Farbe. Schmeckt er nach einem schimmligen Fass, verschaffe ich ihm in wenigen Tagen einen Geschmack, dass man ihn für Muskateller halten könnte. Ist er so sauer, als wäre er in Bayern oder Hessen gewachsen, und außerdem wegen seiner Jugend oder anderer Ursachen so trüb, dass man sich an ihm sättigen und ihn, wie mancherorts das nahrhafte Bier, sowohl zum Essen wie zum Trinken nehmen kann – nun, ihr Herren, dann mache ich aus ihm im Handumdrehen etwas, das ihr als einen Malvasier oder einen Spanier oder als irgendeinen anderen exzellenten oder wenigstens guten, alten Wein trinken könntet. Und von dieser letzten Kunst, weil sie die unglaublichste von allen ist, will ich euch hier eine Probe geben und vor Augen stellen, dass es mit ihr seine Richtigkeit hat.«

Nun gab er so viel, wie eine Erbse groß ist, aus der Büchse in ein Glas Wein und rührte alles gründlich um. Davon goss er dann in das erste Glas einen Tropfen, in das zweite zwei, in das dritte drei und in das vierte vier, wodurch der Wein in diesen Gläsern bald unterschiedliche Farben annahm, je nachdem, ob mehr oder weniger Tropfen hineingegossen worden waren. Das fünfte Glas, in das er nichts gegossen hatte, blieb, wie es war – ein junger, trüber, roher Wein, wie er in diesem Jahr gewachsen war. Dann ließ er die vornehmsten Leute aus dem Publikum diese Weine versuchen, und alle wunderten sich über die rasche Veränderung und die Unterschiede in Geschmack und Beschaffenheit dieser Weine.

»Ja, ihr Herren«, fuhr er fort, »nachdem ihr nun gesehen habt, dass es mit dieser Kunst seine Richtigkeit hat, sollt ihr auch wissen, dass eine erbsengroße Menge von diesem Elixier in einem Maß Wein oder eine solche Büchse voll in

Das 7. Kapitel.

einem ganzen Ohm* zu viel wäre, um den Wein im höchsten Grade zu verbessern und ihn dem spanischen Wein oder dem Malvasier ebenbürtig zu machen, es sei denn, man will einen jungen Wein verändern, der allzu sauer ist. Wer also Lust hat, lieber einen delikaten als einen sauren Wein zu trinken, der mag mir heute von diesem Elixier etwas abkaufen, denn morgen gibt es die Büchse nicht mehr, wie heute, für günstige sechs Batzen. Da werden die, die dann noch übrig sind, einen halben Gulden kosten – nicht, weil ich so dringend Geld brauche, sondern weil ich es mit diesem Elixier halte wie die Sibylle mit ihren Büchern.«*

Unser Publikum bestand in diesem Augenblick aus ungefähr tausend Personen, größerenteils erwachsene Männer, und als es ans Kaufen ging, hatte Simplicius kaum Hände genug, Geld einzunehmen und Büchsen herzugeben. Ich aber verteilte den übrigen Wein, den er mir jeweils mit seiner Mixtur zurichtete, und ehe eine halbe Stunde herum war, hatte er alle Büchsen gegen gutes Bargeld vertauscht und musste noch die Hälfte der Leute leer ausgehen lassen.

Nachher brachte er die Gläser und Gefäße wieder zurück, und als er dem Verleiher bezahlt hatte, was der verlangte, gingen wir wieder in unser Gasthaus, wo der Knan des Simplicius die vier Ochsen inzwischen für hundertdreißig Reichstaler verkauft hatte und dem Simplicius das Geld aushändigen konnte.

»Siehst du nun, womit ich meinen Lebensunterhalt verdiene?«, sagte Simplicius zu Springinsfeld.

»Allerdings!«, antwortete der. »Und ich hatte geglaubt, ich sei im Geldmachen der große Meister! Aber jetzt sehe ich, wie du mir darin überlegen bist. Ich glaube, gemessen an dir, ist selbst der Teufel nur ein mickriger Wurstzipfel.«

Das 8. Kapitel. Unter welcher Bedingung Simplicissimus den Springinsfeld seine Kunst lehrt.

»Mein Gott! Springinsfeld!«, sagte Simplicius. »Was hast du bloß für ein ungeschliffenes Mundwerk!«

»Das ist noch gar nichts«, erwiderte Springinsfeld. »Ich hab noch nicht die Hälfte von dem gesagt, was ich auf dem Herzen habe.«

»Und was hast du auf dem Herzen?«, fragte der andere.

»Ich habe das unbestimmte Gefühl«, antwortete Springinsfeld, »du bist, wenn ich so sagen darf, ein halber Hexenmeister oder hast zumindest einen ausgezeichneten Lehrmeister gehabt.«

»Und ich«, sagte Simplicius, »habe das sehr bestimmte Gefühl, du bist ein ganzer Narr, und zwar ganz ohne Lehrmeister! Du lieber Himmel, was habe ich bloß getan, dass du so böse von mir denkst?«

»Von deiner Blendkunst habe ich heute jedenfalls genug gesehen!«, antwortete Springinsfeld.

Darauf entgegnete Simplicius: »Es ist wirklich eine Schande mit dir – so alt und so lange in der Welt herumgelaufen, und noch immer so unbedarft, dass du natürliche Kunststücke und Kenntnisse, wie vorhin bei der Behandlung des Weins, und einfache Kindereien, wie meinen Auftritt mit dem Buch, für Zauberei und Blendwerk hältst!«

»Jawohl!«, sagte Springinsfeld. »Und nicht nur das. Ich sehe auch, wie das Geld auf dich nur so herunterschneit, während ich mir das meine mühsam erkämpfen und, wenn ich einen Vorrat davon habe und behalten will, sorgsam damit knausern und an Kleidern und Essen sparen muss.«

»Ein Phantast bist du«, sagte Simplicius. »Glaubst du etwa, dieses Geld bekäme ich ohne Schuften und Schnaufen einfach so? Mit vieler Mühe und hohen Kosten haben meine beiden Alten die vier Ochsen großgezogen und gemästet, und

Das 8. Kapitel.

um die Materia zu fertigen, die mir heute Geld einbrachte, habe ich fleißig laborieren müssen.«

»Und was ist mit dem Buch?«, fragte Springinsfeld. »Ist das etwa kein Blendwerk? Kommt da nicht doch ein bisschen Hexerei ins Spiel?«

Darauf erwiderte Simplicius: »Hast du schon mal von Taschenspielern und Gauklern gehört? Lauter Narren- und Kinderkram, über den ihr Einfaltspinsel euch nur deshalb wundert, weil er nicht in euren Holzkopf passt!«

So ging es zwischen den beiden noch lange hin und her, ehe Springinsfeld zuletzt sagte, er halte den Simplicius für einen glückseligen Menschen, wenn er sich diese Künste auf natürlichem Wege angeeignet habe. Dann bot er ihm zwanzig Reichstaler, wenn Simplicius auch ihm die Kunst beibringe, wie man aus einem Buch wahrsagen und mit ihm gaukeln könne. »Denn, lieber Bruder«, fügte er hinzu, »ich muss mich mit Betteln und mit meiner Geige ernähren. Was glaubst du, wie gut es mir zustatten käme, wenn ich bei einer Bauernkirmes oder einer Hochzeit meine Zuhörer mit einem solchen Schauspiel amüsieren und zum Staunen bringen könnte! Würde mir das nicht zehnmal mehr Heller bringen, als wenn ich nur meine alten Späße und Scherze triebe?«

»Guter Freund«, sagte Simplicius, »am besten käme es dir zustatten, wenn du deine alten Späße und Scherze, wie du sie nennst, ganz sein ließest. Überleg doch mal, du bist siebzig Jahre alt und stehst mit einem Bein im Grab, denn jederzeit kann dich der Tod besuchen. Andererseits hast du, wie ich gesehen habe, ein schönes Sümmchen Geld, mit dem du dich, solange Gott dir noch dein Leben gönnt, gut durchbringen kannst. Ich an deiner Stelle würde mir einen ruhigen Platz suchen, wo ich über mein Leben nachdenken, meine Missetaten bereuen, mich Gott zuwenden und fortan ihm allein dienen könnte. Du könntest dir in einem Spital leicht einen solchen Platz kaufen, oder in einem Kloster, wo du noch einen ganz passablen Torhüter abgeben würdest. Wir haben genug Unfug angestellt und Gott versucht, wenn wir bis ins hohe Alter der Welt unsere Torheiten aufgeklebt und uns in Sünden und Lastern wie die Säue im Morast gesuhlt und gewälzt haben. Aber noch viel schlimmer und eine viel größere Torheit ist es, wenn wir bis zum Ende darin verharren und nie an unser Seelenheil oder unsere Verdammnis und daher auch nie an unsere Umkehr denken!«

»Ein Narr wäre ich«, antwortete Springinsfeld, »wenn ich mein mühsam verdientes Geld in ein Kloster oder ein Spital steckte und dieses noch dafür belohnen würde, dass es mir meine Freiheit raubt!«

»Ein Narr bist du«, entgegnete Simplicius, »wenn du deine vermeintliche Freiheit genießen willst und dabei doch ein Knecht der Sünde, ein Sklave des Teufels und also leider auch ein Feind Gottes bleibst. Ich sage noch einmal: Ratsam und nützlich wäre es für dich, umzukehren und dich zu besinnen, ehe der Schlaf in ewiger Nacht und Finsternis dich überfällt. Denk daran, du kommst zwanzig Jahre vor mir an die Neige deiner Tage, und dein später Abend erinnert dich daran, dass bald Schlafenszeit ist.«

Springinsfeld antwortete: »Bruder, nimm zwanzig Taler für die Kunst von mir, die du mich lehren sollst, und überlass das Predigen den Pfaffen und denen, die ihnen zuhören wollen. Dafür will ich dir versprechen, trotzdem auch über deine Mahnungen nachzudenken.«

Da nun nichts auf der Welt so sinn- und nutzlos ist, dass es nicht auch zu etwas Gutem dienen oder verwendet werden könnte, wollte Simplicius mit seinem Buch, das er seine Gaukeltasche nennt, den Springinsfeld zum Besseren bekehren. Deshalb sagte er: »Hör mal, mein Freund! Hast du im Ernst geglaubt, es sei Zauberei oder zumindest Verblendung im Spiel, als du mich auf dem Markt mein Kunststück mit dem Buch vorführen sahst?«

»Ja«, antwortete Springinsfeld, »und ich würde es noch immer glauben, wenn ich dich jetzt nicht so fromm reden hörte.«

Das 8. Kapitel.

»Nun«, sagte Simplicius, »dann vergiss bis an das Ende deiner Tage nicht, was ich dir gerade gesagt habe und was für ein Wahn dich betrogen hat, und versprich mir, dich jedes Mal, wenn du das Buch gebrauchst, auch all dessen zu erinnern, was ich dir jetzt noch sagen werde. Dann will ich dich nicht nur die vermeintliche Kunst umsonst und ohne die zwanzig Reichstaler lehren, die du mir geboten hast, sondern werde dir dazu auch noch das Buch schenken, ohne das du die Kunst sowieso nicht vorführen kannst.«

Springinsfeld fragte, was denn das sei, dessen er sich immer, wenn er mit dem Buch umgehe, erinnern solle, und Simplicius antwortete ihm: »Wenn du den Zuschauern zuerst lauter weiße Blätter zeigst, so erinnere dich, dass dir Gott bei der heiligen Taufe das weiße Kleid der Unschuld wieder geschenkt hat, das du aber inzwischen mit allen möglichen Sünden vielmals besudelt hast. Wenn du dann die Kriegswaffen zeigst, so erinnere dich, was für ein schlimmes, gottloses Leben du im Krieg geführt hast. Kommst du an das Geld, so besinne dich, unter welchen Gefahren für Leib und Seele du ihm nachgejagt bist. Genauso erinnere dich bei den Trinkgefäßen deiner unflätigen Sauferei und bedenke bei den Würfeln und Karten, wie viel Stunden und wertvolle Zeit du nutzlos mit ihnen zugebracht hast, was für Betrügereien dabei vorgekommen sind und mit was für schrecklichen Gotteslästerungen der Allerhöchste dabei beleidigt worden ist. Bei den Knaben und Jungfrauen erinnere dich deiner Hurenjägerei, und wenn du zu den Narrenköpfen kommst, dann mach dir klar, dass jene, die sich von all diesen Lockungen der Welt betrügen und um ihr ewiges Seelenheil bringen lassen, ganz ohne Zweifel Narren sind. Wenn du aber die Schrift vorzeigst, so denke daran, dass die Heilige Schrift nicht lügt, die da sagt*, dass die Geizhälse, die Neider, die zornsüchtigen Haderkatzen, die Raufbrüder und Mörder, die Spieler und Säufer, die Hurenhengste und Ehebrecher das Reich Gottes schwerlich erlangen werden, und dass deshalb derjenige es einem Narren gleichtut, der sich von solchen Lastern verführen und schändlich um seine Seligkeit bringen lässt. Während dann die meisten deiner Zuschauer, und zwar die einfältigsten, glauben, du würdest sie verblenden, was doch in Wahrheit gar nicht der Fall ist, mache du dir klar, dass die allermeisten unverständigen Menschen vom Teufel und der Welt durch jene Laster, ohne dass sie es bemerken, verblendet und in die ewige Verdammnis gebracht werden.«

»Mein Bruder«, sagte hierauf Springinsfeld, »das ist mir alles viel zu viel. Wer, beim Sankt Peter, soll sich das denn alles merken?«

»Mein Freund«, antwortete Simplicius, »wenn du das nicht kannst, wirst du dir auch nicht merken können, wie du mit dem Buch umgehen sollst.«

»Na, das will ich schon lernen«, entgegnete Springinsfeld.

»Das Buch selbst«, sagte Simplicius, »wird dich dann an das erinnern, woran du meinet- oder vielmehr deinetwegen denken sollst.«

»Lieber geb ich dir die zwanzig Reichstaler«, sagte Springinsfeld, »und du erlässt mir diese Pflicht.«

Simplicius erwiderte: »Das wird Simplicius nun gerade nicht tun! Und zwar nicht bloß, weil das Buch und das Wissen, wie man mit ihm umgeht, ohne die erwünschte Besinnung so viel Geld nicht wert sind, sondern auch, weil Simplicius Bedenken hat, überhaupt den geringsten Heller von dir anzunehmen, da er nicht weiß, wie du dein Geld gewonnen und errungen hast. Wenn du mir nicht versprichst, dich stets an das zu erinnern, was ich dir gerade gesagt habe, bekommst du das Buch nicht, auch nicht für hundert Reichstaler in bar!«

Springinsfeld kratzte sich am Kopf und sagte: »Du machst mich ratlos. Ich sehe ja, dass du mich nicht ausnutzen und mir nicht schaden willst. Meiner Treu, Bruder! Da steckt etwas dahinter, was ich nicht verstehe. Daraus, dass du mir nicht schaden willst, indem du mein Geld nimmst, kann ich schließen, dass du es gut mit mir meinst und auf dem Gebot der Besinnung, das ich für eine schwere Bürde hielt, nur zu meinem Wohlergehen beharrst. Deshalb verspreche ich dir hiermit, sorgfältig alles zu beachten, was du als Preis für diese Kunst von mir verlangst.«

Hierauf zog Simplicius das Buch hervor und zeigte dem Springinsfeld alle Tricks und Griffe, und weil sie mich dabei zusehen ließen, konnte auch ich mir seine Beschaffenheit so genau einprägen, dass ich nachher gleich selbst eines hätte anfertigen können – wie ich es dann ein paar Tage später auch tat, um jene simplicianische Gaukeltasche in der ganzen Welt zu verbreiten.*

Das 9. Kapitel. **Tisch- und Nachtgespräche, und warum Springinsfeld keine Frau mehr will.**

Während Simplicius und Springinsfeld all dies miteinander besprachen und verhandelten, kam die Zeit des Abendessens. Ich wollte mir auf eigene Rechnung etwas bringen lassen, aber Simplicius bestand darauf, dass ich und Springinsfeld seine Gäste sein müssten – jener als sein alter Kamerad und neueingestellter Lehrling und ich, weil ich ihm heute eine so erfreuliche Mitteilung überbracht hätte, dass nämlich sein Sohn Simplicius gar nicht von der liederlichen Courage geboren worden sei. Außerdem sei es nur gerecht, wenn er mich für den mir entgangenen Schreiberlohn und für alles, was mir seinetwegen bei den Zigeunern sonst noch widerfahren sei, entschädige. Während wir so miteinander sprachen, erschien auch der junge Simplicius mit einem seiner Kollegen. Er studierte damals in der Stadt und hatte von der Ankunft seines Vaters gehört, war auch ein genauso riesenhafter Kerl wie dieser und sah ihm so ähnlich, dass jeder Ahnungslose ihn unschwer als dessen natürlichen Sohn erkennen konnte, auch wenn sich die elende Courage eingeredet hatte, sie habe den Simplicius mit einem fremden Kind so meisterlich betrogen.

Da setzten sich nun zu Tisch der Knan und die Meuder, der alte und der junge Simplicius samt seinem Kameraden, dem Studenten, den er mitgebracht hatte, sodann auch ich, Springinsfeld und der Knecht des Simplicius. Die Mahlzeit war gut, aber kurz, denn die beiden Alten wollten bald ins Bett. Sie könnten zwar nicht schlafen, sagten sie, aber die Ruhe tue ihnen gut. Deshalb wurde bei Tisch diesmal auch weniger gesprochen. Es geschah jedoch etwas, woraus ich ersah, dass es um Springinsfelds Gedächtnis und seine Auffassungsgabe so schlecht doch nicht bestellt war.

Jener Student wollte gern das Buch des Simplicius sehen. Von mehreren, die auf dem Markt dabei gewesen waren, hatte er es sich in allen Einzelheiten beschreiben lassen und fragte nun durch den jungen Simplicius den alten, ob nicht auch ihm die Ehre zuteil werden könnte, dieses Buch einmal zu sehen. Der alte Simplicius antwortete, es sei nicht mehr in seinem Besitz, bat jedoch den Springinsfeld, den beiden Studenten zu zeigen, was er heute gelernt habe. Gleich zog dieser das Buch hervor, blätterte unter den Augen der Studenten in den weißen Blättern herum und sprach: »So blank und unbeschrieben wie dieses weiße Papier sind eure Seelen erschaffen worden und in diese Welt gekommen. Und deswegen« – hier zeigte er ihnen die Seiten mit der Schrift – »haben euch eure Eltern hierher geschickt: damit ihr lernt und studiert, was geschrieben steht. Aber statt euch um die löbliche Wissenschaft zu kümmern, verlegt ihr Kerle euch darauf, das Geld« – hier zeigte er ihnen die verschiedenen Münzsorten – »sinnlos durchzubringen und zu verschwenden, es zu versaufen« – hier zeigte er die Trinkgefäße –, »zu verspielen« – hier kamen die Würfel und Karten zum Vorschein –, »zu verhuren« – hier die Damen und Edelleute – »und zu verduellieren« – hier die Waffen. »Aber ich sage euch, alle, die es so machen, gleichen denen, die ihr hier vor

Das 9. Kapitel.

Augen seht.« Und nun zeigte er ihnen die Narren-, Hasen- und Eselsköpfe und schob das Buch rasch wieder in seine Tasche. Dem alten Simplicius gefiel der Auftritt so gut, dass er zu Springinsfeld sagte, wenn er gewusst hätte, dass er, Springinsfeld, diese Kunst so rasch und gut begreifen würde, hätte er ihm nur das halbe Lehrgeld abverlangt.

Wie gesagt, wir saßen nicht lange beim Abendessen, aber mir fiel dabei doch auf, wie freundlich und ehrerbietig Simplicius seinen beiden Alten und diese wiederum ihm und seinem Sohn begegneten. Da sah und spürte man nichts als Liebe und Treue, und obwohl jeder alle anderen im höchsten Maße respektierte, war doch bei keinem etwas von Furcht zu spüren. Es herrschte zwischen ihnen vielmehr nur aufrichtige Vertraulichkeit. Der junge Simplicius wusste sich allen gegenüber am artigsten zu benehmen, und auch der Knecht – anders als die meisten seines Schlages, die oft grobe Klötze sind – zeigte mehr Zucht und Ehrbarkeit als mancher Edelmann, dem auch für Anstand und Benehmen ein privater Lehrer zur Verfügung steht. Ich wunderte mich, wie es dem einst so ungeschlachten, gottlosen Simplicissimus gelungen war, so viel Wohlverhalten in seinen Haushalt zu bringen und seine ebenso einfältigen wie raubeinigen Hausgenossen an so viel gute Gesittung zu gewöhnen.

Währenddessen war Springinsfeld ganz still. Ich weiß nicht, ob er sich über dies alles so wunderte, wie ich es tat, oder ob er über die Geheimnisse der simplicianischen Gaukeltasche grübelte, die ihm, wie mir schien, allerlei zu denken gab. Im Übrigen kann man wohl sagen, dass selten so unterschiedlich gekleidete Leute an einem Tisch Platz nehmen, um gemeinsam zu essen, wie es bei uns damals der Fall war. Der Knan glich einem alten, ehrbaren Dorfbürgermeister und die Meuder seiner Frau Bürgermeisterin. Der Knecht sah aus wie der Sohn dieser beiden und der alte Simplicius so, wie ich ihn weiter oben im zweiten Kapitel schon beschrieben habe. Der junge Simplicius und sein Kamerad sahen aus wie zwei Stutzer, der Springinsfeld wie ein Bettler und ich wie ein armer Blackscheißer oder Hauslehrer in seinem abgeschabten, schwarzen Rock.

Wir wurden in einer gemeinsamen Kammer untergebracht, weil Simplicius es so wollte und Springinsfeld dem Wirt hoch und heilig versichert hatte, er habe keine Läuse. Diese beiden bekamen jeder ein Bett für sich, während sich der Knan und die Meuder, die beiden Studenten sowie ich und der Bauernknecht jeweils ein Bett teilten. Dieser Knecht oder vielmehr sein Dunst setzte mir derart zu, dass ich trotz der großen Kälte die Nacht über meine Nase nicht lange unter der Decke hielt. Dazu bewies der alte Simplicius mit Schnarchen, dass er nicht nur einen tiefen Schlaf, sondern auch einen gesunden Magen hatte und viel verdauen konnte. Da wir früh zu Bett gegangen waren, schliefen wir die lange Winternacht nicht durch. Der Knan und die Meuder erwachten als Erste, und als er zu ächzen und sie darauf mit ihm zu plappern begann, wurden auch wir anderen wieder munter. Da Simplicius merkte, dass auch Springinsfeld schon wach lag, begann er, mit ihm zu reden, und erinnerte sich an die Zeit ihrer früheren Kameradschaft und ihre damaligen Erlebnisse. So ergaben sich denn allerlei Fragen: Wie es ihm seither ergangen sei? Wo in der Welt er sich inzwischen herumgetrieben habe? Welches sein Vaterland sei? Ob er dort keine Verwandten, nicht Frau und Kinder und eine Bleibe habe? Warum er so armselig und abgerissen herumlaufe, obwohl er doch ein ordentliches Sümmchen Geld beisammenhabe?

»Ach, Bruder«, antwortete Springinsfeld, »wenn ich dir alles erzählen wollte, würden die sieben Stunden nicht genügen, die uns von dieser langen Nacht noch bleiben. In meinem Vaterland bin ich vor kurzem gewesen. Weil ich dort aber nie etwas besessen habe, wollte es mir auch diesmal keine dauerhafte Bleibe gewähren, sondern ließ mich erkennen, in welcher Lage ich bin und dass ich weiter wandern muss wie der unstete Merkur. Ich habe dort keine Verwandten gefunden,

Das 9. Kapitel.

auch nicht über siebzehn Ecken, und erst recht keine Brüder oder andere nahe Angehörige. Selbst an meinen Stiefvater wollte sich kaum jemand erinnern, obwohl ich mich in seiner Heimat überall nach ihm und seinen Angehörigen umgehört habe. Wie hätte ich da etwas über die Verwandtschaft meines wirklichen Vaters und meiner Mutter erfahren können, von denen ich nicht mal weiß, wo sie geboren sind. So erklärt sich leicht, dass ich kein eigenes Haus besitze und deshalb auch weder Frau noch Kinder habe. Und warum, lieber Freund, sollte ich mich denn mit einer solchen Last beladen? Dass ich aber meine Pfennige zusammenhalte, ist bestimmt kein Fehler, zumal ich weiß, wie schwer sie zu beschaffen sind und wie tröstlich sie in der Verlassenheit und Mühsal des Alters sein können. Und dass ich schließlich so abgerissen herumlaufe, geschieht auch nicht ohne Grund, denn mein Stand und mein Interesse verlangen solche Kleider und manchmal noch viel schlechtere.«

»Ich meine trotzdem«, antwortete Simplicius, »wenn ich in deiner Haut steckte, wäre es für mich ratsamer, eine Frau zu haben, die mir im gebrechlichen Alter in aufrichtiger Liebe und Treue mit Hilfe, Rat und Trost zur Seite stände, als von aller Welt verlassen im Elend herumzukrauchen. Was glaubst du wohl, wie es dir ergehen wird, wenn du mal bettlägrig würdest?«

»O Bruder«, sagte Springinsfeld, »dieser Schuh passt nicht an meinen Fuß. Denn hätte ich eine Alte, müsste ich vielleicht mehr an ihr als sie an mir herumapothekern. Hätte ich eine Junge, wäre ich bloß der Anhang. Hätte ich eine im mittleren Alter, wäre sie womöglich bös und zänkisch. Wäre sie reich, würde ich verachtet. Wäre sie arm, müsste ich denken, dass sie mich nur wegen meinem bisschen Geld genommen hat – zumal sich jeder vorstellen kann, dass eine, die was hermacht, einen Stelzfuß gar nicht nehmen würde.«

»Ach«, sagte Simplicius, »wenn du dich vor jeder Hecke fürchtest, kommst du dein Lebtag nicht in einen Wald.«

»Ja, Bruder«, erwiderte Springinsfeld, »und wenn du wüsstest, wie schlimm es mir mit einer Frau ergangen ist, würdest du dich nicht so wundern. Gebranntes Kind scheut das Feuer.«

»Meinst du etwa die liederliche Courage?«, fragte Simplicius.

»Nicht doch!«, antwortete Springinsfeld. »Bei der hatte ich ein feines Leben, obwohl sie mir vor aller Augen immer wieder von der Leine ging. Aber was kümmerte das mich?! Sie war ja nicht meine Ehefrau!«

»Pfui!«, sagte Simplicius. »Red nicht so grob und frech daher. Denk daran, du bist hier bei ehrbaren Leuten! Aber sag mal, meinst du wirklich, weil dich eine betrogen hat, gäbe es überhaupt keine ehrliche Frau, die in Treue mit dir leben würde?«

Springinsfeld antwortete: »Das will ich nicht behaupten, aber eines steht fest: Alle Wohltaten, die eine Frau dem Mann erweist, sind teuer erkauft. Wenn die Frauen ihr Bestes geben, bringt es dem Mann nur lästige Kosten und Ausgaben, wodurch das, was er mit Mühe und Arbeit erworben hat, oft nutzlos verschwendet wird. Sobald ich eine Frau habe, ist eines ganz sicher: Jeder von meinen Dukaten ist jetzt nur noch einen Taler* wert. Spinnt sie, damit ich und sie ein Tuch auf den Leib bekommen, muss ich den Flachs, die Wolle und den Weberlohn bezahlen. Soll sie mir etwas kochen, muss ich Zutaten, Holz, Salz und Schmalz samt dem Küchengerät besorgen. Wenn sie mir etwas backen will, wer muss dann das Mehl dazu geben, wenn nicht ich? Und wer zahlt das Holz, die Seife und den Wäscherlohn, wenn sie mir und sich die Leinenwäsche säubern lässt? Und wie geht es erst zu, wenn man einen Haufen Kinder angehängt bekommt, was ich zwar nicht erfahren habe, aber auch nicht erfahren möchte – wenn das eine dann krank ist, das zweite gesund, das dritte faul, das vierte eigensinnig, das fünfte eselhaft und das sechste widerspenstig, ungehorsam und nichtsnutzig?«

Simplicius antwortete: »Du bist eben ein alter Kracher, der eine rechtschaffene Frau gar nicht verdient hat, sonst würdest du über den von Gott selbst eingesetzten und mit vielen Verheißungen gesegneten heiligen Ehestand ganz anders reden. Eine fromme, tugendhafte Frau ist ein Geschenk Gottes und eine Krone und Zierde für den Mann, und dich verdrießt es, dass der gütige Himmel dich einer solchen nicht für wert befunden hat.«

»Also wirklich, Simplicius«, sagte Springinsfeld, »sieh dir erst mal die eigenen Birnen an, bevor du dich über die von anderen Leuten auslässt.«*

Das 10. Kapitel. Springinsfelds Herkunft und wie er in den Krieg geriet.

»Ich finde, über Frauen haben wir genug geredet«, sagte Simplicius, »zumal ich sehe, dass ich dich doch nicht umstimmen oder dazu bringen kann, eine zu heiraten. Jetzt möchte ich aber von dir hören, woher du eigentlich kommst, wie du in den Krieg geraten bist und wie es dir darin ergangen ist, bis aus einem tapferen Soldaten ein so armseliger Stelzfuß wurde.«

Springinsfeld antwortete: »Da du dich nicht gescheut hast, deinen eigenen Lebenslauf durch den öffentlichen Druck aller Welt vor Augen zu stellen, will auch ich mich nicht schämen, den meinen hier im Dunkeln zu erzählen, zumal anscheinend schon bekanntgeworden ist, was sich zwischen mir und der Courage abgespielt hat, durch die wir beide, wie ich höre, zu Schwägern* geworden sind. So höre denn, woher dein Schwager stammt.

Meine Mutter war eine Griechin vom Peloponnes, aus einem vornehmen, alten Geschlecht und sehr reich. Mein richtiger Vater aber war ein albanischer Gaukler und Seiltänzer von geringer Herkunft und aus ärmlichen Verhältnissen. Als er mit einem zahmen Löwen und einem Dromedar in der Gegend, wo die Eltern meiner Mutter wohnten, herumzog und diese Tiere wie auch seine Künste für Geld sehen ließ, gefielen meiner Mutter, die damals ein junges Ding von siebzehn Jahren war, Gestalt und Wuchs seines Leibes so gut, dass sie sich gleich in ihn verliebte und es mit Hilfe ihrer Amme zuwege brachte, ihren Eltern genug Geld zu entwenden, um ohne Wissen und gegen den Willen ihrer Eltern mit meinem Vater wegzulaufen, was ihr auch glückte – zu ihrem Unglück. Dabei haben die beiden regulär geheiratet. Auf diese Weise verwandelte sich meine Mutter aus einer sesshaften, vornehmen Dame in eine umherschweifende Komödiantin. Mein Vater aber wurde ein halber Edelmann. Und ich selbst war die erste und letzte Frucht dieser ersten Ehe, denn kurz nach meiner Geburt stürzte mein Vater vom Seil, brach sich den Hals und machte viel zu früh aus meiner Mutter eine Witwe.

Heim zu ihren erzürnten Eltern getraute sie sich nicht, hielt sich damals allerdings auch über hundert Meilen* entfernt von ihnen in Dalmatien bei einer Schaustellertruppe auf. Sie war jedoch schön, jung und reich und hatte daher unter den Kameraden meines Vaters viele Verehrer. Der, von dem sie sich freien ließ, war ein gebürtiger Slawonier* und der Geschickteste von allen in dem Metier, das mein Vater ausgeübt hatte. Er zog mich auf, bis ich elf war, und brachte mir die Grundlagen seiner Kunst bei – Trompeten, Trommelschlagen, Geigen, Schalmei und Sackpfeife blasen, Taschenspielereien, durch den Reifen springen und andere Belustigungen und Kunststücke –, und es war leicht zu erkennen, dass mir all dies eher angeboren als zugeflogen oder anerzogen war. Außerdem lernte ich Lesen und Schreiben, dazu auch Griechisch von meiner Mutter, Slawonisch von meinem Vater und in der Steiermark, in Kärnten und den benachbarten deutschen Provinzen auch etwas Deutsch, kurzum,

Das 10. Kapitel.

ich wurde bald ein so lustiger, geschickter Gauklerknabe, dass mich mein Vater bei seinen Auftritten nicht mehr missen mochte und mich nicht für tausend Dukaten weggegeben hätte, auch wenn jeden Tag Jahrmarkt gewesen wäre.

In dieser Blüte meiner Jugend zogen wir vor allem in Dalmatien, Slawonien, Mazedonien, Serbien, Bosnien, in der Walachei, in Siebenbürgen, Russland, Polen, Litauen, Mähren, Böhmen und Ungarn, in Kärnten und der Steiermark herum. Als wir in diesen Ländern viel Geld verdient hatten und mein Stiefvater einmal die Eltern seiner Frau besuchen wollte (vor denen zu erscheinen er sich nicht scheute, weil er sich für einen reichen Mann hielt und wie ein Graf aufzutreten wusste), machten wir uns von Istrien auf den Weg nach Kroatien und Slawonien, um dann weiter durch Dalmatien, Albanien und Griechenland auf den Peloponnes zu gelangen, wo die Eltern meiner Mutter lebten.

Als wir durch Dalmatien kamen, wollte mein Vater seine Kunst auch in dem berühmten Ragusa* sehen lassen oder vielmehr dieser Stadt eine gehörige Abgabe auferlegen, denn sie war damals reich und blühte prächtig. Also suchten wir uns dort eine Unterkunft, aber nicht im Hospiz, sondern, wie wir es gewohnt waren, im besten Gasthof am Ort. Gleich am nächsten Tag wollte mein Vater eine Erlaubnis besorgen, die fremden Tiere, die er bei sich hatte, und seine Künste den Leuten gegen Geld vorzuführen. Die Erlaubnis wurde erteilt, und kaum war dies geschehen, da schickte er mich und meinen Stiefbruder, der sich weder in akrobatischer Geschicklichkeit noch in anderen Dingen mit mir messen konnte, mit einem Reifen, einer Gaukeltasche* und anderen Requisiten zum Hafen, wo wir auskundschaften sollten, ob es auf den dort liegenden Schiffen nicht etwas zu verdienen gebe. Ich gehorchte gern, denn mir schien, ich könnte den Schiffs- und Seeleuten mit meinen komischen Luftsprüngen Freude und Vergnügen machen. Doch ach! Ich kam an einen Ort, wo für mich aller Jammer, alles Elend und aller Schmerz begann.

Es lagen nämlich einige Schiffe segelfertig außerhalb des Hafens auf der Reede, die nur auf guten Wind warteten, um frisch angeworbene Truppen, darunter zwei Kompanien albanische Speerreiter, nach Spanien zu bringen; und wir gerieten zufällig ausgerechnet auf ein solches Schiff, denn die Leute von einem der Beiboote versicherten uns, es gebe dort ein ordentliches Trinkgeld zu verdienen, und brachten uns in ihrem Boot auch gleich hinüber. Wir hatten aber unsere Darbietung kaum begonnen, als sich im Norden ein Wind erhob, vor dem sich bequem aus dem Adriatischen in das Sizilianische Meer fahren ließ. Ihm überließen sie, nachdem die Anker gelichtet waren, ihre Segel und lehrten mich und meinen Bruder wider unseren Willen das Seefahren. Mein Bruder war vollkommen verzweifelt. Ich hingegen fand mich mit der neuen Lage ab, nicht bloß, weil ich von Natur aus alles eher auf die leichte Schulter nehme, sondern auch, weil mir ein Rittmeister, der sich in meine Gewandtheit geradezu verliebte, Berge von Gold versprach, wenn ich bei ihm bliebe und sein Page würde. Was hätte ich auch anderes tun sollen? Mir war klar, dass unseretwegen kein Schiff noch einmal umkehren würde und dass niemand in Ragusa wegen zweier entführter und nicht zurückgebrachter Gauklerjungen in See stechen, diese Schiffe verfolgen und mit ihnen eine Seeschlacht oder einen Krieg anfangen würde. Deswegen fügte ich mich geduldig in mein Schicksal und kam auch besser zurecht als mein Bruder, der vor lauter Kummer starb, bevor wir von Sizilien mit weiteren Fußtruppen wieder abfuhren, die wir dort an Bord genommen hatten.

Von dort gelangten wir in mailändisches Gebiet und dann weiter zu Land durch Savoyen, Burgund, Lothringen nach Luxemburg und somit in die Spanischen Niederlande, wo wir zusammen mit anderen Regimentern unter dem berühmten Ambrosio Spinola* den Feinden des spanischen Königs gegenüberstanden. Zu dieser Zeit war ich mit meinem Leben noch recht zufrieden. Ich war jung, mein Herr liebte mich

Das 11. Kapitel.

und ließ mich tun, was ich wollte. Weder erschöpften mich Gewaltmärsche noch andere Soldatenarbeiten, und ich wusste auch noch nichts vom verdrießlichen Hunger, der zu dieser Zeit bei unseren Soldaten längst nicht so bekannt war wie später im Deutschen Krieg, als ihn auch Obristen und Generäle kennenlernten.«

Das 11. Kapitel. **Drei wahre Geschichten von merkwürdigen Verschwendern.**

»Denen, die in den Krieg kommen, ergeht es oft wie Leuten, die das Hexen lernen. So wie diese, nachdem sie sich der heillosen Kongregation einmal angeschlossen haben, nur schwer oder vielleicht gar nicht mehr von ihr loskommen können, geschieht es den meisten Soldaten, dass sie, solange es gut läuft, nicht aus dem Krieg herauswollen und, wenn sie in Not geraten, nicht herauskönnen. Von denen, die gegen ihren Willen im Krieg festgehalten werden, bis sie entweder in einer Schlacht fallen oder auf andere Weise krepieren, zugrunde gehen oder gar Hungers sterben, könnte man sagen, dass es ihr Schicksal oder Verhängnis so mit sich bringt. Von denen aber, die reiche Beute machen und diese dann doch wieder nutzlos verschleudern, muss man wohl annehmen, dass der gütige Himmel ihnen ihr großes Glück nicht gönnt und an ihnen das Sprichwort sich bewahrheiten lässt: Wie gewonnen, so zerronnen – oder: Was mit Trommeln errungen wird, geht mit Pfeifen wieder dahin. Ich kenne drei denkwürdige Beispiele von drei einfachen Soldaten, die dies bestätigen und bei denen ich hier ein wenig verweilen muss.

Hier das erste*: Nachdem der berühmte Tilly Magdeburg entjungfert* und seine Untergebenen die Stadt ihrer Güter und Reichtümer beraubt hatten, erfuhr er, dass ein einfacher Soldat aus seinem Heer eine große Menge Bargeld in verschiedenen Währungen erbeutet und beim Würfeln gleich wieder verloren habe. Um die Wahrheit herauszufinden, ließ er den Mann vor sich kommen, und nachdem er von dem unglücklichen Spieler selbst vernommen hatte, dass die gewonnene und wieder vergeudete Summe sogar größer gewesen sei, als er von anderen gehört hatte (einige sprachen von dreißigtausend Dukaten, andere von noch mehr), sagte er zu ihm: ›Mit diesem Geld hättest du bis ans Ende deiner Tage genug gehabt und wie ein Herr davon leben können, wenn du es dir nur selbst gegönnt hättest. Weil du dir aber selbst nicht nützen und nichts Gutes tun wolltest, kann ich nicht sehen, wie du meinem Kaiser nützlich sein willst.‹ Damit entschied dieser General, den man im Übrigen als einen wahren Vater seiner Soldaten rühmte, dass der Bursche als eine unnütze Last der Erde in die freie Luft zu hängen sei, und das Urteil wurde auch sogleich vollstreckt.

Hier das zweite: Als der schwedische General Königsmarck* die Kleinseite von Prag überrumpelt und ein einfacher Soldat dabei ebenfalls über zwanzigtausend Dukaten in Münzen erbeutet, sie nachher aber in einer einzigen Partie wieder verspielt hatte, kam dies dem Königsmarck gleichfalls zu Ohren. Er ließ den Soldaten vor sich kommen, um ihn erst zu sehen und ihm nach Ermittlung der Wahrheit ebenfalls den Prozess machen zu lassen, und stellte ihn auch auf die gleiche Art wie Tilly zur Rede. Als aber dieser Soldat merkte, wie ernst seinem General die Sache war, sprach er mit unerschrockener Entschiedenheit: ›Es wäre nicht richtig, wenn Euer Exzellenz mich wegen dieses Verlustes aufhängen ließen, denn ich hoffe, in der Altstadt* eine noch viel größere Beute zu erringen!‹ Diese Antwort, die man als günstiges Omen ansah, erhielt dem kecken Burschen zwar sein Leben, aber die erträumte Beute brachte sie ihm nicht und erst recht nicht den Schweden die Stadt, obwohl ihre Armee sie hart bedrängte.

Und hier das dritte: Wer bei der kurbayerischen Armee das Infanterieregiment Holtz* kannte, wird ohne Zweifel auch

DAS 11. KAPITEL.

den sogenannten Obristen Lumpus gesehen oder doch zumindest von ihm gehört haben. Er war bei diesem Regiment Musketier, und kurz vor dem Friedensschluss trug er gar eine Pike*, und ich selbst habe ihn dort während des Waffenstillstands* in diesem Rang gesehen, so schlampig gekleidet, dass ihm sein Hemd hinten und vorn aus der Hose hing.

Diesem nun fiel in der Schlacht bei Herbsthausen* in Gestalt eines Fässchens voller französischer Dublonen eine Beute in die Hände, die er kaum davontragen und noch weniger zählen konnte, und erst recht konnte er den Reichtum nicht ermessen und errechnen, der so plötzlich über ihn gekommen war. Was tat nun der leichtfertige Lumpus, der das Ausmaß seines Glücks gar nicht erkannte? Er begab sich in eine Stadt und Festung in Bayern, an der sich einst der große Gustav Adolf die Zähne ausgebissen hatte*, so dass er sie nach den vielen herrlichen Siegen, die er errungen hatte, zuletzt doch unerobert hatte liegen lassen müssen. Dort putzte sich Lumpus wie ein Freiherr heraus und lebte wie ein Prinz, dem jedes Jahr ein paar Millionen zur Verfügung stehen. Er hielt zwei Kutscher, zwei Lakaien, zwei Pagen, einen Kammerdiener, alle in schöner Livree, und nachdem er sich auch eine Kutsche und sechs prächtige Pferde angeschafft hatte, reiste er über die Donau in die Landeshauptstadt*, wo er im besten Gasthof einkehrte, seine Zeit mit Essen und Trinken und täglichen Spazierfahrten verbrachte und sich einen neuen Namen gab – Obrist Lumpus.

Dieses herrliche Leben führte er ungefähr sechs Wochen, in deren Verlauf auch ein richtiger Obrist, nämlich sein eigener, der General von Holtz, in die Stadt kam und im selben Gasthof einkehrte, weil es dort ein besonders schönes Zimmer gab, in dem er zu wohnen pflegte, wenn er sich in der Stadt aufhielt. Der Wirt aber sagte ihm gleich, seine gewohnte Unterkunft sei für diesmal an einen fremden Edelmann vergeben, der ihm so viel Geld ins Haus bringe, dass er, der Wirt, ihn unmöglich bitten könne, das Zimmer zu räumen.

Der tapfere General hätte dies ohnehin nicht verlangt, dazu war er viel zu taktvoll. Weil er aber besser als Atlas* nicht nur alle Straßen und Wege, Wälder und Felder, Berge und Täler, Pässe und Flüsse, sondern auch alle Adelshäuser des Römischen Reiches kannte, fragte er nach dem Namen dieses Edelmannes. Als er nun hörte, dieser nenne sich Obrist Lumpus, und sich weder auf eine alte Adelsfamilie noch auf einen nicht-adeligen Offizier dieses Namens besinnen konnte, wurde er neugierig und wollte sich mit diesem Herrn unterhalten und ihn kennenlernen. Er fragte den Wirt, was jener für ein Mensch sei, und wurde noch neugieriger, als er erfuhr, der Herr sei zwar sehr gesellig, stets gut aufgelegt und gleichsam die Freigebigkeit in Person, aber doch nicht sonderlich gesprächig. Deshalb bat er den Wirt, er möge des Lumpus Einverständnis einholen, am selben Abend mit ihm, dem General, am selben Tisch zu essen.

Der Herr Obrist Lumpus hatte nichts dagegen und ließ zum Nachtisch in einer Schüssel fünfhundert Goldstücke – neue französische Pistolen – und eine goldene Kette im Wert von hundert Dukaten auftragen.

»Ich bitte Euer Exzellenz«, sagte er, »sich dieses Gericht gefallen zu lassen und mich dabei in bester Erinnerung zu behalten.«

Der von Holtz wunderte sich über die Gabe und antwortete, er wisse nicht, womit er ein solches Präsent des Herrn Obristen verdient habe oder in Zukunft verdienen könnte, und könne es deshalb auch nicht annehmen. Aber Lumpus bat ihn, ihm diese Schmach nicht anzutun. Es werde bald eine Zeit kommen, in der Seine Exzellenz selbst erkennen werde, dass er, Lumpus, zu diesem Geschenk verpflichtet sei, und er hoffe, von Seiner Exzellenz dann eine Gnade zu erlangen, die zwar keinen Pfennig kosten, dem Herrn General aber zeigen werde, dass dieses Geschenk klug angelegt gewesen sei. Da nun ein solcher Goldsegen noch seltener abgelehnt als ausgeteilt wird, wehrte sich auch der von Holtz nicht länger, sondern akzeptierte, weil Lumpus es unbedingt so wollte, die Kette ebenso wie das Geld und versicherte ihm höflich, er wolle sich dafür erkenntlich zeigen, sobald sich eine Gelegenheit dazu biete.

Nachdem der General abgereist war, verschwendete Lumpus auch weiterhin sein Geld. An keiner Wache ging er vorüber, ohne den Soldaten, die ihm salutierten, ein Dutzend oder wenigstens ein halbes Dutzend Taler zuzuwerfen, und so machte er es überall, wo sich ihm eine Gelegenheit bot, den reichen Herrn hervorzukehren. Jeden Tag hatte er Gäste und bezahlte auch täglich seinen Wirt, ohne ihm jemals auch nur einen Heller abzuziehen oder sich wegen einer übermäßig hohen Rechnung zu beschweren.

Aber wie man einen Brunnen rasch leerschöpfen kann, so erging es bald auch ihm mit seinem Geld, nämlich, wie gesagt, in sechs Wochen. Nun verkaufte er die Kutsche und seine Pferde. Aber was er dafür bekam, war bald ebenfalls vertan. Schließlich musste er sich von seinen stattlichen Kleidern samt der Unterwäsche trennen. Auch das jagte er alles durch die Gurgel, und als seine Diener sahen, dass sein Geld zur Neige ging, nahmen sie einer nach dem anderen ihren Abschied, und er ließ sie gern gehen. Zuletzt, als er nur noch das hatte, womit er herumlief, nämlich einen schlichten Anzug ohne einen Heller oder Pfennig, schenkte ihm der Wirt, weil Lumpus so viel Geld bei ihm gelassen hatte, fünfzig Taler für unterwegs. Doch Lumpus ging nicht weg, solange nicht auch diese Taler verzehrt waren. Der Wirt – entweder weil er so viel an ihm verdient oder ihn vielleicht sogar übers Ohr gehauen hatte und sich deshalb Vorwürfe machte, oder aus irgendeinem anderen Grund – gab ihm noch einmal fünfundzwanzig Reichstaler und bat ihn, sich damit auf den Weg zu machen. Lumpus aber blieb, bis er auch diese verzehrt hatte. Als er wieder mittellos dastand, schenkte ihm der Wirt noch einmal zehn Reichstaler als Zehrpfennig für unterwegs. Er aber antwortete, da es Zehrgeld sei, wolle er es lieber bei ihm verzehren als bei einem anderen, und hörte nicht damit auf, bevor nicht auch dieses Geld bis auf den letzten Heller weg war. Den Wirt begannen sonderbare Gedanken zu ängstigen, trotzdem gab er ihm noch einmal fünf Reichstaler, mit denen er sich nun endlich fortmachen sollte. Den Mann, den er zuvor Euer Gnaden genannt und anfangs untertänigst willkommen geheißen hatte, musste er am Ende duzen, um ihn loszuwerden. Und als er sah, dass jener auch die letzten fünf Reichstaler bei ihm verzehren wollte, verbot er seinem Gesinde, ihm dafür noch irgendwas zu geben.

Als Lumpus sich gezwungen sah, dieses Gasthaus zu verlassen, ging er einfach in ein anderes und löschte dort das allerletzte Fünkchen seines großen Schatzes mit Bier. Nachher kehrte zu seinem Regiment nach Heilbronn zurück, wo man ihn sofort in Eisen legte und ihm mit Erhängen drohte, weil er sich ohne Erlaubnis acht Wochen lang von seinem Regiment entfernt hatte. Um sich aus der Haft und vor dem Strick zu retten, musste sich der brave Obrist Lumpus seinem Obristen, den er dafür schon stattlich beschenkt hatte, nun offenbaren, worauf ihm dieser auch bald beides erließ, allerdings mit einem schweren Tadel, weil er so viel Geld so nutzlos verschwendet habe; worauf jener zu seiner Entschuldigung nur antwortete, er habe sein Lebtag keinen größeren Wunsch gehabt, als herauszufinden, wie ein großer Herr sich fühlt, der an allem genug hat. Mit Hilfe seiner Beute habe er das unbedingt erfahren müssen.«

Das 12. Kapitel. Springinsfeld wird ein Trommler und nachher Musketier, worauf ihn ein Bauer auch noch Zaubern lehrt.

Als Springinsfeld von diesen drei berühmten Verschwendern erzählt hatte und ein wenig innehielt, sagte Simplicissimus: »Dieser letzte handelte zwar ebenfalls reichlich töricht, aber doch vernünftiger als die beiden anderen. Ich kann mir keine größere Torheit unter den Menschen vorstellen, als wenn einer, der viel Geld hat, mit einem zu spielen anfängt, der wenig besitzt. Aber mit diesen Geschichten bist du von der Bahn deiner eigenen Lebensgeschichte abgekommen, auf die ich so gespannt bin. Wir waren bei den Spanischen Niederlanden stehengeblieben. Wie erging es dir dort weiter?«

Springinsfeld antwortete: »Ich kann nur sagen: Gut! Denn wenn ich den damaligen Krieg mit dem letzten vergleiche, dann war jener golden und dieser eisern. In jenem wurden die Soldaten ausbezahlt und eingesetzt, aber mit ihrem Leben wurde nicht leichtfertig gespielt. In diesem hingegen blieben sie unbezahlt. Dafür wurden die Länder ruiniert und durch Schwert und Hunger sowohl die Bauern als auch die Soldaten aufgeopfert, so dass man zuletzt fast gar nichts mehr bekommen konnte.«

Simplicius unterbrach ihn und sagte: »Entweder du sprichst im Schlaf oder du willst schon wieder abschweifen. Du erklärst uns den Unterschied zwischen den Kriegen und vergisst darüber schon wieder deine eigene Person. Also sag jetzt: Wie ist es dir selbst ergangen?«

»Ich muss doch wohl«, antwortete Springinsfeld, »ein wenig abschweifen dürfen, wenn ich an die guten Zeiten von früher denke und mich zugleich des späteren Elends erinnere. Aber die Fortsetzung meiner eigenen Geschichte geht so: Ich kam mit den Spaniern in die Unterpfalz*, als Ambrosio Spinola dieses glückliche Land wie mit einer Sintflut überfiel und in kurzer Zeit wunders wie viele Städte in seine Gewalt brachte. Da führte ich ein so zügelloses Leben, dass ich davon erkrankte und in Worms zurückblieb. Dorthin hatte sich Don Gonzalo de Cordoba zurückgezogen, nachdem er die Belagerung von Frankenthal* aufgeben musste, weil plötzlich der Mansfelder erschien, den Tilly bei Mannheim über den Rhein gejagt hatte. In Worms zeigte das Kriegsglück mir erstmals seine Tücke, denn ich musste mich mit Betteln durchschlagen und viele Schmähungen ertragen, weil ich völlig mittellos war. Sobald ich aber wieder etwas bei Kräften war, ließ ich mich von zwei anderen überreden, mit ihnen zu Tillys Armee zu gehen, die wir über Umwege genau in dem Augenblick erreichten, als sie auf Wiesloch* und damit auf den Mansfelder und ihr eigenes Unglück zumarschierte.

Ich war damals siebzehn* und für mein Alter ziemlich groß. Trotzdem hieß es, ich würde zum Rekruten noch nicht taugen. Aber einen besseren Trommler hätten sie nicht finden können. Deshalb nahmen sie mich auch und behielten mich als solchen, solange ich einer sein wollte. Bei Wiesloch bekamen wir zwar ein paar Schläge, aber die waren nichts, verglichen mit denen, die wir bei Wimpfen* nachher wieder austeilten. Unser Regiment kam bei Wiesloch gar nicht zum Einsatz, weil es der Nachhut angehörte, bei Wimpfen aber bewies es seine Stärke desto deutlicher. Ich selbst tat dort etwas Ungewöhnliches, packte meine Trommel auf den Rücken und nahm mir dafür von einem Gefallenen die Muskete und das Bandelier* und betätigte mich damit im vordersten Glied in einer Weise, dass mein Hauptmann und mein Obrist es geschehen lassen und sich auch gefallen lassen mussten. Damit erlangte ich nicht nur Beute, sondern auch so viel Ansehen, dass ich meine Trommel ablegen und von nun an eine Muskete tragen durfte.

Bei diesem Regiment half ich, den Braunschweiger erst am Main und dann noch einmal bei Stadtlohn zu schlagen*, und kam schließlich auch nach Holstein in den Dänischen Krieg*, ohne dass ich ein einziges Härchen Bart oder eine Verwun-

DAS 12. KAPITEL.

dung aufzuweisen hatte. Nachdem ich bei Lutter geholfen hatte, den König selbst zu besiegen, wurde ich kurz darauf, immer noch im gleichen jugendlichen Alter, eingesetzt, bei der Einnahme von Steinbrück, Verden, Langwedel, Rotenburg, Ottersberg* und anderen Orten mitzutun, und schließlich wegen meines vorbildlichen Verhaltens und durch die Gunst meiner Offiziere als Schutzwache an einen fetten Ort kommandiert, wo ich meinen Leib erquickte und meinen Beutel spickte.

Bei diesem Regiment bekam ich nacheinander auch drei Spitznamen. Zuerst nannte man mich General Furzer, weil ich, als ich noch Trommler war, auf einer Bank liegend den Zapfenstreich eine ganze Stunde und noch länger mit dem Hintern aufführen oder hören lassen konnte. Dann wurde ich der Hörnene Siegfried* genannt, weil ich mich einmal mit einem breiten Banddegen, den ich mit beiden Händen führte, allein gegen drei Kerle wehrte und sie dabei noch bös zurichtete. Den dritten Spitznamen verdankte ich einem Bauerntölpel, der dafür sorgte, dass die beiden anderen in Vergessenheit gerieten und ich wegen eines lächerlichen Streichs, den ich ihm spielte, nur noch Teufelsbanner genannt wurde. Und das kam so.

Einmal gab ich ein paar Pferdehändlern mit friesischen Pferden Geleitschutz von unserem Quartier in ein anderes und übernachtete, weil ich von dort nicht mehr am selben Tag heimkehren konnte, bei dem erwähnten Bauern, der schon einige Männer aus unserem Regiment bei sich liegen und gerade an diesem Tag zwei fette Schweine geschlachtet hatte. Es fehlte ihm an Betten, und eine warme Stube, wie man sie sonst auf den Bauernhöfen in dieser Gegend findet, gab es auch nicht. Daher logierte ich im Heu, nachdem mich der Bauer vorher mit verschiedenen Sorten guter, frisch gemachter Würste verköstigt hatte. Die schmeckten mir so gut, dass ich nachher keinen Schlaf fand, sondern wach lag und hin und her überlegte, wie ich mir auch die Schweine selbst verschaffen könnte. Weil ich wusste, wo sie hingen, machte ich mir die Mühe, stand auf und schleppte eine Schweinehälfte nach der anderen in ein Nebengebäude, wo ich sie unter dem Stroh versteckte, um sie mit Hilfe einiger Kameraden in der nächsten Nacht zu holen.

Früh am Morgen verabschiedete ich mich freundlich von dem Bauern und seinen Söhnen oder vielmehr den Soldaten, die bei ihm einquartiert waren, und machte mich auf den Weg. Doch der Bauer war so schnell wie ich in meinem Quartier und beklagte sich bei mir, ihm seien letzte Nacht zwei Schweine gestohlen worden.

›Wie bitte?‹, sagte ich. ›Du schlimmer Vogel, hältst du mich etwa für einen Dieb?‹ Dazu machte ich ein so wütendes Gesicht, dass dem armen Kerl angst und bange wurde, vor allem, als ich ihn fragte, ob er Schläge von mir wolle.

Weil er sich nun leicht ausrechnen konnte, was dabei herauskäme, wenn er mich dessen bezichtigte, was nur ich getan haben konnte und auch wirklich getan hatte, ohne dass er es mir nachzuweisen vermochte, verfiel dieser Schlaumeier auf einen anderen Dreh und sagte: ›*Min Herr, ik vertruwe ju nichtes Böse, maar iken hebbe mi segen laten, dat welche Kriegers wat Künste konnden maken, derlichen Sachen weder bitobringen. Wann jei dat künnt, ik sall ju twen Riksdaler geven.*‹*

Ich überlegte hin und her, weil wir trotz allem in unseren Quartieren doch Disziplin wahren mussten, und bald kam mir eine Idee, wie ich wenigstens die beiden Taler mit Anstand an mich bringen konnte.

›Nun, wenn das so ist, lieber Vater‹, sagte ich zu dem Bauern, ›dann bitte Er doch meinen Offizier, er möge mir erlauben, mit Ihm heimzugehen. Dann will ich sehen, was ich tun kann.‹

Er war einverstanden und begleitete mich zu meinem Korporal, der mir die gewünschte Erlaubnis umso lieber gab, als er an meinem Augenzwinkern sah, dass ich den Bauern betrügen wollte. Denn in den Quartieren dachten wir an nichts als unser Amüsement, seit wir den König von Dänemark aus dem Feld geschlagen, allen Belagerungen ein Ende gemacht und die ganze Halbinsel von Holstein, Schleswig und Jütland und alles, was zwischen Ost- und Nordsee, zwischen Norwegen, der Elbe und der Weser lag, befriedet hatten und beherrschten.

Bei der Ankunft im Haus des Bauern fanden wir den Tisch schon gedeckt und darauf ein Potthast*, außerdem ein Stück kaltes Rindfleisch aus dem Salz, Räucherschinken, Knackwürste und dergleichen mehr wie auch einen guten Schluck Hamburger Bier. Ich zog es allerdings vor, erst meine Kunst zu vollbringen und nachher zu schlemmen. Deshalb zeichnete ich mit blankem Degen *en Mitts opper Deelen** zwei ineinandergefügte Kreise und in den Ring zwischen ihnen einige Pentalphen oder Drudenfüße und andere närrische Kritzeleien, die mir gerade einfielen, und als ich fertig war, sagte ich zu den Leuten, die mir zusahen, wer sich fürchte oder leicht zu erschrecken sei und den grausigen Anblick des leibhaftigen Teufels und seiner Mutter scheue, möge sich zurückziehen. Da gingen alle weg, bis auf einen Böhmen, der ebenfalls bei diesem Bauern im Quartier lag und bei mir blieb – nicht weil er beherzter war als die anderen, sondern weil er auch gern zaubern lernen wollte, wenn er nur einen Lehrmeister gehabt hätte.

Wir verschlossen und verriegelten die Tür, damit uns niemand bei der Arbeit störte, und nachdem ich dem Böhmen befohlen hatte, wegen der Gefahr für Leib und Leben keinen Laut von sich zu geben, trat ich mit ihm in den Ring, worauf er gleich anfing zu zittern wie Espenlaub. Da ich nun einen Zuschauer hatte, musste ich dafür sorgen, dass es auch etwas zu sehen gab, und veranstaltete eine große Beschwörung, die natürlich in einer fremden Sprache vorgetragen werden musste. Also verdrehte ich die Augen und sagte mit seltsamen Gebärden auf Slawonisch: ›Hier stehe ich inmitten der Zeichen, die die Einfältigen zum Narren halten und die Narren zur Raison bringen. Deshalb sage du mir, General Furzer, wo der Hörnene Säufried die vier Schweinehälften versteckt hat, die er letzte Nacht dem närrischen Bauern gestohlen hat, um sie in der nächsten Nacht mit seinen Genossen vollends wegzuschaffen.‹ Und nachdem ich diese Beschwörung ein paarmal wiederholt hatte, machte ich so seltsame Gauklersprünge in meinem Ring und ließ dabei so viele Tierstimmen hören, dass der Böhme, wie er mir nachher selbst sagte, vor Angst in die Hose gemacht hätte, wenn er meine alberne Beschwörung nicht verstanden hätte. Bald wurde es mir jedoch zu viel, und ich gab mir mit hohler, dumpfer Stimme wie aus weiter Ferne selbst die Antwort: ›Die vier Schweinehälften liegen im Nebengebäude über dem Stall unterm Stroh verborgen.‹ Damit war meine Zauberarbeit getan, der Böhme aber konnte sich das Lachen kaum verkneifen, bis wir aus dem Ring getreten waren.

›O Bruder, was bist du für ein Halunke, die Leute so zu foppen!‹, sagte er auf Böhmisch, worauf ich ihm in der gleichen Sprache antwortete: ›Und du bist ein Schuft, wenn du dieses Geheimnis nicht für dich behältst, bis wir das Quartier hier wieder verlassen haben. Denn so muss man die Bauern kratzen – sie wollen es nicht anders.‹

Er versprach, nichts zu verraten, tat dann aber noch viel mehr, indem er, als er den anderen von den Geistererscheinungen berichtete, die er bei dieser Darbietung gesehen habe, so viele Einzelheiten hinzulog, dass diejenigen, die draußen vor dem Haus gestanden und mich nur gehört hatten, alles glaubten und es überall als vollkommen glaubwürdig herumerzählten, so dass man mich für einen Schwarzkünstler hielt und Bauern und Soldaten mich den Teufelsbanner nannten. Ich bekam auch bald mehr Kundschaft, und wenn ich länger bei diesem Regiment geblieben wäre, hätte wohl so mancher von mir auch noch verlangt, Reiter auf dem Feld oder gar ganze Parteien und Schwadrone unsichtbar zu machen. Jener Bauer aber, nachdem er seine Schweinehälften wiederhatte, gab mir mit großem Dank die beiden Reichstaler und lud mich und seine Soldaten ein, den ganzen Tag nach Herzenslust zu fressen und zu saufen.«

Das 13. Kapitel. Durch was für Zufälle Springinsfeld wieder ein Musketier bei den Schweden, dann ein Pikenier bei den Kaiserlichen und schließlich ein Freireiter wird.

Die alte Meuder, die wie der Knan diese Erzählung mit anhörte, meldete sich zu Wort: »Du alter Scheißer, da bist du also ein richtiger Bauernschinder gewesen – ein gewiefter Hühnerfänger!«

»Was sagt Ihr da, Mutter?«, entgegnete Springinsfeld. »Hühnerfänger? Glaubt Ihr denn, ich hätte mich mit solchem Kinderkram und Firlefanz abgegeben? Was keine vier Füße hatte, war unter meiner Würde – und schwach durften die Viecher auch nicht sein! Alte Kühe waren das Geringste, was ich als Beute überhaupt in Erwägung zog. Von denen habe ich allerdings manchmal so viele stehlen helfen, dass sie, wenn man sie hintereinander jede mit dem Schwanz an die Hörner der nächsten gebunden hätte, von hier bis zu Eurem Bauernhof gereicht hätten, auch wenn der, wie ich höre, an die vier Schweizer Meilen* von hier entfernt liegt. Was meint Ihr wohl, wie viel Pferde, Ochsen, Mastschweine und fette Hammel ich gestohlen habe? Glaubt Ihr, dass ich bei all dem großen Viehzeug noch Zeit gehabt hätte, an das kleine zu denken – Hühner, Gänse, Enten?«

»Ja, ja«, sagte die Meuder, »darum hat der liebe Gott dir auch das Handwerk gelegt und einen Fuß genommen, damit du dich aus dem Krieg heraushältst, die ehrbaren Bauern ungeplagt lässt und dich zur Buße für deine Diebstähle mit Betteln durchschlagen musst.«

Springinsfeld lachte laut hierüber und sagte: »Beruhigt Euch, liebe Mutter. Euer Simplicius hat es um kein Haar besser gemacht als ich, und trotzdem hat er noch beide Füße, woran Ihr klar und deutlich sehen könnt, dass ich mich an den Bauern nicht versündigt und nicht ihretwegen meinen Fuß verloren habe. Die Soldaten sind dazu erschaffen, die Bauern zu piesacken, und wer von ihnen das nicht tut, der hat seinen Beruf verfehlt.«

Die Meuder antwortete, der Teufel in der Hölle werde ihnen dafür ihren Lohn schon geben, denn wenn ein gütiger Vater sein Kind genug gezüchtigt habe, werfe er die Rute ins Feuer.

»Nein, Mutter, Ihr irrt Euch«, sagte Springinsfeld. »Denkt an den alten Spruch:

Sobald ein Soldat wird geboren,
Sind ihm drei Bauern auserkoren.
Der erste, der ihn ernährt,
Der zweite, der ihm ein schönes Weib beschert,
Und der dritte, der für ihn in die Hölle fährt.

Und das ist auch ganz richtig so, denn in dem Durcheinander des vorigen Krieges haben es manche Bauern viel schlimmer getrieben als selbst die braven Soldaten, denn sie haben nicht nur die Krieger, ob schuldig oder unschuldig, ermordet, wo sie ihrer habhaft wurden, sondern auch die eigenen Nachbarn und sogar die eigenen Verwandten bestohlen, wann immer sie konnten.«

Simplicius sagte: »Wozu lange disputieren? Da waren die einen wie die anderen. Die Bauern wurden von den Soldaten Schelme genannt, und jene nannten diese Diebe. Hiernach zu urteilen, gab es im ganzen Land keinen ehrbaren oder redlichen Mann mehr. Deshalb war es so nötig, dass der große Friedensschluss alles Geschehene ungeschehen und jeden wieder redlich machte. Aber jetzt erzähle du, wie es dir weiter

Das 13. Kapitel.

erging, und vor allem, wo du den Heldennamen Springinsfeld aufgetrieben hast.«

»Den hat mir«, antwortete Springinsfeld, »die Courage aufgesattelt, dieses Rabenaas. Ich würde am liebsten von dieser Hexe gar nicht reden, wenn der Fortgang meiner Geschichte es nicht forderte. Zu diesem Luder kam ich, nachdem ich mich ihretwegen aus meinem damaligen Regiment freigekauft hatte. Aber ich kann nicht sagen, ob ich ihr Mann war oder ihr Knecht. Ich schätze, ich war beides, und obendrein auch noch ihr Narr, und deshalb wäre es mir lieber, die Geschichten, die sich zwischen mir und ihr abgespielt haben, wären nicht bekanntgeworden. Da ihr Schreibknecht sie nun aber in ihrem ehrenwerten Lebenslauf offenbart hat, soll sie, wer unbedingt will, dort nachlesen.* Ich habe keine Lust, die Hörner, die sie mir verpasst hat, auch noch selbst herumzuzeigen, sondern begnüge mich mit dem Gedanken, dass sie dir nicht weniger zugesetzt hat als mir. Denn das steht fest, nicht wahr, Simplicius, dass ihre liebreizende Schönheit eine solche Kraft hatte, dass sie noch ganz andere Kerle als mich an sich gezogen hat. Ja, sie hätte es verdient gehabt, von den vornehmsten und ehrbarsten Edelleuten hofiert zu werden, wäre sie nicht so gottlos und verrucht gewesen. Aber sie war von einer solchen Gier nach Geld besessen, dermaßen abgefeimt und raffiniert, es zu ergattern, und in ihrer Geilheit so ganz unersättlich, dass ich der festen Meinung bin, der hätte sich nicht versündigt, der ihr, um Holz für den Scheiterhaufen zu sparen, einen halben Mühlstein um den Hals gehängt und sie ohne Urteil und Gericht ins Wasser geworfen hätte. Als sie mich satt war, schaffte es diese Zauberin mit Schmiergeld und aus eigener Kraft, wovon sie mehr als genug hatte, dass ich sie gegen den Willen meines Herzens verlassen musste. Sie gab mir zwar Geld, ein Pferd, Kleider und Rüstzeug mit, aber dazu auch noch den Teufel im Glas, dessentwegen ich große Angst ausgestanden habe, bis ich ihn endlich ohne Schaden wieder loswurde.

Nachdem ich dieses Untier also verlassen hatte und unter dem Generalwachtmeister von Aldringen* erst nach Württemberg, dann nach Thüringen und schließlich nach Hessen gekommen war, haben wir uns dort mit anderen Einheiten vereinigt und hiermit doch nur erreicht, dass wir wieder wie der Schnee vergingen. Ich selbst wurde beim Parteigehen von den Schweden gefangen und musste bei ihnen Musketier werden, bis mich die Kaiserlichen in der Nähe von Bacharach wieder erwischten, nachdem ich den Schweden vorher geholfen hatte, Würzburg, Wertheim, Aschaffenburg, Mainz, Worms, Mannheim und andere Orte einzunehmen.* Nun wurde ich nach Westfalen geschickt, um unter dem berühmten Pappenheimer* die dortigen Bistümer des Kurfürsten von Köln vor den Hessen schützen zu helfen.

Ich musste eine Pike tragen, was mir so zuwider war, dass ich mich fast lieber hätte aufhängen lassen, als mit einer solchen Waffe längere Zeit zu kämpfen. Ich verstand den Schwaben nicht*, der sich ein halbes Dutzend solcher Stangen gegriffen hatte – mir waren die achtzehn Schuh von einer schon zu viel. Deshalb überlegte ich immerzu, wie ich sie in Ehren wieder loswerden könnte. Ein Musketier ist zwar eine arme, schwergeplagte Kreatur, aber verglichen mit einem elenden Pikenier, lebt er in herrlicher Glückseligkeit. Der bloße Gedanke, was für ein Elend diese armen Kerle auszustehen haben, macht einen schon verdrießlich, und es in Worte zu fassen noch viel mehr. Wer es nicht selbst erfahren hat, macht sich keine Vorstellung davon. Deshalb glaube ich, dass jemand, der einen Pikenier niedermacht, wenn er ihn eigentlich auch verschonen könnte, im Grunde einen Unschuldigen ermordet und eine solche Tat durch nichts gerechtfertigt werden kann. Denn obgleich diese armen Schiebochsen, wie man sie mit Spitznamen nennt, aufgestellt werden, um ihre Brigaden vor den Attacken der Reiter auf dem freien Feld zu schützen, tun sie selbst doch niemandem was zuleide, und wer einem von ihnen in den Langspieß rennt, der hat es

Das 13. Kapitel.

nicht anders verdient. Kurz, ich habe in meinem Leben viele Kämpfe gesehen, bei denen es hoch herging, aber selten beobachtet, dass ein Pikenier jemanden umgebracht hätte.

Wir lagen an der Weser bei Hameln, als ich einen Kameraden überredete, mir seine Muskete für eine Diebstour zu leihen und meine Pike zu nehmen, bis ich zurückkäme und Beute mitbrächte. Es glückte mir, denn zu dritt – einer von uns ein Einheimischer, der alle Wege und Winkel kannte – spürten wir einen Güterwagen auf, der von Bremen nach Kassel unterwegs war und als Begleitschutz nur einen hessischen Musketier bei sich hatte. Diesen Wagen verfolgten wir bis in den Wald bei Harzberg*, und als er die Stelle erreichte, die wir dafür ausersehen hatten, schossen wir den Musketier, den Fuhrmann und den Knecht gleich nieder, denn wir hatten vorher verabredet, wer sich wen vornehmen sollte. Nachher spannten wir sechs schöne Pferde aus, öffneten in der Eile so viele Ballen und Fässer, wie wir konnten, und fanden viel Seide und englisches Tuch. Das Allerbeste aber steckte in einem Fässchen voller Musterkarten für Seidenstoffe, nämlich an die zwölfhundert Reichstaler, die ich zwar fand, aber redlich mit meinen Kameraden teilte. Dann jagten wir zurück, dass es fast über die Kräfte unserer Pferde ging. Indem wir so in kurzer Zeit eine weite Strecke hinter uns brachten, entgingen wir aller Gefahr und trafen bei den Unseren in dem Augenblick wieder ein, als Pappenheim gerade aufbrach, um den Banér*, der Magdeburg belagerte, zu vertreiben.

Banér jedoch, bevor wir bei ihm anlangten, suchte sein Heil in hastiger, ungeordneter Flucht, war aber doch nicht so schnell, dass er uns nicht einige hundert Mann aus seiner Nachhut hätte überlassen müssen. Und nachdem wir die Lage geklärt, die Garnison übernommen und die Befestigungen, die Wälle und Bollwerke der Stadt oder vielmehr des Steinhaufens, der von ihr noch übrig war*, gründlich zerstört und gesprengt hatten, erwirkte ich mit einem recht ansehnlichen Geschenk bei meinem Hauptmann die Entlassung, denn ich gehörte ohnehin nicht zu ihm, sondern zu einem Dragonerregiment, das sich damals bei Tillys Armee befand.

So wurde ich die leidige Pike wieder los, rüstete mich und einen Knecht so gut aus, wie ich konnte, und schloss mich als Freireiter* einem Kavallerieregiment an, bis ich wieder zu meinem ursprünglichen Regiment gelangen würde.«

Das 14. Kapitel. **Erzählt von Springinsfelds weiterem Glück und Unglück.**

»Bei dieser Einheit nahm ich teil am Glück des Pappenheimers, der nach diesem gelungenen Streich in Westfalen herumfuhr wie ein Wirbelsturm. Das war ein Leben, wie ich es mir seit langem wünschte. Während er den Städten Lemgo, Herford, Bielefeld und anderen seine Abgaben auferlegte*, bestahl ich die Dörfer und die Bauern auf dem Land. Bei der Einnahme von Paderborn fiel für mich zwar keine Beute ab, aber als wir den Banér mit seinen vier Regimentern überfielen und dem Herzog Georg von Lüneburg* eins auswischten, blieb das Glück meiner gewohnten Verwegenheit treu und verschaffte mir desto größeren Raub. Vor Stade, wo wir den schwedischen General Tott* schlugen und es genauso machten wie davor in Magdeburg, nahm ich einen Rittmeister gefangen und mit ihm eine goldene Kette im Wert von dreihundert Dukaten. Außerdem trieben ich und mein Knecht so viele Pferde zusammen, dass wir als Pferdehändler hätten auftreten können, und da sich mein Geld wie mein Glück vermehrte, begann ich zu überlegen, ob ich nicht auch Offizier werden könnte.

Egal, wohin wir kamen – wir siegten und legten Ehre ein, außer in Maastricht*, wo wir die Holländer aus ihren Schanzen nicht vertreiben konnten. Mit dem Landgrafen

Das 14. Kapitel.

von Hessen und dem Baudissin* sprangen wir um, wie es uns gefiel, und dem Herzog von Lüneburg, der mit aller Kraft Wolfenbüttel einzunehmen versuchte, brachten wir das Springen bei, indem er sich vor uns mit einem Satz in den Schutz der braunschweigischen Artillerie retten musste.* Nachdem wir Hildesheim bezwungen hatten, eilte unser Pappenheimer dem Wallenstein und der künftigen Schlacht bei Lützen* zu, als sei er auf eine Hochzeit geladen, in der dann auf beiden Seiten die tapfersten Helden und ruhmreichsten Generäle ihrer Zeit gleichsam mitten in ihrem Glückslauf statt mit Lorbeer-, mit Kränzen der Demut aus Myrrhe und Rauten gekrönt wurden.

Als dort der große Gustav Adolf und unser ruhmreicher Pappenheimer, beide ritterlich streitend, zur gleichen Zeit und auf dem gleichen Flügel ihr Leben gelassen hatten, wobei der Graf kaum eine Viertel- oder halbe Stunde länger gelebt haben soll als der König, erhob sich hüben wie drüben die wütende Grausamkeit der kämpfenden Soldaten erst recht. Jede Seite stand fest wie eine unverrückbare Mauer, und was in der Schlacht tot niederfiel, bildete mit den entseelten Körpern vor den eigenen standhaften Leuten eine Brustwehr bis an den Nabel, als sei diesem Schlachtfeld, nachdem es mit dem Kämpferblut zwei so tapferer Helden getränkt war, eine sonderbare Kraft und Wirkung zuteil geworden, die Toten und die Lebenden auf ihm noch einmal zu kräftigen und zu dem, was ein rechtschaffener Soldat bei solchen Gelegenheiten leisten soll, anzuspornen, so dass beide Armeen in ihrer Standhaftigkeit verharrten, bis die stockfinstere Nacht die übriggebliebenen, ermatteten Reste der streitbaren Heere auseinanderbrachte.

Noch in derselben Nacht zogen wir in Richtung Leipzig und von dort nach Böhmen, als müssten wir fliehen, obwohl unser Gegner die Kraft gar nicht hatte, uns zu jagen. Und als ich bei Tage wieder zur Besinnung kam, stellte ich fest, dass ich in der Schlacht meinen Knecht und beim Tross den

Jungen und meinen ganzen Besitz verloren hatte. Diesen letzten Schaden hatten mir allerdings unsere eigenen Leute zugefügt, und da das Gleiche auch anderen widerfahren war, wurden viele der Täter aufgehängt, wodurch ich das Meinige aber auch nicht zurückbekam.

Diese Schlacht und der darin erlittene Verlust waren nur der Anfang und eine Art Vorzeichen oder Vorspiel des Unglücks, das mich dann noch länger begleiten sollte. Denn nachdem die Leute des Generals Aldringen mich erkannt hatten, musste ich als Dragoner in das Regiment zurückkehren, bei dem ich mich vorher schon als ein solcher hatte anwerben lassen. So fand nicht nur meine Karriere als Freireiter ihr Ende. Weil ich alles verloren hatte außer dem, was ich am Leib trug, war vielmehr auch die Hoffnung futsch, jemals Offizier zu werden.

In dieser Stellung habe ich dann als redlicher Soldat geholfen, Memmingen und Kempten einzunehmen* und den Schweden Forbus* zu striegeln, habe aber bei diesen drei Gelegenheiten nichts anderes erbeutet als die Pest, und zwar als wir mit Wallenstein nach Sachsen und Schlesien zogen. Ich und ein anderer aus meiner Kompanie blieben wegen dieser scheußlichen Krankheit zurück und leisteten einander auch in unserem Elend getreulichen Beistand.

Wenn ich mir überlege, was für jämmerlichen Zufällen ein Soldat immer wieder ausgesetzt ist, wundert es mich doch sehr, dass nicht dem einen oder anderen die Lust vergeht, in den Krieg zu ziehen. Aber noch mehr wundere ich mich, wenn ich sehe, dass alte Soldaten, die viel Unglück erlitten, manche Not ausgestanden, auch viel erfahren haben und ihren Feinden oft nur mit knapper Not entronnen sind, dem Krieg dennoch nicht den Rücken kehren, es sei denn, der Krieg selbst kommt ins Stocken oder sie taugen nicht mehr, in ihm weiterzukommen oder auszuharren. Ich weiß nicht, was für ein sonderbarer Unverstand da an uns haftet, schätze aber, es ist eine ähnliche Torheit, wie sie die Hofleute

Das 14. Kapitel.

plagt, die sich aus dem Hofleben, über das sie doch jeden Tag murren, erst zurückziehen, wenn sie bei ihrem Prinzen in Ungnade gefallen sind und abtreten müssen, ob sie wollen oder nicht.

Wir blieben in einem Städtchen, das von unserer Seuche auch befallen war, und zwar bei einem Bader, der unser Geld so dringend brauchte wie wir seine Medizin, wenngleich jeder von dem, woran es dem anderen mangelte, selbst nicht mehr viel hatte. Denn der Bader war arm, und wir waren nicht reich. Deshalb musste die goldene Kette, die ich bei Stade erwischt hatte, jeden Tag ein Glied hergeben, bis wir wieder gesund waren. Als wir uns das Reiten wieder zutrauten, machten wir uns auf den Weg durch Mähren nach Österreich, wo unser Regiment gute Winterquartiere bekommen hatte.

Aber ein Unglück kommt selten allein. Schwach und noch halb krank, wie wir beide waren, wurden wir von einer Rotte Räuber, die wir eher für Bauern als für Soldaten gehalten hatten, angegriffen, unserer Pferde beraubt, bis auf die nackte Haut ausgezogen und obendrein mit Schlägen traktiert. Wir konnten kaum unser Leben retten und zum Schutz vor der grausamen Winterkälte ein paar von ihren Lumpen als Ersatz für unsere Kleider erlangen. Aber das nützte kaum mehr, als wenn wir uns in zerrissene Fischernetze gehüllt hätten, denn um uns war alles Stein und Bein gefroren.

Ich hatte ein paar Glieder von meiner Goldkette noch rechtzeitig verschlucken können, die nun mein ganzer Trost und meine einzige Hoffnung waren. Aber der Teufel muss den Kerlen das verraten haben, denn sie behielten uns zwei Tage bei sich, bis sie sie aus dem Exkrement gepult hatten – und am Ende konnte ich froh sein, dass sie mir nicht den Bauch aufgeschnitten hatten, sondern mich lebendig laufenließen. In diesem Elend, als es uns an allem fehlte, an Geld, Kleidern, Waffen, Gesundheit und bequemem Reisewetter, konnten wir hier und da ein paar Leute dazu bringen, dass sie uns mit einer Unterkunft für die Nacht und einem Stück Brot aushalfen, wobei es uns zustatten kam, dass wir beide keine *niemezy* oder *niemey*, also weder deutsch noch stumm waren, sondern das Slawische sprechen konnten. Mit solchem Geplapper habe ich denn von den mährischen Landleuten sowohl Essen als auch alte Kleider erbettelt, die uns zwar nicht zierten, aber besser und dicker gegen die grimmige Winterkälte wappneten. So armselig sind wir dann durch Mähren geschlichen, mussten viel Elend ausstehen und haben uns von den Bauern, die den Soldaten nie gewogen sind, mehr spitzige Schmähreden als willige Gaben und Almosen eingehandelt.«

Das 15. Kapitel. Wie heldenhaft sich Springinsfeld in der Schlacht bei Nördlingen geschlagen hat.

»Als wir bei unserem Regiment anlangten, wurden wir mit Pferden und Rüstzeug neu versehen, der Wallensteiner hingegen in Eger umgebracht*, weil er, so hieß es, vorgehabt hatte, mit der ganzen Armee zum Feind überzulaufen, das Erzhaus Österreich zu stürzen und sich selbst zum König von Böhmen zu machen. So wurde dieses hochlöbliche erzfürstliche Haus zwar gerettet, zugleich aber wurde auch das kaiserliche Kriegsheer, dessen Obristen man zum Teil der Beteiligung an Wallensteins schändlicher Verschwörung verdächtigte, für nicht verwendbar befunden, so dass man zunächst seine Treue prüfen musste und wir deshalb alle einen neuen Eid auf den Kaiser ablegen sollten. Diese Verzögerung brachte wiederum eine Schwächung der kaiserlichen Position im Krieg mit sich, denn inzwischen gewannen die schwedischen Generäle durch die Einnahme mehrerer Städte gewaltig an Boden, bis endlich der unüberwindliche dritte Ferdinand*, damals König von Ungarn und Böhmen, selbst zu den Waf-

Das 15. Kapitel.

fen griff. Er musterte uns und führte uns in einer Stärke von sechzigtausend Mann samt einer unvergleichlichen Artillerie nach Bayern und vor Regensburg*, das ich früher, nachdem ich mich von der Courage hatte trennen müssen, mit List einzunehmen geholfen hatte. Dort erhielt ich zusammen mit meinem General von Aldringen* und Johann von Werth* den Befehl, gegen die Schweden unter Gustav Horn vorzurücken. Besonders heiß ging es dabei in Landshut* auf der Brücke her, wo mir nicht nur mein Pferd unter dem Hintern, sondern, was viel schlimmer war, auch unser rechtschaffener General von Aldringen totgeschossen wurde.

Nachdem Regensburg und Donauwörth an uns übergegangen waren* und der spanische Kardinalinfant Ferdinand* sich mit uns vereinigt hatte, zogen wir auf das Ries und belagerten Nördlingen. Zu dieser Zeit war ich, weil mir das Winterquartier schlecht bekommen war, weil ich lange krank gewesen war und seit langem nichts Ansehnliches mehr erbeutet hatte, ein unberittener und fast besitzloser Schlurf, so dass mich keiner beachtete oder irgendwohin kommandierte, als die Schweden kamen, um die belagerte Stadt zu entsetzen. Als es nun dabei zu einer sehr blutigen Schlacht* kam, beschloss ich, hier auch für mich selbst etwas zu holen, und wenn es mich das Leben kosten sollte. Denn ich wollte lieber tot sein als wie ein Faulpelz dastehen und zuschauen, wie tapfer andere, ordentlich und gut gerüstete Soldaten Jagd auf die guten Sachen machen. Und weil es mir gleichgültig war, ob der Kaiser oder der Schwede siegen würde, solange ich nur meinen Anteil daran bekam, mischte ich mich ganz unbewaffnet in das Getümmel, als der Ausgang der Schlacht noch auf der Kippe stand und die Heere größtenteils hinter Rauch und Staub verdeckt waren. Kurz darauf jedoch wandte die schwedische Reiterei der Schlacht den Rücken zu, weil sie sahen, dass ihre Sache verloren war. Als aber der Herzog von Lothringen*, Johann von Werth, die Ungarn und die Kroaten sie wieder zurücktrieben, und zwar genau über die Stelle, wo ich mich aufhielt, um rasch die dort herumliegenden Toten zu durchsuchen und zu plündern, musste ich mich immer wieder fallen lassen und so tun, als sei ich selbst einer von denen, die ich doch berauben wollte. Das tat ich mehrere Male, bis Verfolgte und Verfolger den Platz endgültig überquert und allein den Toten und Halblebenden überlassen hatten, denen sich unterdessen noch einmal etliche hinzugesellt hatten.

Ich war kaum wieder aufgestanden, als mich ein stattlicher, gut gerüsteter Offizier um Hilfe anrief, weil er sich selbst nicht helfen konnte. Er lag dort und hielt sein Pferd am Zaumzeug gepackt, das eine Bein zerschossen, das andere noch im Steigbügel hängend.

›Ach, Bruder‹, sagte er, ›hilf mir!‹

Ja, dachte ich, jetzt bin ich dein Bruder, vor einer Viertelstunde hättest du mich keines Wortes gewürdigt, außer dass du mich vielleicht einen Hund genannt hättest.

›Welches Heer?‹, fragte ich.

›Gut schwedisch!‹, antwortete er.

Darauf nahm ich mit der einen Hand sein Pferd beim Zaum, griff mit der anderen nach einer seiner Pistolen und beendete damit den letzten Rest seines bittenden Lebens. Dies ist nun die Wirkung der verfluchten Schusswaffen, dass ein armseliger Feigling dem tapfersten Helden, nachdem ihn irgendein nichtsnutziger Stallbursche vorher womöglich zufällig verletzt hat, damit sein Leben nehmen kann. Ich fand Goldstücke bei ihm, die ich nicht kannte, so groß, wie ich noch nie welche gesehen hatte. Sein Wehrgehänge war mit Gold- und Silberstickerei verziert, das Degengefäß war aus Silber, und sein Hengst war ein unvergleichliches Soldatenpferd, wie ich mein Lebtag noch keines bestiegen hatte. Das alles nahm ich mir und saß auf, als ich Gefahr witterte und mich nicht getraute, noch länger bei dem Mann zu verweilen oder ihn gar auszuziehen. Als ich dann die erbeuteten Pistolen wieder lud – denn die Pistolenhalfter oder Büchsenscheiden, wie die Bauern sie nennen, waren, wie damals üblich, mit Patronen gut gefüllt –, musste ich mit einem tiefen Seufzer daran denken, dass heutzutage der unüberwindlich starke Herkules, wenn er noch lebte, von dem armseligsten Pferdejungen genauso niedergeschossen werden könnte wie dieser brave Offizier.

Im Galopp ritt ich den Unseren nach und fand sie nur noch damit beschäftigt, totzuschlagen, gefangen zu nehmen und Beute zu machen – lauter Anzeichen, die besagten, dass sie den Sieg errungen hatten. So machte ich mir die Mühe anderer zunutze und schloss mich den Siegern bei ihrem Geschäft an, wobei allerdings nicht mehr viel für mich abfiel, außer dass ich noch genug zusammenraffte, um mich damit einzukleiden. Die anderen Männer aus meinem Regiment hatten allerdings auch nicht viel Glück, der eine mehr, der andere weniger, obwohl sie alle tapfer gekämpft hatten.«

Das 16. Kapitel. **Wo Springinsfeld nach der Nördlinger Schlacht herumzieht und wie er von Wölfen belagert wird.**

»Als nach dem Erfolg in dieser gewaltigen, berühmt gewordenen Schlacht das große, siegreiche Heer des Kaisers geteilt und in verschiedene Länder geschickt wurde, bekamen auch alle Provinzen, wohin diese Verbände gelangten, die Wirkung dieses blutigen Treffens zu spüren, und zwar nicht nur, was das Schwert, der Hunger oder die Pest, diese drei Hauptstrafen der Menschheit, jede für sich allein anzurichten vermögen, sondern auch, wie grausam sie gemeinsam, in wohlgestimmter, schrecklicher Harmonie die Menschen in ihr Grab tanzen lassen können. Meinen Anteil an dem Unglück, mit dem die damalige Elendszeit gleichsam ganz Europa heimsuchte, überstand ich an den Ufern des Rheins, die mehr als alle anderen deutschen Flussläufe von Trübsal überschwemmt wurden, indem sie zuerst das Schwert, dann den Hunger, zum Dritten die Pest und zuletzt alle drei Plagen gleichzeitig ertragen mussten. In dieser unruhigen Zeit, die allerdings viele zur ewigen Ruhe oder Unruhe beförderte, half ich wieder dem Kaiser, Speyer, Worms, Mainz und andere Orte einzunehmen.* Da aber der Herzog Bernhard von Weimar auf den Flügeln, die ihm das französische Geld verlieh, am Rhein herumschwebte und durch immer neue Vorstöße (indem er an diesem Fluss mit seinen Einheiten wie mit einer Zwickmühle beim Mühlespiel zu agieren verstand) nicht nur die dortigen Landstriche verwüstete, sondern teilweise auch seine eigenen Kräfte, vor allem aber unsere Armee, die damals von Graf Philipp von Mansfeld kommandiert wurde, ruinierte, und dies sogar, ohne große Schläge auszuteilen – nun, da verlor auch ich! Nicht nur das Pferd, das mir vor Nördlingen zuteil geworden war, sondern auch mein gutes Geld, das ich dort bekommen hatte. Denn wenn mir ein Pferd verreckte, so kaufte ich mir ein anderes – wo wir auch hinkamen, überall standen sie herum und zeugten auf ihre Weise vom Untergang unserer Armee – und zahlte dafür mit meinen spanischen Reales, meinen englischen Jakobinern* und den italienischen Umgickern* wie mit goldenen spanischen und englischen Kopfstücken*, wobei ich diesen großen Gold- und Silbermünzen, je nachdem, einen Wert von ein, zwei oder drei kleinen Silbermünzen beimaß – ein Kurs, zu dem sie mir jeder gern abnahm, solange ich noch welche hatte.

Als ich auf diese Weise meinen Reichtum – so wie das ganze Land den seinen – in kurzer Zeit erschöpft hatte, ging der kleine Rest unseres einst so glanzvollen Regiments nach Westfalen*, wo wir unter dem Grafen von Götz* Dortmund, Paderborn, Hamm, Unna, Kamen, Werl, Soest und andere Städte einnehmen halfen. Soest wurde damals meine Garnison, wo ich dann auch mit dir, mein lieber Simpli-

Das 16. Kapitel.

cius, Bekanntschaft und Kameradschaft schloss, und weil du längst weißt, wie ich dort gelebt habe, ist es unnötig, davon zu erzählen.*

Du warst aber kaum ein Dreivierteljahr vorher vom Feind gefangen genommen worden, und der Graf von Götz war kaum ein Vierteljahr aus Westfalen abmarschiert, als der Kommandant von Lippstadt, der Obrist Saint-André*, Soest eroberte. Damals verlor ich alles, was ich im Laufe der Zeit ergattert und mir vom Mund abgespart hatte. Das und mich selbst bekamen nämlich zwei Kerle* aus der Garnison in Coesfeld, wo ich mich nun wieder als Musketier verwenden lassen und so lange hinter der Stadtmauer gedulden musste, bis sowohl die Hessen als auch die französischen Weimarischen über den Rhein in das Erzbistum Köln gingen, wo wir ein Leben führten, wie ich es seit langem ersehnt hatte.

Denn wir fanden ein gleichsam volles Land vor und unter dem Befehl des Lamboy* eine Besatzung, mit der wir leicht fertig wurden und die wir sogar aus den Schanzen der Kempener Landwehr vertrieben. Diesem Sieg folgten der bei Neuß, der bei Kempen* selbst und andere, und hinzu kamen die guten Quartiere, deren wir uns erfreuten, und die gute Beute, die wir hier und da machten. Ich armer Wicht wurde anfangs aber trotzdem nicht reich dabei, denn als Musketier musste ich meistens bei der Kompanie bleiben. Später aber, als wir Jülich plünderten und mit den Landleuten im Erzbistum Köln und im Herzogtum Jülich nach Belieben verfahren durften, habe ich mir so viel Geld erschunden, dass ich auf die Idee kam, mich von der Muskete freizukaufen und wieder als Reiter auszustatten.

Das tat ich, als diese Gegenden schon fast leergeplündert waren und wir Lechenich vergeblich bedrohten und zur Übergabe drängten, während uns nicht nur die Kurbayerischen, die bei Zons lagen, sondern auch die Spanischen ans Leder wollten. Doch Guébriant* zog den Kopf aus der Schlinge, verließ das Rheinland und führte uns durch den Thüringer

Wald nach Franken, wo wir wieder Gelegenheit zum Rauben, Plündern und Stehlen, aber nicht zum Kämpfen fanden, bis wir ins Württembergische kamen, wo Johann von Werth bei Schorndorf* zur Nachtzeit uns zwar anfiel und uns einen Biss versetzte, jedoch nicht das Fell zerriss. Aber wer kein Glück hat, der fällt sich die Nase auch ab, wenn er auf dem Rücken landet. Denn kurz danach wurde ich durch den Oberstleutnant von Kürmreuter*, den die einfachen Soldaten den Kerbenreiter zu nennen pflegten, bei einer Partei gefangen genommen und in Hechingen*, wo sich damals das bayerische Hauptquartier befand, ebendem Dragonerregiment wieder zugeteilt, bei dem ich auch anfangs schon gedient hatte.

So wurde ich wieder Dragoner, aber nur zu Fuß, weil ich mir noch kein Pferd leisten konnte. Wir lagen damals in Balingen*, und während dieser Zeit hatte ich ein Abenteuer zu bestehen, das zwar nicht bedeutsam, aber doch so merkwürdig und erstaunlich und ein so unerfreulicher Zeitvertreib für mich war, dass ich davon erzählen muss, auch wenn viele, denen der damalige elende Zustand des ruinierten Deutschland unbekannt ist, mir nicht glauben werden.

Nachdem unser Kommandant in Balingen einen Hinweis erhalten hatte, die Weimarischen unter Reinhold von Rosen* seien mit zwölfhundert Reitern unterwegs, um uns zu vertreiben, wollte er höheren Orts Meldung machen und Verstärkung anfordern. Weil ich, wie gesagt, noch unberitten war und ringsherum alle Wege und Stege kannte und weil man mir diese Sache auch zutraute, wurde ich in Bauernkleidern mit einem Brief nach Villingen geschickt, um die Nachricht von dem drohenden Reiterangriff von Rosens zu überbringen. In diesem Fall wäre es auch nicht schlimm gewesen, wenn mich der Feind unterwegs abgefangen hätte, denn dann hätte er erfahren, dass sein Plan bekanntgeworden war, und hätte ihn deshalb aufgegeben. Ich kam aber glücklich durch und ließ mich am selben Abend auch wieder abfertigen, um noch in der Nacht nach Balingen zurückzukommen.

Als ich nun durch ein Dorf kam, in dem keine Maus mehr lebte, geschweige denn Katzen, Hunde oder anderes Vieh und erst recht keine Menschen, da sah ich plötzlich einen großen Wolf mit aufgerissenem Maul direkt auf mich zukommen. Man kann sich vorstellen, wie ich erschrak, denn außer einem Stecken hatte ich keine Waffe bei mir. Ich zog mich daher in das nächste Haus zurück und hätte auch gern die Tür hinter mir zugeschlagen, wenn nur eine da gewesen wäre. Aber sie fehlte genauso wie die Fenster und der Stubenofen.

Ich hatte nicht erwartet, dass mir der Wolf in das Haus folgen würde, aber dieses unverschämte Tier zeigte keinerlei Respekt vor dem Ort, der den Menschen als Behausung dient, sondern zottelte in einem reputierlichen Wolfsgang gemächlich hinter mir her, weshalb ich meine Zuflucht erst eine und dann zwei Treppen höher nehmen musste. Und weil der Wolf mich sehen ließ, dass er so gut Treppen steigen konnte wie ich, war ich zuletzt gezwungen, in aller Eile und mit knapper Not durch eine Luke auf das Dach hinauszukriechen. Dort musste ich hastig ein paar Ziegel verrücken und zerschlagen, um mich an den Dachlatten überhaupt halten zu können, auf denen ich dann immer höher kletterte. Nachdem ich hoch genug gestiegen und vor dem Wolf in Sicherheit war, öffnete ich dort oben eine größere Luke, um zu sehen, wann der Wolf die Treppe wieder hinabspazieren würde oder was er sonst zu tun gedachte.

Da sah ich, dass er inzwischen mehrere Kameraden bei sich hatte, die zu mir hochblickten und sich gebärdeten, als würden sie gerade darüber beratschlagen, wie mir beizukommen sei. Ich hingegen schleuderte halbe und ganze Ziegel nach ihnen, konnte aber wegen der Latten weder gut zielen noch mit Schwung werfen, und wenn ich doch mal einen von ihnen traf, so scherte er sich nicht darum, sondern hielt mich zusammen mit den anderen weiter belagert und blockiert.

Unterdessen kam die stockfinstere Nacht, die mir, solange sie den Horizont bedeckte, mit scharf schneidenden Winden, in die sich auch noch Schneeflocken mischten, sehr unfreundlich zusetzte, denn es war Anfang November und daher bitterkalt, so dass ich mich nur mühsam die lange Winternacht hindurch auf diesem Dache halten konnte. Außerdem veranstalteten die Wölfe nach Mitternacht eine so schreckliche Musik, dass ich glaubte, ich würde bei dem grausigen Geheul bald vom Dach herunterfallen. Kurz, kein Mensch kann sich vorstellen, was für eine schlimme Nacht ich damals durchgestanden habe, und gerade wegen dieser äußersten Not, in der ich steckte, begann ich darüber nachzudenken, in was für einem erbärmlichen, trostlosen Zustand sich die Verdammten in der Hölle befinden müssen, deren Leiden ewig währen, die nicht bloß von ein paar Wölfen, sondern von den schrecklichen Teufeln selbst, nicht bloß auf einem Dach, sondern in der Hölle, nicht bloß in gewöhnlicher Kälte, sondern in ewig brennendem Feuer, nicht bloß eine Nacht und in der Hoffnung auf Erlösung, sondern immer und ewig gequält werden. Diese Nacht erschien mir länger als sonst vier, so dass ich fürchtete, es würde nie mehr Tag werden, denn ich hörte weder Hähne krähen noch die Uhr schlagen und saß so unbequem und verfroren da oben in der rauen Luft, dass ich bei Tagesanbruch glaubte, ich müsste jeden Augenblick herunterfallen.«

Das 17. Kapitel. **Springinsfeld bekommt Unterstützung und wird wieder ein reicher Dragoner.**

»Ich erlebte zwar auf meinem Dach, wie der liebe Tag von neuem kam, sah aber nichts, woraus ich Hoffnung auf Errettung hätte schöpfen können, sondern hatte guten Grund, allen Lebensmut zu verlieren, denn ich war schläfrig, erschöpft und obendrein auch hungrig. Ich gab mir alle Mühe, den Schlaf fernzuhalten, denn das kürzeste Einnicken wäre der Anfang meines ewigen Schlafs gewesen, weil ich dann entweder erfroren oder vom Dach gepurzelt wäre. Unterdessen bewachten mich die Wölfe weiter, auch wenn bisweilen der eine oder andere die Treppe herauf- oder hinabspazierte. Jene, die oben unter dem Dach blieben, bewarf ich unablässig mit Ziegeln, um sie vielleicht doch noch zu vertreiben, aber der einzige Nutzen bestand darin, dass ich durch diese Übung den Schlaf abwehrte und mir einen Anflug oder Abglanz von Wärme in die Glieder zwang. Und so verbrachte ich beinah den ganzen Tag.

Gegen Abend, als ich mich mit meinem Untergang schon fast abgefunden hatte, kamen fünf Männer in leichtem Galopp dahergeritten, denen ich an der Art, wie sie ihre Waffen bereithielten, gleich ansah, dass sie das Dorf erkunden sollten. Den Letzten von ihnen erkannte ich an seinem Pferd. Es war ein Wachtmeister aus dem Regiment Sporck*, der auch mich gut kannte. Die Ersten entdeckten mich von weitem und hielten mich erst für eine Schildwache und, als sie näher kamen, für einen Bauern und befahlen mir auch wie einem Bauern, ich sollte heruntersteigen, sonst würden sie mich herunterschießen. Als ich jedoch den Wachtmeister beim Namen rief, mich hierdurch zu erkennen gab und außerdem beteuerte, dass in den letzten vierundzwanzig Stunden keine vernunftbegabte Seele in diesem Dorf gewesen sei, denn so lange hätte ich auf dem Dach gewacht, erklärte ich ihnen auch, weshalb ich dort oben saß und was für Kreaturen mich in meinem unbequemen Arrest festhielten.

Da erschien auch der Obrist Sporck selbst mit einem starken Trupp und ließ, als er erfuhr, was mit mir war, gleich zehn Reiter mit ihren Karabinern absitzen und ins Haus gehen. Andere umstellten es, und außerhalb des Dorfes wurden ebenfalls Wachen aufgestellt. Bei der Erstürmung des Hauses wurden dann acht Wölfe erschossen oder auf andere Weise niedergemacht, und im Keller fand man die Überreste von fünf menschlichen Körpern, deren Knochen die Wölfe zum Teil gefressen hatten. Man fand auch ein Messer mit Futteral, ein Wetzeisen, zwei Passzettel, einen für Ulm ausgestellten Wechselbrief und einen Gürtel, in den etliche Dukaten eingenäht waren, und schloss daraus, dass unter den Toten ein Metzger war, der die Donau hatte hinunterfahren wollen, um in Ungarn Ochsen einzukaufen. Außer den fünf Menschenköpfen fanden wir auch Aas von Tieren, so dass dieser Keller einer alten Schindgrube glich.

Der Obrist war mit fünfhundert Pferden aufgebrochen, um auszukundschaften, was die Weimarischen in Rottweil vorhatten, und als er nun von mir erfuhr, was die Absicht des von Rosen war, gab er den Befehl, gleich in diesem Dorf Rast zu machen und die Pferde mit dem zu füttern, was jeder Reiter bei sich hatte, denn außer dem Stroh auf ein paar Dächern gab es hier für die Pferde nichts Genießbares. Nachher fütterte dann jeder auch sich selbst, mich aber fütterte die kalte Küche des Obristen, aus der er mir großzügig von dem abgab, was ich inzwischen auch sehr dringend brauchte.

Der Obrist hielt die Begegnung mit den Wölfen für ein gutes Omen, das noch mehr unverhoffte Beute verhieß. Er beschloss, nach Balingen zu gehen, sich dort mit unseren Dragonern zu vereinigen und dem von Rosen einen Schlag zu versetzen. Ich bekam ein Reservepferd und sollte ihnen den besten Weg zeigen. Aber wir waren noch keine zwei Stunden durch die Nacht marschiert, als wir die Meldung erhielten, von Rosen habe sich bei Balingen zwar sehen lassen, aber nicht um es mit unseren Dragonern dort aufzunehmen, sondern um den Ort, den er für unbesetzt gehalten hatte, einzunehmen. Da er nun aber zu spät gekommen war, habe er sich in dem Dorf Geislingen* einquartiert, um dort über Nacht zu bleiben.

Sofort änderte der Obrist seine Pläne, und wir marschierten geradewegs auf Geislingen zu, wo wir auch um elf Uhr ankamen und den von Rosen mit seinen vier Regimentern sehr unsanft aus dem ersten Schlaf* weckten. An die dreihundert unserer Reiter stürmten in das Dorf, die übrigen blieben draußen und zündeten es an vier Stellen an. So wurden gleichsam in einem einzigen Augenblick diese vier Regimenter zersprengt und vernichtet. Zweihundert Soldaten wurden gefangen genommen, die Offiziere nicht gerechnet, und reichlich gute Beute gemacht. Und nachdem auch ich von dem Obristen die Erlaubnis erhalten hatte, das Dorf zu betreten und mich nach Beute umzusehen, pirschte ich an dessen Rand bei einer Stelle, wo es brannte, zwischen den Häusern herum und bekam drei schöne, gesattelte Pferde mit allem Zubehör und einem Jungen zu fassen, dessen Herr sich mit dem Knecht entweder zu Fuß davongemacht oder irgendwo versteckt hatte, weil er fürchtete, unsere Reiter, die das Dorf umstellt hatten, würden ihn niederschießen, denn diese kümmerten sich meist nur um Leute, die zu Pferd flüchteten.

Am nächsten Morgen ließ mich der Obrist mit meiner Beute wieder nach Balingen reiten, um unserem Kommandanten und seinen Dragonern die Nachricht von seinem gelungenen Überfall zu überbringen. Man hieß mich herzlich willkommen – nicht nur wegen der guten Nachricht, die ich brachte, sondern auch wegen der schönen Belobigungsschreiben, die mir der Obrist für mein Verhalten in der ausgestandenen Gefahr überreicht hatte. Der Kommandant hatte mir, wenn ich nach Überbringung meiner Botschaft wieder zurückkehrte, ein Dutzend Taler versprochen. Nun aber, da ich so erfolgreich heimkehrte, verehrte er mir das Doppelte und machte mich obendrein zum Korporal. Deshalb verkaufte ich eines der erbeuteten Pferde, stattete mich und einen Knecht aus dem Erlös desto ansehnlicher aus und begann wieder, Pläne zu schmieden, ob ich mit der Zeit nicht doch noch ein Kerl von besserem Ansehen werden könnte.

An ebendem Tag, da ich befördert wurde, ging Rottweil an Guébriant über.* Aber die Weimarischen haben diese Stadt nicht lange über die Tuttlinger Kirchmess* hinaus gehalten (bei der ich allerdings kaum Beute an mich bringen konnte, weil ich als Unteroffizier anderes zu tun hatte). Nachher nahm unser General von Mercy* Rottweil nämlich durch Akkord* kampflos wieder ein – und weil auch ich mich dabei, entgegen den Vereinbarungen, an der abziehenden Bagage vergriff, wäre ich, wie es anderen Dieben widerfuhr, beinahe ebenfalls erschossen oder als Korporal, der andere doch zur Disziplin anhalten soll, gar aufgehängt worden, hätte mich nicht mein gutes Pferd rechtzeitig aus der Gefahr getragen und hätten mich nicht zehn Taler, die ich meinen Verfolgern spendierte, vor dem Profoss und seinem Steckenknecht* bewahrt.

Gleich darauf bekamen wir gute Winterquartiere, und obwohl der Herr Korporal Springinsfeld anfangs darin eine schwere Krankheit zu überstehen hatte, bei der ihm auf der Schädeltenne nicht ein Halm Heu erhalten blieb, tat ihm dieses Quartier nachher noch so gut, dass er davon mitten im Krieg Pausbacken bekam wie ein Dorfschultheiß sonst nur zu Friedenszeiten.«

Das 18. Kapitel. **Wie es dem Springinsfeld zwischen der Tuttlinger Kirchmess und der Schlacht bei Herbsthausen erging.**

»Im folgenden Sommer* führte uns der kluge General Freiherr von Mercy auf eine gute, fast altdeutsche oder holländische Art, bei der es geordnet und diszipliniert zugeht, wieder ins Feld. Unser größter Erfolg, den wir gleich anfangs erzielten, war die Einnahme der Stadt Überlingen*, deren Garnison lange Zeit für viel Unruhe am Bodensee gesorgt hatte. Dann folgte das von französisch-schwedischen Truppen besetzte Freiburg im Breisgau*, das durch Eintreiben

Das 18. Kapitel.

von Zwangsabgaben jahrelang wie eine militärische Königin über den ganzen Schwarzwald geherrscht und sich aus ihm bereichert hatte.

Doch kaum hatten wir die Stadt in unsere Gewalt gebracht, da erschienen der Duc d'Enghien und Turenne*, um uns in unserem stark befestigten Lager auf die Finger zu klopfen. Dabei stürmten sie auf unsere Schanzen los und schonten weder das Blut noch das Leben ihrer Soldaten, als würden sie wie Pfifferlinge über Nacht* aus der Erde wachsen. Wie zu allem entschlossene Helden stürmten sie mit einer unglaublichen Wut bergauf und uns entgegen, wurden aber jedes Mal, ob zu Pferd oder zu Fuß, so begrüßt und abgefertigt, dass der Kampfplatz, weil sie so zahlreich herunterpurzelten, bald aussah, als hätte es Soldaten geschneit. Es hatte aber seine Richtigkeit, dass jene, deren Leben man so geringschätzte, dieses Leben auch für wenig oder nichts verloren.

Am zweiten Tag ging es noch hitziger zu, und ich kann schwören, dass ich mein Lebtag bei keiner Schlacht mitgetan habe, wo man härter gegeneinander gefochten hätte als vor Freiburg. Es war, als könnten oder wollten die Franzosen ohne Sieg nicht von uns ablassen. Deshalb kämpften sie nur umso tapferer, ja, umso irrwitziger! Wir hingegen kämpften mit Überlegung und großem Erfolg. So kam es, dass von den Unseren wenig mehr als tausend, von den Ihren aber mehr als sechstausend erschlagen oder verwundet wurden.

Wir Dragoner haben dabei neben den Kürassieren unter der Führung des Johann von Werth das Beste geleistet, und wenn wir mehr Reiter gehabt hätten, wäre den Franzosen ihre Dreistigkeit übel bekommen. Ein blaues Auge trugen wir zwar davon, aber mit großer Ehre, weil wir uns gegen einen so starken Feind ritterlich gewehrt und ihm Verluste beigebracht hatten, die sich auf ein Drittel unserer eigenen Stärke beliefen. Doch auch den Franzosen, die ihre Tapferkeit so verwegen unter Beweis gestellt hatten, gereichten diese Kämpfe nicht zur Schande – es sei denn, man hielte ihnen vor, sie hätten das Blut so vieler Soldaten nutzlos verschwendet und seien ohne Not mit dem Kopf wider die Wand gelaufen.

Nachdem wir in unserem württembergischen Land ein wenig verschnauft hatten und uns wieder nach Beute umzusehen begannen, glaubten wir, in der unteren Pfalz fündig werden* zu können. Also rumpelten wir dorthinein und erstürmten gleich anfangs Mannheim, wo ich als einer der Ersten, die in die Stadt kamen, abermals reichlich Geld, Kleidung und Pferde erbeutete. Nachher säuberten wir Höchst durch Akkord von seiner hessischen Besatzung und nahmen Bensheim im Sturm, wobei mein Obrist sein Leben durch einen Schuss verlor. Dort hausten wir dann etwas strenger, als es sonst kurbayerische Art ist, und sorgten so dafür, dass sich uns auch Weinheim auf Gnade und Ungnade ergab.

Um diese Zeit befand sich unsere Armee in einem vorzüglichen Zustand, denn an Mercy hatten wir einen vernünftigen, tapferen General und an dem Freiherrn von Holtz* eine Art Atlas*, der alle Wege und Stege, alle Pässe, Berge, Flüsse, Wälder, Felder und Täler in ganz Deutschland gut kannte und deshalb das Heer beim Marschieren und Logieren umsichtig und zu seinem Vorteil führen und einquartieren konnte und auch, wenn es ans Kämpfen ging, zu sagen wusste, wie es sich am besten stellen sollte. An Johann von Werth hatten wir einen tüchtigen Reiterführer im Feld, mit dem die Soldaten lieber ins Gefecht zogen als ins Winterquartier, weil er den Ruf hatte, sowohl im offenen Kampf als auch bei heimlichen Unternehmungen eine glückliche Hand zu haben. Am Württemberger Land und den benachbarten Gebieten hatten wir einen guten Brotkorb, der eigens zu unserem Unterhalt und alljährlichen Winterquartier geschaffen schien. Der Kurfürst von Bayern, selbst ein wahrhaft erfahrener Feldherr und weiser Kriegsfürst, war für uns wie ein Vater und Versorger, der uns gleichsam aus der Ferne zusah, lenkte und von seiner Residenz mit klugen, umsichtigen Anweisungen führte. Und

Das 18. Kapitel.

was das Beste war – wir hatten lauter erprobte, tapfere Obristen sowohl in der Kavallerie als auch in der Infanterie und von diesen bis hinunter zu den einfachsten Soldaten nichts als erfahrene, beherzte, standhafte Krieger. Ich möchte fast behaupten, wenn ein Herrscher im Krieg von Anfang an eine solche Armee beisammenhätte, würde er einen Gegner, der doppelt so viele Rekruten aufbieten könnte, dennoch leicht besiegen.

Aber ich muss auf meine eigene Geschichte zurückkommen, und damit, um es kurz zu machen, verhält es sich so, dass nach dem Ende des Winterquartiers die meisten von uns nach Böhmen zu den Kaiserlichen gingen und sich bei Jankau* von den Schwedischen ihren Teil Schläge holten. In dieser Weise haben wir im Krieg oft für das Unglück der Kaiserlichen büßen und die Scharten, die sie aus ich weiß nicht welchen Gründen oder Irrtümern an ihren Waffen empfangen haben, auswetzen, die Köpfe für sie hinhalten und bisweilen gar verlieren müssen – so auch diesmal.

Ich nahm an dieser Schlacht allerdings nicht teil, sondern hielt mich im Württembergischen auf, wo mein Obrist die Schanze bei Nagold fahrlässig übersehen* und zum Lohn für seine Unvorsichtigkeit das Leben eingebüßt hat. Damals wurde ich zum Fourier* gemacht, gerade als der von Mercy die verschiedenen Teile unserer Armee von überall zusammenzog, um den Turenne daran zu hindern, sich in unserem Gebiet, in Schwaben und Franken, breitzumachen, von wo wir schon seit langem alles bezogen, was wir zum Leben brauchten. Dies ist dem Mercy auch gelungen, indem er unversehens über die Französischen herfiel und sie bei Herbsthausen* so kräftig verprügelte, dass Turenne ihm nicht nur das Feld, sondern auch viele hochrangige Offiziere und Generäle überlassen musste.

Ich wurde in dieser Schlacht schon früh am Schenkel getroffen. Es war zwar keine gefährliche Wunde, aber sie hinderte mich daran, etwas zu erbeuten, denn ich konnte weder die noch ausharrenden Gegner bekämpfen helfen noch die Flüchtenden verfolgen, was mich so verdross, dass ich vor lauter Fluchen zwei Tage lang kein Vaterunser zusammenbrachte. Denn weil meine feste Haut* bis dahin mit ankommenden Kugeln immer leichtes Spiel gehabt hatte, hielt ich es für undenkbar, dass ein anderer mich überwinden und ausgerechnet jetzt, da es etwas zu ergattern gab, verwunden könnte.«

Das 19. Kapitel. Springinsfelds weitere Geschichte, bis zum bayerischen Waffenstillstand.

»Das Ergebnis dieses respektablen Sieges, von der Beute und den Gefangenen abgesehen, bestand allein darin, dass unsere Armee bis an die Grenze von Niederhessen marschierte und Amöneburg entsetzte, Kirchhain* hingegen vergeblich bestürmte und hierdurch in ein Wespennest stach. Sie veranlasste nämlich den Turenne, sich mit den Hessen zu vereinigen, und musste sich nachher ebendeshalb wieder dahin zurückziehen, woher sie gekommen war. Ich lag damals mit anderen Verwundeten im Taubergrund* und ließ meine Wunde verarzten. Und als unsere Armee mit einer Verstärkung von viertausendfünfhundert Mann, die ihr der Graf von Geleen* zugeführt hatte, nach Heilbronn zog und den in dieser Stadt von den Obristen Fugger* und Caspar* und meinem Obristen* befehligten Truppen zu Hilfe kam, musste ich auch dorthin.

Unterdessen gingen die vereinigten Armeen der Hessen, Turennes und Königsmarcks in die Unterpfalz, nahmen den Duc d'Enghien und seine Truppen ebenfalls in ihren Verband auf und marschierten den Neckar aufwärts, um uns und die Unseren einzuholen. Heilbronn, wo wir lagen, rührten sie nicht an, aber Wimpfen* wurde ihr erster Raub,

DAS 19. KAPITEL.

indem sie es beschossen, erstürmten und an die sechshundert Mann von den Unseren teils gefangen nahmen, teils niedermachten. Dort sind sie über den Neckar und weiter zur Tauber gegangen und haben dabei viele unbesetzte Orte und auch die Stadt Rothenburg eingenommen. Schließlich zwangen sie unsere Armee zur Schlacht und errangen bei Alerheim* einen blutigen Sieg, wobei auch unser tapferer Generalfeldmarschall von Mercy das Leben verlor. Nachher nahmen sie Nördlingen* durch Akkord ein und zwangen den Oberstwachtmeister meines Regiments, der mit vierhundert unserer Dragoner und zweihundert Musketieren in Dinkelsbühl* lag, sich ihnen nicht mit Akkord, sondern auf Gnade und Ungnade zu ergeben. Nachher mussten sich diese Mannschaften bei ihnen einreihen, wodurch unser Regiment empfindlicher geschwächt wurde, als wenn es an der Schlacht teilgenommen hätte. Von dort gingen sie über Schwäbisch-Hall wieder auf uns in Heilbronn los, denn auch uns wollten sie eins auswischen, fingen an, Unruhe zu stiften und sich zu verschanzen. Doch sobald sie merkten, dass uns der Erzherzog Leopold Wilhelm* sechzehn kaiserliche Regimenter zur Verstärkung geschickt hatte, verschwanden sie wie Quecksilber oder stoben auseinander, als hätten sie die Schlacht bei Alerheim nie gewonnen, und ich weiß nicht, was ihnen dieser kostspielige Sieg gebracht hat, außer dass er die Unseren ein wenig geschwächt und den berühmten Mercy aus dem Weg geräumt hat, denn sie wurden bis nach Philippsburg am Rhein verfolgt und verloren wieder alle Orte, die sie zuvor besetzt hatten. In Wimpfen nahmen wir ihnen acht schöne Halbkartaunen*, ein Feldstück*, einen Feuermörser und viele Soldaten ab, die sich bei uns einreihen und damit unsere Armee wieder verstärken mussten. Dann gingen wir in unserem angestammten Gebiet, das heißt in Franken, im Ansbachischen und Württemberger Land, ins Winterquartier, während die Kaiserlichen nach Böhmen zogen.

Bevor das Jahr zu Ende ging, marschierte der Hauptteil unserer Armee zu den Kaiserlichen nach Böhmen in der Hoffnung, den dort stehenden Schweden einen kräftigen Schlag zu versetzen. Aber da dies außerhalb der Saison und bei ungünstigem Wetter geschah und die Schweden das Königreich Böhmen schon von sich aus verließen, kam nichts dabei heraus, außer dass ein paar Städte von den Schweden an die Kaiserlichen zurückfielen.

Im nächsten Sommer*, als sich der Gegner zwischen den Fürstentümern von Nieder- und Oberhessen breitzumachen begann, sind wir ernsthaft vorgegangen und ihm durch die Wetterau bis Kirchhain und Amöneburg entgegengezogen, wo es zwar nicht zu einer großen Schlacht, aber an der Ohm doch zu einem lebhaften Exerzieren kam, bei dem ich einen hessischen Leutnant gefangen nahm und ein schönes Pferd samt sechzig Reichstalern in bar von ihm bekam. Weil der Feind die Schlacht nicht annehmen wollte, sondern in seinem solid verschanzten, mit Proviant gut versehenen Lager bei Kirchhain blieb, während es uns an Futter und Verpflegung fehlte, zogen wir uns schließlich in die Wetterau zurück. Dorthin folgten uns Schweden und Hessen, nachdem sie sich mit dem Turenne vereinigt hatten, so dass beide Parteien einander auf beiden Ufern der Nidda in Schlachtordnung gegenüberstanden und sich mit Geschützen beschossen, wie zwei zähnefletschende Hunde, die doch nicht aufeinander losgehen wollen, weil sich keiner des eigenen Vorteils sicher ist. Schließlich ließen sie uns nach dem Camberger Grund* abziehen, während sie selbst in großen Sätzen über den Main der Donau zueilten und uns das Nachsehen ließen.

Unser Obrist erhielt den Auftrag, zusammen mit dem Regiment des Jung-Kolb* den vereinigten Armeen des Feindes zuvorzukommen und mehrere uns gehörige Städte zu besetzen, und obwohl uns Königsmarck bei Schrobenhausen* eins auswischte, sind wir noch achthundert Pferde stark in

Das 19. Kapitel.

Augsburg angelangt, als sich die Schweden gerade vergeblich Hoffnung machten, die Stadt kampflos einzunehmen. Gleich darauf stieß auch noch der Obrist Rouyer* mit dreihundertfünfzig Dragonern zu uns, worauf uns die Schweden prompt zu belagern begannen und sich im Schutz der Laufgräben immer weiter und bis in den toten Winkel unter unseren Geschützen voranarbeiteten. Ich glaube, sie hätten uns schwer eingeheizt und die Stadt zuletzt eingenommen, wären nicht die Unseren bald mit neuer Verstärkung erschienen und hätten die feindlichen Regimenter desto kühner aus ihren Stellungen verscheucht.*

Ich musste mit anderen Dragonern in Augsburg bleiben, bis Bayern und Köln mit den Franzosen, Schweden und Hessen einen halben Frieden* oder (ich weiß selbst nicht, was es eigentlich war) einen Waffenstillstand geschlossen hatten. Erst dann wurde ich, mit anderen mehr, durch Infanteristen abgelöst und kam zu meinem Regiment zurück, das bei Deggendorf auf der faulen Haut lag.

Doch einige unserer Generäle und Obristen* konnten diese Ruhe nicht ertragen. Sie erdreisteten sich, mit den von ihnen befehligten Regimentern zu den Kaiserlichen überzugehen – aber nicht, ohne vorher die Länder ihres eigenen Feldherren* zu plündern, für den sie bisher so tapfer gefochten hatten. Zu diesen gehörte auch mein Obrist*, obwohl er als Nichtadeliger allein durch die Milde und Gnade seines Kurfürsten aufgestiegen war. Er erreichte damit aber nur, dass ihm ein schändlicher Spitzname angehängt wurde, der überall in Bayern an die Balken mit dem einen Arm geheftet wurde, und ich selbst habe eine solche Ehrensäule am Stift Sankt Nikolaus bei Passau gesehen. Anderen, die es durch ihre Treue und Tapferkeit auch eher verdient hatten, wurde wegen ihrer großen Verdienste und ihres Ansehens dieses Verhalten verziehen. Aus der Zeit danach, als sich die Aufregung wieder gelegt hatte, weiß ich nichts Denkwürdiges über mich zu berichten, es sei denn, ich würde erzählen, wie ich mit den bayerischen Dirndln angebändelt habe, bis wir die Degen wieder in die Hand nahmen.«

Das 20. Kapitel. Fortsetzung dieser Geschichte bis zum Friedensschluss und zur endgültigen Abdankung.

»Der alte Glücksstern wollte uns bei der Erneuerung unseres alten Krieges aber nicht mehr leuchten wie zuvor. Mercy war tot, Johann von Werth gehörte nicht mehr zu uns. Und der Holzapfel*, auch Melander genannt, war gegen die Schweden und Franzosen nicht so harsch und zupackend wie vorher, als er noch den Hessen gedient hatte, gegen die Kaiserlichen, wenngleich dieser rechtschaffene Soldat tat, was er konnte, und sogar sein Leben gab, als uns der Feind über den Lech und die Isar trieb. Als wir damals wie eine Mauer standen* und vor den Geschützen des Feindes keine Handbreit zurückwichen, schrien uns ein paar feindliche Soldaten über das Wasser zu, wir sollten nur schnell Reißaus nehmen, dann würden sie uns in eine Gegend jagen, wo eine Kuh einen halben Batzen wert sei. Sie haben mit ihren Prophezeiungen recht behalten, denn als sie uns durch ihre Überzahl zwangen, ihrem Rat Folge zu leisten, habe ich erlebt, wie bei den Unseren eine Kuh nicht nur gegen einen halben Batzen, sondern auch für eine erbärmliche Pfeife voll Tabak weggegeben wurde. Damals stand es schlecht um uns. Der Graf von Gronsfeld* schaffte es so wenig wie Melander, dass sich auch nur einer aus unseren Reihen mit Ruhm bedeckt hätte. Stattdessen mussten wir alle, außer denen, die in wehrhaften Orten zurückblieben, auch den Inn noch überqueren, und selbst hier glaubte der Feind, er könne uns kühn weiter nachsetzen.

Doch an diesem reißenden Fluss gerieten der reißende Siegeszug und das Glück der Schweden und Franzosen ins

Das 20. Kapitel.

Stocken. Ich lag mit sieben schwachen Regimentern in Wasserburg, als beide feindlichen Armeen versuchten, die Stadt einzunehmen und über den Fluss in das üppige Land auf der anderen Seite zu gelangen*, in dem es steinalte Leute gab, die zeit ihres Lebens noch keine Soldaten gesehen hatten. Weil sie aber wegen unserer tapferen Gegenwehr und obwohl sie uns mit glühenden Kugeln beschossen, nichts auszurichten vermochten, gingen sie nach Mühldorf, um dort ins Werk zu setzen, was ihnen in Wasserburg nicht gelungen war. Dort aber stellte sich ihnen der Freiherr von Hunoltstein*, ein kaiserlicher General, so lange entgegen, bis sie der vergeblichen Mühen müde wurden und ihr Hauptquartier in dem Ort Pfarrkirchen aufschlugen, wo sie zuerst der Hunger und nachher die Pest heimsuchten, durch die sie schließlich aus dem ganzen Gebiet zwischen Alpen und Donau, zwischen Inn und Isar vertrieben worden wären, wenn ihnen der allgemeine Waffenstillstand*, der dem vollständigen Frieden voranging, nicht erlaubt hätte, bessere Quartiere zu finden.

Während des Waffenstillstands wurde unser Regiment nach Hilpoltstein, Heideck und den umliegenden Ortschaften verlegt, wo sich bei uns ein merkwürdiges Schauspiel zutrug. Es trat ein Korporal auf, der sich – ich weiß nicht, von welcher Narrheit getrieben – als Obrist aufspielte.* Einen Militärschreiber, der die Schule gerade hinter sich hatte, machte er zu seinem Sekretär und gab anderen Vertrauten andere Ämter und Aufgaben. Viele waren ähnlich gesinnt wie er, vor allem junge, unerfahrene Leute. Sie verjagten einen Teil der höchsten Offiziere und nahmen ihnen ihre rechtmäßige Befehlsgewalt. Unteroffiziere wie mich ließen sie allerdings wie Neutrale unbehelligt. Sie hätten wohl allerlei ausrichten können, wenn sie sich für ihr Vorhaben einen günstigeren Zeitpunkt ausgesucht hätten, einen Augenblick der Bedrängnis im Krieg, wenn der Feind in der Nähe gewesen wäre und man uns zur Unterstützung dringend benötigt hätte. Unser Regiment war damals nämlich eines der stärksten und verfügte über lauter erprobte, gut gerüstete Soldaten, die entweder alt und erfahren oder jung und waghalsig waren und allesamt gleichsam im Krieg aufgewachsen waren.

Als jener Korporal trotz gütlicher Ermahnungen nicht von seiner Torheit lassen wollte, rückten der Generalwachtmeister La Pierre und der Obrist Elter* mit Truppen heran, die in Hilpoltstein ohne Mühe und Blutvergießen wieder das Heft in die Hand nahmen und den frischgebackenen Obristen vierteilen oder, besser gesagt, denn auch der Kopf kam ab, fünfteilen und an vier Straßen auf Räder legen ließen. Achtzehn seiner engsten Vertrauten, lauter ansehnliche Männer, wurden teils geköpft, teils an ihren allerbesten Hälsen aufgehängt. Dem Regiment aber ließ man die Musketen abnehmen, und dann mussten wir alle einen neuen Eid auf unseren Feldherren schwören. So wurde ich vor dem Ende meines Soldatenlebens und vor dem endgültigen Frieden noch vom Fourier zum Quartiermeister befördert, und die Dragoner des Regiments wurden zu Reitern gemacht. Und dies ist das Letzte, mein lieber Simplicius, was ich dir von meiner Geschichte im Deutschen Krieg zu erzählen weiß, außer eben, dass wir bald danach abgedankt wurden.

Damals besaß ich drei gute Pferde, einen Knecht und einen Jungen, außerdem ungefähr dreihundert Dukaten in barem Geld und den Sold für drei Monate, den ich bei der Abdankung bekam. Denn ich hatte seit längerem kein Unglück erlitten, sondern Geld sammeln können. So musste ich das Kriegshandwerk aufgeben, als ich meinte, es ginge mir gerade besonders gut von der Hand. Den Knecht und den Jungen entließ ich und entlohnte sie, so gut ich konnte. Zwei der Pferde verkaufte ich und auch sonst alles, was sich zu Geld machen ließ, und begab mich mit dem, was ich noch hatte, nach Regensburg, um dort zu sehen, wie ich mich weiter durchschlagen könnte und was das Glück mit mir noch vorhätte.«

Das 21. Kapitel.

Das 21. Kapitel. Springinsfeld heiratet und betätigt sich als Wirt, missbraucht aber sein Gewerbe, wird wieder Witwer und macht sich zuletzt heimlich davon.

»Ich war damals ein Mann von ungefähr fünfzig Jahren und begegnete in Regensburg der Witwe eines Leutnants, die nicht viel jünger war als ich, aber auch nicht viel weniger Geld hatte. Weil wir uns bei der Armee schon öfter gesehen hatten, schlossen wir bald Bekanntschaft. Sie spürte, dass ich Geld hatte, und ich spürte es bei ihr. So begannen wir einander zu necken, ob aus uns nicht ein Paar werden könnte, und jeder sagte dem anderen, wenn er's nicht glauben wolle, solle er doch nachzählen kommen. Sie war in dem Land zu Hause, wo man verschiedene Religionen nebeneinander durchgehen lässt*, was mir sehr recht war, denn ich hatte mich noch für keine entschieden. So hatte ich hier die Wahl und konnte die annehmen, die mir am besten gefiel.

Diese Witwe prahlte in einem fort mit den Reichtümern, die sie daheim besaß, und noch mehr klagte sie darüber, wie ihr verstorbener Mann sie als junges Mädchen gleich zu Beginn des Krieges geraubt und bei der Eroberung ihrer Heimat gegen ihren Willen zu seiner Frau gemacht hatte, woraus man leicht ersehen kann, dass sie nicht mehr jung war, denn wie ich hatte auch sie die erste Einnahme der Festung Frankenthal noch gut in Erinnerung.* Um es kurz zu machen: Wir fackelten nicht lang, weder mit der Verlobung noch mit der Trauung, sondern taten uns zusammen. Was den Besitz anging, den jeder mit in die Ehe brachte, so wurde unter anderem vereinbart, dass, wenn sie ohne leibliche Erben, auf die bei ihr ohnehin nicht mehr zu hoffen war, und vor mir sterben sollte, ich für den Rest meiner Tage auf ihrem Gut leben und es nutzen könnte, ihren Sohn aus der ersten Ehe aber ehrlich abfinden müsste. Hundert Gulden behielt ich mir vor, die ich vermachen oder verschenken konnte, wem ich wollte.

Nachdem dies geregelt war, eilten wir in ihre Heimat, wo ich ein Wirtshaus in guter Lage fand, das zwar aus Stein gebaut war wie ein Schloss, aber weder Öfen noch Türen, weder Fenster noch Läden besaß, so dass ich fast so viel zu bauen hatte, als wenn ich von vorn angefangen hätte.* Geduldig machte ich mich ans Werk und ging so gewissenhaft mit meinem Geld und dem meiner Frau um, dass man mich für einen redlichen Wirt in einem redlichen Wirtshaus halten konnte. Im Schachern und Wuchern war meine Frau so gut wie ein sechzigjähriger Bürger von Jerusalem, so dass unser Säckel trotz der hohen Abgaben – auch ich musste Friedensgeld* zahlen, dabei hätte ich viel lieber noch länger Krieg gehabt – nicht leichter wurde, sondern immer schwerer, vor allem weil damals so viele Reisende unterwegs waren, sowohl Kaufleute als auch Vertriebene und abgedankte Soldaten, die in ihre Heimat zurückkehren wollten und die meine Frau allesamt gründlich zu schröpfen verstand, weil ihr Haus so günstig lag.

Außerdem handelte ich mit Pferden und war dabei ziemlich erfolgreich, denn meine Frau war eine Pfennigfuchserin, wie sie im Buche steht, und brachte mit der Zeit auch mich dazu, dass ich sie nachahmte und nur noch daran dachte, wie ich mehr Geld und Gut zusammenscharren könnte. Ich wäre wohl auch bald ein reicher Mann geworden, wenn das Unglück es nicht anders gewollt hätte.

Leute, die ihren Wohlstand mehren, werden oft von den anderen beneidet und angefeindet, vor allem wenn sich zeigt, dass mit wachsendem Reichtum auch ihr Geiz immer größer wird. Die Freigebigkeit hingegen weckt Wohlwollen bei jedermann, besonders wenn sie von Bescheidenheit begleitet wird. Den Neid der Leute bemerkte ich aber erst, als ich seine Wirkung schon zu spüren bekam. Als nämlich meine Nachbarn sahen, wie mein Reichtum wuchs und gedieh, begannen alle darüber nachzudenken, woher er käme. Einige verfielen gar auf die Idee, ich und meine Frau könnten hexen, und

Das 21. Kapitel.

hatten fortan, ohne dass ich es merkte, ein heimliches Auge auf alles, was ich tat.

Zu diesen gehörte auch ein Spitzbube aus unserem Ort, dem ich mal ein schönes, großes Stück Wiese in guter Lage abgehandelt hatte, das er mir nicht gönnte, obwohl ich ihn ehrlich dafür bezahlt hatte. Dieser Bursche überlegte mit einem Holländer und einem Schweizer – es wohnten nämlich Leute aus verschiedenen Ländern hier –, wie sie die Quelle meines Reichtums ergründen könnten, und dafür interessierten sie sich umso mehr, als einige ihrer Landsleute ihren Besitz schon durchgebracht und alles verloren hatten, weil sie mit den Verhältnissen und Gepflogenheiten hierzulande nicht zurechtkamen.

Einmal wurden mir zwei Wagen mit Wein geliefert, den die Steuerbeamten gleich prüften und mir in den Keller legten, denn am nächsten Tag hatte ich eine große Hochzeit zu bewirten. Weil mir nun jene drei Neider zutrauten, ich könnte Wasser in Wein verwandeln, schütteten sie mir noch am selben Abend etwas von dem geschnittenen Stroh, das man den Pferden unter ihren Hafer mischt, in meinen Brunnen, und als sich dieses dann tags darauf auch im Wein fand, da hatten sie mich ertappt. Man untersuchte alle Fässer, fand mehr Wein, als ich in den Keller gelegt hatte, und in jedem Fass auch etwas von dem Häcksel, und obwohl ich schwören konnte, dass ich von der Panscherei nichts wusste, denn ausnahmsweise hatten sich meine Frau und ihr Sohn mal ohne mich ans Werk gemacht, half es nichts. Der Wein wurde beschlagnahmt, und ich musste obendrein noch eine Strafe von tausend Gulden zahlen, was meiner Frau so zu Herzen ging, dass sie vor Scham und Kummer krank wurde und den Weg aller Welt ging. Man hätte mir auch untersagt, die Wirtschaft weiterzuführen, wenn im Ort noch ein anderes ansehnliches Gebäude vorhanden gewesen wäre, das als Wirtshaus getaugt hätte.

Erst nach dieser Geschichte wurde mir klar, wer meine Freunde und wer meine Feinde waren. Ich geriet so sehr in

Verruf, dass kein ehrbarer Mann mit mir noch zu tun haben wollte. Niemand grüßte mich mehr, und wenn ich jemandem einen guten Tag wünschte, wurde mir nicht gedankt. Ich hatte kaum noch Gäste, außer ein Fremder verirrte sich mal zu mir oder jemand, der von meinen Künsten noch nicht gehört hatte. Das alles war schwer erträglich, und weil ich mir obendrein auch mit zwei Mägden ein Vergnügen gemacht hatte, das demnächst mit Händen und Füßen zum Vorschein kommen würde, packte ich zusammen, was sich an Geld und Wertsachen mitnehmen ließ, setzte mich auf mein bestes Pferd und ritt unter dem Vorwand, ich hätte meiner Gewohnheit nach Geschäfte in Frankfurt zu erledigen, geradewegs in Richtung Donau, um dem Grafen von Zrinyi*, dessen Tapferkeit damals in aller Munde war, im Kampf gegen die Türken zu dienen.«

Das 22. Kapitel. **Springinsfelds Türkenkrieg in Ungarn und seine Verehelichung mit einer Leierspielerin.**

»Was ich mir wünschte, bekam ich auch, diente dabei aber nicht dem Zrinyi, sondern dem römischen Kaiser selbst. Ich kam dazu, als sich auch ein paar französische Freiwillige eingefunden hatten, die ihrem König zu Gefallen Ehre gegen die türkischen Säbel einlegen wollten. Mir aber gefiel dieser Krieg nicht halb so gut wie der vorige, und ich hatte darin weder halbes noch ganzes Glück, weil ich mich von Anfang an nicht recht hineinfinden konnte und auch nicht herausbekam, wie man es anstellen musste, dabei reich und berühmt zu werden. Stattdessen lief ich nur eben so mit und versuchte zwar stets, in den wütendsten Gefechten entweder meinen Tod oder Ehre und Beute zu erlangen, brachte aber nicht mehr zustande als andere auch, und wenn ich mal etwas erbeutete, hatte ich doch weder das Glück noch den Verstand noch die Gelegenheit, es zu meinem Nutzen festzuhalten. So schleppte ich mich bis in die letzte große Schlacht*, bei der die Unseren zwar die Oberhand gewannen, ich selbst aber unter mein vortreffliches Pferd zu liegen kam, als es mir durch einen Schuss verlorenging. Da musste ich unverletzt ausharren, bis Freund und Feind die Entscheidung erkämpft und inzwischen mehrmals über mich hinweggesetzt hatten, wobei ich von ihren Pferden so elend zertreten wurde, dass ich die Besinnung verlor, von den Siegern selbst für tot gehalten und als Toter wie andere Tote meiner Kleider beraubt wurde, in die ich ein paar schöne Dukaten eingenäht hatte.

Als ich wieder zu mir kam, fühlte ich mich wie gerädert oder als hätte man mir Arme und Beine sonstwie zerschlagen. Außer einem Hemd hatte ich nichts am Leib und konnte nicht gehen, sitzen oder stehen, und weil alle nur darauf aus waren, die Toten zu plündern und Beute zu machen, ließen mich auch alle liegen, wie ich lag, bis mich schließlich einer aus meinem Regiment fand und zu unserer Bagage brachte, wo man mir mit ein paar Kleidungsstücken aushalf und ein Feldscher mich versorgte und mit Pappelöl einrieb.

Da war ich nun der ärmste Wicht auf der ganzen Welt. Ein Marketender sollte mich auf seinem Wagen mitnehmen, und ein Feldscher sollte mich pflegen, aber beide waren unwillig. Außerdem musste ich hungern, bloß weil mir ein paar Pfennige fehlten, denn bei der Verteilung des Kommissbrots wurde ich mehrmals vergessen, und zum Betteln gehen fehlte mir die Kraft. Als ich mich fast schon damit abgefunden hatte, dass ich auf dem Marketenderwagen krepieren würde, winkte mir doch wieder ein kleines Glück, indem ich mit anderen Kranken und Verwundeten zur Erholung in die Steiermark verlegt wurde. Dort blieb ich bis nach dem unverhofften Friedensschluss*, als ein Teil von uns seinen Abschied bekam. Auch ich gehörte zu diesen Abgedankten, und nachdem ich meine Schulden bezahlt hatte, blieb mir kein

Heller und kein Pfennig, ja, nicht mal mehr was Ordentliches zum Anziehen.

Auch war ich noch nicht völlig wiederhergestellt – kurz, guter Rat war teuer, und Betteln schien mir noch das böste* Handwerk, das ich mir zutrauen durfte. Es bekam mir auch tatsächlich besser als der Ungarische Krieg, denn ich hatte ein ruhiges Leben, fand trotzdem mein Auskommen und gewann meine früheren Kräfte zurück. Dass ich bei der Verteidigung der Christenheit an vorderster Front in Armut und Krankheit geraten war, machte die Leute spendabel.

Deshalb kam es mir, als ich wieder ganz gesund war, nicht in den Sinn, mein neues Leben wieder aufzugeben und mich ehrbar zu ernähren. Ich schloss vielmehr Bekanntschaft und Freundschaft mit allerlei Bettlern und Landstreichern, vor allem mit einem Blinden, der viele kränkliche Kinder hatte, unter diesen aber auch eine wohlgeratene, gesunde Tochter, die auf der Leier spielen konnte und damit nicht bloß für sich selbst sorgte, sondern noch Geld zurücklegte und ihrem Vater davon mitgab. In die verliebte ich alter Geck mich, denn ich sagte mir: Sie wird dir in deinem neuen Beruf eine Stütze deines nun anbrechenden und obendrein heimatlosen Alters sein. Um ihre Gegenliebe und damit sie selbst als Frau zu gewinnen, beschaffte ich mir eine Diskantgeige und begleitete sie, wenn sie vor den Haustüren oder auf Jahrmärkten, Bauerntänzen und Kirchweihfesten ihre Leier drehte, was uns einen Haufen Geld einbrachte. Das gemeinsam Verdiente teilte ich gerecht mit ihr. Die weißesten Brotstücke überließ ich ihr, und was wir an Speck, Eiern, Fleisch, Butter und dergleichen bekamen, überließ ich alles ihren Eltern. Dafür konnte ich dann bei ihnen bisweilen etwas Warmes schmarotzen, zumal wenn ich einem Bauern eine Henne weggefangen hatte, die uns ihre Großmutter auf gut bettlerische, nämlich auf die allerbeste Art auszunehmen, zu füllen, zu spicken und gekocht oder gebraten anzurichten wusste. So erlangte ich die Gunst der alten Leute ebenso wie die der jungen Frau. Ja, sie fassten solches Zutrauen zu mir, dass ich mein Vorhaben nicht mehr länger verbergen oder aufschieben konnte und um die Hand ihrer Tochter anhielt, worauf ich von ihrem Vater das Jawort auch sogleich erhielt, allerdings unter gewissen Bedingungen und Vorbehalten. Erstens dürfte ich mich, solange ich seine Tochter hätte, nirgendwo ansässig machen oder den freien Bettlerstand verlassen und dürfte mich auch nicht verleiten lassen, unter dem Namen eines ehrbaren Bürgers irgendeinem Herrn untertan zu werden. Zweitens sollte ich mich auch weiterhin vom Krieg fernhalten. Und drittens sollte ich gemäß den Anordnungen des Blinden mit seiner Familie von einem friedlichen, guten Land in das nächste ziehen. Für solchen Gehorsam versprach er, dass es mir und seiner Tochter unter seiner Führung und Anleitung an nichts fehlen würde, auch wenn wir bisweilen mit einem Platz in einer kalten Scheune vorliebnehmen müssten.

Unsere Hochzeit wurde auf einem Jahrmarkt gefeiert, bei dem sich alle möglichen Landstörzer aus ihrem Bekanntenkreis einfanden: Puppenspieler, Seiltänzer, Taschenspieler, Bänkelsänger, Spangenmacher, Scherenschleifer, Kesselflicker, Leierspielerinnen, Meisterbettler, Spitzbuben und dergleichen ehrbares Gesindel mehr. Eine einzige alte Scheune genügte uns zu beidem – Festmahl und Brautbett. Dort saßen wir nach türkischer Art auf dem Boden und soffen doch wie alte Deutsche. Der Bräutigam und seine Braut mussten mit dem Stroh zufrieden sein, weil ehrbarere Gäste die Wirtshäuser belegt hatten, und als er zu murren begann, weil sie ihm ihre Jungfräulichkeit nicht mitbrachte, sagte sie: ›Bist du denn so ein jämmerlicher Narr, dass du bei einer Leierin zu finden meinst, was noch ganz andere Kerle als du bei ihren angeblich so ehrbaren Bräuten nicht finden? Wenn du das wirklich gedacht hast, kann ich mich über deine Einfalt und Torheit nur kaputtlachen, zumal wir aus ebendiesem Grund auch keine Morgengabe mit dir vereinbart haben.‹

Was sollte ich machen? Es war nun mal geschehen. Ich zog zwar ein verdrießliches Gesicht, aber sie sagte laut und deutlich, falls ich sie wegen dieser Albernheit verachten wolle, die doch bloß ein eitler Wahn sei, so kenne sie noch andere Männer, die sie nicht verschmähen würden.«

Das 23. Kapitel. Seinen blinden Schwiegervater, die Schwiegermutter und seine Frau wird Springinsfeld einen nach dem anderen wieder los.

»Noch lange schwirrten mir wegen dieses Auftritts verdrießliche Grillen im Kapitol herum, aber meine Leierin war doch so findig, schlau und freundlich, dass sie sie nach und nach vertrieb. Sie sagte nämlich, wenn mir dies so wichtig sei, wolle sie es mir gern gönnen und sogar selbst dafür sorgen, dass mir anderswo eine Jungfräulichkeit gleichsam wie im Raub zuteil würde. Aber dann ließ es das junge Rabenaas selbst hoch hergehen und nahm mich so in Anspruch, dass ich andere Frauen vergaß. Sie war es auch, die mich gelehrt hat, dass es besser ist, nicht mehr zu heiraten – auch wenn ich mich vor Angeboten nicht mehr retten könnte! Sie trieb es so weit, dass ich zuletzt beinahe der Knecht, sie und ihre Eltern hingegen meine Herrschaft waren. Dabei brachte ich mit meiner Geige, mit Taschenspiel und anderen Künsten so viel zusammen, dass ich ohne sie satt zu essen und ein bequemes Leben gehabt hätte. Auch plagte mich die Eifersucht nicht wenig, denn oft musste ich mit ansehen, dass sie sich viel ausgelassener und übermütiger mit andren Kerlen abgab, als es sich für die Ehrbarkeit einer züchtigen Leierin gehört. Dass ich mir all dies gefallen ließ und mich schließlich auch damit abfand, lag daran, dass mich mein eigenes Alter beunruhigte und ich fürchtete, die nahende Gebrech-

Das 23. Kapitel.

lichkeit könnte mir eine Krankheit bescheren, in der ich mich von aller Welt verlassen fände, falls ich meiner ehrbaren Gemahlin und ihrer ehrwürdigen Verwandtschaft dergleichen zum Vorwurf machte, zumal ich wusste, dass sie an die dreihundert Reichstaler in bar für einen solchen Notfall beiseitegelegt hatten. Zuletzt ließ ich meine Frau als das junge, geile Ding, das sie war, grasen gehen, wo sie wollte, weil ich selbst nicht mehr viel zustande brachte, und versüßte mir die müßigen Tage stattdessen mit Essen und Trinken. So kamen wir ganz gut miteinander aus, und ich geriet so tief in dieses Vagabundenleben, dass mir die Ehrbarkeit am Ende nichts mehr galt.

Unterdessen zogen wir durch Nieder- und Oberösterreich, durch das Land an der Enns, das Erzbistum Salzburg und einen großen Teil von Bayern, wo mir dann mein Schwiegervater an einem Blutsturz erstickte. Die Mutter folgte ihm bald nach und hinterließ uns fünf erbärmliche Krüppel, für die wir nun zu sorgen hatten. Der älteste Sohn wollte sein eigener Herr sein und allein betteln, was mir und meiner Frau nur recht war. Für jeden der übrigen vier aber hatten wir zwanzig Interessenten – lauter tüchtige Bettlerinnen, die solche Kinder gern zu sich nahmen, um mit ihrer Armseligkeit desto mehr Almosen einzutreiben. Wir überließen sie ihnen auch deshalb gern, weil wir unseren Unterhalt nicht mehr als elende Bettler, sondern durch unsere Musik verdienen wollten, was uns respektabler erschien und meiner Frau, glaube ich, auch besser bekam.

Deswegen ließ ich mich und meine Frau auch ein wenig besser einkleiden, nach der Art, wie Leierspieler aufzutreten pflegen. Außerdem beschaffte ich mir für meine Gaukeltasche ein paar Puppen, mit denen ich den Bauern hin und wieder gegen Geld ein bisschen Unterhaltung bieten wollte, denn wir traten von nun an nur noch bei Jahrmärkten und Kirchweihen auf, wodurch sich unser Geld nach und nach ordentlich vermehrte.

Einmal saßen wir an dem anmutigen Ufer eines still vorüberfließenden Gewässers, ruhten uns aus und aßen und tranken, was wir mitgebracht hatten. Wir machten Pläne, wie wir außerdem auch eine Losbude mit Glücksrad, Würfel- und Riemenspiel* aufmachen könnten, um unseren Gewinn zu vermehren, denn wir meinten, wenn das eine nichts hergab, würde doch das andere etwas einbringen. Während wir uns so unterhielten, sah ich in dem Spiegelbild eines Baumes im Wasser etwas auf einer Astgabel liegen, wovon ich auf dem Baum selbst nichts sehen konnte. Das kam mir seltsam vor, und ich zeigte es meiner Frau. Sie sah es auch, merkte sich die Astgabel, auf der jenes Etwas lag, und kletterte in den Baum, um herunterzuholen, was wir im Wasser erblickt hatten. Ich sah ihr dabei zu und konnte daher beobachten, wie sie genau in dem Augenblick verschwand, in dem sie das Ding, dessen Widerschein wir im Wasser gesehen hatten, in die Hand nahm. Im Wasser jedoch sah ich ihre Gestalt noch deutlich, wie sie sich anschickte, von dem Baum herunterzuklettern, und dabei ein kleines Vogelnest in der Hand hielt. Ich fragte sie, was das denn für ein Vogelnest sei. Sie aber fragte zurück, ob ich sie denn sähe.

›Auf dem Baum sehe ich dich nicht‹, antwortete ich, ›aber im Wasser sehr wohl.‹

›Recht so!‹, sagte sie. ›Wenn ich unten bin, wirst du sehen, was ich hier habe.‹

Es kam mir seltsam vor, dass ich meine Frau so reden hörte und sie dabei doch nicht sah. Und noch seltsamer war mir, als ich ihren Schatten in der Sonne dahinwandern sah, sie selbst aber nicht. Und als sie näher zu mir ins Schattige kam und selbst keinen Schatten mehr warf, weil sie aus dem Sonnenschein getreten war, da sah ich gar nichts mehr von ihr, sondern hörte nur noch ein leises Knirschen ihrer Schritte und das Rascheln ihrer Kleider, und mir war, als würde ein Gespenst um mich herumschleichen. Sie setzte sich neben mich und gab mir das Nest in die Hand.* Sobald ich es genommen hatte, sah ich sie wieder, sie hingegen sah mich nicht mehr. Wir probierten das viele Male und sahen jedes Mal, dass derjenige, der das Nest hielt, unsichtbar war. Sie wickelte das Nest dann in ein Taschentuch, damit der Stein, das Kraut oder die Wurzel, wovon diese Wirkung ausging, nicht aus dem Nest fiel und verlorenging. Als sie es wieder neben sich gelegt hatte, sahen wir einander beide wie vorher, ehe sie auf den Baum gestiegen war. Das Taschentuch mit dem Nest hingegen sahen wir nicht, konnten es aber dort fühlen, wo sie es hingelegt hatte.

Ich kam, wie man sich vorstellen kann, aus dem Staunen nicht heraus, denn so was hatte ich noch nie gesehen und auch mein Lebtag nie davon gehört. Meine Frau hingegen sagte, ihre Eltern hätten oft von einem Mann erzählt, der ein solches Nest besessen habe und durch dessen Kraft und Wirkung sehr reich geworden sei. Er sei an Orte und Stellen gegangen, wo es viel Geld und wertvolle Dinge gab, habe unsichtbar mitgenommen, was ihm gefiel, und auf diese Weise einen großen Schatz zusammengetragen. Wenn ich also wollte, könnte auch ich mit diesem Kleinod unserer Armut ein Ende machen.

›Die Sache ist mir nicht geheuer‹, antwortete ich. ›Es könnte doch leicht geschehen, dass sich jemand findet, der besser sehen kann als die meisten anderen Leute, der einen ertappt und am Ende dafür sorgt, dass man an seinem allerbesten Hals aufgehängt wird. Bevor ich mich in eine solche Gefahr begebe und auf meine alten Tage noch einmal mit Stehlen anfange, würde ich dieses Nest lieber verbrennen.‹

Kaum hatte ich dies gesagt und meine Frau es gehört, da schnappte sie nach dem Nest, sprang auf und trat ein paar Schritte zur Seite.

›Du alberne Hundsfutt, du hast mich genauso wenig verdient wie dieses Kleinod, und es geschieht dir ganz recht, wenn du dein Leben in Armut und mit Betteln verbringst. Glaub nur nicht, dass du mich in deinem Leben noch mal wiedersiehst oder von dem, was mir dieses Nest einbringen wird, etwas abbekommst.‹

Ich hingegen bat sie, obwohl ich sie gar nicht sah, sie möge sich nicht in Gefahr bringen, sondern mit dem zufrieden sein, was wir jeden Tag für unsere Musik von ehrbaren Leuten bekämen, wobei wir ja doch keinen Hunger litten. Sie aber rief: ›Ja, hau doch ab, du alter Hosenscheißer, und besorg's deiner Mutter!‹«

Das 24. Kapitel. **Was für komische Diebereien und andere Streiche die Leierspielerin anstellt und wie sie ein unsichtbarer Poltergeist, ihr Mann aber wieder ein Soldat im Krieg gegen die Türken wird.**

»Als ich meine leichtsinnige Frau schließlich nicht mehr hören und nicht mehr sehen konnte, rief ich ihr trotzdem nach, sie solle doch auch ihr Bündel mitnehmen, das sie bei mir zurückgelassen hatte, denn ich wusste, dass sie darin kein Geld verwahrte, sondern unsere Barschaft in ihrem Mieder vernäht hatte. Nachher ging ich auf dem kürzesten Weg in die Hauptstadt dieses Landes, und obwohl ihr Name einen sehr geistlichen, ja, geradezu mönchischen Klang hat, betrat ich sie doch in der Absicht, hier meinen Unterhalt mit dem Klang meines weltlichen Schalmeien- und Geigenspiels zu suchen.

Damals hielten sich dort venezianische Werber auf, die mich einstellten, damit ich ihnen durch mein Saitenspiel und andere kurzweilige Gaukelpossen Zulauf verschaffte. Außer Essen und Trinken gaben sie mir jeden Tag einen halben Reichstaler, und als sie sahen, dass ich ihnen nützlicher war als sonst drei Spielleute oder irgendwelche anderen Lockvögel, die diese Vogelsteller auf ihrem Fangplatz hätten einsetzen können, überredeten sie mich, selbst Handgeld anzunehmen und so zu tun, als hätte auch ich mich werben lassen. So kam es, dass ich mit meinem Zureden noch viele, die sonst nicht darauf eingegangen wären, in ihre Kriegsdienste verstrickte. Wir taten nichts als fressen, saufen, tanzen, singen, springen und uns amüsieren, wie es eben zugeht, wo man Soldaten wirbt. Doch später, auf Kreta, bekam uns diese Henkersmahlzeit wie dem Hund das Gras, der schwer büßen muss für das, was er gefressen hat.

Als ich einmal ganz allein auf diesem Platz stand und, ohne an etwas anderes zu denken, das schöne Marienbild auf der Säule* betrachtete, spürte ich, wie mir etwas Schweres in die Hosentasche rollte, und an dem Geklimper, das dabei entstand, hörte ich, dass es Reichstaler waren. Während ich mit der Hand in die Tasche fuhr und tatsächlich in einen Haufen Taler griff, hörte ich neben mir die Stimme meiner Frau: ›Na, du alter Hosenscheißer! Was wunderst du dich über die paar Dutzend Taler? Ich geb sie dir, damit du weißt, dass ich noch viel mehr davon habe, und dich ärgerst, dass du an meinem Glück nicht teilhaben wolltest. Aber diese hier, die nimm nur und kauf dir was dafür, damit du dein Elend ein wenig vergisst.‹

Ich erwiderte, sie möge doch mehr mit mir reden, mir meinen Fehler verzeihen und sagen, was ich tun müsse, um die Versöhnung zu erlangen. Sie aber ließ nichts mehr von sich hören und auch nicht sehen. Deshalb kehrte ich in meine Herberge zurück und ließ mir mit den Werbern und ihren Neugeworbenen bis zum Mittag den Branntwein schmecken. Beim Essen brachte uns dann der Wirt die Nachricht, einem reichen Herrn in der Stadt sei viel Gold und Silber in Geld und Schmucksachen weggefischt worden, darunter auch tausend Reichstaler und tausend Dukaten von doppeltem Gewicht, alle in gleicher Prägung.

Ich spitzte gewaltig die Ohren und zog mich auf das Klo zurück, als wollte ich sonst was tun, prüfte dort aber nur meine Taler – es waren dreißig* – und erkannte, dass meine eigene Frau diesen reichen Fischzug getan haben musste. Deshalb sah ich mich vor und gab keinen von den Talern aus, um mich nicht selbst in Verdacht, Gefahr und Not zu bringen. Aber was tat meine Frau, das junge Rabenaas? Nicht nur mir, sondern an die hundert Personen unterschiedlichen Standes steckte sie von ihren gestohlenen Talern einige in die Tasche, dem einen drei, dem anderen vier, fünf oder sechs und manchen noch mehr. Jene, die reich, ehrbar und redlich waren, brachten das Geld dem rechtmäßigen Besitzer zurück. Leute von meinem Schlag aber, die arm und gewissenlos waren, haben, so wie ich, bestimmt behalten, was sie in ihrer Tasche fanden. Und ich weiß beim besten Willen nicht, warum dieses Weibsbild so etwas getan hat, es sei denn, sie wollte sich mit dem schweren Geld nicht länger abschleppen. Es kann aber auch sein, dass sie es nur zum Spaß tat, dass sie etwas anstellen wollte, worüber sich die Leute wundern könnten. Denn als die Kirchgänger am Abend aus der Andacht kamen und wieder auf dem Platz standen, wurden an die zweihundert der gleichen Taler aus der Höhe auf sie herabgeworfen, von den Leuten aufgehoben und zum größeren Teil dem rechtmäßigen Besitzer zurückerstattet. Dies hatte zur Folge, dass die unschuldigen Bediensteten dieses Herrn, die man des Diebstahls verdächtigt und eingesperrt hatte, wieder auf freien Fuß kamen. Und nun hoffte der bestohlene Herr, nach den Talern würden auch seine doppelten Dukaten wieder auftauchen. Doch dies geschah nicht, denn das holde Gold ist viel schwerer als Silber und Sol nicht so beweglich und veränderlich wie Luna.*

Am nächsten Tag fand bei einem großen Herrn ein festliches Bankett statt, zu dem viele andere große Herren und vornehme Damen geladen waren. Alle saßen in einem großen, prächtigen Saal, und die vier besten Musiker der Stadt spielten ihnen auf. Als dann beim Nachtisch auch der Tanz beginnen sollte, ließ sich zwischen den Musikern plötzlich

Das 24. Kapitel.

eine Leier hören – zum großen Schrecken aller Anwesenden. Die Musiker selbst ergriffen als Erste die Flucht, denn sie hatten das Schnarren der Leier ganz in ihrer Nähe gehört, aber niemanden gesehen. Ihnen folgten die Übrigen in großer Furcht, und als plötzlich aus der Ecke, wo die Musiker gesessen hatten, ein Gelächter ertönte, nahm das Gedränge an der Tür so zu, dass mehrere Personen fast erdrückt worden wären.

Nachdem sich der Saal geleert hatte, sahen einige, die bei der Tür stehengeblieben waren und noch das Herz hatten, einen Blick nach drinnen zu riskieren, wie hier ein paar Sessel und dort ein paar silberne Tischbecher, Platten und anderes Geschirr miteinander herumtanzten. Zwar nahmen diese rätselhaften Phänomene bald ein Ende, trotzdem traute sich noch lange niemand in den Saal zurück. Dabei hatte man inzwischen Geistliche und Soldaten geholt, die das Gespenst ob durch Gebet oder mit Waffen vertreiben sollten.

Früh am nächsten Morgen aber, als man den Saal wieder betrat und kein einziger Löffel, geschweige denn sonst etwas vom Silbergeschirr fehlte, obwohl die ganze Tafel damit bedeckt war, bestärkte auch diese Begebenheit den hirnlosen Pöbel in seinem Wahn. Denn die plapperhaften Schlaumeier, die tags zuvor wegen der seltsamen Geschichte mit dem gestohlenen Geld gesagt hatten: ›Recht so! So muss der Hagel in die größten Haufen schlagen, damit das Geld auch wieder unter die einfachen Leute kommt!‹, scheuten sich nun nicht, zu behaupten: ›Wo man den Schweiß der Armen verschwendet, da sitzt auch der Teufel bei der Musik.‹

Eines muss ich noch erzählen, was meine zweite Courage, die viel schlimmer war als das erste Scheusal, angestellt hat, und zwar aus lauter Rachgier, wie mir scheint. Kurz zuvor hatte sie für die Äbtissin eines großen, reichen Klosters ihre Leier gestimmt, hatte ihr ein Liedchen, und zwar ein geistliches, vorspielen wollen in der Hoffnung, dass ihr jene dafür einen halben oder ganzen Kreuzer verehren würde.

Aber statt zuzuhören und ihre milde Hand dann aufzutun, tat die Äbtissin ihren Mund auf und ließ meine gute Frau eine schneidig strenge Predigt hören, die ihr sehr missfiel und schwer auf den Magen schlug. Denn es war eine jener Mahnreden, mit denen man die allerliederlichsten Frauen zu erschrecken und zur Besserung ihres Lebens zu nötigen und anzuspornen pflegt. Ach, die brave Äbtissin mag es gut gemeint und sich gesagt haben, sie habe irgendeine Laienschwester vor sich, der sie die Leviten lesen müsse. Aber stattdessen hatte sie es mit der Verschlagenheit selbst zu tun, einer Schlange, wenn nicht gar einer halben Teufelin, deren Zunge, wie ich oft genug zu spüren bekommen habe, schärfer war als ein zweischneidiges Schwert.

›Potz, Herrgott, gnädige Frau! Haltet Ihr mich denn für eine Hure?‹, antwortete sie ihr. ›Macht Euch klar, dass ich einen ehrbaren Mann habe und dass wir nicht alle Nonnen oder reich sein können, dass wir unsere Tage auch nicht alle in Muße verbringen können und dabei trotzdem gut zu essen haben. Wenn Gott Euch frommer gemacht hat als mich, dann dankt ihm dafür, und wenn Ihr mir um seinetwillen schon kein Almosen geben wollt, dann hackt auch nicht auf mir herum. Wer weiß, wenn die Leute Euch und Euresgleichen nicht so viel Almosen geben würden, gäbe es wohl auch weniger Nonnen auf der Welt und dafür mehr Leierspielerinnen.‹

Unter solchen Reden hatte sie sich damals davongemacht, nun aber war in Stadt und Land von nichts anderem die Rede als von dieser Äbtissin und einem Poltergeist, der sie tagsüber und nachts unaufhörlich plagte und der niemand anders war als meine Frau. Als Erstes zog sie der Äbtissin nachts die Ringe von den Fingern und nahm ihre auf dem Bett liegenden Kleider weg, trug alles in die Bäckerei, wo sie dem schlafenden Bäcker die Ringe an die Finger steckte und das Gewand der Gnädigen Frau ans Fußende seines Bettes legte, ohne dass in dieser Nacht jemand etwas bemerkte. Dabei hatte sie ohne Zweifel den Hauptschlüssel benutzt, den sie sich offenbar beschafft hatte, denn er war kurz zuvor verlorengegangen. In was für einen Verdacht die gute Äbtissin hierdurch im ersten Augenblick geriet, kann man sich leicht vorstellen. Man sprach auch von vielen anderen Streichen, mit denen das Gespenst die Äbtissin geärgert hatte und gegen die weder Weihwasser noch Agnus Dei noch sonst etwas halfen, über die aber außerhalb des Klosters wenig zu erfahren war.

Unterdessen hatten meine Werber die gewünschte Zahl von Soldaten beisammen, und während ich glaubte, ich hätte meine Arbeit getan und könnte daheim bleiben, stellte sich heraus, dass der Betrüger selbst betrogen war. Der gute Springinsfeld musste nämlich mit um die kretische Grube tanzen, die er anderen durch sein Zureden gegraben hatte. Immerhin aber sollte ich die Stelle eines Korporals bei der Infanterie bekommen.«

Das 25. Kapitel. Wie es Springinsfeld im kretischen Krieg erging und wie er wieder nach Deutschland kam.

»So zogen wir, die wir unser Leben verkauft hatten und dennoch für seine Erhaltung tapfer kämpfen wollten, über den Zirler Berg nach Innsbruck, dann über den Brenner nach Trient und weiter nach Treviso, wo wir neu eingekleidet wurden, von dort nach Venedig, wo wir mit Waffen versehen und nach einigen Ruhetagen auf ein Schiff gebracht und nach Kreta* verfrachtet wurden, in dessen elendem Anblick wir auch glücklich anlangten. Man ließ uns nicht lange pausieren oder viel Pilze unter unseren Füßen wachsen, denn schon am nächsten Tag machten wir einen Ausfall und zeigten, dass wir diesen armseligen Steinhaufen beschützen helfen konnten. Beim ersten Mal gelang mir dies so gut, dass ich mit meiner Halbpike drei Türken aufspießte, und zwar mit solcher Leichtigkeit, dass ich bis heute glaube, die armen Kerle seien alle krank gewesen. An Beutemachen war jedoch nicht zu denken, weil wir uns gleich wieder zurückziehen mussten.

Am nächsten Tag ging es dann noch heftiger her, und ich brachte zwei Männer mehr um als am ersten, aber wieder lauter arme Wichte, so dass ich glaubte, sie besäßen zu fünft nicht einen einzigen Dukaten. Mir schien, sie seien von der gleichen Sorte, wie es sie auch bei uns oft gegeben hat – Leute, die ihr Leben aufs Spiel setzten, um andere, die Geld hatten, zu beschützen, zu bewachen und mit ihren tüchtigen Händen und tapferen Fäusten für diese anderen die Ehre des Sieges zu erringen, und ihnen auch noch die Beute und die Belohnung dafür überlassen mussten. Denn nie bekamen wir unter denen, die antraten, um ihr Blut gegen das der Christen zu setzen, einen Beg* oder Beglerbeg* oder gar einen Pascha zu Gesicht. Es kann allerdings sein, dass sich hinter den Truppen mehr solcher hochrangigen Antreiber aufhielten als Anführer vorn in der Spitze.

Diese Art, Krieg zu führen, gefiel mir überhaupt nicht, und so kam es, dass ich mitten auf Kreta die Schweden dafür loben musste, wie dankbar sie sich gegen ihre nichtadeligen Soldaten – gleichgültig, ob sie aus einem fremden oder dem eigenen Volk stammten – zeigten, die sie höher schätzten als die eigenen, nicht zum Kriegsdienst verpflichteten adeligen Landsleute, was denn auch einer der Gründe für ihr Glück im Krieg war. Trotzdem tat ich jederzeit, wozu ein redlicher Soldat verpflichtet ist, gehorchte auf der Erde wie ein ehrbarer Landsknecht und gab unter ihr mein Bestes, die Maulwürfe in ihrer Kunst zu übertreffen, und hatte doch nichts davon als bisweilen ein kleines Geschenk. Und als kaum noch jeder Zehnte von denen lebte, die mit mir aus Deutschland gekommen waren, machte man den armseligen Springinsfeld zum Sergeanten über den noch armseligeren Rest seiner kranken Kameraden, als würden hierdurch seinem erschöpften Kör-

Das 25. Kapitel.

per und ächzenden Geist ihre frühere Kraft und Courage zurückgegeben.

Da musste ich mich also noch mehr abmergeln als zuvor, half zwar, die wenigen uns verbliebenen Pferde zu fressen, musste aber auch selbst schwerere Arbeit tun als jedes Pferd. Während mir nun in meinem neuen Rang kein feindlicher Musketenschuss und kein Türkensäbel mehr etwas anhaben konnte, traf mich doch ein Stein von einer explodierenden Sprengmine so unbarmherzig am Bein, dass er den Wadenknochen zu Sägemehl zermalmte und der Schenkel mir bis über das Knie abgenommen werden musste. Aber auch dieses Unglück kam nicht allein, denn während ich als soldatischer Patient daniederlag und mich kurieren ließ, bekam ich obendrein die Rote Ruhr* mit schwerem Kopfweh, so dass mein Schädel bald so voller Wahnbilder war wie mein Feldbett voller Unflat.

Nichts bekam mir damals besser, als dass mir Offiziere und Gemeine versicherten, ich sei ein Muster von einem guten Soldaten gewesen. Denn nach solchem Lob wurde auch mit anderen Medikamenten nicht an mir gespart, obwohl die Venezianer sonst mit ihren Soldaten wie mit ihren Besen umzugehen pflegen und sie wegwerfen, wenn sie abgenutzt sind. Mir halfen aber auch andere wackere Männer, die am Leben geblieben waren und taten, was sie konnten, damit niemand ein Beispiel gab, das andere träge und verdrossen hätten machen können. Auch von diesen waren schließlich nur so wenige noch übrig, dass wir kaum ein oder zwei, die ihre Gesundheit behalten oder vollkommen wiederhergestellt hatten, auf die Wachposten stellen konnten. Doch als wir dem Ende nahe waren, kam unversehens der Friede.* Wir wurden zurückgebracht und trafen, nachdem ich auf dem Meer viel Ungemach ausgestanden hatte, endlich auch wieder in Venedig ein. Viele von uns, die, wie ich, gehofft hatten, man werde uns bei der Ankunft mit Lorbeerkränzen krönen und mit Gold überschütten, kamen in das dortige

Lazarett, wo ich mir selbst helfen musste, bis ich wieder heil war und auf meinem hölzernen Bein herumstelzen konnte.

Nachher bekam ich meinen ehrenvollen Abschied und ein bisschen Geld. Aber so gut, wie wenn ich bei den redlichen Holländern in Ostindien gedient hätte, wurde ich nicht bezahlt. Stattdessen erlaubte man mir, dass ich ehrbaren Leuten einen Beitrag zu meiner Wegzehrung abbettelte und auf diese Weise die Zahl der Dukaten, die ich noch hatte, kräftig vermehrte, denn vor den Kirchen spendete mir so mancher Signore und so manche fromme Matrone reichlich. Dabei brauchte ich gar nicht zu sagen, dass ich Soldat auf Kreta gewesen sei. Man erkannte uns auch so. Denn fast alle, die übriggeblieben waren, hatten ihr Haar verloren, und außerdem waren wir mager und ausgehungert und obendrein so schwarz wie die allerschwärzesten Zigeuner.

Weil mir das Betteln so gut bekam, bettelte ich weiter, bis ich von Venedig nach Deutschland zurückgelangte, voller Hoffnung, meine Frau wiederzufinden und sie mir von neuem gewogen zu machen, da ich unser Handwerk inzwischen so gut beherrschte und obendrein ein sehr nützliches Werkzeug dazu mitbrachte, nämlich meinen Stelzfuß. Denn ich dachte, dieses Ding müsse ihr gut gefallen, weil sie doch selbst einer vornehmen Familie eingefleischter Bettler entstammte.«

Das 26. Kapitel. **Was für Streiche die Leierspielerin noch anstellte und wie sie endlich ihren Lohn dafür bekam.**

»Um meine liebe Frau möglichst bald wiederzufinden, mischte ich mich unter die Landfahrer, Vagabunden und ähnliche Leute, bei denen sie die meiste Zeit ihres Lebens verbracht hatte. Bei ihnen fragte ich immer wieder nach ihr, ohne je das Geringste zu erfahren. Schließlich kam ich auch in die Stadt, wo ich in venezianische Kriegsdienste geraten war. Ich besuchte meinen früheren Gastwirt und erzählte ihm, wie es mir seither auf Kreta ergangen war. Als guter alter Deutscher und neugieriger Zeitgenosse hörte er mir aufmerksam zu, und als ich dann auch ihn fragte, was sich in meiner Abwesenheit bei ihnen zugetragen habe, kam er unter anderem auch auf das Gespenst zu sprechen, das die Äbtissin eine Zeitlang auf so merkwürdige Weise geplagt und geärgert hatte. Inzwischen sei der Spuk vorbei, und man glaube, jenes Gespenst sei niemand anders gewesen als das seltsame Weib, dessen Körper man kürzlich unweit von hier verbrannt habe. Hier ging es nun offenbar um das, was ich wissen wollte, also spitzte ich die Ohren und bat ihn, er möge so gut sein, mir die ganze Geschichte zu erzählen.

›Zu der Zeit‹, fuhr der Wirt fort, ›als die Äbtissin von dem Gespenst so gequält wurde und tatsächlich in den Verdacht geriet, sie habe sich ihren Bäcker zum Liebhaber genommen, kam es auch anderswo in der Stadt und auf dem Land zu ähnlichen Vorfällen, so dass manche Leute glaubten, es sei dem Teufel selbst gestattet worden, die ganze Gegend zu plagen. Dem einen verschwand das Essen vom Feuer, dem anderen ein Krug voll Wein oder Bier, dem dritten das Geld, dem vierten die Kleider, und bei einigen drehten sich gar die Ringe von den Fingern. Nachher aber fand man die meisten Sachen in anderen Häusern und bei anderen Leuten wieder, die nicht ahnten, dass sie sie bei sich hatten, woraus jeder Verständige leicht schließen konnte, dass auch der ehrbaren Äbtissin Unrecht geschehen war. Am Ende fand niemand mehr etwas dabei, wenn diesem oder jenem des Nachts die Kleider weggenommen und andere dafür hingelegt wurden, ohne dass man begriffen hätte, wie dies möglich und wie es geschehen war.

Damals hielt ein Freiherr nicht weit von hier Hochzeit, bei der es, wenn nicht fürstlich, so doch gräflich zuging.

Der Braut aber wurden bei ihrem Ehrenfest der prächtige Schmuck und die Kleider, in denen sie tagsüber geglänzt hatte, nachts samt ihrem Nachtzeug weggenommen und dafür ein schlichtes Frauenkleid, wie es Soldatenfrauen tragen, und noch dazu voller Läuse, hingelegt. Viele hielten dies für das Vorzeichen einer unglücklichen Ehe, aber diese Wahrsager gaben damit nur ihre Unwissenheit zu erkennen.

An einem Sonntag im Mai nach diesem Fest spazierte ein Bäckergeselle ungefähr drei Meilen von hier in einem Wald herum und suchte nach Vogelnestern, um die Jungvögel herauszunehmen. Er war ein stattlicher Jüngling mit einem freundlichen Gesicht und außerdem fromm und gottesfürchtig. Während er an einem Bach entlangstreifte und sich immer wieder aufmerksam umsah, erblickte er eine Frau, die sich in diesem Bach badete. Er glaubte, sie sei aus dem Dorf, in dem er Geselle war, und ließ sich deshalb von seiner Neugier überreden, niederzusitzen und abzuwarten, bis sie sich wieder anzog, um an den Kleidern zu erkennen, wer sie sei, und sie nachher damit aufzuziehen, dass er sie nackt gesehen habe.

Es kam, wie er erwartet hatte, aber doch nicht ganz. Denn nachdem die Dame aus dem Wasser gestiegen war, zog sie keinen Bauernrock an, sondern ein Kleid, das ganz aus Silber gewirkt und mit goldenen Blumen besetzt war. Dann setzte sie sich, kämmte ihr Haar, flocht es zu Zöpfen, legte sich kostbare Perlen und andere Kleinode um den Hals und zierte ihren Kopf mit ähnlichem Schmuck, so dass sie wie eine Fürstin aussah. Ängstlich und voller Verwunderung hatte ihr der brave Bäckergeselle bisher zugesehen. Nun aber flößte ihm die vornehme Gestalt solche Furcht ein, dass er davongehen und so tun wollte, als hätte er sie gar nicht gesehen. Weil er ihr aber so nah war, dass sie ihn sehen musste, rief sie ihm nach: ‚Hört, junger Gesell, seid Ihr denn so grob und unhöflich, dass Ihr eine junge Dame nicht mal grüßt?'

Der Bäcker drehte sich um, nahm seinen Hut ab und sagte: ‚Gnädiges Fräulein, ich dachte, es gehört sich nicht, dass ein

Das 26. Kapitel.

unadeliger Mensch wie ich einer so vornehmen Frau wie Euch näher tritt.'

‚So dürft Ihr nicht sprechen', antwortete die Dame, ‚denn ein Mensch ist so viel wert wie der andere, und außerdem habe ich hier schon viele hundert Jahre auf Euch gewartet, und nun, da es Gott so eingerichtet hat, dass wir diese langersehnte Stunde erleben, bitte ich Euch um Gottes willen: Setzt Euch zu mir und hört, was ich mit Euch zu reden habe.'

Dem Bäckergesell war anfangs unheimlich gewesen, weil er fürchtete, es sei ein teuflischer Betrug, durch den er zur Hexerei verführt werden sollte. Als er sie aber den Namen Gottes aussprechen hörte, setzte er sich ohne Scheu zu ihr, und sie begann zu sprechen.

‚Mein allerliebster Herzensfreund, Ihr seid, nach dem lieben Gott, mein einziger Trost, meine einzige Hoffnung und einzige Zuversicht. Euer lieber Name ist Jakob, und Ihr kommt aus Allendorf. Ich aber bin Minolanda, die Tochter von Melusines Schwester, die mich mit dem Ritter von Stauffenberg* gezeugt und dazu verflucht hat, von meiner Geburt bis zum Jüngsten Tag in diesem Wald zu hausen, es sei denn, Ihr würdet mich, wenn Ihr hierherkommt, zu Eurer Gemahlin nehmen und dadurch von jenem Fluch erlösen – dies allerdings nur unter drei Bedingungen: wenn Ihr wie bisher danach strebt, stets tugendhaft und gottesfürchtig zu sein, wenn Ihr allen anderen Frauen entsagt und wenn Ihr diese unsere Heirat ein ganzes Jahr lang geheim haltet. Deshalb überlegt nun, was Ihr tun wollt. Wenn Ihr mich heiratet und diese Bedingungen erfüllt, werde ich nicht nur erlöst, sondern werde auch, wie jeder andere Mensch, Kinder zeugen können und, wenn die Zeit gekommen ist, selig aus dieser Welt scheiden. Ihr aber werdet der reichste und glücklichste Mann auf Erden werden. Wenn Ihr mich aber verschmäht, muss ich, wie Ihr schon gehört habt, bis zum Jüngsten Tag hier ausharren und werde wegen Eurer Unbarmherzigkeit ewig nach Rache schreien. Das Glück aber, das Ihr dann im

Leben haben werdet, wird so beschaffen sein, dass selbst die Allerunglücklichsten es mit Euch nicht teilen wollen.'

Der Bäckergeselle, der sowohl die Geschichte oder Sage von der Melusine als auch die des Ritters von Stauffenberg gelesen und noch viele andere Märchen von verfluchten Jungfrauen gehört hatte, glaubte alles, was ihm gesagt worden war, besann sich daher nicht lange, sondern gab ihr sein Jawort und bestätigte diese Ehe mit oft wiederholtem Beischlaf. Sie aber, nachdem dies verrichtet war, gab ihm einige Dukaten, nahm auch ein goldenes, mit Diamanten besetztes Kreuz, das eine Reliquie enthielt, von ihrem Hals und gab es ihm ebenfalls, um seine Befürchtung zu zerstreuen, er habe es mit einem Teufelsgespenst zu tun. Zuletzt wurde vereinbart, dass sie ihn von nun in den meisten Nächten in seiner Schlafkammer besuchen würde, und dann verschwand sie vor seinen Augen.

Es waren aber kaum vier Wochen vergangen, da begann es den Bäckergesellen zu grausen. Als ihm sein Gewissen immer lauter sagte, es könne bei dieser heimlichen Ehe nicht mit rechten Dingen zugehen, bot sich ihm eines Tages eine Gelegenheit, in diese Stadt zu kommen, wo er sich seinem Beichtvater außerhalb des Beichtgeheimnisses anvertraute und die ganze Geschichte preisgab. Als dieser hörte, was für ein Gewand diese Nixe oder Minolanda, wie sie sich nannte, getragen hatte, und sich daran erinnerte, dass einem vornehmen Fräulein ein solches Gewand bei ihrer Hochzeit entwendet worden war, wurde er nachdenklich und fragte auch nach dem Kreuz, das dem Bäckergesellen von seiner Beischläferin verehrt worden war. Als er es vor sich sah, überredete er den Bäcker, es ihm für eine kurze halbe Stunde zu überlassen, damit er es einem Juwelier zeigen und erfahren könne, ob das Gold und die Edelsteine echt seien. Nun aber eilte er sogleich zu jener Dame, die glücklicherweise gerade in der Stadt war, und als sie das Kreuz als ihr Eigentum erkannte, wurde ein Plan entworfen, wie man dieser Melusine habhaft werden könnte. Auch der verängstigte Bäckergeselle willigte ein und versprach, so gut er könne, mitzuhelfen.

Drei Tage später wurden zwölf mutige, mit Partisanen* bewaffnete Männer losgeschickt, die die Kammer des Bäckergesellen gegen Mitternacht stürmen sollten, wobei sie zunächst Türen und Fenster sicherten, damit niemand sie öffnen und entrinnen könne. Sobald dies geschehen war und zwei Männer mit Fackeln in das Zimmer traten, sagte der Bäcker: ‚Sie ist schon nicht mehr da.' Aber er hatte den Mund kaum wieder geschlossen, da steckte ihm ein Messer mit silbernem Griff in der Brust – und bevor man recht verstanden hatte, was geschehen war, steckte auch einem zweiten Mann, der eine Fackel trug, ein Messer im Herzen, so dass er auf der Stelle tot zusammenbrach. Einer der Bewaffneten versuchte, abzuschätzen, aus welcher Richtung die Stiche gekommen waren, machte einen Satz zurück und tat dann einen derart gewaltigen Hieb in diese Ecke, dass er damit der ebenso unseligen wie unsichtbaren Melusine die Brust bis auf den Nabel hinunter aufschlitzte. Ja, dieser Hieb war von einer solchen Kraft, dass man nicht nur die tote Melusine selbst dort liegen, sondern auch Lunge, Leber und Gedärm in ihrem Leib und das Herz noch zappeln sah. Um den Hals hingen ihr lauter Kleinode, die Finger steckten voll kostbarer Ringe, und ihr Kopf war wie in Gold und Perlen gehüllt. Im Übrigen aber hatte sie nur ein Hemd, einen Unterrock aus doppeltem Taft und ein Paar Seidenstrümpfe an, denn das Silberkleid, das sie verraten hatte, hatte sie unter das Kopfkissen gelegt.

Der Bäcker lebte noch, bis er gebeichtet und die Kommunion empfangen hatte. Dann starb er in großer Reue und tiefem Kummer, und wunderte sich zuletzt noch, dass man gar kein Geld bei seiner Beischläferin gefunden hatte, das sie doch im Überfluss besessen haben soll. Nach den Gesichtszügen hat man ihr Alter auf ungefähr zwanzig Jahre geschätzt und hat ihren Körper als den einer Zauberin verbrannt. Den Bäcker aber hat man mit dem Fackelträger in ein

Grab gelegt. Wie man vor seinem Hinscheiden noch erfuhr, habe die Sprache dieses Weibes beinahe wie Österreichisch geklungen.‹«

Das 27. Kapitel. Endlicher Abschluss von Springinsfelds seltsamem Lebenslauf.

»Durch diese Erzählung erfuhr ich, was das wunderbare Vogelnest aus meiner Frau gemacht hatte, wie der Kitzel ihres geilen Fleisches sie zur Ehebrecherin und zur Mörderin, mich selbst aber zum Hahnrei gemacht und ihr schließlich nicht nur einen erbärmlichen Tod, sondern sie sogar ins Feuer gebracht hatte. Ich fragte den Wirt, ob sich sonst noch etwas mit ihr zugetragen habe, worauf er antwortete: ›Potz, das Beste und Merkwürdigste hätte ich fast vergessen! Bei ihrem Tod ist einer der Hellebardiere, ein junger, tapferer Kerl mit Leib und Seele, Haut und Haar, Kleidern und allem anderen verschwunden, und bisher hat kein Mensch herausgefunden, wohin er geflogen oder gestoben ist. Dies sei ihm geschehen, so heißt es, als er sich gebückt habe, um ein Taschentuch aufzuheben, das dieser seltsamen Frauensperson gehört habe und dann mit ihm zugleich verschwunden sei.‹

›Ho, ho!‹, dachte ich. ›Jetzt weißt du auch, dass dein Nest einen neuen Herrn hat.* Gebe Gott, dass es ihm besser bekommt als meiner Frau.‹ Ich hätte den Leuten aus ihrem Traum helfen können, wenn ich ihnen die Wahrheit hätte sagen wollen. Aber ich schwieg und ließ sie sich wundern und disputieren, solange sie wollten. Ich selbst dachte darüber nach, wie grob der unwissende Wahn betrügt und was von gewissen Wundergeschichten zu halten sei, die wohl ganz anders erzählt worden wären, wenn die Aufschreiber verstanden hätten, ihnen bis auf den Grund zu blicken.

Das 27. Kapitel.

Nachdem ich nun unverhofft erfahren hatte, wohin meine Frau gekommen war, besorgte ich mir wieder eine Geige und durchstelzte mit ihr das ganze Erzbistum Salzburg, ganz Bayern und Schwaben, Franken und die Wetterau, kam auch schließlich durch die Unterpfalz hierher und traf überall mildtätige Leute, die mir etwas gaben. Ich glaube, mir ist dabei ein solches Glück beschieden, dass mir auch mancher etwas stiftet, der selbst nicht den zehnten Teil von dem Geld hat, das ich besitze. Und weil ich sehe, dass mein Kapital nicht schrumpft und ich doch so oder so in aller Freiheit stets genug zu essen habe und auch, wenn ich eine brauchte, eine schöne Leierspielerin als Helferin in der Not finden könnte (denn Gleich und Gleich gesellt sich gern), so wüsste ich nicht, warum ich mir ein anderes, seligeres Leben wünschen sollte, und wüsste auch kein besseres zu finden. Falls aber du, Simplicius, mir ein anderes und besseres zu zeigen weißt, so möchte ich deinen Rat gern hören und ihn, je nachdem, wie er ausfällt, auch gern befolgen.«

»Ich wünsche dir«, antwortete Simplicius, »du würdest dein zeitliches Leben hier so führen, dass du das ewige nicht verlierst!«

»Oh, diese Mönchssprüche!«, sagte Springinsfeld. »Bist du denn inzwischen in einem Kloster versackt? Oder hast du vor, dich demnächst in einem zu verkriechen? Es kann doch nicht sein, dass du mir, ganz gegen deine alte Art, immer wieder mit solchen Faseleien kommst?«

»Wenn du nicht selbst in den Himmel willst«, antwortete Simplicius, »wird dich auch niemand hineintragen. Aber lieber wär es mir, du verhieltest dich wie ein Christenmensch und fingest an, über dein Ende nachzudenken, denn bis dahin hast du nur noch einen kurzen Sprung zu tun.«

Über diesem Gespräch begann es unvermerkt zu tagen, und das machte uns alle, wie es oft geschieht, wieder schläfrig. Wir folgten der Verlockung, machten die Augen zu, um uns noch ein paar Stunden von innen anzuschauen, und standen erst auf, als uns der Appetit unserer Mägen zu einigen Dutzend Pastetchen und einem Trunk Wermut nötigte. Während wir Mahlzeit hielten, kam die Nachricht, der Rhein habe die Brücke weggerissen und es sei noch immer so starker Eisgang, dass niemand herüber- oder hinüberkönne. Daher entschloss sich Simplicius, diesen Tag mit seinen Leuten noch in der Stadt zu bleiben, und wollte, dass auch der Springinsfeld und ich in dieser Zeit noch bei ihm blieben. Mit mir verabredete er, dass ich die Lebensbeschreibung des Springinsfeld, wie er sie selbst erzählt hatte, schriftlich festhalten und den Leuten damit auch bekanntmachen sollte, dass sein, des Simplicius, Sohn kein Hurenkind der liederlichen Courage sei. Dafür schenkte er mir sechs Reichstaler, die ich damals gut gebrauchen konnte. Den Springinsfeld selbst aber lud er ein, den Winter auf seinem Hof zu verbringen, wobei er mir versicherte, das tue er nicht wegen der paar hundert Dukaten, die jener bei sich habe, sondern um zu sehen, ob er ihn nicht doch noch auf den christlichen Weg eines gottesfürchtigen Lebens bringen könne. Wie ich mir inzwischen habe sagen lassen, ist Springinsfeld im vergangenen März gestorben, nachdem er sich vorher, dank dem Simplicissimus, auf seine alten Tage noch gründlich geändert und ein christliches, besseres Leben zu führen begonnen habe. So fand denn dieser abenteuerliche Springinsfeld auf dem Bauernhof des ebenso seltsamen Simplicissimus (den er vorher zu seinem Erben eingesetzt hatte) sein letztes

ENDE.

ANHANG

DIE ANDERE BIBLIOTHEK
im Eichborn Verlag

Im Juli 2010

Liebe Leserinnen und Leser,
liebe Freunde der »Anderen Bibliothek«,

dass Verlagswünsche sich so sehr erfüllen, das geschieht selten – und Ihnen, unseren Leserinnen und Lesern, verdanken wir das!
Genau vor einem Jahr prophezeiten wir, stolz auf das kühne Unterfangen: »Die Debatte über das Wagnis dieser Simplicissimus-Ausgabe wird heftig, der Beifall am Ende stürmisch sein«.
Reinhard Kaiser war der waghalsige Inspirator und der Übersetzer aus dem Barock des 17. Jahrhunderts in die Sprache unserer Zeit. Er ist mit stürmischen Beifall durch die Republik gereist, hat hinreißend diesen ersten großen deutschen Roman vorgestellt und zugleich mit der Übertragung zweier simplicianischer Folgeromane begonnen.
Sie, liebe Leserinnen und Leser, haben wunderbare Lesestunden vor sich, gefüllt mit einer gleich doppelten Entdeckung: Diese »Lebensbeschreibung der Erzbetrügerin und Landstörzerin Courage« sowie »Der seltsame Springinsfeld« sind aufs engste und höchst amüsant mit dem »Simplicissimus« verstrickt und die Courage, die wir von Bertolt Brecht zu kennen glaubten, ist eine noch viel wagemutigere Frau im Kampf der Geschlechter. Ja, wir begegnen der stärksten Frau in der deutschen Literatur.
Das ist ein hohes Versprechen, aber dieses neue Grimmelshausen-Leseabenteuer wird es erfüllen, da bin ich mir sicher und darf Ihnen mit allen Mitarbeitern der »Anderen Bibliothek« Vergnügungen dabei wünschen.

Lesen Sie wohl

Ihr

DIE ANDERE BIBLIOTHEK
im Eichborn Verlag

Im Juli 2010

Liebe Leserinnen und Leser,
liebe Freunde der »Anderen Bibliothek«,

dass Verlagswünsche sich so sehr erfüllen, das geschieht selten – und Ihnen, unseren Leserinnen und Lesern, verdanken wir das!
Genau vor einem Jahr prophezeiten wir, stolz auf das kühne Unterfangen: »Die Debatte über das Wagnis dieser Simplicissimus-Ausgabe wird heftig, der Beifall am Ende stürmisch sein«.
Reinhard Kaiser war der waghalsige Inspirator und der Übersetzer aus dem Barock des 17. Jahrhunderts in die Sprache unserer Zeit. Er ist mit stürmischen Beifall durch die Republik gereist, hat hinreißend diesen ersten großen deutschen Roman vorgestellt und zugleich mit der Übertragung zweier simplicianischer Folgeromane begonnen.
Sie, liebe Leserinnen und Leser, haben wunderbare Lesestunden vor sich, gefüllt mit einer gleich doppelten Entdeckung: Diese »Lebensbeschreibung der Erzbetrügerin und Landstörzerin Courage« sowie »Der seltsame Springinsfeld« sind aufs engste und höchst amüsant mit dem »Simplicissimus« verstrickt und die Courage, die wir von Bertolt Brecht zu kennen glaubten, ist eine noch viel wagemutigere Frau im Kampf der Geschlechter. Ja, wir begegnen der stärksten Frau in der deutschen Literatur.
Das ist ein hohes Versprechen, aber dieses neue Grimmelshausen-Leseabenteuer wird es erfüllen, da bin ich mir sicher und darf Ihnen mit allen Mitarbeitern der »Anderen Bibliothek« Vergnügungen dabei wünschen.

Lesen Sie wohl

Ihr

Anmerkungen

Bei Hinweisen auf Stellen in Grimmelshausens *Abenteuerlichem Simplicissimus Deutsch* werden mit Rücksicht auf die zahlreichen unterschiedlichen Ausgaben, die es gibt, immer Buch und Kapitel genannt. Die Seitenangaben beziehen sich auf die zuerst in der *Anderen Bibliothek* erschienene Ausgabe, Frankfurt: Eichborn 2009.

Lebensbeschreibung der Erzbetrügerin und Landstörzerin Courage

8   *Zum Titelkupfer* – Es zeigt Courage auf ihrem Esel. Sie hat den Reisesack hinter sich geöffnet und lässt »der Torheit Kram«, wie es in der »Erklärung des Kupferstichs« (S. 10) heißt, herausfallen – vor allem Utensilien zur Schönheitspflege, Schminke, Salben und dergleichen. Wie zufrieden sie damit ist, dies alles in ihrem neuen Leben bei den Zigeunern hinter sich lassen zu können, bekennt sie am Ende ihrer Lebensbeschreibung (Kap. 27, S. 131 ff.). Ihren Esel lässt sie Disteln fressen – möglicherweise ein Hinweis auf Geiz. Der Himmel über ihr ist erfüllt von Wesen, die nach den vieldeutigen Codes der barocken Emblematik wenig Gutes zu versinnbildlichen scheinen. Von links nach rechts sind unter anderem zu erkennen: der teuflische Basilisk, ein Hirschgeweih, das ebenso wie der Hirschkäfer und die Biene auf sexuelle Gier verweist; sodann der für ein unstetes Leben stehende Kranich, die Fledermaus, die Heuschrecke als Sinnbild göttlicher Strafe und die Eule.

Die Landschaft im Hintergrund, durch die Gruppen von Zigeunern ziehen, fällt nach links, in Richtung Untergang ab. Am linken Bildrand allerdings sprießt aus einem ebenfalls nach links aus dem Bildrahmen sich neigenden Baum ein beblätterter Zweig nach rechts. Das so angedeutete Y, in dessen Richtung die Courage zu blicken scheint, hat Klaus Haberkamm (»Verkehrte allegorische Welt«) als Chiffre für die Wahl zwischen zwei Lebenswegen gedeutet, dem, der ins Unheil, und dem, der letztlich doch noch ins Heil führt. Der junge Zigeuner, der zwei gestohlene Hühner an das Gewehr über seiner Schulter gehängt hat, scheint sie nach links zu locken, während seine Hand doch nach rechts weist. Möglich, dass Courage auf ihrem Esel noch unentschieden ist. Der Kupferstich könnte von vier Radierungen mit Zigeunerdarstellungen beeinflusst sein, die Jacques Callot um 1621 geschaffen hat. Vgl. Jacques Callot, *Das gesamte Werk in 2 Bänden*, München: Rogner & Bernhard 1971, Bd. 2, S. 1070 ff.

9 *Landstörzerin* – Landstreicherin, Landfahrerin. Die Idee, in einem Roman statt eines Picaro eine Picara die Hauptrolle spielen zu lassen, stammt, wie der europäische Schelmenroman selbst, aus Spanien. In dem Roman *El libro de entretenemiento de la Pícara Justina* (Das unterhaltsame Buch von der Picara Justina) des Arztes Francisco López de Ubeda aus Toledo trat im Jahre 1605 die erste Schelmin der Weltliteratur auf. Um 1615 erschien eine mit dem Original sehr frei verfahrende italienische Übersetzung, die ihrerseits Grundlage einer deutschen Übersetzung wurde. Sie erschien erstmals 1620 in Frankfurt unter dem Titel *Die Landstörtzerin Iustina Dietzin, Picara genandt, in deren wunderbarlichen Leben und Wandel alle List und Betrug, so in jtzigen Zeit verübt und getrieben werden, und wie denselbigen zu begegnen, artig beschrieben*. Grimmelshausen kannte das Buch. In wel-

cher Weise der über weite Strecken dunkle und durch »Stille Post«-Effekte der Mehrfachübersetzung weiter verdunkelte Text, der im Deutschen schließlich ankam, auf ihn gewirkt hat, ist unklar. Im Fall der *Courage* beschränkte sich die Anregung möglicherweise auf die Grundidee der Lebensgeschichte einer in der Ich-Form erzählenden Picara. Vgl. Volker Meid, »Von der *Pícara Justina* zu Grimmelshausens *Courasche*«.

9 *Courage* – Auf der Titelseite des Originals lautet der Name der Erzählerin *Courasche*, hingegen schon in der Banderole des benachbarten Titelkupfers *Courage*. Diese Inkonsequenz setzt sich, wie zahllose andere orthographische Inkonsequenzen, im Text des Originals fort, ohne dass eine literarische oder gestalterische Idee dabei zu erkennen wäre. Auch an Stellen, wo der Name der Protagonistin in seiner Mehrdeutigkeit wortspielerisch zur Geltung kommt und die abweichende Schreibung *Courasche* wirksam ins Spiel gebracht werden könnte, macht der Text des Originals hiervon keinen Gebrauch, etwa in der Überschrift des 12. Kapitels, die im Original lautet: »Der Courage wird ihr treffliche *Courage* auch trefflich eingetränckt«. Dem Übersetzer schien die Nachbildung orthographischer Inkonsequenzen des Originals in einer Übersetzung nicht sinnvoll. Deshalb hat er sich entschieden, den Namen der Erzählerin so zu schreiben, wie er auch im Original in der überwiegenden Zahl der Fälle geschrieben wird.
dem Autor in die Feder diktiert – Wie es zu diesem »Diktat« kommt und wie es ihm dabei ergangen ist, berichtet der Autor erst im *Springinsfeld*, Kap. 4–6. Vgl. S. 165 ff.
Philarchus Grossus von Trommenheim – Ein Anagramm auf den Namen Christophorus von Grimmelshausen.
Felix Stratiot – Auch der Verleger, Wolff Eberhard Felßecker in Nürnberg, wird hinter einem Pseudonym verborgen.

16 *mit ägyptischer Läusesalbe und viel Gänseschmalz eingerieben* – ägyptisch = zigeunerisch. Die Zigeuner wurden auch »Ägypter« genannt, »da denn vermutlich aus dem Namen Aegyptiani die Benennung Cyani oder Cingani u. s. f. entsprossen ist« (Zedler, *Universal-Lexicon*, Bd. 62, Sp. 520 »Ziegeuner«).

17 *Mir fehlt ... und was mir fehlen sollte* – Courage spricht hier und im vorangehenden Satz nicht allein von ihren moralischen Eigenschaften, sondern auch von sich als Frau, von den Geschlechtsmerkmalen, die sie hat, und jenen, die sie nicht hat.

Der cholerische Saft – Dieser und der nächste Abschnitt folgen der antiken Temperamentenlehre, die die Unterschiede in der Wesensart der Menschen aus dem Vorherrschen eines von vier Körpersäften (*humores*) und aus deren Mischungsverhältnis herleitete: weiße Galle (*chole*), schwarze Galle (*melancholia*), Schleim (*phlegma*), Blut (*sanguis*).

19 *von einem böhmischen Edelmann ... gezeugt* – Gemeint ist Heinrich Matthias, Graf von Thurn-Valsassina (1567–1640), als Kind protestantischer Eltern in Böhmen auf Schloss Lipnitz geboren. Er kämpfte in der kaiserlichen Armee gegen die Türken in Ungarn, war 1618 einer der Hauptbeteiligten am Aufstand der böhmischen Stände gegen den Kaiser und am Prager Fenstersturz, drang mit dem ständischen Heer 1619 bis Wien vor, nahm an der Schlacht am Weißen Berg (8. November 1620) teil, bei der die böhmischen Stände unterlagen, wurde nachher mit anderen Anführern geächtet und verlor seinen gesamten Besitz, floh dann zu Gabor Bethlen (vgl. Anm. zu S. 29) nach Siebenbürgen und später ins Osmanische Reich. In den folgenden Jahren kämpfte er für die protestantische Sache in niederländischen, venezianischen, dänischen und schwedischen Diensten gegen die Habsburger und verbrachte

ANMERKUNGEN

die letzten Jahre seines Lebens in Livland. Vgl. *Courage*, Kap. 10, S. 54 u. Kap. 12, S. 63 f..

19 *Prachatitz* – Stadt in Böhmen, am Osthang des Böhmerwaldes, nordwestlich von Budweis – im Original Bragoditz.

Als der Bayernherzog mit dem Buquoy nach Böhmen zog – Herzog Maximilian I. von Bayern und der kaiserliche General Karl Bonaventura von Longueval, Graf von Buquoy, kämpften im Jahre 1620 gegen den neuen böhmischen König, Friedrich V. von der Pfalz, den sog. »Winterkönig«, und besiegten ihn in der Schlacht am Weißen Berg.

ein vorwitziges Gör von dreizehn Jahren – Courage ist demnach 1607 geboren.

20 *Als sich der bayerische Herzog und der Buquoy dann trennten* – Hier beginnt die Reihe der teilweise wörtlichen Entlehnungen, die Grimmelshausen aus seiner Hauptquelle für die Chronologie der kriegerischen Ereignisse bezogen hat, dem *Erneuerten Teutschen Florus* des Eberhard von Wassenberg, der in mehreren Ausgaben bis 1647 erschienen ist. Eine genaue Aufstellung der Parallelen gibt Gustav Könnecke, Bd. 1, S. 11–28.

die mit den Halsstarrigen grausam umgingen – Bei dem Überfall der Kaiserlichen auf die Stadt im Herbst 1620 wurden fast 1500 Menschen erschlagen.

21 *vor fünfzig Jahren* – Hieraus und aus der vorvorletzten Anm. ergibt sich, dass die Courage dem Autor ihre Geschichte um das Jahr 1670 im Alter von 63 Jahren »in die Feder diktiert«.

23 *Schlacht am Weißen Berg bei Prag* – Am 8. November 1620. Vgl. Anm. zu S. 19.

24 *der weise König Alfons* – Alfons X., »der Weise«, König von Kastilien und Leon (1252–1282).

25 *Iglau, Trebitsch, Znaim, Brünn, Olmütz* – Diese Städte in Mähren nahm Buquoy im Jahre 1621 ein.

26 *unzüchtige Messer* – Nach Engelbert Hegaurs Ausgabe des Courage-Textes heißen Klappmesser bei den Schwaben mit Bezug auf eine volkstümliche Bezeichnung für das Geschlechtsteil der Frau Füdle- oder Füttle-Messer, vermutlich deshalb, weil die Klinge in einer Ritze verschwindet.

27 *Im Sauerbrunnen seinerzeit* – Der erste Hinweis auf das Verhältnis zwischen Courage und Simplicius, das dieser, ohne den Namen der Courage zu erwähnen, in seiner Lebensbeschreibung kurz schildert: *Simplicissimus*, Buch 5, Kap. 6, S. 451.

bevor du überhaupt geboren wurdest – Simplicius ist um die Zeit der Schlacht bei Höchst geboren, die am 20. Juni 1622 stattfand. Er ist also rund fünfzehn Jahre jünger als die Courage. Vgl. Anm. zu S. 19.

28 *wie Jephthahs Tochter* – Vgl. Richter 11,37 ff.

29 *Gabor Bethlen* – Fürst von Siebenbürgen (1580–1629), ein Verbündeter des »Winterkönigs« im Kampf gegen den Kaiser. Zu ihm flüchtete sich der Graf von Thurn, den Grimmelshausen als Vater der Courage ins Spiel bringt. Vgl. Anm. zu S. 19.

aber vor Neusohl – Ein Irrtum, den Grimmelshausen aus dem *Teutschen Florus* übernimmt: General Buquoy fiel vor Neuhäusel.

33 *wie ein Turteltäubchen als keusche Witwe* – Die Turteltaube – in bildlichen Darstellungen obendrein auf einem dürren Ast hockend – ist hier ein Sinnbild der trauernden Witwe. Vgl. Henkel, Schöne, *Emblemata*, Sp. 860 f.

»Amadis«-Roman – Der vor 1325 vielleicht in Portugal entstandene, 1508 von Garci Rodriguez de Montalvo in vier Bänden umgearbeitete Ritterroman *Amadis de Gaula* verbreitete sich, immer wieder überarbeitet und auf bis zu 24 Bände erweitert, in ganz Europa. Eine deutsche Übersetzung erschien 1569–1598. Cervantes parodierte ihn in seinem *Don Quijote* (1605–1615).

34 *Maulhenkolisch* – Ein Wortspiel mit *melancholisch*, das schon bei Johann Fischart auftaucht. Grimm, *Deutsches Wörterbuch*, Bd. 12, Sp. 1805.

36 *schließlich sogar kugelfest* – Der Glaube, dass man sich durch Magie unverwundbar und auch gegen Schusswaffen »kugelfest« machen könne, war in der Zeit des Dreißigjährigen Krieges noch weit verbreitet.

37 *plötzlich elf Reiter aus der Mansfeldischen Armee* – Der Söldnerführer der protestantischen Union, Ernst Graf von Mansfeld (1580–1626), hatte Böhmen nach dem Verlust von Pilsen mit dem größten Teil seiner Truppen verlassen. Könnecke (Bd. 1, S. 15) schlägt die Begegnung der Courage mit einem versprengten Rest dieser Truppe dem Teil des Werkes zu, den G. entgegen der historischen Realität erfunden habe.

39 *Befestigungen ... bei Weidhausen ... durch Akkord ... übergeben* – Die kampflose Übergabe der Schanze bei Weidhausen in der Oberpfalz erfolgte am 11. September 1621.

41 *bei Wiesloch* – Bei Wiesloch, südlich von Heidelberg, siegte am 22. April 1622 Ernst von Mansfeld über die bayerischen Truppen unter Tilly.

altes Geld von vollem Wert – In die Jahre 1621 bis 1623 fällt der Höhepunkt einer Geldentwertung durch betrügerisches Aussortieren und Beschneiden vollwertiger Münzen, der sog. »Kipper- und Wipperzeit«.

42 *Schlacht bei Wimpfen* – Bei Wimpfen am Neckar, nördlich von Heilbronn, siegten am 6. Mai 1622 bayerisch-spanische Truppen unter Tilly und dem spanischen Heerführer Don Gonzalo Fernández de Córdoba über die Armeen des Markgrafen Georg Friedrich von Baden-Durlach und Ernst von Mansfelds.

43 *nicht aus dem Haupt des Mannes, sondern aus seiner Seite genommen* – Dem Haupt des Zeus entsprang zwar die heidnische Athene, aber die biblische Eva wurde aus einer Rippe Adams gebildet. Vgl. 1. Moses 2,21–23.

43 *wie seinerzeit ein anderer Narr* – Vermutlich eine Anspielung auf Simplicius und die Art, in der er der Courage im Sauerbrunnen den Laufpass gab. Vgl. *Simplicissimus*, Buch 5, Kap. 6, S. 451.

45 *auf Partei reiten ... unter den Fouragierern* – Zunächst bedeutet »fouragieren« das oft gewaltsame Beschaffen von »Fourage«, d. h. Heu, Hafer, Stroh und allem, was zum Unterhalt der Pferde einer Truppe nötig ist, dann das Plündern allgemein. Die Fouragiertrupps werden auch als »Partei« bezeichnet. So nimmt der Ausdruck »auf Partei gehen« die Bedeutung von Fouragieren und Plündern an. G. selbst gibt im *Simplicissimus*, Buch 2, Kap. 15, S. 162, eine anschauliche Erklärung des Begriffs.

46 *bis wir den Herzog von Braunschweig über den Main jagten* – Gemeint ist die Schlacht bei Höchst am 20. Juni 1622, wo Tilly den Herzog Christian von Braunschweig schlug.

48 *Mannheim* – Tilly übernahm Mannheim, das er seit dem 10. September 1622 belagerte, am 25. Oktober.
Frankenthal – Frankenthal, nordwestlich von Mannheim, wurde vom 19. September bis zum 13. Oktober 1621 von Córdoba vergeblich belagert.
General de Cordoba – Vgl. Anm. zu S. 208.
Graf von Anholt – Johann Jakob, Graf von Anholt und Bronckhorst (1580–1630), Heerführer auf Seiten der Katholischen Liga, siegte bei Fleurus nahe Charleroi im heutigen Belgien am 29. August 1622 mit Córdoba über Ernst von Mansfeld und Christian von Braunschweig.

54 *Mein natürlicher Vater* – Vgl. Anm. zu S. 19.
bei der Hohen Pforte – Die Residenz des Sultans in Konstantinopel, der Hauptstadt des Osmanischen Reiches.

56 *nach Holstein in den dänischen Krieg* – 1625 wurde der dänische König Christian IV. Oberster des niedersächsischen Kreises und übernahm die militärische Führung der Protestanten.

ANMERKUNGEN

57 *bei den Häusern Gleichen* – »Die Gleichen« werden zwei einander ähnliche, fast gleich hohe Berge südöstlich von Göttingen genannt. Die Burgen, von denen sie früher gekrönt wurden, sind heute Ruinen.
zu Tillys Armee – Johann Tserclaes, Graf von Tilly, (1559–1632) Heerführer der Katholischen Liga.

58 *bei Lutter* – In der Schlacht bei Lutter am Barenberge, nordwestlich von Goslar, besiegte Tilly am 27. August 1626 den dänischen König Christian IV.

59 *Lederkoller* – Auch Goller, ein lederner Harnisch, der den Hals und den Oberkörper bedeckte.
in Prag hinter dem Senat – Möglicherweise ist das Altstädter Rathaus gemeint, wo Notare und Anwälte ihre Kanzleien hatten.
Steinbrück ... Hoya – Steinbrück liegt nordöstlich von Hildesheim, die übrigen Orte östlich und südöstlich von Bremen im Gebiet von Weser und Aller.

60 *Als nun die Unseren das Schloss ... verließen* – Schloss Hoya kapitulierte am 12. Dezember 1626.
jener Major, den ich einst am Main ... gefangen hatte – Vgl. Kapitel 8, S. 46.

62 *sich verschwägern* – Während dieses Verb gewöhnlich bedeutet »mit jemandem durch Heirat von dessen Bruder bzw. Schwester in verwandtschaftliche Beziehung treten«, wird es hier und anderswo (S. 197) in anderem, wenn auch verwandtem Sinne verwendet: »in Beziehung zueinander treten durch Umgang mit derselben Frau«.

63 *die natürliche Tochter des alten Grafen von T.* – Vgl. Anm. zu S. 19.

70 *überschwemmten Wallenstein, Tilly und der Graf Schlick ganz Holstein* – Albrecht Freiherr von Wallenstein (1583–1634), kaiserlicher Heerführer. Tilly vgl. Anm. zu S. 57. Heinrich IV., Graf von Schlick (1580–1650), kaiserlicher Feldherr.

71 *Stormaren* – Gemeint ist das südliche Holstein.
72 *Feldscher* – Sanitäter.
Profoss – Der Chef der Feldpolizei.
73 *Steckenknecht* – Der für Prügel und Folter zuständige Gehilfe des Profoss.
meiner Haut weniger anhaben konnten als zwei Spießruten – Weil Courage ihre Haut durch Magie »fest«, d. h. unverwundbar, gemacht hat.
74 *dass Mars der Venus lieber beistand als dem Vulcanus* – Venus, die Göttin der Liebe, war die Gattin des Vulcanus, des Gottes der Waffen und der Schmiede. Der Kriegsgott Mars steht hier für den hilfreichen Musketier.
75 *unter dem Befehl von Collalto, Aldringen und Gallas* – Drei kaiserliche Feldherrn: Rombaldo XIII., Graf von Collalto (1579–1630), Johann Graf von Aldringen (1588–1634) und Matthias, Graf von Gallas (1584–1647).
77 *in den Vier Landen* – Marschland an der Elbe südöstlich von Hamburg.
83 *niemand wusste, woher das Lied stammte* – Über dieses Lied ist außerhalb von G.s Roman anscheinend nichts bekannt.
als einen braven Kerl rühmst – Im *Simplicissimus* taucht Springinsfeld zum ersten Mal in Buch 2, Kap. 31, S. 224 auf und begleitet den Simplicius als treuer Kamerad durch die westfälischen Kapitel seiner Lebensbeschreibung.
86 *als du deinem Knan noch die Schweine gehütet hast* – Courage zeigt, dass sie die Lebensbeschreibung des Simplicius gut kennt – vgl. *Simplicissimus*, Buch 1, Kapitel 1–3. Als Knan bezeichnet man im Spessart den Vater.
nach der ersten Belagerung von Mantua – Courage gerät hier in den Mantuanischen Erbfolgekrieg (1629–1631). Die Hauptlinie der Familie Gonzaga, aus der die Herzöge von Mantua hervorgegangen waren, war 1627 ausgestorben. Die nächsten Erben waren Ferdinand, Fürst

von Guastalla, und Karl Gonzaga, Herzog von Nevers, ein Vasall des Königs von Frankreich, der das Erbe auch sofort antrat. Spanien und der Kaiser wollten den französischen Einfluss nicht dulden. Ein spanisches Heer unter Spinola, bei dem sich Courage zunächst aufhält, belagerte Casale, ein kaiserliches Heer Mantua. Die Stadt wurde am 17. Juli 1630 erstürmt. Wenig später jedoch musste der Kaiser den Herzog von Nevers auch als Herzog von Mantua anerkennen und einem Frieden zustimmen, um seine Truppen nach Deutschland zurückholen zu können, wo die Schweden an Boden gewannen.

87 *Ameiseneier* – »Die Eyerlein zerstossen und Baum-Wollen in den Safft getunckt, in die Ohren gelegt, hilfft wider die Taubheit, innerlich aber lassen sie sich nicht wohl gebrauchen, massen sie schrecklich viele Blehungen machen, also, daß wenn man ein Quentlein davon einnehmen sollte, man ohnmöglich die Winde halten könnte.« Zedler, *Universal-Lexicon*, Bd. 1, Sp. 1713.

89 *von dem goldenen Widderfell auf der Insel Kolchis* – Das »Goldene Vlies« der griechischen Mythologie, zu dessen Eroberung die Argonauten ihre große Fahrt unternahmen.

Mantua und Casale dem Feind schutzlos ausgeliefert – Vgl. Anm. zu S. 86.

92 *lange vor dem Böhmischen Aufstand* – Das heißt auch: lange vor dem Dreißigjährigen Krieg, dessen Beginn mit dem Ständeaufstand des Jahres 1618 in Böhmen angesetzt wird.

etwas in einem verschlossenen Gläschen – Auf diese Episode mit einem diabolischen Helfer, dem *Spiritus familiaris*, verweist Annette von Droste-Hülshoff in der Einleitung zu ihrer großen Ballade *Der Spiritus Familiaris des Rosstäuschers* von 1842.

94 *Fortunatus mit seinem Säckel und seinem Wunschhütlein* – In dem um 1480 entstandenen, 1509 erstmals ge-

druckten Volksbuch *Fortunatus* geht es um Segen und Verderben im Umgang mit einem nie versiegenden Glückssäcklein und einem Hut, der seinen Besitzer an jeden beliebigen Ort versetzen kann.

94 *Galgenmännlein* – Dem Umgang mit dem Galgenmännlein hat Grimmelshausen eine eigene, wahrscheinlich 1673 erschienene Schrift gewidmet: *Simplicissimi Galgen-Maennlin/Oder: Ausführlicher Bericht/woher man die so genannte Allräungen oder Geldmännlin bekommt/und wie man ihrer warten und pflegen soll.* Abgedruckt in: Grimmelshausen, *Werke*, Bd. II, hrsg. v. Dieter Breuer, S. 735–776.

wie Sabud, der Freund des Königs Salomon – Vgl. 1. Könige 4,5.

Stirpitus flammiliaris – Eine Verballhornung von *Spiritus familiaris*, Hausgeist, gleichzeitig aber mit einer neuen Bedeutung – Feuer- oder Flammenwurzel, von lateinisch *stirps*, Wurzel, und *stirpitus*, mit Stock und Stiel.

96 *lumen* – Licht.

97 *Als wir vor dem berühmten Casale lagen* – Vgl. Anm. zu S. 86.

als zypriotische Jungfrau meinen Gewinn suchen – Garzoni schreibt in seiner *Piazza Universale* im 73. Diskurs »Von Huren« über die Jungfrauen auf Zypern, sie seien den Reisenden zu Willen und opferten ihnen ihre Jungfräulichkeit, um sich auf diese Weise ihre Aussteuer zu verdienen.

wie eine zweite Jesebel – Vgl. 2. Könige 9,30 und Offenbarung 2,20–21, wo es über Jesebel heißt: »Und ich habe ihr Zeit gegeben, dass sie sollte Buße tun, und sie will nicht von ihrer Unzucht lassen.«

98 *Fausthammer* – Auch »Streithammer« oder »Kriegshammer«, eine Schlagwaffe mit langem Stiel aus Eisen oder Holz, mit der eine Rüstung eingedellt oder – wenn

der Hammerkopf eine Spitze hatte – auch durchlöchert werden konnte.

99 *Lutzer* – Auch »Blutzger«, eine kleine Schweizer Münze.

Halbkartaune – Ein Geschütz für Kugeln mit einem Gewicht von 7 bis 14 Kilogramm.

ein Wasser – sein Name tut hier nichts zur Sache – Einige Seiten später wird der hier noch geheim gehaltene Name angedeutet: A. R. – Aqua regis, Königswasser oder Königssäure, eine Gemisch aus zwei bis vier Teilen Salzsäure und einem Teil Salpetersäure, mit dem sich fast alle Metalle, auch das »königliche« Gold, lösen lassen.

101 *A. R.* – Vgl. die vorige Anm.

104 *alles zu stehlen, und wenn es mit Ketten an den Himmel gebunden wäre* – Anspielung auf einen Ausspruch Wallensteins, der 1628 vor Stralsund gesagt haben soll, er wolle die Stadt erobern – und wäre sie mit Ketten an den Himmel gebunden.

108 *Regimentsschultheiß* – Der Chef der Militärgerichtsbarkeit innerhalb des Regiments.

Profoss – Vgl. Anm. zu S. 72.

Hurenweibel – Unteroffizier, der die Aufsicht über den Tross bzw. die zum Tross gehörenden Prostituierten hat.

110 *Friede ... auch zwischen den Römisch-Kaiserlichen und den Franzosen* – Vgl. Anm. zu S. 86.

111 *Partisane* – Stoßwaffe mit breiter, zweischneidiger Eisenspitze, ähnlich der Hellebarde.

113 *in Soest das Soldatenhandwerk erlernt* – Vgl. *Simplicissimus*, Buch 2, Kap. 30 ff., S. 215 ff.

115 *stattlicher begraben, als wenn sie in Prag beim Sankt-Jakobs-Tor gestorben wäre* – Hierzu Könnecke, Bd. 1, S. 31, Anm. 5: »Ein St. Jakobstor der Stadt konnte nicht festgestellt werden, ist auch wohl kaum gemeint. Wohl aber gibt es noch jetzt ein Minoritenkloster St. Jakob, dessen Eingangstor unter ›St. Jacobi Thor‹ verstanden werden muss.«

115 *Prag ... wieder unter die Gewalt des römischen Kaisers gebracht* – Wallenstein eroberte Prag am 4. Mai 1632.

116 *schlug der Arnim die Kaiserlichen bei Liegnitz* – Am 13. Mai 1634 siegte die sächsische Armee unter Hans Georg von Arnim-Boitzenburg bei Liegnitz über die Kaiserlichen.

der allerdurchlauchtigste dritte Ferdinand schickte seiner Hauptstadt ... den Gallas zu Hilfe – Von Ende Juni bis Ende Juli 1634 stand Arnim mit seinen Truppen vor Prag, der Residenz- und Hauptstadt des Reiches, ohne es einzunehmen, und zog sich zurück, als Kaiser Ferdinand III. von Regensburg eine Entsatzarmee unter Graf von Gallas schickte.

eine blutige Schlacht – Mit dem Sieg der verbündeten kaiserlich-spanischen Truppen in der Schlacht bei Nördlingen über die schwedische Armee unter Bernhard von Weimar und Gustav Horn am 6. September 1634 verlor Schweden die militärische Vormachtstellung in Deutschland.

117 *nicht das Glück ... für mich selbst ... Beute zu machen* – Ganz anders Springinsfeld, der bei dieser Schlacht auf eine besonders verwerfliche Art Beute macht. Vgl. seine Lebensbeschreibung, S. 223 ff.

Provinzen zurückzugewinnen, die ... mehr verwüstet als erobert ... wurden – Das galt nicht zuletzt auch für G.s Geburtsstadt Gelnhausen, in der die Kaiserlichen ein Massaker unter der Bevölkerung anrichteten, das Grimmelshausen wie zahlreiche andere Gelnhäuser zur Flucht nach Hanau trieb. Vgl. *Simplicissimus*, Buch 1, Kap. 18–19, S. 65 u. 66.

in dieser Reichsstadt – Gemeint ist wahrscheinlich Offenburg.

118 *zur gleichen Zeit Narren ... – ich bei den Schwaben und du in Hanau* – Simplicius wird nach seiner Ankunft in Hanau am Hof des dortigen Gouverneurs Ramsay zu-

nächst Page und dann der Narr in der Kalbshaut. Vgl. *Simplicissimus*, Buch 2, Kap. 3 ff., S. 119 ff.

119 *mich an den Leser wenden* – Im Erstdruck liest man: »Will derowegen jetzt nicht mehr mit dir/sondern mit dem Laster reden; du magst aber wohl zuhören ...« Dieter Breuer, der diesen Wortlaut in seiner Ausgabe bewahrt, weist darauf hin, dass die Konjektur »Leser« von den meisten Herausgebern vor ihm bevorzugt wurde.

120 *tat mit ihm wie einst die Circe mit dem herumirrenden Odysseus* – Vgl. Homer, *Odyssee*, 10. Gesang, 135 ff.

123 *unter einem Birnbaum wieder mal verabredet* – Bechtold, S. 69, weist auf einen in Offenburg weithin bekanntgewordenen Fall von Ehebruch unter einem Kirschbaum aus dem Jahr 1650 hin, der G. bei dieser Szene angeregt haben könnte.

126 *jedermann ... jederfrau* – Im Original bei Grimmelshausen lautet das Wortspiel: »... und danckte jedermänniglich dem gütigen Himmel (ich solte gesagt haben jeder weiberlich) daß die Stadt meiner so *taliter qualiter* loß geworden.«

127 *noch vor Schiltach* – Im Kinzigtal. Hier gerät Courage auf die Seite der Weimarischen und der Franzosen.
vor Freiburg im Breisgau – Vgl. Anm. zu S. 234.

128 *Anfang Mai zu Herbstzeiten* – Ein Wortspiel mit dem Ortsnamen einer Schlacht, die am 5. Mai 1645 geschlagen wurde – bei Herbsthausen in der Nähe von Mergentheim an der Tauber. Hier besiegten bayerische Truppen unter General von Mercy und Johann von Werth die Franzosen unter Turenne.

130 *Schlacht bei Herbsthausen* – Vgl. die vorige Anmerkung.

131 *wie der Turenne* – Henri de la Tour d'Auvergne, Vicomte de Turenne (1611–1676), französischer Heerführer.
Königsmarck – Hans Christoph von Königsmarck war ein Feldherr in wechselnden Diensten, seit 1626 bei den Schweden.

131 *Leutnant* – Courage begegnet hier keinem Armee-Offizier, sondern einem Zigeunerführer.
als wäre ich im tiefsten Ägypten – Vgl. Anm. zu S. 16.

132 *Kalendermacherei* – Die volkstümlichen Kalender der Zeit enthielten allerlei Elemente von Wahrsagerei – z. B. Wettervorhersagen und Hinweise darauf, welche Tage für bestimmte Geschäfte günstig bzw. ungünstig seien. G. selbst hat sich mit Witz und Ironie als »simplicianischer« Kalendermacher betätigt. Sein Ewig währender Calender erschien 1671. Auszüge in G., *Werke*, hrsg. von D. Breuer, Bd. 2, *Verkehrte Welt*, S. 355 ff.

134 *Torstenson* – Linnerdt Torstenson, schwedischer Heerführer (1603–1651).
mein Schreiber – Hier wird nach dem anfänglichen Hinweis im ausführlichen Buchtitel noch einmal die Situation deutlich, in der die Geschichte der Courage entsteht: Courage diktiert sie ihrem »Schreiber« Philarchus Grossus von Trommenheim in die Feder. Philarchus selbst gewinnt für den Leser erst im *Seltsamen Springinsfeld* eine Gestalt, wo er in Kap. 1 über die unerfreuliche Lage eines arbeitsuchenden Schreibers und in Kap. 4–5 über seine Zeit als Schreiber der Courage bei den Zigeunern berichtet und so deren Geschichte erst abrundet.

Der seltsame Springinsfeld

142 *Zum Titelkupfer* – Es zeigt einen grimassierenden, seinen Mund in »drei, vier, fünf, sechs und sogar sieben Ecken« ziehenden Springinsfeld (vgl. Kap. 7, S. 180) im abgetragenen, vielfach geflickten Gewand und mit Stelzfuß, an dem ein Hund, stellvertretend für eine geringschätzige Welt, sein Bein hebt. Der umgehängte Banddegen verweist auf das Soldatenleben des Springinsfeld, die Geige auf sein Gaukler- und Vagantendasein. Die Landschaft könnte das Oberrheintal mit dem Schwarzwald im Hintergrund sein, die Gegend, in der Grimmelshausen nach

dem Dreißigjährigen Krieg lebte und arbeitete (vgl. Dieter Breuer, *Grimmelshausen-Handbuch*, S. 89).

143 *Landstörzer* – Landstreicher, Landfahrer.

samt seiner wundersamen Gaukeltasche – Dieser Hinweis im Buchtitel gibt Rätsel auf. Er scheint sich auf eine Beigabe zum *Springsinfeld*-Roman zu beziehen, die diesem aber gar nicht beigegeben wurde – aus zwei Gründen: zum einen hätte sie sich wegen der Maße der darin enthaltenen Holzschnitt-Abbildungen gar nicht in das kleine Format des *Springinsfeld* gefügt. Zum anderen war sie unter dem Titel *Simplicissimi wunderliche Gaukeltasche* schon einige Monate vor dem *Springinsfeld* als Anhang zu einem anderen Buch, einer Erzählung von Grimmelshausen, *Der erste Bärenhäuter*, erschienen. Möglicherweise liegt hier ein Versehen vor, das dem Verlag in der Hektik des Jahres 1670 unterlaufen ist. Ganz in die Irre führt der Hinweis an dieser Stelle aber dennoch nicht, denn in Kap. 7 des *Springinsfeld* wird ausführlich geschildert, wie sich Simplicius dieses Trickbuches auf dem Straßburger Weihnachtsmarkt bedient. Vgl. Anm. zu S. 181.

Philarchus Grossus von Trommenheim – Anagramm auf Christophorus von Grimmelshausen. Auf der Titelseite der ersten Ausgabe 1670 weicht die Schreibung des Namens von der auf der Titelseite der *Courage* ab: »... zu Papier gebracht von Philarcho Grosso von Tromerheim«. Die zweite Ausgabe von 1671 korrigiert dann wieder zu »Trommenheim«.

149 *während des letzten Weihnachtsmarktes* – Ein erster Hinweis auf den Ort der Handlung, Straßburg, das für seinen Weihnachtsmarkt – im Original »Weihnachtsmeß« – berühmt war. Vgl. Bechtold, S. 162 f.

um eine Schreiberstelle beworben – Möglicherweise sind hier eigene Erfahrungen von Grimmelshausen eingegangen, der sich nach dem Verlust seines Postens als

Verwalter der Familie von Schauenburg in Gaisbach bei Oberkirch zweimal auf Stellensuche begeben musste. 1662 fand er eine neue Verwalterstelle bei dem Straßburger Arzt Johannes Küeffer. Im Februar 1667 war er beim Bischof von Straßburg, Franz Egon von Fürstenberg, mit seiner Bewerbung um die Schultheißenstelle in Renchen erfolgreich – allerdings nicht ohne einen Bürgen für eine hohe Kaution zu stellen, wie es weiter unten (S. 151) auch von dem Erzähler verlangt wird.

151 *Venus ... Vulcanus* – Die Göttin der Liebe ist mit dem waffenschmiedenden Gott des Feuers verheiratet.

153 *Zusammentreffen von Saturn, Mars und Merkur* – Die Überschrift dieses Kapitels im Original, »Conjunctio Saturni, Martis & Mercurii«, macht noch deutlicher, dass hier auch an eine Konstellation der Planetengötter zu denken ist, wobei der alte Simplicius mit dem Saturn, Springinsfeld mit dem Kriegsgott Mars und der Schreiber Philarchus Grossus von Trommenheim mit dem Gott des Handels und Verkehrs Merkur in Beziehung gesetzt wird.

Chica – Der Süden Argentiniens, Patagonien.

Nebukadnezar in der Zeit seiner Verstoßung – Im Buch Daniel 4,25–30, wird erzählt, wie Nebukadnezar wegen seines Hochmuts für sieben Jahre aus der Gemeinschaft der Menschen unter die Tiere des Feldes verstoßen wird: »er fraß Gras wie die Rinder, und sein Leib lag unter dem Tau des Himmels und wurde nass, bis sein Haar wuchs so groß wie Adlerfedern ...«

die Letzte Ölung – Eigentlich das Sterbesakrament.

155 *Theriak* – Ein einst hochgeschätztes Universalheilmittel aus bis zu siebzig verschiedenen Ingredienzien, das auch zur Abwehr von Vergiftungen taugen sollte. Simplicissimus betrügt damit nach seinem eigenen Bericht die Bauern in Lothringen, vgl. *Simplicissimus*, Buch 4, Kap. 8, S. 362 ff.

Anmerkungen

156 *einen Kameraden gehabt, der sich Simplicius nannte* – Vgl. Anm. zu S. 83.

157 *hunderttausend Sack voll Enten* – Wortverdrehung aus *Sakramente*.

158 *ein Bauer von der anderen Rheinseite* – Der Ort der Rahmenhandlung des *Springinsfeld*-Romans ist, wie im weiteren Verlauf noch deutlicher wird, Straßburg. Der Winzer kommt also wohl aus der rechtsrheinischen Ortenau, wo Grimmelshausen selbst eine Zeitlang als Verwalter arbeitete und es mit Bauern wie diesem zu tun hatte. Die folgende Szene könnte ein selbstironischer Rückblick auf seine Zeit als unerfahrener Verwalter sein. Er wäre in dieser Szene dann in dreifacher Gestalt und in drei Lebensaltern anwesend – als junger Schreiber, als Verwalter mittleren Alters und als alt und weise gewordener Simplicius.

160 *der lachende Demokrit ... der weinende Heraklit* – Demokrit von Abdera (460–371 v.Chr.) gilt als der über die Torheit der Welt lachende Philosoph, Heraklit von Ephesos (540–483 v.Chr.) als der über die Welt weinende Philosoph. Seneca schreibt in seiner Abhandlung *Von der Gemütsruhe*, 15: »Wir müssen daher unserm Gefühle eine solche Richtung geben, dass uns alle Laster des großen Haufens nicht verhasst, sondern lächerlich erscheinen, und lieber dem Demokrit als dem Heraklit nachahmen.« Seneca, *Vom glückseligen Leben*, hrsg. v. Heinrich Schmidt, Stuttgart: Kröner 1956, S. 83.
Selig sind, die da weinen – Vgl. Matthäus 5,4.

161 *Als ich noch Page beim Gouverneur von Hanau war* – Im *Simplicissimus*, Buch 1, Kap. 19 ff., wird diese an Trinkgelagen reiche Zeit am Hof des in schwedischen Diensten stehenden Gouverneurs Ramsay ausführlich geschildert.
Darunter auch einige Weimarische – Die Soldaten des Herzogs Bernhard von Weimar waren Alliierte der Schwedischen im Kampf gegen die Kaiserlichen.

162 *der Deutsche Michel* – Grimmelshausen hat selbst eine Schrift über Deutsch-Verderber und -Verbesserer verfasst und den Deutschen Michel zu ihrer Titelgestalt gemacht: *Deß weltberuffenen Simplicissimi Pralerey und Gepräng mit seinem Teutschen Michel*, Nürnberg 1673.

163 *des stumpfen Johanns Schweizer Chronik* – Die Chronik der Eidgenossenschaft des Schweizer Historikers Johann Stumpf aus dem Jahre 1548 umfasste 1600 Seiten in folio. G. hat sie für seinen 1670, im gleichen Jahr wie *Courage* und *Springinsfeld*, erschienenen Roman *Dietwald und Amelinde* ausgiebig genutzt.

Eulenspiegel – Dem 1510/11 erstmals veröffentlichten und danach immer wieder aufgelegten anonymen Volksbuch *Ein kurzweilig Lesen von Till Eulenspiegel* fehlt es nach Meinung des weise gewordenen Simplicius an tieferer Bedeutung.

gebessert oder geärgert – Ein Wortspiel: besser oder ärger gemacht. Vgl. Anm. zu S. 250.

Potz Chrütz ... – Potz Kreuz, du Gelbschnabel, hätte ich dich draußen vor der Tür, würde ich dir den Kopf zurechtrücken.

in einen steinernen oder gar einen spanischen Mantel – Der steinerne Mantel: das Gefängnis. Der spanische Mantel, auch »Schandmantel« genannt: eine schwere hölzerne Tonne mit einem Loch im Boden, die man dem Delinquenten, der zu dieser dem Pranger vergleichbaren Ehrenstrafe verurteilt wurde, über den Kopf stülpte. Er durfte dann von jedermann beschimpft, geohrfeigt und mit Unrat beworfen werden.

165 *bei Krummenschiltach* – In der Nähe von Sankt Georgen im Schwarzwald.

ich täusche mich nicht – Über ein vermehrtes Auftreten von Zigeunern am Oberrhein im Jahre 1667 berichtet Bechtold, S. 154 ff.

167 *ein Ebenbild der Dame von Babylon* – Eine Anspielung auf die »Hure Babylon« aus der Offenbarung des Johannes, 17,3: »Und ich sah ein Weib sitzen auf einem scharlachfarbnen Tier, das war voll lästerlicher Namen und hatte sieben Häupter und zehn Hörner ...«

171 *Waldungen oberhalb der Murg erreicht* – Die Flucht der Zigeuner führt aus dem mittleren in den nördlichen Schwarzwald.

Horb – Östlich des Schwarzwalds am Neckar.

Gernsbach – Im Murgtal östlich von Baden-Baden.

172 *Anacharsis* – Ein Skythe aus vornehmem Geschlecht, der den Athenern als musterhafter Vertreter eines unverdorbenen Naturvolkes galt. Sie zählten ihn zu den Sieben Weisen. Was G. dazu brachte, ihn für ein Muster der Rachsucht anzusehen, ist nicht bekannt.

weil sie es ... bald drucken lassen wird – Die *Courage* erschien im Herbst 1670, der *Springsinfeld* wenig später, Ende 1670. Diese Bemerkung deutet darauf hin, dass G. auch die Arbeit am *Springinsfeld* abgeschlossen hatte, bevor die *Courage* erschienen war.

176 *Apuleius* – Von Lucius Apuleius (125–170) stammt der Roman *Metamorphosen* oder *Der goldene Esel*, dessen Held Lucius die Welt auf ganz neue Weise kennnenlernt, nachdem er sich aus Neugier mit einer Zaubersalbe in einen Esel verwandelt hat und bald erfährt, wie anders sich die Menschen verhalten, wenn sie sich unbeobachtet fühlen.

178 *Obersekretär der ägyptischen Nation* – Ein Phantasietitel, den sich Courage hier einfallen lässt. Vgl. Anm. zu S. 16.

das Bühler Tal – Südlich von Baden-Baden.

179 *sein Knan und seine Meuder* – So nennt man den Vater und die Mutter im Spessart. So nennt auch schon der junge Simplicius seine Pflegeeltern, auf deren Hof er aufgewachsen ist. Gegen Ende seiner Lebensbeschreibung

ist er ihnen wiederbegegnet, und seither kümmern sie sich um seinen Hof und seine Landwirtschaft. Vgl. *Simplicissimus*, Buch 1, Kap. 1–4; Buch 5, Kap. 8.

179 *in seinem Ewigwährenden Kalender abgebildet* – Auch wenn es hier so klingt, als liege dieser Kalender schon vor, ist G.'s *Ewig-währender Kalender* erst 1671 erschienen. Das Manuskript scheint aber bei der Abfassung des *Springinsfeld* fertig gewesen zu sein. Auf dem Titelkupfer sind nicht nur der Knan und die Meuder, sondern auch deren Tochter Ursele sowie der alte und der junge Simplicissimus abgebildet. Reproduktionen finden sich z. B. in: G., *Verkehrte Welt. Werke*, Bd. II, S. 944, und in: Berghaus, Weydt, 1976, S. 129.

181 *Mit diesen Worten zog er ein Buch aus seinem Sack* – Noch vor seinem *Springinsfeld*, ebenfalls 1670, ließ G. zusammen mit seinem *Beernhäuter* ein kleines Werk erscheinen, das hier einen Auftritt in der Literatur bekommt: *Simplicissimi wunderliche Gauckel-Tasche. Allen Gaucklern, Marck[t]schreyern, Spielleuten, in Summa allen denen nöhtig und nützlich, die auf offenen Märckten gern einen Umbstand [ein großes Publikum] herbei brächten* ... Mit sämtlichen im Folgenden erwähnten Abbildungen ist die *Gauckeltasche* abgedruckt in: G., *Verkehrte Welt. Werke*, Bd. II, S. 333 ff.

185 *Ohm* – Ein altes Hohlmaß, ca. 150 Liter.

wie die Sibylle mit ihren Büchern – Der Sage nach lehnte es der römische König Tarquinius ab, der Sibylle von Cumae ihre neun »sibyllinischen Bücher« voller Weissagungen zu dem von ihr geforderten Preis abzukaufen, worauf sie drei von ihnen verbrannte und die übrigen sechs von neuem anbot – zum gleichen Preis. Der König lehnte wieder ab, worauf die Sibylle weitere drei Bücher verbrannte. Da erst entschloss sich Tarquinius, die letzten drei Bücher zu kaufen, und musste dennoch den ursprünglich für neun Bücher geforderten Preis zah-

len. Diese drei Bücher wiederum gingen in historischer Zeit – beim Brand des Kapitols 83 v. Chr. – zugrunde.
189 *die Heilige Schrift ... die da sagt* – Vgl. 1. Korinther 6,9–10.
191 *um jene simplicianische Gaukeltasche ... zu verbreiten* – Vgl. Anm. zu S. 143 u. 181.
196 *jeder von meinen Dukaten ... nur noch einen Taler wert* – Auch wenn ein exakter Wechselkurs zwischen Dukaten und Talern kaum zu benennen ist: der Wertverlust ist mindestens so groß, als hätte sich jedes große Goldstück in eine kleine Silbermünze verwandelt.
197 *bevor du dich über die von anderen Leuten auslässt* – In seiner Lebensbeschreibung hat Simplicissimus keinen Hehl daraus gemacht, wie zwiespältig seine eigenen Erfahrungen mit dem Ehestand waren. Vgl. *Simplicissimus*, Buch 3, Kap. 21, S. 311 ff., und Buch 5, Kap. 8–9, S. 457 ff.
wir beide ... zu Schwägern geworden – Vgl. Anm. zu S. 62.
198 *über hundert Meilen* – Die alte deutsche Meile maß, mit kleineren lokalen Unterschieden, ca. 7,5 Kilometer.
ein gebürtiger Slawonier – Slawonien war eine Region im Osten des heutigen Kroatien, die im Norden von der Drau, im Osten von der Donau und im Süden von der Save begrenzt wurde und damals mit Türkisch-Ungarn zum Osmanischen Reich gehörte.
199 *Ragusa* – Heute Dubrovnik.
Gaukeltasche – Hier bezeichnet das Wort den Sack für die Requisiten des Gauklers. Es kann sich auch auf die Requisiten selbst beziehen, etwa auf das Buch, dessen sich Simplicius in Kap. 7, S. 181 ff., bedient.
200 *unter ... Ambrosio Spinola den Feinden des spanischen Königs gegenüberstanden* – Springinsfelds Aufenthalt in den Spanischen Niederlanden fällt in die Zeit vor 1618. Er ist um 1605 geboren (Vgl. Anm. zu S. 208) und inzwischen älter als elf Jahre (vgl. S. 198). – Der spanische General Ambrosio Spinola (1571–1630) stand im

Dienst König Philipps III. Als Oberbefehlshaber der spanischen Truppen in den Niederlanden stand er seit 1605 dem Prinzen Moritz von Oranien gegenüber. 1620 griff Spinola zur Unterstützung des Kaisers Ferdinand II. gegen die protestantischen Reichsfürsten in den »Deutschen Krieg« ein und eroberte zahlreiche Städte in der Unterpfalz. Vgl. S. 207.

201 *Hier das erste* – Vgl. Könnecke, Bd. 1, S. 29 f., der den historischen Hintergrund dieser Anekdote untersucht.

Magdeburg entjungfert – G. greift hier ein Wortspiel mit dem Namen der Stadt auf, das auch aus anderen Quellen der Zeit bekannt ist. Bei der Eroberung und Zerstörung Magdeburgs im Mai 1631 richteten kaiserliche Truppen unter Tilly das wahrscheinlich größte Massaker des Dreißigjährigen Krieges an. Etwa 20000 Einwohner wurden getötet.

202 *der schwedische General Königsmarck* – Hans Christoph von Königsmarck nahm die »Kleinseite« von Prag auf dem linken Ufer der Moldau am 8. August 1648 ein. Dies war eine der letzten Kriegshandlungen im Dreißigjährigen Krieg. Für die folgende Anekdote gibt es anscheinend keine Belege.

ich hoffe, in der Altstadt – Gemeint ist die der Kleinseite gegenüberliegende Altstadt von Prag, die von den Schweden nicht mehr eingenommen wurde.

Wer ... das Infanterieregiment Holtz kannte – G. selbst kannte das Regiment des Freiherrn Georg Friedrich von Holtz. Das Regiment Elter, bei dem er als Schreiber tätig war, hatte mit dem Regiment Holtz 1648/49 ein gemeinsames Winterquartier gehabt. Möglicherweise geht die Geschichte vom Obristen Lumpus auf eigene Erinnerungen G.s zurück.

203 *trug er gar eine Pike* – Das heißt, er war noch weniger als ein Musketier. Vgl. dazu Kap. 13, S. 216 f., wo Springinsfeld seinen eigenen Abstieg zum Pikenier schildert.

ANMERKUNGEN

203 *ich selbst habe ihn dort während des Waffenstillstands ... gesehen* – Auch dies könnte G. möglicherweise von sich gesagt haben. Vgl. hierzu Könnecke, Bd. 1, S. 32 ff. Gemeint ist die Zeit zwischen dem Abschluss des Westfälischen Friedens am 24. Oktober 1648 und seinem endgültigen Vollzug mit dem Nürnberger Friedens-Exekutions-Haupt-Rezess am 26. Juni 1650. In diese Zeit fällt auch die Meuterei, von der Springsinsfeld in Kap. 20 erzählt. Vgl. S. 243 f.
Schlacht bei Herbsthausen – Vgl. Anm. zu S. 128.
Festung in Bayern, an der sich ... Gustav Adolf die Zähne ausgebissen – Gemeint ist Ingolstadt, das 1632 von den Schweden erfolglos belagert worden war.
über die Donau in die Landeshauptstadt – Also nach München.

204 *besser als Atlas* – Den Titan der griechischen Mythologie, der zur Strafe für seine Teilnahme am Kampf gegen die Götter das Weltgebäude auf seinen Schultern tragen musste, hält G. auch für einen großen Erdkundigen. Das Wort *Atlas* scheint erstmals 1595 von Mercator als Bezeichnung für ein Kartenwerk verwendet worden zu sein.

207 *mit den Spaniern in die Unterpfalz ... Spinola* – Vgl. Anm. zu S. 200. Wie schon in der *Courage* stützt sich G. auch hier für die Darstellung und die Chronologie der Kriegsereignisse auf den *Erneuerten Teutschen Florus* des Eberhard von Wassenberg. Könnecke, Bd. 1, S. 34 ff., gibt auch für den *Springinsfeld* eine synoptische Aufstellung der Parallelen. Vgl. Anm. zu S. 20.

208 *Don Gonzalo de Cordoba ... Frankenthal* – Der spanische Heerführer agierte unter Spinola seit 1620 in der Unterpfalz. Bei der Belagerung der reformierten Stadt Frankenthal nordwestlich von Mannheim und Ludwigshafen wurde er im Oktober 1621 von der Ankunft der Mansfeldischen Truppen überrascht, die ihrerseits von

Tillys Armee verfolgt wurden. Angesichts dieser Feinde, die ihm von einem Alliierten zugetrieben wurden, sah sich Cordoba gezwungen, die Belagerung von Frankenthal in höchster Eile aufzugeben.

208 *Wiesloch* – In der Schlacht bei Wiesloch am 27. April 1622 erlitt die bayerische Armee unter Tilly eine Niederlage gegen den Grafen von Mansfeld.

Ich war damals siebzehn – Demnach wäre Springinsfeld etwa 1605 geboren und damit siebzehn Jahre älter als Simplicissimus.

bei Wimpfen – In der Schlacht bei Wimpfen am 6. Mai 1622 siegte Tilly über den Markgrafen von Baden-Durlach.

Bandelier – Patronengehänge mit einem Vorrat an Kugeln, Lunte und Schießpulver.

half ... den Braunschweiger am Main und ... bei Stadtlohn zu schlagen – Gemeint sind die Schlacht bei Höchst am 20. Juni 1622, vgl. Anm. zu S. 27, und die Schlacht bei Stadtlohn im westlichen Münsterland am 6. August 1623. Beide Male siegte Tilly über Christian von Braunschweig.

nach Holstein in den Dänischen Krieg – Auf den gleichen Bahnen bewegt sich die Courage, vgl. Anm. zu S. 56.

209 *Lutter ... Steinbrück ... Ottersberg* – Vgl. Anm. zu S. 58 und 59.

der Hörnene Siegfried – Der Beiname bezieht sich auf den Nibelungenstoff und die Sage vom jungen Siegfried, der nach seinem Kampf mit dem Drachen in dessen Blut badet und sich auf diese Weise eine fast unverwundbare Hornhaut verschafft.

210 *Min Herr ... geven* – Mein Herr, ich will Euch nichts Böses unterstellen, aber ich habe mir sagen lassen, dass manche Krieger Mittel und Wege kennen, solche Sachen wieder herbeizuschaffen. Wenn Ihr das könnt, will ich Euch zwei Reichstaler geben.

ANMERKUNGEN

211 *Potthast* – Westfälischer Rindfleischeintopf.
en Mitts opper Deelen – Mitten im Raum, auf der Diele.
213 *vier Schweizer Meilen von hier entfernt* – 1 Schweizer Meile = 5000 Schritte = 4800 Meter. Der Hof des Knans lag (nach *Simplicissimus*, Buch 5, Kap. 8, S. 458) in Gaisbach bei Oberkirch, das von Straßburg rund 25 Kilometer entfernt liegt.
215 *dort nachlesen* – Dem gemeinsamen Leben mit Springinsfeld hat Courage in ihrer Lebensbeschreibung die Kap. 14–22 gewidmet, S. 74 ff.
216 *Generalwachtmeister von Aldringen* – Johann Graf von Aldringen (1588–1634), kaiserlicher Feldherr.
geholfen hatte, Würzburg ... einzunehmen – Würzburg wurde von den Schweden am 8. Oktober 1631 eingenommen.
unter dem berühmten Pappenheimer – Gottfried Heinrich, Graf von Pappenheim (1594–1632), Reitergeneral im Dienst der Katholischen Liga, war an der Zerstörung Magdeburgs durch Tilly im Mai 1631 beteiligt, fiel bei Lützen (vgl. S. 219).
verstand den Schwaben nicht – Ein Schwabe, Arnold Winkelried, soll der Sage nach während der Schlacht bei Sempach 1386 auf Seiten der Schweizer den Sieg gegen Herzog Leopold III. von Österreich herbeigeführt haben, indem er mehrere Piken des Gegners packte, sie niederdrückte und auf diese Weise eine Bresche in den Reihen des Gegners schuf. Vgl. Petzoldt, Bd. 2, S. 144 f.
217 *Harzberg* – Vermutlich ist diese Ortschaft südlich von Hameln gemeint. Im Original heißt es »Harzwald«. Aber der Harz selbst kann in Anbetracht der Entfernung und auch des Weges, den ein Packwagen von Bremen nach Kassel nimmt, kaum gemeint sein.
Banér – Johan Banér, schwedischer Feldherr (1596–1641).
der Stadt oder vielmehr des Steinhaufens, der von ihr noch übrig war – Vgl. Anm. zu S. 201.

218 *Freireiter* – Reiter mit eigener Ausrüstung und eigenem Knecht.
den Städten ... seine Abgaben auferlegte – Im Februar und März 1632.
Herzog Georg von Lüneburg – Georg, Herzog von Braunschweig-Lüneburg (1583–1641), Heerführer in wechselnden Diensten, 1632 als General der schwedischen Truppen in Westfalen.
Vor Stade, wo wir den schwedischen General Tott schlugen – Am 17. April 1632 entsetzte Pappenheim das von Schweden unter Åke Henriksson Tott af Sjundby (1598–1640) belagerte Stade.
Maastricht – Im August 1632 versuchte Pappenheim vergeblich, das von Holländern belagerte Maastricht zu entsetzen.

219 *Baudissin* – Wolf Heinrich von Baudissin (1597–1646), Heerführer in dänisch-schwedisch-kursächsischen Diensten.
sich ... in den Schutz der braunschweigischen Artillerie retten musste – Herzog Georg von Lüneburg, der Wolfenbüttel belagerte, wurde am 5. Oktober 1632 von Pappenheim und dem im Dienst der Katholischen Liga stehenden General Jodocus Maximilian, Graf von Gronsfeld vertrieben.
Schlacht bei Lützen – Die Schlacht am 16. November 1632 zwischen den kaiserlich-ligistischen Truppen und den Schweden, bei der ihr König Gustav Adolf II. und auf der Gegenseite General von Pappenheim fielen, endete unentschieden.

220 *geholfen, Memmingen und Kempten einzunehmen* – Im Januar 1633.
Forbus – Sir Arvid Forbus (1598–1665), schwedischer Heerführer.

222 *Wallensteiner ... in Eger umgebracht* – Am 25. Februar 1634.

ANMERKUNGEN

222 *der unüberwindliche dritte Ferdinand* – Ferdinand III. (1608–1657), Sohn des Kaisers Ferdinand II., Erzherzog, seit 1625 König von Ungarn, seit 1627 König von Böhmen. 1637 wurde er Kaiser.

223 *Regensburg* – Die seit Mai 1634 belagerte Stadt wird am 17. Juli 1634 eingenommen.
General von Aldringen – Vgl. Anm. zu S. 216.
Johann von Werth – Kaiserlich-bayerischer Reiterführer bäuerlicher Herkunft (1595–1652).
Landshut – Am 22. Juli 1634 wurde Landshut von den Schweden unter der Führung von Gustav Horn und Bernhard von Weimar erstürmt.
Donauwörth an uns übergegangen – Am 16. August 1634.
Kardinalinfant Ferdinand – Ferdinand (1609–1641) war ein Sohn des spanischen Königs Philipps III.
zu einer sehr blutigen Schlacht – Verbündete kaiserliche Truppen unter der Führung von Erzherzog Ferdinand und eine spanische Armee unter dem Kardinalinfant Ferdinand besiegten in der Schlacht bei Nördlingen am 6. September 1634 die schwedischen Truppen unter Bernhard von Weimar und Gustav Horn.
Herzog von Lothringen – Karl IV., Herzog von Lothringen (1604–1675), gehörte zu den Verbündeten des Kaisers.

226 *Speyer, Worms, Mainz und andere Orte einzunehmen* – Im Dezember 1635.
Reales ... Jakobiner – Spanische und englische Goldmünzen.
Umgicker – Italienische Silbermünzen.
Kopfstücke – Münzen mit aufgeprägtem Porträtkopf.
nach Westfalen – Im Herbst 1636.
Graf von Götz – Johann Wenzel, Graf von Götz (1599–1645), Feldherr in wechselnden Diensten. Im Jahre 1636 in Westfalen stand er in bayerischen Diensten.

227 *unnötig, davon zu erzählen* – Das hat Simplicius in seiner Lebensbeschreibung schon ausführlich getan. Vgl. *Simplicissimus*, Buch 2, Kap. 28 – Buch 3, Kap. 22, S. 209–321.

Obrist Saint-André – Nicolas Daniel Rollin von Saint-André (1602–1661), Obrist bei den Schweden und Hessen.

mich selbst bekamen ... zwei Kerle – Bei der Eroberung von Soest gerät Springinsfeld auf die Seite der Schweden und Hessen und wird von ihnen beim Feldzug am Niederrhein, der in der Zeit von November 1641 bis Mai 1642 stattfand, eingesetzt.

Lamboy – Wilhelm Graf von Lamboy (1600–1656), kaiserlicher Feldherr.

Kempener Landwehr ... Neuß ... Kempen – Vgl. die vorvorige Anm.

Guébriant – Jean-Baptiste Budes, Comte de Guébriant (1602–1643), französischer Heerführer.

228 *Schorndorf* – Überfall einer bayerischen Reitereinheit unter Johann von Werth auf ein französisch-weimarisches Lager am 31. Januar 1643.

Oberstleutnant von Kürmreuter – Wilhelm Balthasar Kürmreuter, Obrist in bayerischen Diensten.

Hechingen – Stadt in Württemberg, südlich von Tübingen.

Balingen – Nordöstlich von Rottweil.

Reinhold von Rosen – (1600–1667), schwedischer Reiterführer, später in französischen Diensten.

231 *Regiment Sporck* – Johann Graf von Sporck (1595–1679) war ein Heerführer der Katholischen Liga und der Kaiserlichen.

232 *Geislingen* – Wenige Kilometer westlich von Balingen.

233 *unsanft aus dem ersten Schlaf* – Der nächtliche Überfall auf von Rosen und seine Regimenter erfolgte am 7. November 1643.

ging Rottweil an Guébriant über – Am 19. November 1643.

234 *Tuttlinger Kirchmess* – Gemeint ist der Sieg der kaiserlichen und bayerischen Truppen unter Karl von Lothringen und Johann von Werth über die in ihrem Winterlager überrumpelten französisch-weimarischen Truppen unter Graf Rantzau am 24. November 1643. Der Ausdruck »Tuttlinger Kirchmess« ist als Benennung für dieses Ereignis sonst nicht überliefert. Er bezieht sich wohl auf die große Beute, vor allem an Geschützen und Munition, die den Siegern zufiel. Vgl. Könnecke, S. 53, Fußnote.
General von Mercy – Franz Freiherr von Mercy (1597–1645), bayerischer Heerführer, eroberte Rottweil am 13. Dezember 1643.
durch Akkord – durch Vereinbarung, ohne Kampf.
Profoss und ... Steckenknecht – Vgl. Anm. zu S. 72 u. 73.
Im folgenden Sommer – 1644.
Einnahme der Stadt Überlingen – Am 20. Mai 1644 übergab die französische Besatzung die Stadt an die bayerischen Belagerer.
Freiburg im Breisgau – Freiburg wurde nach mehrwöchiger Belagerung am 27. Juli 1644 von den Bayern eingenommen. In der Schlacht von Freiburg zwischen dem 3. und dem 10. August 1644 versuchten die Franzosen mehrmals vergeblich, die Stadt zurückzugewinnen.

235 *Duc d'Enghien und Turenne* – Die französischen Befehlshaber in der Schlacht bei Freiburg, Louis de Bourbon, Prince de Condé, Duc d'Enghien (1621–1686), und Henri de la Tour d'Auvergne, Vicomte de Turenne (1611–1676).
wie Pfifferlinge über Nacht – Die Schlacht bei Freiburg gilt als die verlustreichste des ganzen Dreißigjährigen Krieges. Der Duc d'Enghien soll nachher über die 6000 Gefallenen auf seiner Seite verächtlich gesagt haben: »Eine einzige Nacht in Paris gibt mehr Menschen das Leben, als diese Aktion getötet hat.«

236 *in der unteren Pfalz fündig werden* – Der Feldzug an den Mittelrhein fand im Oktober und November 1644 statt. Mannheim wurde am 7. Oktober angegriffen, Höchst am 8. November, Bensheim am 25. November.
Freiherr von Holtz – Georg Friedrich, Freiherr von Holtz, bayerischer Heerführer.
eine Art Atlas – Vgl. Anm. zu S. 204.
237 *bei Jankau* – Niederlage kaiserlicher und bayerischer Truppen gegen die Schweden am 6. März 1645.
die Schanze bei Nagold fahrlässig übersehen – Am 4. April 1645 konnten Franzosen Nagold bei Tag überfallen und die dortige Besatzung größtenteils niedermachen. Auch der Obrist Nußbaum, auf dessen Unachtsamkeit der Vorfall zurückgeführt wurde, kam dabei ums Leben.
Fourier – Fouragierer. Vgl. Anm. zu S. 45.
bei Herbsthausen – Vgl. Anm. zu S. 128.
238 *meine feste Haut* – Das Vertrauen in magische Praktiken zum »Festmachen«, d.h. Unverletzlichmachen der Haut, auch gegen Schüsse, war weit verbreitet. Vgl. Anm. zu S. 73.
Amöneburg ... Kirchhain – 25. bis 29. Mai 1645.
im Taubergrund – Bei Bad Mergentheim an der Tauber.
Graf von Geleen – Gottfried, Freiherr von Geleen und Wachtendonk, Graf von Huyn (1590–1657), bayerisch-kaiserlicher Feldherr.
Fugger – Franz Graf von Fugger-Kirchberg-Weißenhorn (1612–1664), bayerischer Obristwachtmeister.
Caspar – Bayerischer Obrist.
mein Obrist – Gemeint ist der bayerische Obrist Georg Creutz, der sich 1647 gegen Kurfürst Maximilian auflehnte.
Wimpfen – 8. Juli 1645.
239 *Alerheim* – 3. August 1645.
Nördlingen – 8. August 1645.
Dinkelsbühl – 15. August 1645.

239 *Erzherzog Leopold Wilhelm* – Der zweite Sohn von Karl Ferdinand II., seit 1639 Oberbefehlshaber des kaiserlichen Heeres (1614–1662).
Halbkartaunen – Vgl. Anm. zu S. 99.
Feldstück – Kleineres Geschütz.
240 *Im nächsten Sommer* – 1646.
Camberger Grund – Die Landschaft um Camberg im Hintertaunus, südlich von Limburg wird wegen ihrer Fruchtbarkeit auch Goldener Grund genannt.
Jung-Kolb – Hans Jakob Kolb von Reindorff, Obrist in bayerischen Diensten, genannt Jung-Kolb.
Schrobenhausen – In einem Gefecht am 23. September 1646 siegten die Schweden bei der zwischen Ingolstadt und Augsburg gelegenen Stadt über die Bayern.
241 *Obrist Rouyer* – Franz Freiherr von Rouyer (gest. 1670), bayerischer Obrist.
aus ihren Stellungen verscheucht – Das von schwedischen und französischen Truppen belagerte Augsburg wurde am 13. Oktober 1646 von den Kaiserlichen unter Erzherzog Leopold Wilhelm von Österreich entsetzt.
einen halben Frieden – Zwischen dem Kurfürsten von Bayern und dem von Köln einerseits und den Franzosen, Schweden und Hessen auf der anderen Seite wurde am 14. März 1647 in Ulm ein Waffenstillstand geschlossen, durch den sich Bayern aus der Allianz mit dem Kaiser löste, was wiederum mehrere bayerische Generäle zu dem Versuch veranlasste, ihre Truppen dem Kaiser zuzuführen. Im Herbst 1647 wurde der Waffenstillstand von den Bayern wieder gekündigt.
einige unserer Generäle und Obristen – Zu den Aufrührern gehörten Johann von Werth und Johann von Sporck.
ihres eigenen Feldherren – Gemeint ist Kurfürst Maximilian I. von Bayern.
auch mein Obrist – Georg Creutz.

242 *Holzapfel* – Peter Alexander Melander, Reichsgraf von Holzappel hatte zuerst den Hessen und später den Kaiserlichen gedient. Er fiel in der Schlacht bei Zusmarshausen am 17. Mai 1648.

Als wir damals wie eine Mauer standen – Nach der Niederlage bei Zusmarshausen hinderte das Regiment Elter, zu dem auch G. gehörte, die Schweden bei Augsburg am Überschreiten der Wertach. Springinsfeld erzählt hier Vorgänge, die G. selbst erlebt hat. Vgl. Könnecke, Bd. 1, S. 77 ff.

Graf von Gronsfeld – Jodocus Maximilian, Graf von Gronsfeld (1598–1662), bayerischer Feldherr.

243 *über den Fluss ... zu gelangen* – Vom 5. bis 8. Juni 1648.

Freiherr von Hunoltstein – Hans Wilhelm von Hunoltstein, Heerführer in kaiserlichen und bayerischen Diensten.

der allgemeine Waffenstillstand – Gemeint ist hier der Westfälische Friede, geschlossen am 24. Oktober 1648, dem am 26. Juni 1650 der Nürnberger Friedens-Exekutions-Haupt-Rezess folgte.

ein Korporal, der sich ... als Obrist aufspielte – Eine Meuterei im Regiment Bärthel im April 1649, die G. aus der Nähe miterlebt hat. Vgl. Könnecke, Bd. 1, S. 80 ff.

244 *Obrist Elter* – Johann Burckhard von Elter, bayerischer Obrist, unter dem G. als Regimentsschreiber gedient hat.

245 *wo man verschiedene Religionen ... durchgehen lässt* – Gemeint ist die Kurpfalz.

erste Einnahme der Festung Frankenthal – Im Herbst 1621. Vgl. Anm. zu S. 208.

246 *als wenn ich von vorn angefangen hätte* – Auf einige mögliche Parallelen in diesem Kapitel zwischen Springinsfelds Neuanfang nach dem Krieg und demjenigen von G. – vor allem die Hausrenovierung und die Er-

öffnung einer Gastwirtschaft – weist Könnecke hin, Bd. 1, S. 91 ff., und Bd. 2, S. 144 ff.

246 *Friedensgeld* – Gemeint sind die fünf Millionen Taler, die an Schweden für die Abdankung seiner Truppen gezahlt werden mussten und die als Sondersteuer erhoben wurden.

248 *Graf von Zrinyi* – Niklas VII., Graf Zrinyi (1616–1664), Ban von Kroatien, kaiserlicher Heerführer und Dichter. Er kämpfte im Türkenkrieg 1663/64, wurde 1664 auf der Jagd von einem Eber zerrissen.

249 *die letzte große Schlacht* – Bei St. Gotthard an der Raab – auch Schlacht bei Mogersdorf – am 1. August 1664 errang eine kaiserliche Armee unter Raimondo Montecuccoli einen unverhofften Sieg über eine zahlenmäßig weit überlegene osmanische Streitmacht.

nach dem unverhofften Friedensschluss – Gemeint ist der Friede von Vasvár/Eisenburg am 10. August 1664, in dem den Osmanen trotz ihrer militärischen Niederlage die zuvor gemachten Gebietsgewinne zugestanden wurden.

250 *das böste Handwerk* – Ein Wortspiel mit »das beste«.

254 *Riemenspiel* – Auch »Riemenstechen«, ein betrügerisches Jahrmarktsspiel, bei dem es galt, einen zusammengerollten Riemen zu durchstehen, was fast immer misslingt.

gab mir das Nest in die Hand – Zur Vorstellung von einem unsichtbar machenden Vogelnest oder einem Nest, das etwas enthält, das unsichtbar macht, vgl. *Handwörterbuch des deutschen Aberglaubens*, Bd. 8, Sp. 1459. Mit dieser Szene bereitet G. den Anschluss an die letzten beiden Teile seines simplicianischen Zyklus vor, die 1672 und 1675 unter dem Titel *Das wunderbarliche Vogelnest* I und II erschienen.

257 *das schöne Marienbild auf der Säule* – Gemeint ist die Mariensäule auf dem Marienplatz in München.

258 *es waren dreißig* – Anspielung auf den Verführerlohn des Judas, die dreißig Silberlinge. Vgl. Matthäus 26,14–16.
Sol ... Luna – Sonne und Mond, die alchimistischen Zeichen für Gold und Silber.
261 *nach Kreta* – Im Original werden sowohl die Insel Kreta als auch ihre Hauptstadt, das heutige Heraklion, Candia genannt. Kreta, das seit dem 13. Jahrhundert im Besitz der Venezianer gewesen war, wurde seit 1645 von den Türken bedrängt. Die Hauptstadt wurde 1667 von ihnen belagert und ging Mitte September 1669 mit der ganzen Insel durch Akkord an das Osmanische Reich über. Der Papst, der König von Frankreich und andere christliche Fürsten hatten sich in der Zeit davor um Unterstützung der Venezianer bemüht. Auch der Fürstbischof von Straßburg, der Dienstherr des Schultheißen G. in Renchen, ließ eine kleine Hilfstruppe von hundert Mann anwerben und nach Kreta schicken. Von diesen kehrten im April 1670 – im Erscheinungsjahr des *Springinsfeld* – zwanzig Überlebende zurück. Möglich, dass G. mit dem einen oder anderen von ihnen gesprochen hat. Vgl. Bechtold, S. 159–162.
262 *Beg* – Bezirksstatthalter.
Beglerbeg – Provinzstatthalter.
263 *Rote Ruhr* – Dysenterie mit blutigem Durchfall.
kam unversehens der Friede – Vertrag über die Übergabe Kretas an die Türken am 17. Juni 1669.
267 *Melusine ... Minolanda ... Ritter von Stauffenberg* – G. bringt hier die Melusinensage mit der in der Ortenau, seiner nächsten Umgebung, beheimateten Sage vom Stauffenberger zusammen. Vgl., L. Petzoldt, *Historische Sagen*, Bd. 1, S. 102–106.
269 *Partisanen* – Vgl. Anm. zu S. 111.
270 *dass dein Nest einen neuen Herrn hat* – Dieser neue Herr tritt im ersten Teil von G.s *Wunderbarlichem Vogelnest*,

Kap. 1, in Erscheinung, wo er sich wiederum auf die Erzählung des seltsamen Springinsfeld bezieht: »Dieser verschwundene Kerl nun werther Leser/bin ich ...« Vgl. G., *Werke*, Bd. I/2, hrsg. von D. Breuer, S. 301.

Zeittafel

1618 Der Dreißigjährige Krieg beginnt mit dem Aufstand der mehrheitlich protestantischen Stände in Böhmen gegen den Kaiser. Zum Prager Fenstersturz kommt es am 23. Mai.

1620 8. November. Schlacht am Weißen Berg bei Prag. Das Heer der böhmischen Stände unterliegt dem kaiserlichen Heer.

1622 (oder 1621) Grimmelshausen wird in der protestantischen Reichsstadt Gelnhausen geboren.
– 20. Juni. Schlacht bei Höchst. Sieg des kaiserlichen Generals Tilly über Christian von Braunschweig.

1626 (oder 1627) G.s Vater, Johannes Christoph, stirbt.
– 27. August. Schlacht bei Lutter am Barenberge. Sieg Tillys über Christian IV. von Dänemark.

1627 G.s Mutter heiratet zum zweiten Mal und zieht zu ihrem Mann nach Frankfurt. G. bleibt bei seinem Großvater und besucht die Gelnhäuser Lateinschule (bis 1634).

1631 Mai. Eroberung und Zerstörung von Magdeburg durch kaiserliche Truppen unter Tilly.

1632 16. November. Die Schlacht bei Lützen zwischen kaiserlich-ligistischen Truppen und Schweden, bei der der schwedische König Gustav Adolf II. und der kaiserliche General von Pappenheim fallen, endet unentschieden.

1634 6. September. Schlacht bei Nördlingen. Sieg der kaiserlich-spanischen Truppen über die Schweden.

– September. Kaiserliche Truppen richten in Gelnhausen ein Massaker an und plündern die Stadt. Viele der überlebenden Einwohner fliehen in die schwedisch-hessische Festung Hanau, unter ihnen wohl auch G. und sein Großvater.

1635 Anfang Februar. Mit anderen Jungen wird G. von einem Trupp Kroaten entführt.

– 25. Februar. G. gerät in die Hände von Truppen des Landgrafen von Hessen.

1636 G. nimmt als Trossjunge Mitte Juli an der Einnahme von Magdeburg und am 24. September an der Schlacht bei Wittstock teil, die mit einem Sieg der Schweden über die vereinigten Heere der Kaiserlichen und Sachsen endet.

1637 G. bei einem kaiserlichen Dragonerregiment unter Hans Graf von Götz im westfälischen Soest.

1638 G. wird mit dem Götzschen Regiment an den Oberrhein verlegt, nimmt an dem scheiternden Versuch teil, das von Bernhard von Weimar belagerte Breisach zu entsetzen. Die Stadt wird am 9. Dezember von Bernhard von Weimar und Turenne eingenommen.

1639 bis 1648. G. zunächst als Musketier und seit etwa 1644 als Schreiber beim Regiment des kaiserlichen Obristen Hans Reinhard von Schauenburg in Offenburg.

1644 3. bis 9. August. Fünf Tage lang versuchen die Franzosen vergeblich, das von bayerischen Truppen unter Mercy eingenommene Freiburg im Breisgau zurückzuerobern.

1648 bis 1649. G. Sekretär in der Kanzlei des Regiments Elter. Gegen Ende des Krieges nimmt er noch an dessen Feldzug nach Bayern teil.

– 24. Oktober. Der Dreißigjährige Krieg endet mit dem Westfälischen Frieden.

1649 G. heiratet in Offenburg Catharina Henninger nach katholischem Ritus, nachdem er vorher zum katholischen Glauben konvertiert ist. Er wird Verwalter (»Schaffner«) bei seinem früheren Vorgesetzten Hans Reinhard von Schauenburg in Gaisbach bei Oberkirch.

1657 bis 1658. G. betreibt neben seiner Tätigkeit als Verwalter eine Gastwirtschaft in Gaisbach.

1660 G. verlässt den Dienst der Schauenburger.

1662 bis 1665. G. wird Verwalter der Ullenburg bei Oberkirch, die dem Straßburger Arzt J. Küeffer gehört.

1664 10. August. Mit dem Frieden von Vasvár/Eisenburg endet der Krieg von 1663/64 zwischen Österreich und dem Osmanischen Reich.

1665 bis 1667. G. betätigt sich erneut als Gastwirt in Gaisbach.

1666 G.s erste Bücher erscheinen: *Satyrischer Pilgram* (erweitert 1667), *Keuscher Joseph* (erweitert 1670).

1667 G. erhält gegen eine Kaution, die sein Schwiegervater stellt, die Stelle des Schultheißen in Renchen in der Ortenau. Sein Dienstherr ist der Bischof von Straßburg, Franz Egon von Fürstenberg.

1668 *Der Abenteuerliche Simplicissimus Teutsch* erscheint in fünf Büchern bei dem Nürnberger Verleger Wolff Eberhard Felßecker.

1669 *Continuatio*, das sechste Buch des *Simplicissimus*.
– Die Türken erobern das bis dahin von Venedig beherrschte Kreta.

1670 April. Die Reste einer vom Straßburger Bischof zur Unterstützung der Venezianer nach Kreta entsandten Hilfstruppe kehren in die Ortenau zurück.
– *Dietwald und Amelinde, Ratio Status, Der erste Bärenhäuter* und *Gauckeltasche, Courage* und *Springinsfeld*.

1671 *Ewigwährender Kalender*.

1672 *Verkehrte Welt, Ratsstübel Plutonis, Proximus und Lympida, Wunderbarliches Vogelnest. Erster Teil, Stolzer Melcher.*

1673 *Bart-Krieg, Teutscher Michel, Galgen-Männlin.*
      – bis 1675. Das Gebiet um Renchen und das benachbarte Sasbach wird erneut Schauplatz kriegerischer Auseinandersetzungen zwischen kaiserlichen und französischen Truppen.
1675 27. Juli. Schlacht bei Sasbach. Sieg der Kaiserlichen über die Franzosen, deren General Turenne in der Schlacht fällt.
      – *Wunderbarliches Vogelnest. Zweiter Teil.*
1676 17. August. Grimmelshausen stirbt in Renchen.

Simplicianische Folgen.
Das Fortsetzen als schöne Kunst

Nachdem der *Abenteuerliche Simplicissimus Teutsch* in der kurzen Zeit zwischen dem Frühjahr 1668 und dem Herbst 1669 drei rechtmäßige Ausgaben und obendrein einen unbefugten Nachdruck erlebt hatte, gab es für Grimmelshausens Nürnberger Verleger Wolff Eberhard Felßecker anscheinend kein Halten mehr. Im Jahre 1670 ließ er fünf weitere, neue Bücher von Grimmelshausen und eine durch Neues erweiterte Wiederauflage erscheinen: *Dietwald und Amelinde, Simplicianischer zweiköpfiger Ratio Status, Der erste Bärenhäuter* mit *Simplicissimi wunderlicher Gaukeltasche* im Anhang, außerdem den 1666 erstmals gedruckten Roman *Keuscher Joseph* mit der bisher unveröffentlichten Erzählung *Musai* und schließlich die *Lebensbeschreibung der Erzbetrügerin und Landstörzerin Courage* und den S*eltsamen Springinsfeld.*

Aus diesem verlegerischen Furioso den Schluss zu ziehen, so schnell, wie sein Verleger damals druckte, müsse Grimmelshausen auch geschrieben haben, wäre allerdings voreilig. Anzeichen von Hast sind an manchen seiner nach der ersten Ausgabe des *Simplicissimus* erschienenen Publikationen wahrgenommen worden – etwa an der *Continuatio* des *Simplicissimus* und am *Springinsfeld* –, aber sie betreffen vor allem die verlegerische Seite der Angelegenheit, die Satz- und Korrekturarbeiten vor der Drucklegung, nicht so sehr die Arbeit des Schriftstellers selbst.

Felßecker hatte mit seinem Erfolgsautor nämlich auch insofern Glück, als dieser für den Fall eines Erfolgs und die

Zumutungen, die sich daraus ergeben können, denkbar gut gerüstet war. Im 17. Jahrhundert wird es, nicht anders als heute, eher die Regel als die Ausnahme gewesen sein, dass ein Autor nach einem kräftezehrenden, dicken Buch einer Denk- und Ruhepause bedarf. Grimmelshausen hatte ein solches Buch geschrieben, siebenhundert starke Seiten, auf denen er die ganze Welt untergebracht hatte, und dennoch war sein Vorrat an Ideen und Stoff nicht erschöpft.

Von Anfang an scheint er ausgreifende Pläne gehegt und über ein einzelnes Buch weit hinausgedacht zu haben, und schon zwei Jahre vor dem *Simplicissimus*, in der Vorrede zu seinem allerersten Buch, dem *Satyrischen Pilgram*, hatte er mit ebenso viel Selbstbewusstsein wie Selbstironie das Publikum vor sich und seinen Plänen gewarnt und zugleich angekündigt, in welche Richtung diese Pläne zielten: »Zudem hat dieser Phantast ein Werk vor, das sich *ad infinitum* erstrecken soll und das wohl kein anderer, auch wenn er Methusalems Alter erreichen würde, aus- und zu Ende führen könnte – als wäre er ein zweiter Salomon und besäße die Gabe, vom Ysop bis auf den Zederbaum zu diskurieren. Ratsamer und bekömmlicher wär's ihm gewesen, wenn er nach dem Friedensschluss im Deutschen Krieg seine Muskete behalten hätte ... – zumal aller Welt bekannt ist, dass eher ein Rossbub zum General als ein ungelehrter Musketier zu einem ordentlichen Bücherschreiber wird.« (*Satyrischer Pilgram*, S. 7 f.)

Über die Arbeitsweise des Schriftstellers Grimmelshausen wissen wir nichts. Seit wann der »Phantast« an seinen Plänen herumphantasierte und dies oder das zu Papier brachte, ist nicht bekannt – vielleicht schon seit mehr als zwanzig Jahren, als der einstige Musketier gegen Ende des Deutschen Krieges Regimentsschreiber wurde, vielleicht auch schon seit dem Winter 1638/39, als der siebzehnjährige Soldat in einer Spinnstube einen Kupferstich mit Motiven zum Thema der »Verkehrten Welt« erblickte, der ihn mehr ergriff als der Anblick der schönen Spinnerinnen (vgl. *Werke*, Bd. II, S. 363 ff., »Die verkehrte Welt«). Die Vorstellung von einem seriellen Werk, der Wille zum Weitermachen, zur Fortsetzung scheint jedenfalls früh da gewesen zu sein, und Notizen, Aufzeichnungen, Entwürfe, Vorarbeiten, Halbfertiges oder auch Fertiges muss es wohl gegeben haben, lange bevor Grimmelshausen zu publizieren begann, auch wenn nichts davon erhalten blieb. Diesen Autor hat sein Erfolg jedenfalls nicht in Verlegenheit gebracht. Er konnte liefern, als sein Verleger weiterdrucken wollte. Und die *Continuatio* von 1669 zum ursprünglich aus fünf Büchern bestehenden *Simplicissimus* war nur die erste in einer ganzen Reihe weiterer Fortsetzungen.

Sechs Jahre nach ihrem Erscheinen, 1675, blickt Grimmelshausen in der Vorrede zum zweiten Teil seines *Wunderbarlichen Vogelnests* zurück und zählt die übrigen Glieder seiner simplicianischen Kette: »Im Übrigen könnte man dies mit gutem Grund den zehnten Teil oder das zehnte Buch der *Lebensbeschreibung des Abenteuerlichen Simplicissimus* nennen, wenn man nämlich die *Courage* als das siebente, den *Springinsfeld* als das achte und den ersten Teil des *Wunderbarlichen Vogelnests* als das neunte Buch betrachten würde – zumal alle diese simplicianischen Schriften aneinanderhängen und weder der ganze *Simplicissimus* noch eines der genannten Traktätlein für sich und außerhalb dieser Zusammenfügung hinreichend verstanden werden kann.« (*Werke*, Bd. I/2, S. 459.)

*

Mit dem Zusammenfügen hat es sich Grimmelshausen nicht leicht gemacht, er hat vielmehr das Fortsetzen selbst zu einer schönen Kunst erhoben. Das einfachste, uns heute aus unzähligen Romanserien vertraute Verfahren besteht darin, dass der Erzähler-Autor seinen bewährten Helden zu neuen

Abenteuern aufbrechen lässt, während er selbst in seiner Rolle verharrt und im gleichen Duktus, aus der gleichen Perspektive weitererzählt wie bisher. Grimmelshausen benutzt dieses Verfahren in seinem »simplicianischen Zyklus« nur einmal, beim Übergang vom fünften zum sechsten Buch des *Simplicissimus*, wo er seinen Protagonisten, der sich als Einsiedler auf die Höhe des Mooskopf im Schwarzwald zurückgezogen hatte, wieder in die Welt zurückkehren und weitererzählen lässt. Aber schon am Ende dieser *Continuatio* führt er zwei neue Erzähler ein, den holländischen Schiffskapitän Jean Cornelissen und zuletzt auch noch einen gewissen H. J. C. V. G., die auf den letzten Seiten zu berichten haben, wie die Lebensbeschreibung des Simplicissimus von der Insel im Indischen Ozean, wo sie entstanden ist, nach Europa und zu ihren Lesern gelangt. Für die nächsten Glieder seines Zyklus findet er dann wieder andere Verknüpfungen, die es ihm ermöglichen, nicht nur andere Figuren mit neuen Geschichten und neuen Perspektiven ins Zentrum seiner Erzählung zu rücken, sondern auch die Erzählerrollen neu zu besetzen.

Die Literaturwissenschaft nennt Fortsetzungen des Typs, den Grimmelshausen für die beiden Kurzromane *Courage* und *Springinsfeld* wählt, »Sprossgeschichten« – in diesem Fall also Seitentriebe aus dem Stamm des *Simplicissimus*. Dort hatten die Titelgestalten der beiden Bücher schon ihre ersten Auftritte. Den Springsinsfeld kennen *Simplicissimus*-Leser als Bundesgenossen des Simplicius aus dessen westfälischen Abenteuern (Buch 2, Kap. 31 – Buch 3, Kap. 13). Die Courage erscheint nur für einen kurzen, aber einprägsamen Augenblick und ohne dass ihr Name genannt wird als jene Dame von der eher *mobilen* als *nobilen* Sorte, deren nähere Bekanntschaft Simplicius im Sauerbrunnen macht, von der er sich aber bald wieder löst und der er in seiner Lebensbeschreibung einige geringschätzige, spöttische Bemerkungen nachruft (Buch 5, Kap. 6, S. 451). Aus dem Umgang der beiden, dessen Schilderung nicht mal eine halbe Seite füllt, scheint allerdings ein Kind hervorgegangen zu sein, das die verstoßene Dame dem Simplicius im ungünstigsten Augenblick, als er von verschiedenen Frauen noch zwei andere Kinder bekommt, vor die Tür legen lässt und das er notgedrungen als sein eigenes akzeptiert (Buch 5, Kap. 10, S. 464).

Der ganze Text des *Courage*-Buches ist nun eine Trotzrede gegen den Simplicius. *Trutz Simplex* lautet der Obertitel im Original: *Dem Simpel zum Trotz*. Courage hat das Buch des Simplicius gelesen. Sie ist empört über den Auftritt, den er ihr darin bereitet hat, und will sich rächen. Aus Rache also und nicht etwa, um Vorsorge für ihr Seelenheil zu treffen und sich durch eine Beichte von der Last ihrer Sünden zu befreien, schildert sie ihr wildes Leben ohne Scheu, Anstoß zu erregen, in allen wahrhaft merkwürdigen Einzelheiten. Mit seinen eigenen Mitteln, mit einem Buch, das gedruckt und unter die Leute gebracht werden soll, will sie nun ihrerseits den Simplicius demütigen, indem sie ihm und der Welt klarmacht, wer sie ist und mit was für einer Person er sich eingelassen hat. Jetzt ist sie es, die ihre Stimme erhebt und »auspackt«. So wird sie zur, wie es scheint, ersten Ich-Erzählerin der deutschen Literatur.

Grimmelshausen hat der Courage durch die Art, wie er ihre Erzählung mit dem *Simplicissimus* verknüpft, ein besonders starkes Motiv zu schonungsloser Selbstoffenbarung verschafft, das sie antreibt, ihre Offenheit ins Ungeheuerliche zu steigern: Je Schlimmeres und je mehr davon sie über sich preisgibt, so das Kalkül dieser Erzählerin, desto härter ihre Rache an Simplicius. Besondere Schlagkraft, so glaubt sie, werde ihre Attacke dadurch gewinnen, dass sie ihm vor aller Welt mitteilt, es sei gar nicht sein und ihr Kind gewesen, das sie ihm im Sauerbrunnen vor die Tür legen ließ. Sie habe vielmehr das Kind ihrer Magd genommen, dem Simplicius also ein wildfremdes Kind untergeschoben. Aber auch das ist, wie sich herausstellt, nicht der Wahrheit letzter Schluss.

Die Rache der Courage ist erst vollzogen, wenn ihre Lebensbeschreibung, wie die des Simplicius, ein Buch geworden und veröffentlicht ist. Doch anders als Simplicius schreibt Courage nicht selbst. Sie nimmt sich einen Schreiber, der festhält, was sie ihm erzählt. Wie sie ihn findet und unter welchen Bedingungen er seine Schreiberdienste leistet, ist nicht Teil ihrer eigenen Geschichte. Im ausführlichen Titel ihrer Lebensbeschreibung heißt es nur: »von der Courage persönlich ... dem Autor in die Feder diktiert, der sich für diesmal nennt Philarchus Grossus von Trommenheim«. Und in ihrem Diktat nimmt Courage nur ein einziges Mal, gegen Ende des Textes (Kap. 28, S. 134 f.), Notiz von diesem Mann: Da ihrem Schreiber, wie sie gerade sehe, noch ein letztes leeres Blatt geblieben sei, wolle sie, um es zu füllen, noch eine Episode aus ihrem Zigeunerleben anfügen.

Philarchus selbst meldet sich erst, nachdem Courage ihr Diktat beendet hat, mit einer knapp halbseitigen »Zugabe des Autors« zu Wort, in der er die Leser vor den Einflüsterungen und Verführungskünsten lasterhafter Frauen und weiblicher Gespenster warnt. Die plakative Distanzierung wirkt nach den packenden Erzählungen der Courage allerdings so beflissen und pflichteifrig, dass wohl nicht erst heutige Leser sich die Frage stellen: Wer will hier ernst genommen werden? Und wie ernst? Wer spricht hier überhaupt? Etwa Grimmelshausen selbst?

Gewiss oder gar selbstverständlich ist dies keineswegs, auch wenn manche Interpreten diese Annahme zur Grundlage ihrer Deutung und Bewertung der Courage gemacht haben. Die »Zugabe des Autors« lässt sich jedoch auch als ein Wink an den Leser deuten, den Schreiber Philarchus gerade nicht einfach mit seinem Schöpfer und Erfinder Grimmelshausen zu identifizieren. Das anagrammatische Pseudonym wäre dann nicht nur ein Mittel Grimmelshausens, als Autor unerkannt zu bleiben. Es erwiese sich als eine Maske – eine von mehreren, wie sie dem Mischwesen auf dem Titelkupfer des *Simplicissimus* zu Füßen liegen, die es dem Autor erlauben, zwischen verschiedenen Erzählerrollen zu wählen und zu wechseln. Philarchus würde damit schon in der *Courage* die literarische Gestalt, als die er dann im *Seltsamen Springinsfeld* tatsächlich auftritt – neben und noch vor dem Titelhelden.

*

Die beiden Kurzromane, die Grimmelshausen dem *Abenteuerlichen Simplicissimus* als siebenten und achten Teil seines Zyklus folgen ließ, weisen eine Reihe von Gemeinsamkeiten auf. Ihre Titelseiten nennen denselben fiktiven Autor: Philarchus Grossus von Trommenheim. Jedes der beiden Bücher ist der Beschreibung eines Lebens im dreißigjährigen »Deutschen Krieg« gewidmet. Eine Frau und ein Mann, beide von halbadeliger Herkunft, schlagen sich im Grenzland zwischen der Soldatenwelt und der Welt des fahrenden Volks durch die Wirren ihrer Zeit. Beide erzählen ihre eigene Geschichte selbst und in der Ich-Form. Beide sind älter als Simplicius und haben den Krieg in ganzer Länge bewusst miterlebt, nicht nur seine zweite Hälfte wie der Jüngere. So wird auch in beiden Büchern die Abfolge der Kriegsereignisse deutlicher nachgezeichnet und gewinnt in stärkerem Maße als im *Simplicissimus*-Roman eine gliedernde Funktion. Und doch unterscheiden sich beide Bücher deutlich voneinander – nicht nur in den Geschichten ihrer Protagonisten und deren Perspektiven, sondern auch in ihrer Anlage und ihrer Erzählperspektive.

Der *Springsinsfeld* ist komplizierter gebaut als die *Courage*. Anders als in der *Courage* ergreift hier der fiktive Autor Philarchus Grossus von Trommenheim nicht nur die Feder zum Diktat, sondern erzählt selbst, sagt selbst ich und nimmt dabei selbst Gestalt an. Die Lebensgeschichte, die Springinsfeld zum Besten gibt, ist in eine Rahmenhandlung gebettet, die sich durch einen Tag und eine Nacht bis in den nächsten Morgen erstreckt und von Philarchus erzählt wird. Springinsfeld beginnt mit seiner Geschichte erst im zehnten Kapitel.

Vorher berichtet Philarchus, wie er im winterlichen Straßburg nach dem Scheitern seiner Bewerbung um eine Schreiberstelle in einem Gasthaus Zeuge der zufälligen Begegnung des von seiner Insel soeben zurückgekehrten Simplicissimus und dessen alten Kriegskameraden Springinsfeld wird. Diesen beiden erzählt Philarchus nun zunächst, wie es geschehen konnte, dass er sie schon sehr gut kennt – durch die Arbeit, die er für die Courage verrichtet hat. Erst hier also, im *Springinsfeld*-Roman, erfährt auch der Leser, wie der *Courage*-Roman überhaupt in die Welt kam. Und Simplicius erfährt neue Einzelheiten über das Kind, das er in seiner eigenen Geschichte vor der Tür seines Hauses fand. Die Gesellschaft im Gasthof wird größer. Der Knan, die Meuder, ein Knecht, der Sohn des Simplicius und einer von dessen Kommilitonen kommen hinzu. Bei einer Exkursion auf den Markt der Stadt wird die Gaukeltasche des Simplicius ins Spiel gebracht, und schließlich beziehen alle ein gemeinsames Zimmer, in dem während eines Teils der folgenden Nacht Springinsfeld nun endlich die Geschichte seines Lebens als ein »Ball des Glückes«, als Gaukler und Soldat, erzählt, an deren Ende dann mit dem unsichtbar machenden Vogelnest ein Motiv erscheint, das es Grimmelshausen erlauben wird, seinen Zyklus weiter fortzusetzen.

Im letzten Kapitel des *Springinsfeld* enden beide Ich-Erzählungen, die des Springinsfeld und die Rahmenerzählung des Philarchus, der seinen Lesern noch mitteilt, wie er zur Abfassung dieses seines zweiten Buches gekommen ist. Simplicius habe ihm den Auftrag hierzu erteilt – nicht zuletzt, um ihn dafür zu entschädigen, dass die Courage ihn um seinen Schreiberlohn betrogen hatte.

*

Simplicianische Folgen. Das Fortsetzen als schöne Kunst

Von Anfang an scheint *Der seltsame Springinsfeld* weniger beachtet worden zu sein als die *Courage* – sowohl vom Publikum als auch später von der Literaturwissenschaft. Die hastige Publikation ohne Vorankündigung in den Messekatalogen zwischen all den anderen Veröffentlichungen, die Grimmelshausens Verleger Felßecker 1670 auf den Markt brachte, wird ein Grund hierfür gewesen sein. Und auch die im Vergleich zur kompakten Ich-Erzählung der *Courage* komplizierter und vielleicht etwas unübersichtlich anmutende Konstruktion des Buches wird die Lektüre nicht erleichtert haben. Von beiden Büchern erschien zu Grimmelshausens Lebzeiten jeweils noch eine weitere rechtmäßige Ausgabe. Nur die *Courage* indessen brachte es auch zu einem Raubdruck. Vor allem im 20. Jahrhundert wurde sie dann immer wieder gedruckt – nicht nur innerhalb von Werkausgaben, sondern immer häufiger auch in Einzelausgaben. Heute steht sie in der Gunst der Leser und Leserinnen auf dem zweiten Platz hinter dem *Simplicissimus* und ziemlich weit vor den anderen Werken Grimmelshausens. Dem Buch – oder vielmehr seiner Protagonistin widerfuhr allerdings ein merkwürdiges Schicksal. Eine durch die Gestalt von Grimmelshausens Courage inspirierte zweite Courage schob sich dank ihres eigenen Erfolgs vor das Original und hat es in der Wahrnehmung größerer Teile des literarisch interessierten Publikums verdeckt.

Bertolt Brecht hat sich aus Grimmelshausens *Courage* Anregungen für sein Theaterstück *Mutter Courage und ihre Kinder* geholt. Es entstand 1939, kurz vor dem Ausbruch des Zweiten Weltkriegs, und wurde 1941 in Zürich uraufgeführt. Um eine Dramatisierung des Romans handelt es sich nicht. Brechts Courage heißt mit richtigem Namen nicht Libuschka, sondern Anna Fierling, und sie stammt nicht aus Böhmen, sondern aus Bamberg. Nur Brechts Courage ist Mutter und hat drei inzwischen erwachsene Kinder, die sie im Laufe des Stückes allesamt verliert, während Grimmelshausens Courage trotz all ihrer Ausschweifungen und aller erlittenen

Vergewaltigungen keine Kinder bekommt. Die Sinnlichkeit, die für Grimmelshausens Courage eine so bedeutsame Rolle spielt, deutet sich bei Brechts Courage allenfalls darin an, dass deren Kinder von lauter verschiedenen Männern stammen. Prägend für diese Courage sind vor allem der Realitäts- und Geschäftssinn der Marketenderin. Allerdings hat auch bei ihr der vermeintliche Ehrenname Courage etwas Zweideutiges – nicht in dem obszönen Sinne, dessentwegen Grimmelshausens Courage ihren Namen das ganze Buch hindurch loswerden will. Bei Brecht ist der Name dubios, weil ihre vermeintlich ehrenvolle Tat durch ein betrügerisches Geschäftskalkül veranlasst wurde: Brechts Courage hat ihren Namen bekommen, nachdem sie mit fünfzig Broten vor Riga durchs Geschützfeuer gefahren ist. Aber nicht den bedürftigen Empfängern zuliebe hat sie sich in Gefahr begeben, sondern weil die Zeit drängte: die Brote waren schon angeschimmelt. (Brecht, *Gesammelte Werke*, Bd. 4, S. 1351).

In das Jahr 1976 fällt die Gründung einer linken Frauenzeitschrift unter dem Titel *Courage* in Berlin, die es im Laufe der folgenden Jahre zu einer Auflage von über 70 000 Exemplaren brachte. Bei der Wahl des Titels ihrer Zeitschrift scheinen die Gründerinnen anfangs vor allem an Brechts Courage gedacht zu haben, bevor sie sich – noch vor dem Erscheinen der ersten Ausgabe – darauf besannen, dass Grimmelshausens Courage eine trefflichere Schutzpatronin des Projekts abgeben könnte. Dennoch geriet diese *Courage* mit der Zeit gegenüber Alice Schwarzers *Emma* so ins Hintertreffen, dass sie ihr Erscheinen 1984 einstellen musste.

Günter Grass schildert in seiner 1979 erschienenen Erzählung *Das Treffen in Telgte* die Zusammenkunft einer anderen »Gruppe 47«, die sich im Jahre 1647, also kurz vor dem Ende des Dreißigjährigen Krieges, zu Lesungen und literarisch-politischen Debatten in dem bei Münster gelegenen Telgte versammelt. Dabei lässt er nicht nur Grimmelshausen – unter dem Namen Gelnhausen – als Soldat, Quartiermacher und

Fouragierer im würdigen Kreis der gelehrten Literaten auftreten, sondern auch die Frau Libuschka, genannt Courage. Sie ist die Wirtin des Brückenhofs, in dem die Gesellschaft tagt. In ihrem Verhältnis zu Gelnhausen geht es nicht ohne Streit ab. Aber sie trägt auch dazu bei, dass er sich, schon während der Krieg zu Ende geht, Gedanken darüber zu machen beginnt, wie er eines Tages gegen alle Wahrscheinlichkeit selbst ein »ordentlicher Bücherschreiber« werden könnte.

*

Auch die Literaturforschung hat dem *Springinsfeld* weniger Beachtung geschenkt als der *Courage*. Er erschien ihr als Werk weniger bedeutsam, als Verbindungsglied zwischen *Courage* und *Wunderbarlichem Vogelnest* weniger eigenständig, vielleicht auch weniger geglückt als die vorangehenden sieben Bücher des simplicianischen Zyklus – einigermaßen zerfahren in den ersten Kapiteln der Rahmenhandlung, mitunter ermüdend in der Reihung von Ereignissen aus der Chronik des Krieges, die einen großen Teil der Lebensbeschreibung des Titelhelden ausmachen. Erst in neuerer Zeit hat man sowohl die Sorgfalt und Originalität, mit der die Rahmenhandlung konstruiert ist, als auch die Vielfalt der Aspekte registriert, unter denen im *Springinsfeld* das Schreiben und die Schriftstellerei zum Thema gemacht werden.

Die *Courage* hingegen wird in der Literaturwissenschaft intensiv und kontrovers diskutiert – in jüngerer Zeit anscheinend sogar heftiger als früher. Als Gegenfigur zum »Gottsucher« Simplicius und zum unentschiedenen, vom Krieg abgestumpften »Skeptiker« Springinsfeld ist die Courage häufig als eine Verkörperung des Bösen gedeutet worden, als Hure Babylon oder Frau Welt, wenn nicht als Teufelin oder Hexe. Andere Interpreten betonen dagegen, wie deutlich der Abstieg der Courage in die Lasterhaftigkeit von Grimmelshausen mit dem Krieg selbst und all dem in Zusammenhang gebracht wird, was ihr in der Männerwelt dieses Krieges von Männern angetan wird. Solche Deutungen stellen das kämpferische Beharren der Courage auf ihrer Unabhängigkeit in den Vordergrund und weisen darauf hin, mit welcher Eindringlichkeit hier der Kampf der Geschlechter in die Szenerie des großen Krieges gestellt wird und wie die Courage trotz oder gerade wegen ihres gesellschaftlichen und moralischen Abstiegs mehr und mehr an Stärke gewinnt und es dabei bis zur Königin unter den Verfemten, den Zigeunern, bringt.

Vielleicht sind solche Deutungen nicht so unhistorisch und verfehlt, wie manche ihrer Kritiker meinen. Das Verhältnis der Geschlechter wurde im 17. Jahrhundert nicht nur von Grimmelshausen als einer der Schauplätze betrachtet, auf denen der satirisch gesinnte Betrachter einer »verkehrten Welt« ansichtig werden konnte. Unter diesem Aspekt ließe sich die *Lebensbeschreibung der Courage* auch als eine literarische Versuchsanordnung deuten, in der unter extremen Bedingungen erprobt wird, was geschieht, wenn eine Frau in die Rolle des Mannes schlüpft oder wenn die Geschlechter ihre Rollen tauschen. Schon im *Simplicissimus* (Buch 2, Kap. 25–26, S. 196 ff.) hatte Grimmelshausen den Simplicius umgekehrt in die Kleider und die Rolle einer Frau schlüpfen lassen und auch damit zu erkennen gegeben, wie sehr ihn die Rolle der Frauen, ihr Blick auf die Welt, ihr Schicksal im Krieg interessiert.

Versuche, aus Äußerungen in seinen übrigen Schriften oder aus der »Zugabe des Autors« Philarchus am Ende der *Courage* eine misogyne Haltung bei Grimmelshausen zu erschließen, die auch seine Schilderung der Courage geprägt haben müsse, wirken nicht unbedingt überzeugend. Nicht nur, dass Grimmelshausen als Bücherschreiber seinen Lesern und sich selbst immer wieder ein Vergnügen daraus macht, mit der Solidität alles vermeintlich Feststehenden und zumal fester Einstellungen und Überzeugungen sein Spiel zu treiben. Er scheint auch – das wird vielleicht nirgendwo deutlicher als in der *Courage* – imstande gewesen zu sein, sich mit solcher Intensität auf eine Gestalt, die ihn offensichtlich faszinierte, einzulassen, dass sie sich unter der schreibenden Hand, auf dem Papier in einer Weise zu entwickeln beginnt, die auf die Überzeugungen ihres Schöpfers keine Rücksicht mehr nimmt und ihnen womöglich sogar zuwiderläuft.

Die Frau, deren Geschichte Grimmelshausen aus seinem *Simplicissimus* »sprießen« ließ, ist ihm, so scheint es, nach allen Seiten über das hinausgewachsen, was er sich vorher zurechtlegen und was er planen konnte. Sie gewinnt eine Kraft, eine Eindringlichkeit, wie sie sich literarisch kaum planen lässt, wie sie sich aber in seltenen Glücksfällen zusammenballen kann, wo sich ein Autor gleichsam mit Haut und Haaren auf seinen Text und seine Gestalten einlässt. Das ist Grimmelshausen hier gelungen – oder vielleicht richtiger: es ist ihm widerfahren.

Zu dieser Ausgabe

Grundlage der hier vorgelegten Übersetzung sind die Texte der *Courage* und des *Seltsamen Springinsfeld*, die Dieter Breuer 1992 innerhalb seiner dreibändigen Grimmelshausen-Ausgabe im Deutschen Klassiker Verlag, Frankfurt am Main, ediert hat. Seine Ausgabe bietet auf der Grundlage der Editionen von Jan Hendrik Scholte (Halle 1923 und 1928) eine zeichengenaue Wiedergabe der Erstdrucke der *Courage* und des *Springinsfeld* von 1670. Sie sei jedem Leser, der sich vor, nach oder neben der Lektüre meiner Übersetzung einen Eindruck vom Original verschaffen möchte, bestens empfohlen.

Beim Übersetzen war mir – zur Selbstkontrolle und bei der Erschließung schwieriger Stellen – wie schon bei der Arbeit am *Simplicissimus*, ein Vergleich mit den englischen Übersetzungen bisweilen nützlich, die Mike Mitchell von den beiden Romanen 2001 und 2003 vorgelegt hat. Hilfreich waren mir hierbei und beim Zusammenstellen der Anmerkungen auch die Ausgaben von Dieter Breuer, Klaus Haberkamm, Günther Weydt, Alfred Kelletat und Engelbert Hegaur, die im Literaturverzeichnis genannt werden.

Auskünfte über das Übersetzen von Werken Grimmelshausens aus dem Deutschen des 17. Jahrhunderts – über den Sinn dieser Arbeit, ihre Schwierigkeiten und ihren Reiz – habe ich in einem Werkstattgespräch (»Mich übersetzen? Ist das Ihr Ernst?«) zu geben versucht, das im Anhang meiner Übertragung des *Abenteuerlichen Simplicissimus Deutsch* abgedruckt ist und auch im Internet nachgelesen werden kann.

Literaturhinweise

Verwendete Ausgaben der Schriften Grimmelshausens
Der abentheurliche Simplicissimus Teutsch, hrsg. von Dieter Breuer, Frankfurt am Main: Deutscher Klassiker Verlag 1989 (Grimmelshausen, *Werke*, Bd. I/1).
Courasche/Springinsfeld/WunderbarlichesVogelnestIundII/ Rathsstübel Plutonis, hrsg. von Dieter Breuer, Frankfurt am Main: Deutscher Klassiker Verlag 1992 (Grimmelshausen, *Werke*, Bd. I/2).
Verkehrte Welt. Grimmelshausens satirische Schriften, historische und Legendenromane, hrsg. von Dieter Breuer, Frankfurt am Main: Deutscher Klassiker Verlag 1997 (Grimmelshausen, *Werke*, Bd. II).
Der abenteuerliche Simplicissimus Deutsch. Aus dem Deutschen des 17. Jahrhunderts von Reinhard Kaiser, Frankfurt am Main: Eichborn 2009. Die Andere Bibliothek, Bd. 296 u. 297, sowie zwei einbändige Ausgaben mit gleicher Paginierung. Darin: »›Mich übersetzen? Ist das Ihr Ernst?‹ Ein Werkstattgespräch«. Unter der Adresse *http://www.reinhardkaiser.com/LesesaalNeu/Versammelte Werke/griwerkstattgespraech.htm* findet es sich auch im Internet.
Lebensbeschreibung der Erzbetrügerin und Landstörzerin Courasche/Der seltsame Springinsfeld, in: Grimmelshausen, *Simplicianische Schriften*, hrsg. und mit einem Nachw. von Alfred Kelletat, München: Winkler 1958.
Die Lebensbeschreibung der Erzbetrügerin und Landstörzerin Courasche. Zum Druck befördert von Engelbert Hegaur.

Mit einem Nachwort von Hans Magnus Enzensberger, München: Deutscher Taschenbuch Verlag 1962.

Lebensbeschreibung der Ertzbetrügerin und Landstörtzerin Courasche, in: *Das Zeitalter des Barock. Texte und Zeugnisse*, hrsg. von Albrecht Schöne, München: Beck 1963.

Lebensbeschreibung der Ertzbetrügerin und Landstörtzerin Courasche, hrsg. von Wolfgang Bender, Tübingen: Niemeyer 1967.

Lebensbeschreibung der Erzbetrügerin und Landstörzerin Courasche, hrsg. von Klaus Haberkamm und Günther Weydt, Stuttgart: Reclam 1971, 2001.

The Life of Courage: the notorious Thief, Whore and Vagabond, ins Englische übers. und mit einer Einl. von Mike Mitchell, Sawtry, Cambs, England: Dedalus 2001.

Der seltzame Springinsfeld, hrsg. von Franz Günter Sieveke, Tübingen: Niemeyer 1969.

Der seltzame Springinsfeld, hrsg. von Klaus Haberkamm, Stuttgart: Reclam 1976

Tearaway, ins Englische übers. und mit einer Einl. von Mike Mitchell, Sawtry, Cambs, England: Dedalus 2003.

Satyrischer Pilgram, hrsg. von Wolfgang Bender, Tübingen: Niemeyer 1970.

Verwendete und weiterführende Literatur

Arnold, Heinz Ludwig, *Grimmelshausen*, Sonderband von *Text + Kritik* VI/08, München: Edition Text + Kritik, Boorberg 2008.

Battafarano, Italo Michele, u. Hildegard Eilert, *Courage. Die starke Frau der deutschen Literatur. Von Grimmelshausen erfunden, von Brecht und Grass variiert*, Bern, Berlin u. a.: Peter Lang 2003.

Bechtold, Artur, *Johann Jacob Christoph von Grimmelshausen und seine Zeit*, München: Musarion 1919.

Berghaus, Peter, u. Günther Weydt (Hrsg.), *Simplicius Simplicissimus. Grimmelshausen und seine Zeit*, Ausstellungs-

katalog, Münster: Landschaftsverband Westfalen Lippe 1976.
Brecht, Bertolt, *Mutter Courage und ihre Kinder*, in: B. B., *Gesammelte Werke*, Bd. 4, Frankfurt am Main: Suhrkamp 1967.
Breuer, Dieter, *Grimmelshausen-Handbuch*, München: Fink 1999.
Breuer, Dieter, u. Vorstand der Grimmelshausen-Gesellschaft (Hrsg.), *Simpliciana XXIV: Beiträge des Kolloquiums »Kontroversen um Grimmelshausens ›Courasche‹«*, Bern, Berlin: Peter Lang 2002.
Grass, Günter, *Das Treffen von Telgte* (1979), Neuwied: Luchterhand 1987 (Werkausgabe in zehn Bänden, Bd. VI, hrsg. v. Christoph Sieger)
Grimm, Jacob und Wilhelm, *Deutsches Wörterbuch – Der digitale Grimm*. Elektronische Ausgabe der Erstbearbeitung, hrsg. von Hans-Werner Bartz u. a., Frankfurt am Main: Zweitausendeins 2004.
Haberkamm, Klaus, »Verkehrte allegorische Welt. Das Y-Signum auf dem Titelkupfer von Grimmelshausens ›Courasche‹«, in: Eckehard Czucka, Thomas Althaus, Burkhard Spinnen (Hrsg.), *»Die in dem alten Haus der Sprache wohnen«. Beiträge zum Sprachdenken in der Literaturgeschichte. Helmut Arntzen zum 60. Geburtstag*, Münster: Aschendorff 1991, S. 79 ff.
Heckmann, Herbert, »Hans Jakob Christoffel von Grimmelshausen«, in: Karl Corino (Hrsg.), *Genie und Geld. Vom Auskommen deutscher Schriftsteller*, Nördlingen: Greno 1987, S. 48 ff.
Henkel, Arthur, u. Albrecht Schöne, *Emblemata. Handbuch zur Sinnbildkunst des XVI. und XVII. Jahrhunderts*, Stuttgart, Weimar: Metzler 1996 (zuerst 1967).
Hillen, Gerd, »›Warumb das, Courasche?‹. Grimmelshausens Misogynie in Text, Kontext und Kritik«, James Hardin, Jörg Jungmayr (Hrsg.), *»Der Buchstab tödt – der*

Geist macht lebendig«. Festschrift zum 60. Geburtstag von Hans-Gert Roloff, Bern, Berlin: Peter Lang 1992, Bd. 2, S. 849–861.

Hohoff, Curt, Johann Jacob Christoph von Grimmelshausen in Selbstzeugnissen und Bilddokumenten, Reinbek: Rowohlt 1978.

Kaminski, Nicola, »›Jetzt höre dann deines Schwagers Ankunfft‹ oder Wie der ›der abenteuerliche Springinsfeld‹ des ›eben so seltzamen Simplicissimi‹ Leben in ein neues Licht setzt«, in: Arnold, 2008, S. 173 ff.

Könnecke, Gustav, Quellen und Forschungen zur Lebensgeschichte Grimmelshausens. Bd. 1: G's Leben bis zum Schauenburgischen Schaffnerdienst, Weimar: Ges. der Bibliophilen 1926; Bd. 2: Schauenburgischer Privatdienst, Wirt, Schaffner und Schultheiß, Leipzig: Insel 1928. Reprint: Hildesheim, New York: Olms 1977.

Koschlig, Manfred, Grimmelshausen und seine Verleger, Leipzig: Akademische Verlagsgesellschaft 1939, Palaestra 218. Reprint: New York, London: Johnson Reprint Corporation 1967.

Lämke, Ortwin, »Grimmelshausens ›Ertzbetrügerin und Landstörtzerin Courasche‹. Frauenroman zwischen Misogynie und Emanzipationsbestreben?«, in: Arnold, 2008, S. 161 ff.

López de Ubeda, Francisco (Andrea Perez), Die Landstörtzerin Iustina Dietzin, Piacara genannt, Frankfurt am Main: J. F. Weissen 1626/1627. Reprint: Hildesheim, New York: Olms 1975.

Meid, Volker, Grimmelshausen. Epoche – Werk – Wirkung, München: Beck 1984.

Meid, Volker, »Von der Picara Justina zu Grimmelhausens Courasche«, in: Breuer (Hrsg.), Simpliciana XXIV, S. 15 ff.

Merzhäuser, Andreas, Satyrische Selbstbehauptung. Innovation und Tradition in Grimmelshausens »Abentheurlichem Simplicissimus Teutsch«, Göttingen: Wallstein 2002.

Notz, Gisela, »Courage – Wie es begann, was daraus wurde und was geblieben ist«, in: G. N. (Hrsg.), *Als die Frauenbewegung noch Courage hatte*, Bonn: Friedrich Ebert Stiftung 2007 (Gesprächskreis Geschichte, Heft 73).

Ornam, Vanessa van, »No Time for Mothers: Courasche's Infertility as Grimmelshausen's Criticism of War«, in: Jeanette Clausen, Sara Friedrichsmeyer (Hrsg.), *Women in German. Yearbook 8. Feminist Studies in German Literature and Culture*, Lincoln, London: University of Nebraska Press 1993, S. 21–45.

Petzoldt, Leander (Hrsg.), *Historische Sagen*, Bd. 1: Fahrten, Abenteuer und merkwürdige Begebenheiten, Bd. 2: Ritter, Räuber und geistliche Herren, München: Beck 1976 u. 1977.

Zedler, Johann Heinrich, *Grosses vollständiges Universal-Lexikon*, Leipzig, Halle: 1732–1750. Photomechanischer Nachdruck, Graz: Akademische Druck- und Verlagsanstalt 1961–1984.

Danksagung

Die Idee, Grimmelshausens *Simplicissimus* durch Übersetzen für Leser und Radiohörer von heute gegenwärtig zu erhalten oder wieder zugänglich zu machen, stammt von Heiner Boehncke. Mit ihr hat er auch den Anstoß gegeben, weiterzumachen – und wieder hat er meine Arbeit mit Rat und Tat und aufmerksamer Lektüre des Manuskripts begleitet und gefördert. Dafür danke ich ihm sehr herzlich. Klaus Haberkamm in Münster danke ich für freundliche Ratschläge und seinen Beistand bei der Ergründung einiger rätselhafter Stellen im Originaltext. Den Herausgebern, Klaus Harpprecht und Michael Naumann, danke ich dafür, dass sie nach dem *Simplicissimus* auch der *Courage* und dem *Springinsfeld* einen Platz in der Anderen Bibliothek eingeräumt haben. Dem wunderbaren Team des Eichborn Verlags danke ich für die Ermunterung und Ermutigung in ungezählten, immer produktiven und freundschaftlichen Gesprächen und dafür, wie alle, die daran beteiligt waren, auch dieses Buch mit Tatkraft und Kompetenz, mit Schwung und Vergnügen hervor- und auf den Weg gebracht haben – besonders Stephan Gallenkamp, Christian Döring, Christine Härle, Uta Niederstraßer, Anja Seubert, Stefan Lutterbüse, Cosima Schneider, Susanne Reeh, Christina Hucke, Annika Balser, Kerstin Seydler, Bernd Spamer, Christine Voigt, Ute Hollmann und Christoph Steinrücken. Hans Sarkowicz, Ruthard Stäblein und Burkhard Schmid vom Hessischen Rundfunk haben die Entstehung dieses Buches aufmerksam verfolgt und mit ihrer schon früh bekundeten Absicht, einen Teil davon in einer Hörfassung zu senden, meine Arbeit daran zusätzlich beflügelt und zugleich wieder die Möglichkeit eröffnet, ein Hörbuch zu produzieren. Dafür danke ich ihnen und ihrem Sender. Rainer Wieland in Berlin danke ich für die Aufmerksamkeit und Wachheit, die er als Lektor, wie so oft, auch diesem Manuskript gewidmet hat, und für die Ratschläge, mit denen er schon seine Entstehung in vielen freundschaftlichen Gesprächen begleitet hat. Hans Magnus Enzensberger, der zusammen mit Franz Greno die Andere Bibliothek begründet hat, danke ich für die freundliche Erlaubnis, aus einem Text zu zitieren, mit dem er die *Courage* dem lesenden Publikum schon im Jahre 1962 empfohlen hat.

Frankfurt am Main, Juni 2010
Reinhard Kaiser

Register

Das Register verzeichnet zunächst historische Personen und Orte. Außerdem werden Hinweise auf einige Motiv- und Themenkomplexe der beiden Romane teils unter den Namen der Hauptgestalten (Courage, Leierspielerin, Philarchus, Simplicissimus, Springinsfeld), teils unter einer Reihe von Oberbegriffen (z.B. Geld, Krieg) gebündelt und gruppiert. Einen Überblick über diese Oberbegriffe bietet das Stichwort »Motive und Themenkomplexe« mit seinen Querverweisen.

A

Aldringen, Johann, Graf von 75, 216, 220, 223
Alerheim 239
Alfons X., »der Weise« 24
Alpen 76
Altenburg 29
Amöneburg 238, 240
Anacharsis 172
Anholt und Bronckhorst, Johann Jakob, Graf von 48
Ansbach 239
Apuleius, Lucius 176
Arnim-Boitzenburg, Hans Georg von 116
Aschaffenburg 216
Augsburg 241

B

Babylon 167
Bacharach 216
Balingen 228f., 232f.
Banér, Johan 217, 218
Baudissin, Wolf Heinrich von 219
Bensheim 236
Bethlen, Gabor 29, 31
Bielefeld 218
Bodensee 234
Böhmen, das Land und die Leute 19, 21, 25, 31, 219, 237, 239f., Böhmischer Aufstand 92, Deutsche und Böhmen 21, 25

Braunschweig, Herzog
 Christian von 46, 48, 208
Braunschweig-Lüneburg,
 Georg, Herzog von 218 f.
Brünn 25
Bücher, Amadis-Roman 33,
 Eulenspiegel 163, Fortunatus, Volksbuch (1509)
 94, die Gaukeltasche, das
 Trickbuch des Simpl. 143,
 181 ff., 189 ff., 192, Schweizer Chronik von Johann
 Stumpf 163, *vgl.* Courage,
 über die Lebensbeschreibung des Simpl. und
 ihren Auftritt darin
Budweis 20, 23
Bühler Tal 171, 178
Buquoy, Karl Bonaventura
 von Longueval, Graf
 von 19, 20, 23, 29, 30

C

Camberg 240
Casale 97, 103
Caspar, bayerischer
 Obrist 238
Chile 153
Christian IV., König von
 Dänemark 58, 60, 209, 211
Coesfeld 227
Collalto, Rombaldo XIII.,
 Graf von 75
Córdoba, Don Gonzalo
 Fernández de 48, 208

Courage, *ihre Rollen:* als
 Bordellwirtin 118 f., als
 Ehefrau 30, 39, 42 ff.,
 80 f., als Erzählerin ihres
 Lebens 15 ff., 20 f., 23, 57, 74,
 62, 79, 102, 118, 119, 123, 134,
 als gute Haushälterin 85 f.,
 117 f., als Hexe verdächtigt
 47, 48, 61 ff., 215, als Hure
 32 ff., 46, 82, 86 f., 97, als
 Lehrmeisterin des Springinsfeld 83, 86, 91, 98, als
 Marketenderin 76, 78, 80 f.,
 84 ff., 91, 97, als Prinzessin
 auf einem dänischen
 Schloss 64 ff., als Soldatin
 22, 23, 39 f., als Tabak- und
 Branntweinhändlerin
 127, als Vertriebene 55,
 als Wahrsagerin 132 f., als
 Witwe 30, 41, 45, 48, 75, als
 Zigeunerkönigin 131 ff.,
 166 f., 168
 ihre versch. Männer: der
 Rittmeister 22 ff., der erste
 Hauptmann 37 ff., der
 Leutnant 42 ff., der zweite Hauptmann 56 ff., der
 dänische Rittmeister 58,
 63 ff., ein junger Reiter
 70 ff., ein junger Musketier, dem sie den Namen
 Springinsfeld gibt 74,
 76–114, ein Hauptmann
 aus der Armee des Gallas

116, Simplicius im Sauerbrunnen 120 ff., ein alter Lüstling in Offenburg 123 ff., ein Musketier im Kinzigtal 127 ff., der Zigeunerleutnant 131 *vgl.* Springinsfeld
ihre Streiche: betrügt den Spr. vor der Morgensuppe neunmal 83 f., rächt sich dreifach für einen Streich, den ihr eine italienische Konkurrentin spielt 86 ff., bringt aus Eifersucht auf eine schöne Dame durch einen raffinierten Diebstahl mit Hilfe des Spr. deren Smaragd an sich 97 ff., verdirbt durch einen Einbruch mit Hilfe des Spr. zwei italienischen Konkurrenten das Geschäft 103 f., betrügt ein verliebtes Fräulein durch Wahrsagerei, zieht aber den Kürzeren 132 ff., der Kirmesdiebstahl in Lothringen 135 ff., betrügt den Philarchus um seinen Schreiberlohn 177 ff.
Motive und Themen: führt oder erwägt ein ehrbares Leben 55, 75, 115, ihre Geldgier 215, ihre Geschäftstüchtigkeit 85, 91, 95, 103, ihre Gewissenlosigkeit 91 ff., ihre Herkunft 19, 53 f., ihre Jungfräulichkeit 20, 24, 28 f., 58, im Kampf mit Männern 25 f., 42 ff., 46, 73 f., 107 f., 111 f., das Kind, das sie angeblich von Simpl. bekommen hat 121 f., 169 f., über die eigene Lasterhaftigkeit 16, über die Lebensbeschreibung des Simpl. und ihren Auftritt darin 18, 79 f., 119 ff., 168 f., 170, ihre Lieben 23 f., 59, 65 f., will ein Mann sein 47, fällt nach dem Verlust eines ihrer Männer in tiefe Melancholie 117, verweigert die moralische Umkehr 17, ihr Name 26 f., 28, 31, 52, 57, 77, ihre Rachsucht 87 ff., 97, 121 f., ihr Reichtum 35 f., 41, 53, 85, 96, 126, ihr Ruf 39, 49, 57, ihre Schönheit 52, 74, 116, 121, 126, 215, ihre Sinnlichkeit 16, 18, 26, 32, 47, 53, 62, 70, 82, 123 ff., 215, ihre Stärke 215, wendet sich im Trotz an den Simpl. 10, 18, 27, 62, 79 f., 83, 86, 96, 102, 113, 118, 119, 123, ihre Unfruchtbarkeit 80, 122, wird vergewaltigt 37, 61 ff.,

73, wundert sich über ihre vielfachen Verwandlungen 132
Creutz, Georg 238, 241

D
Dalmatien 198
Deggendorf 241
Demokrit 160
Dinkelsbühl 239
Donauwörth 116, 223
Dortmund 226

E
Eger 222
Elter, Johann Burckhard von 244
Enghien, Louis de Bourbon, Prince de Condé, Duc d' 235, 238
Erzählen, und Abschweifen 207, das eigene Leben erz. 194, 197, 215, als Lebensbeichte vor Gott 15 ff., als Rache 18, *vgl.* C. als Erzählerin ihres Lebens, Philarchus, Spr. als Erzähler,

F
Ferdinand III., Kaiser 116, 222
Ferdinand, Kardinalinfant, Sohn König Philipps III. von Spanien 116, 223

Fleurus 48
Forbus, Sir Arvid 220
Franken 228, 239
Frankenthal 48, 208, 245
Frankfurt 248
Frauen und Männer, betrogener Mann 39, Freiheit der F. von Männern bedroht 29, Freiheit der Frau in der Ehe 39, 40, Ehevertrag 56, 80 f., 112, 245 f., 251, Geschlechterkampf 29, 42 ff., Geschlechtsmerkmale, ihr Vorhandensein, ihr Fehlen 17, 25, Hermaphrodit 47, Küssen 43, 81, die Lebensalter der F. 17 f., Liebe 23 f., Paradoxien der Liebe 65 ff., 77 f., Liebesgespräche 42 f., 65 ff., 77 ff., Liebestorheit und ihre Verwirrungen 56, 78, 81, 133, 150, List und Verstellung der F. im Umgang mit Männern 27, 38, 66 f., Kräfteverhältnis zwischen Mann und F. 43, 97, Mann in Frauenkleidern 23, F. in Männerrollen 22, 23, 47, Rivalität zwischen Männern um die C. 71, sexuelle Gewalt 37, 61 ff., 73, Spr. über die Frauen und die Ehe 195 ff., Witwenstand 30, 118, *vgl.* Courage

Freiburg im Breisgau 127, 234 ff.
Frieden, Geschehenes ungeschehen und jeden wieder redlich machen 214, Friedensgeld 246, Frieden von Vasvar/Eisenburg 249, Westfälischer Frieden 134, 214, 243, Übergabe von Kreta an die Türken 263, Ulmer Waffenstillstand 241
Friedrich V. von der Pfalz, der »Winterkönig« 19
Fugger-Kirchberg-Weißenhorn, Franz, Graf von 238

G
Galgenmännlein *siehe* Magie
Gallas, Matthias, Graf von 75, 116
Gaukeltasche des Simpl. *siehe* Bücher
Geislingen 232
Geld, sein Nutzen 17, Protzen mit G. 157, Schmiergeld zahlen 91, Streben nach G. 10, 185, rascher Verlust 226, möglicherweise durch Zauberei erworben 186, *vgl.* Motive – Verschwendung, Soldatenhandwerk – Beutemachen.

Geleen und Wachtendonk, Gottfried, Freiherr von 238
Gernsbach 171
Göttingen 57
Götz, Johann Wenzel, Graf von 226 f.
Graubünden 75
Gronsfeld, Jodocus Maximilian, Graf von 242
Guébriant, Jean-Baptiste Budes, Comte de 227, 233
Gustav Adolf II., König von Schweden 203, 219

H
Hamburg 69, 70
Hameln 217
Hamm 226
Hanau 161
Harzberg 217
Hechingen 228
Heideck 243
Heilbronn 239
Heraklit 160
Herbsthausen 128, 130, 203, 237
Herford 218
Hessen 216, 240
Hildesheim 219
Hilpoltstein 243, 244
Höchst 46 f., 60, 208, 236
Hohe Pforte 54
Holstein 56, 70, 208, 211

ANHANG

Holtz, Georg Friedrich, Freiherr von 202, 203, 236
Holzapfel *siehe* Melander
Horb 171
Horn, Gustav 116, 223
Hoya 59 f.
Hunoltstein, Hans Wilhelm von 243

I
Iglau 25
Ingolstadt 203
Italien 75, 76, 261

J
Jankau 237
Juden 76, 91, 97, 246
Jülich 227
Jütland 211

K
Kamen 226
Karl IV., Herzog von Lothringen 223
Kassel 131
Kempen 227
Kempten 220
Kinzigtal 126 ff., 171
Kirchhain 238, 240
Knan und Meuder, als Verwalter im Dienst des Simpl. 179, 185
Kolb von Reindorff, Hans Jakob 240
Köln 227

Königsmarck, Hans Christoph von 131, 202, 238, 240
Krankheiten, Leibesdünste 86, 90, 209, Pest 110, 220, 221, 225 f., 243, Rote Ruhr 110, 263, Syphilis (»die lieben Franzosen«) 119 ff., 208
Kreta 156, 257, 261 ff.
Krieg, *Kriegsszenen:* Schlacht bei Freiburg 235, Schlacht bei Höchst 46 f., Schlacht bei Lützen 219, Schlacht bei Nördlingen 223 ff., Überrumpelung einer schwedischen Einheit in Geislingen 233 *einzelne Kriege:* Dänischer Krieg 208 f., Krieg gegen die Türken in Ungarn 248 f., Krieg gegen die Türken auf Kreta 257, 261 ff., Mantuanischer Erbfolgekrieg 86, 110 *Motive und Themen:* Anziehungskraft des K. 20, 21 f., 24, 201, 220, Gräuel im K. 20 f., und die Moral der Leute 49, als Hauptstrafe der Menschheit zus. mit Hunger und Pest 225 f., befestigte Städte bieten geringen Schutz vor Kriegern, die auf dem Feld kampieren 116, verursacht Zwangsabgaben

118, versch. Kriege im Vergleich 207
Krummenschiltach 165
Kürmreuter, Wilhelm Balthasar 228

L

La Pierre, Johann Heinrich von 244
Lamboy, Wilhelm Graf von 227
Landshut 223
Langwedel 59, 209
Lechenich 227
Leierspielerin, Spr. heiratet sie 249 f., ihr Zusammenleben mit Spr. 252 f., ihre Streiche mit dem wunderbarlichen Vogelnest 256 ff., 265 ff., ihr Tod 269
Leipzig 219
Lemgo 218
Leopold Wilhelm, Erzherzog von Österreich 239
Liegnitz 116
Lippstadt 227
Lumpus, Obrist 203 ff.
Lutter am Barenberge 58 f., 63, 209
Lützen 219

M

Maastricht 218
Magdeburg 201, 217
Magie, Zauberei, Galgenmännlein 94, kugelfest machen 36, 40, 73, 238, »natürliche« Künste vs. Magie oder Zauberei 180, 186 ff., 212, ein listiger Streich als Zauberei gedeutet 90, Spiritus familiaris, dienstbarer Geist im Glas 92 ff., 114, 215, unsichtbar machen 212, Vogelnest, seine Auffindung 254 f. – Gebrauch und Missbrauch 257 ff., 265 ff. – gelangt nach dem Tod der Leierspielerin an einen neuen Besitzer 270, vorgetäuschte Zauberei 100 ff., 133, 211,
Mainz 216, 226
Mann *siehe* Frauen und Männer
Mannheim 48, 208, 216, 236
Mansfeld, Ernst Graf von 37, 48, 208
Mansfeld, Philipp V., Graf von M.-Bornstedt 226
Mantua 86, 110
Maximilian I., Herzog und Kurfürst von Bayern 19, 20, 23, 236
Melander, Peter Alexander, Reichsgraf von Holzappel 242
Memmingen 220

Mercy, Franz, Freiherr von 128, 234, 236 f., 239, 242
Motive und Themenkomplexe: Arzneimittel, Apothekerrezepte 87, 89, 221, Bauern im Konflikt mit Soldaten 209 f., 212 ff., 222, Begräbnis 30, Ehre 76, Eifersucht 72, Erbschaft 30, Erbvertrag 59, Fluchen 156 f., Gasthausszenen 25, 55 f., 153 ff., 179 f., 191 ff., 193, Gauklerkünste 156, 250, 252 ff., 256 f., Geiz 17, Gerichtsprozess-Szenen 62 ff., 72 f., 108 f., 112 f., 125 f., 135 f., 202, Glück, seine Unbeständigkeit 70, 144, Glücksspiel 108 f., 202, 207, Haushalt, Haushaltsführung 179 f., 185, 186 f., 246 ff., Hofleute, Hofleben 220 f., Hölle 16, 94 f., 230, Hunger 70, 76, 113, 127, 200, 225, 243, Kälte 128 f., 150, 152, 229 ff., Kleidung 20, 28, 32 ff., Lachen, Gelächter 17, 159 f., Landstörzer, Landfahrer 250 ff., 264 f., Läuse 10, 60, 176, Mahlzeit, Festmahl, Gelage 71 f., 86 f., 161, Marketender 75 f., Nacktheit 108, 111, 266, Musik 156, 180, 253, 258 f., Neid, Neider 17, 47 f., 246 f., Neugier, Vorwitz 15, 19, 28, Reichtum 203, 206, 226, Religionstoleranz 245, Salben 10, 16, 176 f., Schande 76, Schönheit, ihre Vergänglichkeit 36, Schönheitspflege, Mittel dazu 10, 32, 121, 131, Schusswaffen, ihre Wirkung 224 f., Standesunterschiede 24, 150, Täuschung durch magischen Hokuspokus 100 f., 133, 209 ff., Temperamente 17 f., in Verruf geraten 39, 49, 57, 124, 247, Verschwendung 201 ff., Wahn, trügerischer 189, 270 – in der Liebe 24, 56, Wahrsagerei 132 f., Wärme 65, 129, 152 f., Wein 153, 247, Weinen 38, 67, Weinverbesserung 155 f., 183 ff., Weinverfälschung 247 f., Wölfe 228 ff., Zigeuner 131 ff., 165 – ihr Zusammenleben 171 – ihr freies Leben in den Wäldern 173 ff. *vgl.* Bücher, Erzählen, Frauen und Männer, Frieden, Geld, Krankheiten, Krieg, Magie, Planeten, Sterne, Götter und andere Gestalten aus Mythos und Sage, Soldaten, Soldatenhandwerk, Verse im Text.

Mühldorf 243
München 115, 203, 256 f.
Murg 171

N
Nagold 237
Nero 160
Neuß 227
Nevers, Karl Gonzaga, Herzog von 110
Niederrhein 227
Nördlingen 116, 117, 223, 239

O
Offenburg, Reichsstadt 117
Olmütz 25
Oppenau 171
Ottersberg 59, 209

P
Paderborn 218, 226
Pappenheim, Gottfried Heinrich, Graf von 216 ff., 219
Paris 29
Passau 114 f., 241
Peterstal 171
Pfarrkirchen 243
Philarchus Grossus von Trommenheim, vergebliche Bewerbung um eine Schreiberstelle 149 ff., tief beeindruckt vom Erscheinen der C. auf ihrem Esel 166 f., hadert mit seiner Gelehrsamkeit 152, von Simpl. beauftragt, die Lebensgeschichte des Spr. aufzuschreiben 143, 272, als Schreiber der Courage 9, 134 f., 163, 165, 171, 174, 177 als Schreiberknecht 150 ff., wird von der C. um seinen Schreiberlohn betrogen 177 f., 179, begegnet Simpl. und wird Zeuge von dessen Wiedersehen mit Spr. 153 ff., kennt Simpl. und Spr. durch seine Arbeit für die C. 158, über das Verhältnis von C. und Spr. 163, 172, seine Warnung vor lasterhaften Frauen 138, begegnet einer jungen Zigeunerin und erwägt, bei den Zigeunern zu bleiben 175 ff.
Philippsburg 83, 239
Pilsen 23, 54
Planeten, Sterne, Götter und andere Gestalten aus Mythos und Sage, Amazonen 47 f., Atlas 204, 236, Circe 120, Deutscher Michel 162, Luna 258, Mars 74, 153, Melusine 267 f., Merkur 153, 194, Saturn 153, Siegfried, Hörnener 209, 212, Sol 258, Stauffen-

berg, Ritter von 267 f.,
Venus 74, 151, Vulcanus 74, 151
Prachatitz 19 ff., 23, 54
Prag 36 f., 54, 115, 116, 202
Pressburg 29 ff.

R

Ragusa (Dubrovnik) 199
Rakonitz 23
Regensburg 114, 116, 223, 244 f.
Rheinland 227
Rosen, Reinhold von 228, 232 f.
Rotenburg 59, 209
Rothenburg o. T. 239
Rottweil 232 ff.
Rouyer, Franz Freiherr von 241

S

Saint-André, Nicolas Daniel Rollin von 227
Sankt Georgen 29
Schiltach 127
Schleswig 211
Schlick, Heinrich IV., Graf von 70
Schorndorf 228
Schrobenhausen 240
Schütt, Donauinsel 29
Schwäbisch-Hall 239
Seneca 160
Simplicissimus, über den Sinn seines Bücherschreibens 159 f., über die Courage 179, die Eintracht in seiner Familie 193, geläutert und weise geworden 159 f., 164, soeben aus Indien zurückgekehrt 153 f., als »Mann der Künste« 180 f., 183 f., 186 ff., veranlasst Philarchus, die Lebensgeschichte des Spr. aufzuschreiben 143, 272, erzählt den Schwank vom verfehlten »Secret« 161 f., erfährt Neues über seinen Sohn, den C. ihm vor seine Tür legen ließ 169, ermahnt den Spr. zu einem besseren Leben 187 f., 189, bedauert den unterhaltsamen Stil seiner Lebensbeschreibung 163, *vgl.* Courage, Springinsfeld
Simplicius, der jüngere 191, 193
Sizilien 200
Slawonien, Slawonier 198
Soest 113, 156, 226, 227
Soldaten, mit falschen Abzeichen 37, im Konflikt mit den Bauern 209 f., 212 ff., 222, Deserteure 45, 48, 206, Meuterei 241, 243, Militärdisziplin

72 f., 210, Musketiere 216, Pferde- und Trossjungen 21, Pikeniere 216 f., im Quartier 71, 75, 86, 118, 209, Rangunterschiede 224, Truppentransporte 200, Unterschiede zwischen versch. Ländern bei der Heeresorganisation und im Umgang mit Soldaten 234, 235 f., 262, 263 f.

Soldatenhandwerk, Beutemachen 25, 37 f., 46 f., 128, 217, 218, 223 ff., Fouragieren 45 f., Gefangene machen 40, Geleitschutz 209, auf Partei gehen 45, 127, 216, Verschwendung von Beute 201 ff.

Spanische Niederlande 200, 207

Speyer 226

Spinola, Marchese Ambrosio 200, 207

Spiritus familiaris *siehe* Magie

Sporck, Johann, Graf von 231

Springinsfeld, *seine Rollen*: als Bettler 264, als Erzähler 194, 197, 207, 215, 226 f., als Gaukler, Schausteller, Musiker, Tierstimmenimitator 156, 180, 198 f., 212, 250, 252 f., als Dragoner 220, 228, als Fourier 237, als Freireiter 218, 220, als Korporal 233 f., als Musketier 74, 76 ff., 208, 216, als Pikenier 216 f., als Quartiermeister 244, als Sergeant auf Kreta 262 f., als Soldatenwerber 256 f., 261, als Trommler 208 f., als Zauberer und Teufelsbanner 209, 211

sein Leben: Herkunft 194 f., 197 f., Kindheit 198 ff., begegnet dem Simpl. in Soest 226 f., stiehlt vier Schweinehälften 209 ff., hofft immer wieder auf eine Offizierskarriere 218, 220, 227, 233, tötet beim Beutemachen einen verwundeten Offizier 224, wird von Wölfen belagert 229 ff., vergreift sich an der geschützten Bagage abziehender Gegner 234, heiratet eine vermögende Witwe 245, richtet eine Gastwirtschaft ein 246 f., wird der Zauberei verdächtigt 246 f., erwartet uneheliche Kinder 248, heiratet eine Leierspielerin 250 ff.

sein Zusammenleben mit der Courage: begegnet der C. und verliebt sich

in sie 74, 76 ff., sein Name 81, 82 f., 215, bei der C. als Herr und Knecht zugleich 81, 84 f., 215, hilft der C. bei einigen ihrer Streiche 97 ff., 103 ff., C. betätigt und betrachtet sich als seine Lehrmeisterin 83, 86, 91, 98, er verkörpert das Oberhaupt ihrer Marketenderei pro forma 85, 106 f., wird infolge von Alpträumen gewalttätig gegen C. 107 ff., 111 ff., C. trennt sich von ihm 106, 110, 112 ff.
Motive und Themen: empört sich über die C. 163, 165, 172, 179, 215, weigert sich, über sein Leben mit C. zu erzählen 215, über die Ehe und die Frauen 195 ff., 252, mokiert sich über den geläuterten, weise gewordenen Simpl. 157, 160, 188, 197, 271, verdächtigt den Simpl. der Zauberei 186, weigert sich, ein gottgefälligeres Leben zu führen 188, 271, ein Spielball des Glücks 144, sein Stelzfuß 144, 156, 213, 263, 264, vgl. Leierspielerin
Stade 218

Stadtlohn 208
Steinbrück 59, 209
Stormaren 71
Straßburg 165, 180 ff., 272
Stumpf, Johann 163

T

Taubergrund 238
Thurn-Valsassina, Heinrich Matthias, Graf von, der »natürliche Vater« der C. 54, 63 f.
Tiberius 161
Tilly, Johann Tserclaes, Graf von 57, 60, 70, 201, 202, 208, 218
Torstenson, Linnerdt 134
Tott af Sjundby, Åke Henriksson 218
Trebitsch 25
Turenne, Henri de la Tour d'Auvergne, Vicomte de 131, 235, 237 f., 240
Tuttlingen 234
Tyrnau 29

U

Überlingen 234
Ungarn 29
Unna 226
Unterpfalz 207, 236

V

Venedig 261, 263 f.
Verden 59, 60, 209

Verse, Sprichwörter und Lieder im Text: Ein jeder Tag bricht dir was ab 36, Die Frauen weinen oft 38, 67, Gleich und Gleich gesellt sich gern 18, Hengst und Stute 18, 139, Ein Schneider auf 'nem Ross 67, Der Scheck 83, Junge Soldaten, alte Bettler 144, 156, Wer selten reitet 171, Wie gewonnen, so zerronnen 201, Was mit Trommeln errungen 201, Sobald ein Soldat wird geboren 214
Vier Lande 77
Villingen 228
Vogelnest, wunderbarliches *siehe* Magie

W

Wallenstein, Albrecht Freiherr von 70, 115, 219, 220, 222
Wasserburg 243
Weidhausen 39
Weimar, Bernhard, Herzog von Sachsen-Weimar 116, 226
Weinheim 236
Weißer Berg, bei Prag, Schlacht 23
Werl 226
Werth, Johann, Freiherr von 223, 228, 235 f.
Wertheim 216
Westfalen 83, 216, 218, 226
Wetterau 240
Wien 31 ff.
Wiesloch 41, 208
Wilhelm V., Landgraf von Hessen 218 f.
Wimpfen 42, 208, 238, 239
Wolfenbüttel 219
Worms 208, 216, 226
Württemberg 228, 236, 237, 239
Würzburg 216

Z

Znaim 25
Zons 227
Zoroaster 160
Zrinyi, Niklas VII., Graf 248

Die beiden simplicianischen Romane **Lebensbeschreibung der Erzbetrügerin und Landstörzerin Courage** und **Der seltsame Springinsfeld** von Hans Jacob Christoffel von Grimmelshausen sind im Oktober 2010 als dreihundertzehnter Band der *Anderen Bibliothek* im Eichborn Verlag, Frankfurt am Main, erschienen.

Reinhard Kaiser hat die Werke aus dem Deutschen des 17. Jahrhunderts übertragen, kommentiert und mit einem Nachwort versehen.

Das Lektorat lag in den Händen von Rainer Wieland.

Dieses Buch wurde von Greiner & Reichel in Köln in der Celeste gesetzt. Das Memminger MedienCentrum druckte auf 100 g/m² holz- und säurefreies mattgeglättetes Bücherpapier. Dieses wurde von der Papierfabrik Schleipen ressourcenschonend hergestellt. Den Einband besorgte die Buchbinderei Lachenmaier in Reutlingen. Typografie und Ausstattung gestalteten Susanne Reeh und Cosima Schneider.

1. — 8. Tausend Oktober 2010
Dieses Buch trägt die Nummer:

✸ 1603

ISBN 978-3-8218-6233-0
Eichborn AG, Frankfurt am Main 2010